TOD AM NUSSDORFER WEHR

Mina Albich ist Wienerin mit Leib und Seele. Aus der Reihe tanzen, sich in keine Schublade stecken lassen, könnte ihr Motto lauten. Ihre Vielseitigkeit spiegelt sich in ihren Ausbildungen wider, unter anderem Soziale Verhaltenswissenschaften, literarisches Schreiben, klassischer Gesang und Mentaltraining. Müsste sie ihre Hauptinteressen in drei Worte fassen, so wären dies Menschen, Sprache und Musik – am liebsten eine Verbindung aus allen dreien. So erklärt sich auch ihre Leidenschaft, in ihren Krimis Menschen psychologisch zu skizzieren und mit individuellen Sprachmelodien auszustatten. »Mexikoplatz«, ihr erster Kriminalroman, war 2023 für den Glauser-Preis Debüt nominiert.

MINA ALBICH

TOD AM NUSSDORFER WEHR

Kriminalroman

emons:

Bibliografische Information der Deutschen Nationalbibliothek
Die Deutsche Nationalbibliothek verzeichnet diese Publikation
in der Deutschen Nationalbibliografie; detaillierte bibliografische
Daten sind im Internet über http://dnb.d-nb.de abrufbar.

© Emons Verlag GmbH
Alle Rechte vorbehalten
Umschlagmotiv: stock.adobe.com/A. Karnholz
Umschlaggestaltung: Nina Schäfer, nach einem Konzept
von Leonardo Magrelli und Nina Schäfer
Umsetzung: Tobias Doetsch
Gestaltung Innenteil: DÜDE Satz und Grafik, Odenthal
Lektorat: Uta Rupprecht
Druck und Bindung: CPI – Clausen & Bosse, Leck
Printed in Germany 2024
ISBN 978-3-7408-2219-4
Originalausgabe

Unser Newsletter informiert Sie
regelmäßig über Neues von emons:
Kostenlos bestellen unter
www.emons-verlag.de

Für Poldi und ihr Frauchen –
und für dich

»Ich habe jemanden umgebracht.«

... *Was* hatte er eben gesagt? ...

Für einen Moment schien Nicky Witts Atmung auszusetzen. Sie schnappte nach Luft. Fixierte ihren Klienten. »Bitte wie?«

»Sie haben schon richtig gehört. Er ist tot, der Scheißkerl. Der vögelt meine Frau nicht mehr.« Selbstsicher hob er den Kopf.

Puh. Ein Mann, der an Depressionen litt und Schwierigkeiten hatte, in die Gänge zu kommen – der war ... ein Mörder? Ein Mann mit Gewaltpotenzial? Was war der finale Auslöser gewesen – und wie groß war die Gefahr, dass er erneut austickte?

»Was ... wen ...« Mitten im November war ihr heiß. Lag nicht an der Heizung.

»Den Lover meiner Frau. Der schaut sich jetzt die Radieschen von unten an.«

Montag, 3. November

1

*Alter ... diese Kopfschmerzen! Ich brauch ein Aspirin. Nein,
was Stärkeres. Was für eine Party! Was ist gestern passiert? Ich
hab keinen Schimmer. Die ersten vier Whiskys waren noch in
Ordnung, haha. Aber die danach ...? Die haben sich verdammt
schlecht mit dem Joint vertragen. Schon ewig nicht mehr gekifft.*

*Zum Glück hab ich heute frei. Und meine Frau ist bei ihrer
Freundin. Verlängertes Weiberwochenende. Nicht meine Worte,
nennt sie selbst so. Aber die hat sich am Samstag sicher mit dem
Scheißkerl getroffen. Reines Frauenwochenende, Bullshit.*

*Wieso hab ich mich gestern so zugedröhnt? Damit ich nicht
über das Arschloch nachdenke. Keine Ahnung, warum ich hin-
gegangen bin. Na, weil ich neugierig war. Auf den Fitnessfutzi.
So ein Knilch. Lächerlich.*

*Wie bin ich heimgekommen? Mit dem Taxi? Ja, genau. Dem
hab ich das Auto vollgereihert, haha, der hat geflucht. Ich muss
mein Auto holen. Wo ist die Chipcard? Müsste in der Hosentasche sein. Puuuh, die stinkt, die Hose ...*

Keine Card? Ich werd die doch nicht verloren haben!

*Ich brauche frische Luft. Könnt ja die Post holen. – Bitte, Alter,
was macht die Chipcard vom Auto im Briefkasten? Hab ich die
echt da reingeworfen? Muss ich fett gewesen sein, leck mich ...*

Ui, ich glaub, ich muss kotzen. Ich geh lieber auf die Straße.

*Schon besser. Eine Runde um den Block kann nicht schaden.
Scheiße. Wieso steht mein Auto gleich ums Eck?*

2

Gegen vier Uhr in der Früh riss das Handygeklingel Grohsman
aus dem Schlaf. Morgenstund hat Gold im Mund? Eher Blei in

den Beinen. Ein Notfall. Sturz vom Balkon, aus dem vierten Stock. Grund derzeit ungeklärt. Er konnte sich ausmalen, was ihn erwartete.

Er kippte einen Löskaffee runter, um dem Hirn einen Koffeinshot vorzugaukeln. Und stopfte einen Schokoriegel in sich hinein. Für den Serotoninkick. Hatte er sich in den letzten Jahren angewöhnt, furchtbar. Aber jetzt war nicht der richtige Augenblick, um über gesunde Ernährung nachzudenken. Rasch füllte er die Futterschüsseln für seine Tiermenagerie. Für Hündin Sally und Kater Smoky, die sogar um diese Uhrzeit Hunger hatten. Dann nestelte er an seinem Handy herum, um seine Kollegin Joe Kettler zu verständigen.

Er hielt inne. Musste er sie echt aus dem Bett läuten? Nein. Bei unklaren Todesfällen, zu denen Suizide zählten, wurde eine polizeiliche Kommission einberufen, ein Amtsarzt, ein Jurist und ein Kriminalbeamter. War schon immer so gewesen, zumindest seit Maria Theresias Zeiten. Das Los hatte heute ihn getroffen, na herzlichen Dank. Mit Sicherheit war auch ein Tatortbeamter vor Ort, der das Gebiet untersuchte und dokumentierte. Das »große Aufgebot« – Gerichtsmedizin, Tatortgruppe und weitere Personen von der Kripo – rückte nur an, wenn explizit Verdacht auf Fremdverschulden bestand. Konnte der Sturz eindeutig als Suizid oder als Unfall geklärt werden, genügte seine Anwesenheit. Er ließ Joe schlafen.

Sally, optisch eine knuddelige Mischung aus Zwergschnauzer und Ziege in Dunkelgrau, sprang ihm am Bein hoch und wedelte mit ihrem Stummelschwänzchen. Ihr war die Uhrzeit egal, Hauptsache Action. »Du kannst nicht mitkommen, Mädel. Ich hol dich später ab.« Grohsman wuschelte der Hündin durch ihre helle Irokesenlocke und massierte ihr die Kippohren. Sollte er die Kleine schnell bei Zina abgeben? Ach nein, die war ja noch auf Verwandtenbesuch in Polen. Nächste Woche war sie hoffentlich wieder in Wien.

Grohsman hinterließ Lukas eine Nachricht auf dem Küchentisch. »Tut mir leid, musste schon früh los. Kannst du mit Sally eine Runde Gassi gehen? Danke!« Er hatte seinem Neffen Unterschlupf gewährt, solange dieser die Schulbank drückte. Weil die Mutter von Lukas – Grohsmans Schwester Emilia – mit ihrem Mann vorübergehend nach Hamburg übersiedelt war. Noch rund eineinhalb Jahre hatte der Junge bis zur Matura.

Er hievte sich auf den Fahrersitz seines Citroën Picasso. Auf zur Diemgasse, in den neunzehnten Bezirk, der als Nobelgegend galt. Traf jedoch nicht auf alle Teile zu, jedenfalls nicht auf diesen Bereich in Nussdorf. Wenigstens stand man in den finsteren Morgenstunden nicht im Stau.

Wieso waren seine Gedanken heute so sprunghaft? In seinen fünfundzwanzig Jahren als Kriminalpolizist hatte Grohsman längst einen Weg gefunden, mit Todesfällen umzugehen. Eine nüchterne Herangehensweise, gewürzt mit einer Prise Galgenhumor. Doch mit zwei Todesarten – respektive den dazugehörigen Toten – haderte er. Wasserleichen und Menschen, die aus größerer Höhe auf harten Untergrund gestürzt waren. Der Mann heute war in einem Innenhof gelandet, auf Pflastersteinen. Ein Unfall? War er gesprungen? Oder gestoßen worden?

Aber nicht der Fall an sich verursachte die Rösselsprünge in seinem Hirn, zwei Schritte vor, einen zur Seite. Die Diemgasse war nicht weit entfernt vom Nussdorfer Wehr. Von den berühmten Löwen der Schemerlbrücke. Mit einem Grummeln brachte Grohsman die düsteren Erinnerungen zum Schweigen.

3

Ein Polizeiwagen stand bereits vor dem Tatort, eben rückten zwei Mannschaftswägen an, um den Straßenabschnitt abzuriegeln. Sollte sich Grohsman über die zwei unvermeidlichen Gaffer aufregen, die sich im Haus gegenüber aus den Fenstern lehnten?

»Was is'n los?«, hörte er den einen seine Nachbarin fragen.

»I weiß ned, die Polizei sagt nix. I sag dir's, da ham's wen erschlag'n. Weißt aber eh, der Hofer war's ned, weil der war selber die Leich'.« Rauchiges Gelächter.

Einer der Songs, der das Vergnügen der Wiener an einer »scheenan Leich'« treffend skizzierte – »Da Hofa« von Wolfgang Ambros. Oder dessen »Zentralfriedhof«. Auch »Komm, großer schwarzer Vogel« von Ludwig Hirsch war an Morbidität schwer zu überbieten. Wie aufs Stichwort flatterte eine Elster auf und stieß ihren Warnruf aus, dieses schaurige Schäckern. Fehlte nur, dass ein Käuzchen schrie. Grohsman schlug den Kragen hoch.

Ein uniformierter Kollege saß im Auto vor dem Haus, mit einer Gesichtsfarbe, die ihn für einen Einsatz in der Geisterbahn prädestinierte. Grohsman trat auf ihn zu. »Morgen. Kripo. Ich komme zu dem Todesfall.«

»Liegt drinnen im Hof …«, brachte der Beamte heraus, bevor er die Tür aufriss und auf die Straße kotzte.

Grohsman hetzte in den Hof. Das Sichtschutzzelt war bereits aufgebaut worden. Um etwaige Spuren zu schützen und den Zaungästen das Spektakel zu ersparen. Oder um den Tatort gegen vorwitzige Schaulustige abzuschirmen? Zwei Bewohnerinnen Marke »Hausmeisterin« reckten ihre Hälse aus den Fenstern im zweiten Stock. »I glaub, das is der Lienhart. I hab den grad noch da unten liegen g'sehn, ma, war das schiach!«, informierte die Ältere der beiden ihre Nachbarin. Hättest halt weggeschaut, dann wäre dir der grauenvolle Anblick erspart geblieben, dachte Grohsman. Er kramte nach Notizblock und Stift.

Ein klassischer Wiener Gemeindebau, dieses Haus, mehr zweckmäßig als einladend. Der Innenhof war betoniert, ein paar mickrige Alibipflanzen durchbrachen den harten Untergrund. Mehr Grün für Wien? Für dieses Leitbild stand eine einsame Hainbuche, die in der Mitte des Hofes vor sich hinkümmerte. Ein paar vertrocknete Blätter hingen noch daran. Auf einem der Äste hockte eine Nebelkrähe und schimpfte lautstark über die frühe Störung. »Krähe, lass mich endlich sehn / Treue bis zum Grabe«, raunte eine Stimme in Grohsmans Gedanken. Schuberts Winterreise. Nein, an diesen Zyklus wollte er jetzt nicht erinnert werden.

Energisch schritt er zum Zelt und hob den Vorhang zur Seite.

Eine Frau in weißem Kittel kniete auf dem Boden und verdeckte halb die Sicht auf die Leiche.

Er trat näher und starrte auf den Toten. »Eine mit dem Leben nicht vereinbare Verletzung«, murmelte er. Eines der sicheren Zeichen zur Feststellung des Todes.

»Richtig erkannt.« Die Frau stand auf. »Tag. Dr. Fröhlich, Amtsärztin. Todeszeitpunkt liegt nicht lange zurück. Todesursache vermutlich der Sturz. Ursache des Sturzes ungeklärt, das Opfer war alkoholisiert.«

Vier Aussagen, die in ihrer Sachlichkeit einen grotesken Kontrast zum Anblick des Toten bildeten. Allein das Blut ... Völlig nachvollziehbar, warum der Kollege draußen mit ungesunder Gesichtsfarbe im Auto hockte. Üblicherweise notierte Grohsman akribisch genau den Zustand und die Position des Opfers. Jetzt schrieb er nur: »Auffindung der Leiche wie erwartet. Gesicht zum Boden. Multiple Verletzungen. Kleidung: abgetragener Frotteemorgenmantel zu Jeans und Markensneakers.«

Er verdrängte die Gedanken an den jungen Toten bei der Nussdorfer Schemerlbrücke. Lag fünfundzwanzig Jahre zurück, dennoch waren die Erinnerungen kaum verblasst. Grohsman hatte schon viele Leichen gesehen. Zu viele? An seinen ersten Toten konnte er sich nicht mehr erinnern. Abgeschlossene Fälle strich er so gründlich wie möglich aus seinem Gedächtnis. Zeigarnik-Effekt nannte sich das. Hatte ihm Nicky Witt erklärt, die forensische Psychologin, mit der er seit über einem Jahr zusammenarbeitete. Konzentration, ermahnte er sich.

Eine Kollegin in Uniform kam im Stechschritt auf Grohsman zu und fasste knapp zusammen: »Männliche Leiche, Manuel Lienhart, fünfundvierzig, wohnt im vierten Stock dieses Hauses. Nähere Umstände des Sturzes noch unbekannt.«

»Danke, Frau ...«

»Ah, sorry. Agnes Drese. Also, ich würde die Kommissionierung abbrechen und die Gerichtsmedizin verständigen.« Die resolute Frau erinnerte Grohsman an die Trainerin des ÖFB-Frauenteams. Dunkle Locken in einem Zopf gebändigt, drahtiger Körper. Ihre melodiöse Stimme milderte den strengen Gesamteindruck.

»Sie haben also Verdacht auf Fremdverschulden.« Er musterte den Toten. »Wenn der Mann gesprungen wäre … Ja, an seiner Position passt etwas nicht. Ich stimme zu. Holen wir die komplette Mannschaft«, brummte er. Er trat mit der Polizistin vors Zelt und verständigte Joe Kettler.

Die Kollegin klappte ihren Block zu. »Dann mach ich mal weiter. Die Verstärkung ist zwar schon oben in der Wohnung, aber hier im Hof bin ich grad auf mich gestellt, mein Kollege ist etwas unpässlich …« Sie verzog mitleidig die Mundwinkel und deutete in Richtung Ausgang.

»Hat er vorher gefrühstückt?«

»Ich hab versucht, ihm das auszureden. Er ist neu in dem G'schäft …« Die Polizistin eilte zu dem Kriminaltechniker, der emsig Spuren einsammelte. Das war doch Christoph Nebly, ein Kollege vom »alten Schlag«, mit dem Grohsman bereits viele Einsätze bewältigt hatte. Der musste warten.

4

»Morgen, Boss. Wo ist denn …?«

»Morgen, Joe. Hier lang.« Grohsman führte die Kollegin ins Zelt.

»Puh.« Ein klassischer Joe-Kommentar, bloß kein Wort zu viel. Fahrig drehte sie sich um und kramte in ihrer Tasche nach dem Tablet.

»Hast noch nicht viel verpasst, Joe. Schlesinger ist auch gerade erst gekommen.« Grohsman beobachtete den Gerichtsmediziner, der mit der Amtsärztin den Toten vorsichtig auf den Rücken drehte. »Morgen, Schlesinger. Und?«

»Morgen, Grohsman. Schädel-Hirn-Trauma, Thorax eingedrückt, Wirbelsäule gebrochen, Hände und Beine – na, seht ihr ja selbst. Innere Verletzungen werde ich bei der Obduktion feststellen. Und ob es prämortal etwas Verdächtiges gibt. Dem

Zustand der Hände nach zu urteilen, hat er sie noch schützend vor den Körper gehalten. Er ist also nicht einfach kopfüber gelandet.« Der Mediziner rückte seine Hornbrille zurecht.

»Aber tendenziell mit dem Kopf voran. Spricht das nicht gegen Suizid?« Grohsman presste ein Taschentuch unter die Nase und atmete durch den Mund. Nach Eintritt des Todes versagten nun mal die Schließmuskeln. Fiel in einem Zelt eklatant auf.

»Lässt sich nicht so global beantworten. Und, Kollegin Kettler, Interesse an einem Intensivkurs zum Thema Asphaltcrash? Dann wissen Sie als Erste, womit wir es hier zu tun haben.«

Joe zuckte mit den Achseln und kaute an der Unterlippe. Ungewöhnlich, ihre Zurückhaltung. Sie hatte doch erst letztes Jahr die Forensische Medizin für sich entdeckt. Ihrem Gesichtsausdruck nach zu schließen, hielt sich ihre Neugier in Grenzen.

»Gibt es Anzeichen für ein Tötungsdelikt?«, fragte Grohsman den Mediziner.

»Bei dem Zustand der Gliedmaßen wird es schwierig, Abwehrspuren zu entdecken. Und der Tote riecht so stark nach Alkohol, da kriegt man allein vom Schnuppern einen Vollrausch.« Schlesinger schnaubte. »Möglich ist alles. Mut angetrunken, um zu springen. Oder zu weit über das Geländer gelehnt. Oder zu betrunken, um sich gegen einen Stoß zu wehren. Wenn du keinen Einwand hast, überführen wir den Toten jetzt in die Gerichtsmedizin.« Schlesinger lieferte seine Erklärungen in einem Tonfall und Tempo, bei dem jeder zappelige Säugling einschlief. Damit er die Toten in ihrer Ruhe nicht störte?

Grohsman schlüpfte aus dem Zelt und sog die frische Luft ein. Die beiden Frauen an den Fenstern kommentierten mit hörbarem Missfallen die Lage. Im Moment ereiferten sie sich darüber, wie man bei dem »Lärm da unten« schlafen solle. »Kollegin Drese, haben Sie die zwei da oben schon befragt?«

»Ja. Am Abend hat in der Wohnung des Opfers eine Party stattgefunden, bei der es laut zuging. Nicht zum ersten Mal. Hat bis etwa ein Uhr gedauert. Danach haben die beiden wie alle anderen Hausbewohner geschlafen und nichts mitgekriegt. Nur Herr Moslechner aus dem fünften Stock war grad am WC, als er kurz nach drei Uhr einen Schrei gehört hat. Er hat die Polizei gerufen. Steht noch unter Schock und wird ärztlich betreut. Sonst hat natürlich niemand was gesehen. Auch die im Haus gegenüber nicht. Angeblich ein ständiges Kommen und Gehen. Der direkte Nachbar des Toten ist offenbar nicht daheim, der hat trotz längerem Läuten nicht geöffnet. Ich schicke Ihnen das Protokoll.«

»Gut. Danke.« Grohsman eilte zum Kriminaltechniker. »Guten Morgen, Christoph.«

»Morgen, Felix. Die Zigarettenstummeln stammen nicht alle von heute Morgen«, kommentierte der Kollege im Schutzoverall. »Das wird eine Gaudi, die Zuordnung. Na ja, andere spielen Sudoku, wir puzzeln mit Tschicks.«

»Moment, was haben wir denn da?« Grohsman deutete auf einen Gegenstand, der unter einem armseligen Busch hervorlugte. Auf der einzigen Minigrünfläche in der Betonwüste lag eine Brille, silberfarbenes Drahtgestell, ein Glas herausgefallen, ein Brillenbügel fehlte.

»Den Fleck dort hab ich noch nicht überprüft. Ich checke gleich, ob der Rest der Brille auch noch herumliegt. Darf ich dich bitten …« Eine höfliche Aufforderung des Kollegen, dass Grohsman ihn seine Arbeit machen ließ. Und nicht länger im Weg herumstand.

»'tschuldigung …« Grohsman lief zum Hofeingang. »Joe, schläfst du noch, oder kommst du mit zur Wohnung?« Das war ungerecht. Seine Kollegin hatte sich auf die Stufe gehockt und hämmerte verbissen in die Tasten. Wenn man bei einem Tablet davon sprechen konnte.

Sie sah auf. »Ich durchforste das Netz nach Infos zu dem Toten.«

»Und bist fündig geworden?«

»Klar. Der war früher offenbar ein angesagter DJ. Hat in den Topszenediskotheken aufgelegt. Erfolgreiche Studioalben, Tourneen mit Promimusikern durch Europa und USA. Spitzname ›der schöne Manu‹. Na, über Schönheit lässt sich streiten.

Auf den Bühnenfotos versucht er, Bösen-Buben-Charme zu versprühen. Das nimmt ihm doch keiner ab, oder? ›Lieblingsschwiegersohn macht auf verrucht‹ trifft es eher. Schau mal.«

Grohsman zoomte das Bild heran. Das kurze dunkle Haar des Mannes wirkte gestylt, erste helle Fäden drin. Volle Lippen. Wenn die Wiedergabe des Fotos farbexakt war, hatten seine Augen ein extravagantes fahles Grün. Wie Jade. Er trug ein Grafikshirt in Regenbogen-Wellendesign, enge Jeans und schwarz-weiße Budapester Schuhe. Aber sonst? Lienhart war mittelgroß, leicht korpulent. Weder die Gesichtszüge noch die Figur wirkten bemerkenswert.

»Der ist Musikprofi, und du kennst ihn nicht?«, zog Grohsman Joe auf.

»Was mach ich in der Disco? Da hör ich mich ja nicht einmal denken!«

Denken in der Disco. Ein Widerspruch in sich, ätzte Grohsman im Stillen. Behielt er für sich. Er war ohnehin als Fossil abgestempelt. »Was hast du sonst über ihn?«

»Ich lese vor: ›Manuel ist ein Allroundtalent und heizt bei Retroevents ein. Neben seiner Hauptberufung als Sänger lässt er es sich nicht nehmen, an den Turntables zu stehen und sein Publikum in die Golden Eighties zu entführen. Er sieht sich nicht als DJ im klassischen Sinn, sondern als Entertainer mit unverwechselbarem Stil.‹ Klingt etwas *old fashioned*.«

»Wo ist er in letzter Zeit aufgetreten? Oder wo hat er aufgelegt?«

»Auf den ersten Blick finde ich Fotos von Hochzeiten und Firmenfeiern. Offenbar ein massiver Karriereknick. Na, bei der Website? Den Werbetexter hätt ich gefeuert. ›Retroevents‹ hört sich bestimmt lässiger an, als es ist. Der ist bei seinem Musikgeschmack in den Achtzigern stecken geblieben und lockt grad mal ein paar Senioren aufs Parkett.«

»Ab wann ist man in deinem Universum ein Senior?« Joe war Mitte dreißig, in ihren Augen standen Menschen über fünfzig – Grohsmans Generation – wahrscheinlich schon mit einem Bein im Grab.

»Du zählst noch nicht dazu.«

Wie beruhigend. »Wann und warum war seine große Karriere zu Ende?«

»Find ich nicht auf die Schnelle. Hm. Hat er den Absturz nicht verkraftet und hat sich …?«

»Runtergestürzt, wolltest du sagen?«

»Genau …«

»Und vorher feiert er? Hm. Findest du was über seinen Familienstand?«

»Moment … offenbar ledig. Na, aber hallo, die Frauen auf den Fotos sind deutlich jünger als er. Lauter Modeltypen in vertrauten Posen. Kann gefakt sein, damit er cool wirkt.«

Tatsächlich, die komplette Palette. Blonde, brünette, rot- und schwarzhaarige Frauen, die ihn anschmachteten. »Musiker mit weiblichen Fans. Neid und Eifersucht sind klassische Motive.«

»Noch wissen wir ja nicht, was vorgefallen ist.« Auf Joes Stirn bildete sich eine steile Denkfalte. »Ich brauche dringend einen Kaffee.«

»Nicht nur du«, bekräftigte Grohsman.

Den Zugang zu Lienharts Wohnung am Ende des Ganges bewachte ein Polizist. »Die Tatortgruppe ist noch nicht fertig. Scheint eine ziemlich heftige Feier gewesen zu sein.«

»Also ein ultralanger Arbeitstag«, brummelte Grohsman. »Hat denn niemand die Polizei gerufen, wenn es so laut zugegangen ist?«

»Nein, das hab ich überprüft. Es ist kein Anruf reingekommen.«

Grohsman ging durch die Wohnung bis zum Eingang des Wohnzimmers. Ein Schlachtfeld mit Flaschen, Bechern und Tellern, teilweise zerbrochen. Dreckige Aschenbecher, klebrige Fußböden, dekoriert mit einer Mischung aus nicht mehr definierbaren Essensresten.

Ein Kollege der Tatortgruppe trat näher. »Morgen. Ralf Aichhorn, Teamleiter.«

Wie alt war der Mann, dreißig? Vierzig? Einen halben Kopf größer als Grohsman. Breite Schultern und wachsame braune Augen. Den Rest verdeckte der Schutzoverall.

»Morgen. Grohsman. Ziemliche Herausforderung, die Spurensicherung …«

»Allerdings.« Aichhorn zupfte seinen Schutzanzug zurecht. »Wir haben mit der Drohne Aufnahmen gemacht, um keine Spuren zu zertrampeln. Wird eine Ewigkeit dauern, bis wir mit dem Einsammeln und Beschriften fertig sind. Das Schlafzimmer ist für sexuelle Aktivitäten benützt worden. Lange rote Haare auf dem Kopfpolster. Anhand der sichergestellten DNS werden wir klären, ob das Opfer involviert war. War nicht der einzige Ort sexueller Handlungen, Spuren in der Küche deuten auch in diese Richtung. Ach ja, und direkt unter dem Balkongeländer lag eine Kippe. Eindeutig selbst gedreht, nur zur Hälfte geraucht, nicht ausgedrückt.« Aichhorn öffnete den Beutel und ließ Grohsman schnuppern. Hasch. Auch in der Raumluft hing der verdächtig süßliche Geruch.

»Wann können wir rein?«

»Ich ruf Sie an. Ganz sicher nicht vor Nachmittag.«

Rasch textete Grohsman seinem Neffen. »Lukas, heute wird es später, tut mir leid. Warte mit dem Essen nicht auf mich.«

Er sah auf die Uhr. Mittlerweile halb sechs. Zu früh fürs Büro, zu spät, um daheim ordentlich zu frühstücken. »Joe, die erneute Befragung der Bewohner machen wir heute Nachmittag, wenn wir die Wohnung betreten können.«

Joe gähnte. »Kein Einspruch. Und jetzt?«

»Fährst du heim und haust dich noch eine Runde aufs Ohr. Ich mach mich auf den Weg ins Büro. Und geb dir Bescheid, sobald wir den Tatort betreten dürfen.«

5

Eigentlich sollte Nicky diesen Triumph auskosten, ihr Klient Wilhelm Piring wurde heute aus dem Strafvollzug entlassen. Acht Jahre hatte er wegen Mordes eingesessen. Aber für sie blieb da ein galliger Beigeschmack. Denn Piring hatte die Haftstrafe unschuldig verbüßt.

Damals war in seinem Wohnhaus eine neunundsiebzigjährige Bewohnerin von ihrer Pflegerin aufgefunden worden. In der Badewanne. Tot. Als Todeszeitpunkt hatte der Gerichtsmediziner zwischen elf und zwölf Uhr angegeben. Gleich drei Zeugen hatten ausgesagt, dass Piring am späten Vormittag aus der Wohnung gestürmt war. Die Indizien waren erdrückend gewesen. Piring hatte der Seniorin öfters aus der Zeitung vorgelesen, Medikamente aus der Apotheke beschafft, Einkäufe erledigt und verstaut. Daher befanden sich seine Fingerabdrücke in der gesamten Wohnung, auch im Bad. Niemanden hatte es stutzig gemacht, dass es von ihm keine Spuren am Rand der Badewanne gab.

In Nickys Aufgabenbereich als forensische Psychologin fiel auch die Betreuung von Strafgefangenen. Vor allem das Einschätzen des Rückfallrisikos. Anfang dieses Jahres war Piring ihr Klient geworden. Seine Gefasstheit, gepaart mit einer stoischen Beharrlichkeit, hatten sie gleichermaßen beeindruckt und verwirrt. Er hatte stets fast im Flüsterton gesprochen. »Wie sollte ich Reue zeigen? Ich bin unschuldig. Auch wenn mir das niemand glaubt.«

Beteuerungen dieser Art waren Nicky hinlänglich bekannt, manche erhofften sich dadurch eine Verkürzung der Haftstrafe. Doch in Pirings Gesicht hatte sie eine widersprüchliche Mischung aus Resignation und Hoffnung geortet. Seine Frau hatte all die Jahre zu ihm gehalten, sein Sohn auch. »Warum sollte Wilhelm eine Frau jahrelang unterstützen und sie dann umbringen? Bei ihr gab es nichts zu erben. Das war auch nicht sein Motiv. Seine Mutter ist frühzeitig gestorben. Überhaupt, mein Wilhelm ist immer für die anderen da. Kein Mensch lohnt es ihm, dass er an sich selbst als Letztes denkt. Bitte helfen Sie ihm.«

Nicky hatte sich daraufhin die Akte angesehen. Der Körper der Frau wies keine Abwehrspuren auf. Die Kopfverletzung befand sich unter der Hutkrempenlinie, im Bereich des Jochbeins, am seitlichen Rand der linken Augenhöhle. Ein derartiger Schlag verursachte keinen Knock-out. Aufgrund der breiten, länglichen Form konnte die Verletzung weder von einem Fausthieb noch von einem Handkantenschlag stammen. Passte sie zu einem Sturz gegen den Badewannenrand? Lag hier überhaupt ein Tötungsdelikt vor? Auch die spärlichen Fremd-DNS-Spuren im Badezimmer passten nicht zu einem Gewaltverbrechen und stützten die These Unfall.

Sie hatte die Akte daraufhin Oskar Schlesinger vorgelegt, der sich mit der ihm eigenen Gründlichkeit in den Obduktionsbericht vertieft hatte. »Keinerlei Hämatome, die auf ein Drücken des Körpers unter Wasser deuten. Die Auffindeposition entspricht eher einem Sturz, keinem Schlag. Und überhaupt, Badezusatz im Wasser und in der Lunge, demnach wollte sie ein Bad nehmen. Zum Zeitpunkt des Sturzes war das Wasser also noch warm. In dem Fall sinkt die Körpertemperatur nach dem Tod jedoch langsamer, weil auch das Wasser auskühlen muss. Sie ist nicht vor sechzehn Uhr gestorben.« Zu diesem Zeitpunkt war Piring bei einer Geschäftsbesprechung gewesen.

Wilhelm Piring war unschuldig verurteilt worden, weil die Indizien damals perfekt gepasst hatten. Aufgrund von Schlesingers gerichtsmedizinischem und Nickys psychologischem Gutachten war der Fall vor zwei Monaten neu aufgerollt worden, der Tod der Frau wurde als Unfall deklariert. Piring war freigesprochen worden.

So richtig konnte Nicky den Erfolg nicht genießen. War schließlich kein Einzelfall. Vor einigen Jahren hatte ein deutscher Richter ein Lexikon der Justizirrtümer herausgebracht, in dem er Fälle aus Deutschland, Österreich, den USA und anderen Ländern skizzierte. Zu Fehlurteilen kam es vor allem durch bewusste oder unbewusste Falschaussagen. Gelegentlich lag die Ursache jedoch in unzureichend durchgeführten Zeugenbefragungen und Ermittlungen.

Nachdenklich betrachtete sie die Messengermeldung der Familie Piring. »Endlich frei. Danke für alles.« Mit einem Schnappschuss, wie Wilhelms Frau ihn vor der Justizanstalt umarmte. Als Nicky die Zeilen noch einmal las, empfand sie doch etwas wie eine Hochstimmung.

6

Es war Nachmittag, als Grohsman mit Joe in die Wohnung in der Diemgasse zurückkehrte. Ralf Aichhorn, der Leiter der Tatortgruppe, übergab den Schauplatz. »Kein Abschiedsbrief, kein Testament, soweit wir das feststellen konnten. Wohnungsschlüssel und Handy lagen auf dem Schreibtisch, die haben wir auf Fingerabdrücke untersucht. Haben wir mit dem Laptop, den Ordnern aus dem Büro und dem Inhalt des Schreibtischs in Kartons verpackt. Die Schachteln sind auf dem Weg zu euch ins LKA. Na dann, euer Feld. Viel Vergnügen.« Aichhorn verabschiedete sich mit einem Nicken.

»Danke.« Grohsman schauderte angesichts des Cocktails aus Bier, Wein, Essensresten, Schweiß und Rauch. Auf einer der edlen Lautsprecherboxen klebte der Rest eines belegten Brötchens. Wenn der Grad der Verwüstung der Stimmung auf der Party entsprach, hatte hier gestern der Bär gesteppt. Was für ein Widerspruch zur jetzigen Totenstille.

»Geh lieber nicht ins Badezimmer«, warnte ihn Joe. »Da ist jemandem die Pizza nicht so bekommen. Oder was auch immer das war.«

»Mich interessiert hauptsächlich der Balkon.«

»Na, supersauber wird der auch nicht sein.«

Grohsman stakste vorsichtig über die Scherben auf dem Boden. Er öffnete die Balkontür. Zu seiner Überraschung sah es draußen vergleichsweise ordentlich aus. Hatten die Partygäste hier keinen Zutritt gehabt? In den Ecken stand je eine Zwergthuja. Links ein Tisch mit zwei Plastiksesseln, Billigmöbel. Überhaupt, bis auf die Soundanlage wirkte die Wohnungseinrichtung kostengünstig. Vermutlich schwedisches Möbelhaus. Grohsman machte sich eine Notiz.

Ziemlich niedrig, das Geländer, das maß doch nicht einmal einen Meter. Gab es in Wien keine gesetzliche Mindesthöhe? Grohsman sah in die Tiefe. Er taumelte einen Schritt zurück.

»Höhenangst?«, fragte Joe.

Musste sie wie ein Gespenst hinter ihm auftauchen? »Nicht direkt. Höhenrespekt trifft es eher.« Diese Distanzen spielten seinem Gleichgewichtssinn manchmal einen Streich. Und das vertrug sich grad schlecht mit seinem Magen, in dem sich eine spartanische Leberkässemmel überlegte, in welche Richtung es weiterging. Die hatte er heruntergeschlungen, bevor er losgefahren war, mehr hatte er nicht runtergebracht. Weil …

Das Bild von dem jungen Toten bei den Nussdorfer Löwen schob sich vor sein geistiges Auge. Schon wieder.

Grohsman wischte sich ein paar Schweißtropfen von der Stirn, obwohl es bloß zehn Grad hatte. Sein Handy läutete.

»Hallo, Zina! Wie geht es dir?«

Er hatte die aparte Polin letztes Jahr im Rahmen eines Falles kennengelernt. Ihr beseeltes Klavierspiel ließ Grohsman Zeit und Raum vergessen. Endlich konnte er sich wieder mit jemandem intensiv über Musik und andere packende Themen austauschen. Oder gelegentlich gemeinsam kochen und danach in lukullischen Genüssen schwelgen.

»Danke, gut! Ich habe heute im polnischen Nationalmuseum ein berührendes Gemälde gesehen. ›Der Tod der Barbara Radziwiłł‹. So eine traurige Liebesgeschichte. Sie war die Frau von König Sigismund II. August und starb mit nur einunddreißig Jahren. Józef Simmler hat ihren Tod und den Schmerz ihres Gemahls so berührend eingefangen – da musste ich an dich denken. Amelia und ich haben dann ein Glas Rotwein auf dich getrunken.«

Tod. Caro. Josef. Grohsman rief sich Zinas bezauberndes Lächeln in den Sinn. Ließ sich von der Wärme ihrer Stimme einhüllen. Sie musste nicht betonen, dass sie bei dem Gemälde an ihn und seine verstorbene Frau Caro gedacht hatte. »Wie lieb von dir, Zina. Danke. Wenn du wieder in Wien bist, gehen wir gemeinsam in die Albertina, ja?« Vor Paul Signacs »Antibes, die Türme« konnte Zina minutenlang stehen, bis die Farbpunkte zu einem Ganzen verschmolzen und sich schließlich wieder in Punkte auflösten.

»Das machen wir. Und jetzt esse ich für dich *Ciasto Drożdżowe*.«

»Die sind aber nicht so gut wie deine Selbstgebackenen.« Allein der Geruch des frisch gebackenen Hefekuchens mit den krustigen Krümeln, serviert mit Butter und Marmelade – ein regelrechter Seelentröster. Könnte er grad brauchen. »Joe, befrag die Nachbarn ohne mich. Die Kartons mit den diversen Aktenordnern von Lienhart sind sicher schon bei uns eingetroffen, die sehe ich mal durch. Ich fahre kurz heim und hole meinen Hund.«

7

Der war heute schräg drauf, der Boss. So muffelig kannte Joe ihn gar nicht. Und seit wann hatte er Höhenprobleme? Oder war's der Tote gewesen? Okay, die Einladung zum Intensivkurs Asphaltcrash hatte auch sie im ersten Schock dezent ignoriert. Doof. Woran stellte Schlesinger fest, ob der Mann zuerst mit den Füßen oder mit dem Kopf aufgeprallt war?

Sollte sie sich in die Materie hineintigern? Andererseits hatte sie es satt, von ihrem Teamkollegen Gregor Kienzle ständig als Streberin bezeichnet zu werden. Überhaupt, »Initiative zeigen«? Ihr stand noch eine Anhörung bevor. Bloß weil sie einer Frau in Gefahr geholfen hatte.

Entschlossen öffnete sie ihr Tablet und checkte die Liste der derzeit vorhandenen Zeugenaussagen. Agnes Drese, die Polizistin, hatte akribische Vorarbeit geleistet.

Jetzt, wo die Befragten ausgeschlafen waren und die Bestürzung verdaut hatten, waren viele in Redelaune. Oder in Raunzlaune über die »wilde Party«, die »so um fünf« gestartet war. »Der Lienhart hatte uns zwar eingeladen. Dieser Schickimicki-Haufen ist aber nichts für mich«, meinten die meisten. Die beiden Frauen aus dem ersten Stock – die der Boss despektierlich als »Hausmeisterinnen« bezeichnete – schienen Joe für eine Gesprächstherapeutin zu halten, bei der sie Klatsch und Tratsch loswerden konnten. »Das war ja sooo fuuurchtbar, das können Sie sich gar nicht vorstellen.«

»Doch, kann ich. Ich arbeite bei der Kripo«, würgte Joe das Gejammer trocken ab.

Viele kannten Lienhart »nur vom Grüßen, eigentlich war er ganz nett«. Umgänglich. Hatte den älteren Bewohnern im Haus schon mal mit dem Einkauf geholfen. Die Nachbarn über und unter ihm beklagten, dass es manchmal laut zuging, »aber sonst war er ganz in Ordnung«.

Sein direkter Nachbar war noch immer nicht zu Hause. »Ulrich Zapletal« stand auf dem Türschild. Hatte er vor der Party die Flucht ergriffen?

Eine Jung-Twens-WG fand Lienhart »tooo-tal hip«. Viviane, eine der WG-Bewohnerinnen, war gestern bei der Party gewesen. Stammten ihre geröteten Augen vom Feiern, oder hatte sie geweint? »Manu hat diese Geburtstagsparty total spontan geschmissen. Aber es war krass viel los, um zehn bin ich gegangen. Weil er so strange drauf war.«

»Inwiefern strange?«

»Zwischendurch war er ganz schön aggro. Na ja, dann war er eh wieder gechillt.«

Aggressiv und doch entspannt? Sein Geburtstag in Kombination mit dem Karriereknacks, den Lienhart nicht verkraftet hatte? »Seit wann legt er nicht mehr in großen Clubs auf?«

»Also, der war doch eh voll im G'schäft. Sonst hätt der nicht so viele Groupies. Gestern hat er mit seinem Harem voll abgefeiert.«

Ob Viviane auch mal was mit ihm hatte?

»Nö. Ich steh nicht auf Jungs. Ich find Mädels cooler. Solche wie dich, das ist meine Kragenweite.«

Joe ignorierte die Anmache souverän. Sollte sie auf das förmliche »Sie« bestehen? Nein, das schaffte unnötige Distanz. »Hast du Schnappschüsse von der Party gemacht?«

»Ja, doch. Sind aber nicht besonders gelungen. Da fällt mir ein … Mit drei von seinen Tussis gab's Stunk. Voll die Streithennen. Die sind dann kurz ins Badezimmer verschwunden und haben sich einen Joint reingezogen. Jedenfalls sind sie auf urlieb wieder rausgekommen. Da, die drei mein ich. Margie, Jenny und Lisi. Wie die sonst heißen, weiß ich nicht.«

»Kannst du mir deine Fotos schicken? Mit Namen? Auf diese E-Mail-Adresse?«

»Wenn's sein muss … Hey, schade, das ist ja nur deine Dienstadresse.«

8

Seufzend überflog Grohsman die Krankmeldung von Kollegin Ursula Manz. Komplizierter Schienbeinbruch, für die nächsten zwei bis drei Wochen befand sie sich mit Liegegips im Spital. Sie war erst letztes Jahr in sein Team gekommen.

Zur Besprechung hatte er Ralf Aichhorn hinzugezogen. Auch Agnes Drese, die Streifenpolizistin, die als Erste vor Ort gewesen war, verstärkte das heutige Meeting. Kurz hatte Grohsman überlegt, Nicky Witt als beratende Psychologin einzuberufen. Er schätzte ihre Ruhe, die ihre tiefe Verbindung zur menschlichen Psyche widerspiegelte. Nicky war eine Expertin darin, Gedanken und Motive von Tätern zu entschlüsseln. Aber ohne konkrete Hinweise, was sich in der Nacht abgespielt hatte, war es zu früh für eine psychologische Einschätzung des Geschehens.

Grohsman warf einen Blick in die Runde. Es entging ihm nicht, dass sich Joe und Gregor Kienzle anfunkelten. Stritten die zwei wieder mal? Konkurrenzdenken? Mittlerweile hatte doch jeder seinen Platz in der Gruppe.

Kienzle war ein Kapazunder, wenn es um Technisches ging. Für Datenauswertungen hatte der Kollege sogar kleine Computerprogramme geschrieben. Grohsman schätzte sowohl Kienzles IT-Kenntnisse als auch seine Hartnäckigkeit. An seinem Sozialverhalten musste der Kollege noch arbeiten, er neigte zu Launenhaftigkeit. Nicht nur Zeugen gegenüber konnte Gregor zum Pulverfass werden. Zu Außeneinsätzen nahm Grohsman ihn deshalb nur in Notfällen mit.

Auf der anderen Seite Joe Kettler, seit drei Jahren in seinem Team. Blitzschnelle Auffassungsgabe. Im Zuge der Ausbildung hatte sie sich gegen ihre Machokollegen durchgebissen, keine leichte Übung für die junge Frau. Aber die Kollegen damals hatten nicht mit ihrem Dickschädel gerechnet. Die Kratzbürstigkeit war ihr geblieben. In puncto Eigeninitiative überspannte Joe gelegentlich den Bogen. War fast ins Auge gegangen, als sie letztes Jahr der Kriminaltechnik einen DNS-Test von einem Angehörigen der polnischen Botschaft untergejubelt hatte. Grohsman hatte den Lapsus haarscharf ausbügeln können. Und die Aktion unlängst, als sie im Alleingang die Wohnung einer bedrohten Frau gestürmt hatte? Würde sich weisen, welche Konsequenzen das hatte.

Er pflanzte sich vor dem Team auf, stellte kurz alle vor. »Wollen wir uns duzen?« Zustimmendes Nicken rundherum. »Wie ihr wisst, ermitteln wir im Fall Manuel Lienhart, fünfundvierzig. Sturz vom Balkon aus ungeklärter Ursache.« In der Zwischenzeit hatte er ein paar brisante Details über den Toten herausgefunden. »Lienhart war vor rund zwanzig Jahren recht erfolgreich, hatte mit Größen wie …«, er sah auf seinen Notizblock, »P. Diddy und Cyndi Lauper zusammengearbeitet.« Na, wenigstens Cyndi Lauper war Grohsman ein Begriff. »In dieser Zeit hatte er sogar seinen eigenen Club, ›The Dance Bang‹. Vor dreizehn Jahren hatte er jedoch einen Unfall, er ist von der Bühne gestürzt.«

»Zu tief ins Glas geschaut?«, fragte Kienzle.

»Nein, angeblich eine fehlerhafte Bühnenkonstruktion. Ziemlich dramatisch, die Geschichte, Schädel-Hirn-Trauma, daraus resultierten neurologische Störungen. Die scheint er überwunden zu haben, jedenfalls findet sich im Netz nichts darüber. Lienhart hatte nach wie vor zahlreiche weibliche Fans.«

»Und damit viele Neider und Eifersüchtler«, meinte Agnes Drese.

»Deckt sich mit dem, was eine der Hausbewohnerinnen ausgesagt hat.« Joe legte ein paar Fotos auf den Tisch. »Die stammen von Viviane Edlinger, die kurz auf Lienharts Party war. Auf dem Server hab ich das Bildmaterial schon gespeichert.«

»Danke. Aha, die Mehrzahl der Gäste ist weiblich und größtenteils jünger als Lienhart«, stellte Grohsman fest.

»Oder sie hat nur die jungen Frauen fotografiert. Ihre Neigung geht in die Richtung«, brachte Joe an.

»Verstehe. Häng die Fotos bitte auf. Und schreib die Namen

dazu, sofern vorhanden.« Er drückte Joe einen Marker in die Hand. »Ralf, was habt ihr bisher?«

Aichhorn stand auf. »Die Fotos der Drohnenaufnahmen sind auf dem Server, Auswertung läuft. Ich werfe sie mal auf den Screen.«

Ein paar Klicks später murmelte das Team über die Verwüstung in Lienharts Wohnung. Grohsman bemerkte erst durch die Vogelperspektive eine Schneise durch das Chaos auf dem Boden. »Hat da jemand das Opfer auf den Balkon gezogen?«

Aichhorn schüttelte den Kopf. »Das hätte Spuren auf der Kleidung des Toten hinterlassen. Da hat nur zwischendurch jemand für Ordnung gesorgt.«

Grohsman schnaubte. »›Ordnung‹ ist in dem Zusammenhang ein Hohn. Also zur Aufgabenverteilung: Gregor, Joe, seht euch bitte die üblichen Eckdaten an. Laptop, Handy, Bankkonto, na, ihr wisst schon. Vor allem, ob es Partyfotos auf Lienharts Handy gibt. Und so was wie eine Einladungsliste. Die wichtigsten Infos tippe ich in die Messengergroup. Ich habe dich hinzugefügt, Ralf.« Hatte ihm Lukas gezeigt, wie man eine derartige Gruppe erstellt. »Wenn wir dich mit einbeziehen dürfen, Agnes, ergänze ich dich.«

»Oh, das wäre cool«, meinte die Polizistin.

Nachdem alle sein Büro verlassen hatten, kehrte Grohsman zurück an den Schreibtisch. Sally hüpfte voller Erwartung auf. Armer Hund. Sollte er sie rasch heimbringen? Lukas war sicher nicht zu Hause, sie müsste sich mit Smoky begnügen. Mit dem silbergrauen Kater, den sie letztes Jahr in einem Park bei der Donau gerettet hatte. Gegen Mitternacht, halb ersoffen unter einem Busch. Die beiden so lange allein lassen? Mit Schrecken erinnerte er sich an die »Umgestaltung« der Wohnung, die die zwei letztes Mal vorgenommen hatten. Wurde Zeit, dass Zina wieder nach Wien kam. Nicht nur wegen Sally, überlegte Grohsman mit versonnenem Lächeln. Na, eine Woche musste er noch warten.

9

»Boss, hast du kurz Zeit? Wir haben überraschend flott Zugriff auf die Bankdaten des Toten bekommen.« Joe legte ihrem Chef den Kontoauszug vor.

Grohsman überflog die Daten. »Keine exorbitanten Einnahmen oder Ausgaben. Konto leicht im Plus. Seine Finanzen lassen weder einen Suizid vermuten noch bieten sie ein Mordmotiv. Übrigens, liegst du im Clinch mit Gregor? Vorhin habt ihr euch ziemlich grantig angeschaut.«

»Na, für Arbeitsverweigerung reicht es noch nicht.« Sie schätzte es, dass sich der Boss in ihre kleineren Reibereien nicht einmischte. Ihre Fehden mit Kienzle focht sie lieber unter vier Augen aus.

»Gut. Ich habe Lienharts Familienangehörige verständigt. Die Eltern leben in Innsbruck. Der Vater hat morgen eine ärztliche Behandlung, die er nicht aufschieben kann. Aber sie kommen am Mittwoch im Laufe des Tages nach Wien.«

»Ein Scheißjob, Eltern mitzuteilen, dass ihr Kind tot ist.« Joe war dankbar, dass der Boss diese Aufgabe übernahm. So richtig kuschelig war an ihrem Beruf gar nichts. Dennoch konnte sie sich keinen anderen vorstellen. »Haben die irgendwas zu diesem Bühnenunfall gesagt? Hat er deshalb den Club geschlossen?«

»Nein, mit dem ist er pleitegegangen. Er war Musiker, kein Geschäftsmann, hat seine Mutter klargestellt. Aber nach dem Untergang von dem Club war's auch vorbei mit der großen Karriere. Die Snobiety hat ihn fallen gelassen wie ein angerotztes Taschentuch. Er hat sich danach komplett neu aufgestellt, weil er es satthatte, ständig Musik aufzulegen, die ihm nicht taugt. Meint die Mutter. Ging angeblich gut, die Masche mit der Retrowelle. Na ja, immerhin ist sein Konto nicht im Minus. Jedenfalls war der Unfall erst später. Der war aber heftig, Lienhart lag zwei Wochen im Koma. Danach musste er wieder Gehen und Sprechen lernen.«

»Und sich noch einmal neu erfinden, richtig?« Davon hatte Joe nichts im Netz gelesen.

»Kannst du hellsehen? Das waren ziemlich exakt die Worte

der Eltern. Der Unfall hatte jedoch angeblich keinerlei Nach-
wirkungen.«

»Schon arg, Sturz von der Bühne, und dann kommt er auf
ähnliche Art ums Leben.«

»Der Gedanke ist mir auch gekommen. Lienhart hat übrigens
noch eine Schwester, Daniela, die konnte ich noch nicht erreichen. Laut Eltern hatten die Geschwister jedoch kaum Kontakt.
Daniela hat die Lebensweise ihres Bruders abgelehnt. Sie ist vor
sieben Jahren in die USA ausgewandert. Nach ›The Villages‹.«

»Nie gehört. Wo ist das?«, hakte Joe nach.

»In Florida. Das ist die größte Rentnersiedlung der Welt.
Über hunderttausend *elderly people* wohnen dort. Sagt das
Internet. Daniela Lienhart arbeitet in diesem Projekt als Frei-
zeitgestalterin. Ach, und laut Eltern hatte Lienhart keine ständige Partnerin. Wie haben sie es ausgedrückt? ›Er war noch auf
der Suche nach der großen Liebe. Bis dahin flatterte er wie ein
Schmetterling von Blüte zu Blüte.‹«

»Ehrlich? Meine Mutter würde so jemanden als Playboy
bezeichnen. Na, Eltern sehen das wohl anders, wenn es sich
um einen Sohn handelt.«

Der Boss zwinkerte ihr zu. »Was für ein Glück, dass ich weder Täter noch Opfer verstehen muss. Ich muss mich lediglich
so weit hineinversetzen können, um Mordmotive auszuloten.«
Er zeigte auf die acht großen Kartons, die sich neben seinem
Schreibtisch stapelten. »Die Sachen sind aus der Wohnung des
Toten. Wenn sich jeder von uns zwei Kartons vornimmt …
stopp. Ursula Manz ist ja im Krankenstand. Hoffentlich ist sie
bald wieder einsatzbereit.«

»Und Agnes? Kann sie uns helfen?«

»Muss ich erst nachfragen. Antrag stellen oder so. Bis dahin
müssen wir zwei uns abrackern.«

Joe eilte aus dem Büro und kam mit einem Plattformwagen
zurück. Klappte das Ding auf, stapelte vier Kartons darauf und
setzte sich in Bewegung. »Mal sehen, wer schneller ist!«

10

Von der Durchsicht des ersten Kartons von Lienhart schwirrte Grohsman der Kopf. Ordner, Boxen ... Irgendwann hatte er nicht mehr wahrgenommen, was auf den Blättern stand. Zeitverschwendung. »Komm, Sally, für heute langt es. Ab nach Hause mit uns, dann geht sich noch ein gemeinsames Abendessen mit Lukas aus.«

Wieso hatte Lukas die Tür zum Wohnzimmer geschlossen? Smoky maunzte leise und versuchte, sie durch Scharren aufzubekommen.

»Na komm, ich mach dir auf.«

Oh. Hoppla.

»Kannst du nicht anklopfen?«, blaffte Lukas ihn an. Mit hochrotem Kopf sprang sein Neffe auf und schnappte sich sein T-Shirt. Hielt es vor seine entblößte Vorderseite. Die junge Frau neben ihm suchte ebenfalls hektisch nach einem Kleidungsstück. Als sie keines fand, angelte sie sich die Tagesdecke.

Grohsman wandte sich rasch ab. »Anklopfen? Am Wohnzimmer? Auf die Idee wär ich nicht gekommen«, murmelte er beim Abgang. Warum hatten sich die beiden nicht in das Zimmer von Lukas zurückgezogen? »Ich hab geglaubt, du studierst Mathe, nicht Biologie«, konnte er sich nicht verkneifen.

»Sehr witzig«, zischte sein Neffe.

Die junge Frau hingegen prustete los. »'tschuldigung. Wir ... Ich bin schon weg.«

»Nein, bleiben Sie doch. Haben Sie Hunger?«, rief Grohsman ihr vom Vorzimmer aus zu.

Wenig später schlich Lukas mit seiner Begleitung in die Küche. Eine junge, ungekünstelte Frau, dunkles Haar, kinnlang. Graue Augen. Am besten gefiel Grohsman ihr schelmisches Lächeln, das ihn entfernt an seine Caro erinnerte.

»Ich heiße Sibylle, aber alle nennen mich Billie. Ich bin der Studien-Buddy von Lukas.«

»Hallo, Billie. Sie studieren also auch? Und gehen daneben noch zur Schule?«

»Also, Du reicht völlig. Ja, ich hab ebenfalls während der Schulzeit begonnen, bin aber im zweiten Studienabschnitt. Bin schon zwanzig und ein Nerd wie Lukas.« Wieder blitzte der Schalk in ihren Augen.

»Nerd? Ich finde euch großartig. Kommt, setzt euch.« Billie langte ordentlich zu und lobte Grohsmans gefüllte Paprika, die er rasch aufgetaut hatte. Eines der Gerichte, die er aus dem Effeff beherrschte.

»Sie sind also bei der Kripo? Bearbeiten Mordfälle?«, fragte Billie.

»Er hat grad einen neuen Fall hereinbekommen«, bestätigte Lukas eifrig. »Darfst du davon erzählen?«

Na, ein paar Eckdaten konnte er doch ausplaudern. »Ein Musiker kam unter noch ungeklärten ...« Grohsman brach ab. Er hörte sich an wie ein Nachrichtensprecher.

»Musiker? Einer, den man kennt?«

»Ich bin nicht so firm in dieser Szene. Angeblich war er früher angesagt. Das hat sich geändert, aber einige junge Frauen stehen noch immer auf ihn. Ich frag mich, was die an so einem Typen finden.«

»Gibt's ein Video von ihm? In Action?« Billie rutschte auf ihrem Sessel näher.

Das ging doch als Feldstudie durch, oder? Grohsman holte seinen Laptop. »Ihr dürft mich aber nicht verpfeifen. Oder in den sozialen Medien herausposaunen, was ihr gesehen habt.«

»Ehrensache.« Billie hob zwei Finger feierlich zum Schwur. »Ich bin sowieso Social-Media-Autist. Meine Accounts sind alle mausetot, ich hab die bloß zur Recherche.«

Die junge Frau wurde Grohsman immer sympathischer.

Konzentriert verfolgte Billie den Clip. »Also, ich bin kein Maßstab, und auf den Typen konkret steh ich nicht.« Sie verschränkte ihre Arme. »Aber wir jungen Frauen haben möglicherweise andere Kriterien als ihr Jungs, wenn es um die Bewertung der Attraktivität des anderen Geschlechts geht. Unterm Strich seid ihr euch viel einiger, ob eine Frau Sexappeal hat. Gute Figur, tolle Haare, passt schon.« Sie schien den protestierenden Blick von ihm und von Lukas wahrzunehmen und fügte rasch hinzu: »Okay, das war ein Stereotyp. Frauen stehen jedenfalls auf das Gesamtpaket. Sixpack oder eine Wallemähne sind nett, aber ohne Ausstrahlungskraft und Auftreten ist das zu wenig. Na ja, ich find's schon gut, wenn ich mich vor einem Typen in der Nacht nicht schrecken muss. Der Kerl da, der trägt bei den Balladen eine gewisse Melancholie in sich, das verleiht ihm einen sensiblen Touch. Und wie er das Mikro lässig von einer Hand in die andere wirft, das regt die Phantasie vieler Mädels an. Dass er nach einem Gig an der Bar steht und mit rauchiger Stimme über prickelnde Songtexte monologisiert. Da kriegen manche Mädels bestimmt nasse Träume.«

Grohsman hätte sich fast verschluckt. Wie staubtrocken sie den Sager rausschob! »Billie, du kannst öfters vorbeischauen.«

11

»Wie geht es dir?«

»Beschissen. Voll der Kater. Immer noch. Und dir?«

»Ganz okay. Was wirst du jetzt machen?«

»Ausschlafen. Und morgen wieder arbeiten gehen.«

»Das mein ich nicht ...«

»Was denn sonst? Alter, rede Klartext.«

»Weißt du nicht mehr? Du hast mich angerufen. Um drei in der Früh.«

»Echt? Kann mich nicht erinnern.«

»Du hast keinen Schimmer mehr? Ich mach mir Sorgen, Mann. Ehrlich.«

»Hey, ich hab einen Filmriss, voll! Kein Wunder, oder? Du hast doch auch gesoffen. Wieso spürst du nichts?«

»Weil ich beim Wein geblieben bin. Du hättest nicht hingehen sollen.«

»Geh, warum? Ich wollte den Kerl doch kennenlernen. Hat eh nichts gebracht. So ein Waschlappen. Dass meine Frau mit dem ... pfa, grauslich.«

»Das hat sich jetzt wohl erübrigt.«

»Also, mit dem treff ich mich nicht mehr.«

»Nein, das glaub ich auch nicht. Wie denn auch.«

»Wieso schaust du so komisch?«

»Na, du bist gut. Du ... du ... hast den Typen vom Balkon gekippt!«

»Was? So ein Blödsinn. Kann gar nicht sein. Wie ich abgehaut bin, war doch noch voll die Party.«

»Du hast mich angerufen. Und erzählt, dass du aufgewacht bist. Dass du noch mal zurückgefahren bist, mit einer Stinkwut im Bauch.«

Das Auto! Bin ich echt noch gefahren? Aber ich war doch blunzenfett. »Nein ... Ich war nicht in seiner Wohnung ... Wie kommst du auf diese Geschichte?«

»Hast du aber gesagt. Erst hab ich geglaubt, du machst einen dummen Scherz. Aber du hast mir ein Foto geschickt.«

»Foto? Wovon?«

»Vom Toten. Warte, ich zeig's dir auf deinem Handy.«

Dienstag, 4. November

1

Ein bemerkenswerter Abend gestern, den Grohsman mit Lukas und Billie für Nachhilfe in Jugendsprache genutzt hatte. Nun wusste er, dass »Rizz« – stimmhaftes Z wie in »Grizzlybär« – »Charisma« bedeutete.

Dieses Wort geisterte Grohsman beim Decken des Frühstückstischs durch den Kopf. Ob Lienhart in den Augen seiner weiblichen Fans »Rizz« hatte? Seinen Neffen fragte er dazu lieber nicht, dessen Miene verfinsterte gerade die Küche. Ein knappes »Morgen« brachte Lukas raus, für »gut« reichte es nicht.

»Alles okay bei dir? War doch ein lustiger Abend gestern.« Den sich der Junge vielleicht anders vorgestellt hatte, mehr Zeit mit Billie allein, weniger Einmischung von Grohsman?

»Ist nicht wegen gestern. Nicht so wichtig. Sorry, ich muss los, bis später.«

Dann musste Grohsman seinen Kaffee – standesgemäß zubereitet mit seiner Bialetti – eben ohne Gesellschaft genießen. So ein richtiger Morgenplauderer war er ohnehin nicht. Er spazierte mit Sally zur Arbeit ins LKA, zu Fuß eine Viertelstunde von seiner Wohnung entfernt. Die Hündin kannte diese Routine schon. Büro – langer Tag – also unter dem Schreibtisch zusammenrollen und schnarcheln.

Ihr Schlaf wurde von Grohsmans Chef gestört, Oberstleutnant Ungerböck, der die Tür aufriss.

»Was ist jetzt mit dieser Sache da, wann können wir das abhaken? Ich will nicht mit einem ungelösten Fall in Pension gehen.«

Ich bin nicht schwerhörig, wollte Grohsman ihm entgegnen. Aber damit würde er die Dezibelzahl bloß noch anheben. Wobei, der Ungerböck und Ruhestand? Oder war das wieder einmal eine seiner semiwitzigen Metaphern? »Wir sind erst seit gestern dran.«

Grohsmans Handy läutete. »Moment, Herr Oberstleutnant, da muss ich rangehen, das ist Dr. Schlesinger. – Ja, Oskar? Kannst du schon etwas zur Todesursache sagen?«

»Die war eindeutig der Sturz. Soweit man das beurteilen kann, gibt es keine prämortalen Blessuren, lässt sich bei den vielen Frakturen natürlich nicht ganz einwandfrei verifizieren. Der Tote hatte zwei Komma sieben Promille Blut im Alkohol, haha. Nein, natürlich umgekehrt. Sprich, er war abgefüllt bis über die Ohren. Und was wir bisher an sonstigen Substanzen nachweisen konnten, na grüß Gott. Nicht das erste Mal, dass er gehascht und gekokst hat.«

»Hinweise auf Antidepressiva?«

»Tox-Screen ist noch nicht abgeschlossen. Außerdem hatte er Geschlechtsverkehr, hat aber nachher geduscht. Ich muss erst prüfen, ob es brauchbare Fremd-DNS gibt. Mehr hab ich noch nicht. Ich melde mich wieder!«

»Danke!« Grohsman sah in Ungerböcks erwartungsvolle Augen. »Noch nichts Definitives. Dr. Schlesinger braucht mehr Zeit.«

»Zeit, Zeit … Und überhaupt, Grohsman, wieso ist der Hund schon wieder da? Ich habe Ihnen schon einmal gesagt …«

»Ich überlege mir, sie zum Polizeihund ausbilden zu lassen. Der Kollege Koller meinte, sie hätte Potenzial.« Das war nicht ganz korrekt. Letztes Jahr hatte Sally in einem Fall einen wichtigen Teil der Lösung erschnüffelt. Davon hatte er Koller bei einer beschwingten Polizeirunde erzählt. Worauf der Ausbilder der Hundestaffel ihm bestätigt hatte, dass er auch kleinere Hunde im Einsatz hatte. Natürlich hatten sie nicht über Sallys Karrierechancen bei der Polizei gesprochen. Ungerböck ließ es dennoch dabei bewenden und stürmte aus dem Büro.

»Was ist denn mit dem los, hat der sein eigenes Spiegelbild gesehen?«, witzelte Joe beim Hereinkommen. »Wenn er sauer ist, schaut er drein wie ein Mops mit Blähungen.«

»Tja. Was kann ich für dich tun, Joe?«

»Im Vernehmungsraum warten drei junge Frauen auf dich.

Die drei Streithennen, wie's die eine Zeugin ausgedrückt hat. Personalien hab ich schon aufgenommen.«

2

Margie, Jenny und Lisi, die Partygäste bei Lienhart, knotzten im Vernehmungsraum entspannt wie in einer Hotellounge. Grohsman hockte sich auf den unbequemen Holzsessel und legte Stift und Notizblock auf den Tisch.

»Wie im Film!« Eine der drei klatschte in die Hände. »Jetzt sind wir quasi Kommissarinnen.«

Grohsman beließ sie in der Annahme. »Dafür, dass Sie erst vor Kurzem vom Tod des Partygebers erfahren haben, ist Ihre Laune ziemlich beschwingt«, ätzte er.

»Na jaaa, sorry ... Wir sind natürlich traurig. Aber ist unser Dasein nicht zu kurz, um mit einer Trauermiene durchs Leben zu laufen?«

Mit einem Seufzer nahm Grohsman die philosophischen Ergüsse dieser rund Zwanzigjährigen zur Kenntnis. »Apropos Trauermiene, wie war Herr Lienhart an dem Abend denn so drauf?«

»Na, wie immer! – Ein bisschen crazy, aber sonst cool«, quasselten sie durcheinander.

»Hört sich nicht nach jemandem an, der seinem Leben ein Ende bereiten will«, murmelte Grohsman mehr zu sich.

»Voll. – Hätt ich nie von ihm gedacht. – Doch nicht der Manu.« Wieder antworteten alle drei gleichzeitig. Schimmerten Tränen in den Augen von Jenny?

»Angeblich gab es Reibereien mit Ihnen, richtig?« Grohsman fixierte die Frauen.

Margie rutschte auf ihrem Sessel hin und her. »Also, auf unseren Partys geht's halt nicht so spießig zu.« Sie verschränkte die Arme.

»Wir haben uns wieder versöhnt. Das haben wir zu viert gefeiert, im Bad.« Ein Leuchten erhellte Lisis Augen.

»Na komm, das war nur Herumgeknutsche«, relativierte Margie.

»Aber ziemlich heiß, das müsst ihr zugeben!«, raunte Jenny ihren Freundinnen zu. Ihre Stimme war um mindestens eine Terz gesunken.

Die drei und »Manu«? Nein, Grohsman versuchte nicht, sich das Szenario vorzustellen. »Können Sie mir bei der Zuordnung dieser Fotos helfen?« Grohsman breitete die bisher vorhandenen Schnappschüsse von der Feier aus. Einige Augenblicke lang kam er sich vor wie auf einer Cocktailparty.

»Das ist der Klausi!« – »Geh bitte, das ist doch der Robert!« – »Habts ihr was auf den Augen? Die rote Hose, die hat der Flori getragen, ganz sicher!« – »Uuuh, da kannst du recht haben, die Hose hat meine Hornhaut verätzt, wie kann man so was tragen?« – »Na ja, aber Robert mit seinem violetten Leiberl war auch nicht grad der Fashionking!« – »Oh, schauts euch die Fingernägel von der Tina an, ist mir bei der Party gar nicht aufgefallen. Das ist so was von No-Go!« – »Nein, der Robert hatte nichts mit der Sabsi.« – »Doooch, das weiß ich ganz genau, ich hab die zwei doch erwischt!« – »Ja, aber höchstens knutschend.« – »Nein, wenn ich dir's doch sage! Die haben in der Küche wie die Karnickel …« – »Die Sabsi?«

»Meine Damen, darf ich Ihnen einen Kaffee bringen?«, unterbrach Grohsman das Geschnatter der jungen Frauen launig.

»Das wär super! Einen Cappuccino mit zwei Stück Zucker!« – »Für mich bitte einen Soja Latte, ich vertrag keine Milch.« – »Gibt's hier auch Tee? Einen Sencha?«

Die drei hatten seinen Scherz für ein ernsthaftes Angebot gehalten. Andererseits konnte auch er eine Stärkung vertragen. Und ein duftender Kaffee förderte eventuell die Motivation der Frauen. Mittlerweile war der absolut trinkbar.

Früher war die Brühe im Büro bestenfalls zum Wollefärben geeignet gewesen, woraufhin sie im Team in einen Kaffeevollautomaten investiert hatten.

Grohsman kam mit vier Bechern wieder. »Sencha hab ich nicht, Sie müssen mit diesem Grüntee vorliebnehmen. Und Soja ist aus, das ist ein Mandel Latte«, brummte er und stellte den Frauen ihre Getränke hin. Und nahm einen Schluck von seinem kleinen Mokka.

»Hey, urcool«, jubelte Jenny. »Die Polizei, dein Freund und Helfer!« Sie beugte sich wieder über die Fotos. »Also das da, das ist der Klausi, mit der Veronika. Das könnt der Mecki sein, der hat so eine Ziegenstimme. Das hier sieht nach der Antje aus. Und das sind Kathrin eins und Kathrin zwei, Michi, Millie und Edgar. Von dem da kenn ich nur den Spitznamen, Sneaky – der läuft nur mit Sneakers rum. Ah, und das da«, sie klopfte heftig mit dem Finger auf ein Foto, »das ist Herwig. An den erinnere ich mich besonders, weil er Zoff mit Manu hatte. Es ging um irgendwas mit Sandy, glaub ich.«

»Das ist die Alte vom Herwig«, ergänzte Margie. »Eigentlich heißt sie Alexandra, klingt aber nicht so hip.«

»Wieso war die eigentlich nicht da?«, fragte Lisi.

»Weil sich die Lovebirds gebeeft haben.«

»Stunk zwischen Sandy und Manu?«

»Nööö, die waren nicht verknallt. Ich glaub, die war eine der wenigen Frauen, mit der nix lief. Also, nur eine Kumpeline.«

Grohsman überlegte, ob er jemals so eine Befragung erlebt hatte. Das war eher eine »Zuhörung«. Seit dem Kaffee hatte er keine Frage mehr gestellt, sondern schrieb eifrig die überdrehten Meldungen der drei Frauen mit. »Haben Herwig und Sandy auch Nachnamen?«, unterbrach er das Kaffeekränzchen.

»Irgendwas mit F ... Fra, Fre ...«, grübelte Lisi.

»Aber nein, der Name fängt mit K an. Kier ... Kor ...«, entgegnete Jenny.

»Benning!«, rief Margie aufgeregt, was erneut ein lebhaftes Geschnatter hervorrief.

»Bist du sicher? Ich hätte schwören können ...«

»Herwig ist doch der Steuerberater vom Manu. Schau, ich hab mir die Visitenkarte abfotografiert.«

»Wofür brauchst *du* einen Steuerberater?«

»Na hör mal, ich will mich mit meinem Beautysalon selbstständig machen. Damit niemand mit so Katastrophennägeln herumlaufen muss wie die Tina. Die sollte ihr Nagelstudio verklagen!«

»Meine Damen!«, rief Grohsman den vergnügten Haufen zur Ordnung. »Von der Visitenkarte brauche ich eine Kopie. Wenn ich also zusammenfassen darf: Herwig Benning, Ehemann von Sandy, hatte Streit mit dem Toten ...«

»Na ja, nicht mit dem Toten. Manu hat da schon noch gelebt«, fiel ihm Margie staubtrocken ins Wort.

Grohsman bemühte sich, ernst zu bleiben. »Natürlich. Also, Streit mit Herrn Lienhart. Wegen Sandy? Oder gab es einen anderen Grund?«

»Das hab ich nicht so mitgekriegt. Der Manu lässt nichts anbrennen, aber man kann ihm einfach nicht böse sein.«

»Schön. Und wann sind Sie gegangen?«

Jenny kicherte. »Wir haben uns zu dritt ein Taxi geteilt. Um halb eins.«

»Das können Sie gerne nachprüfen, ich schreib Ihnen die Nummer auf, der Fahrer hieß Kalim. Ein süßer Kerl!«, schwärmte Lisi.

»Geh, du findest ja jeden süß, der dunkle Augen und schwarze Haare hat.« Margie boxte sie spielerisch in die Seite. Grohsman ging davon aus, dass dieser Kalim sich an die Ladys erinnerte.

Himmlisch, die Stille, nachdem die drei gegangen waren. Grohsman wählte sofort Herwig Bennings Nummer. Nach dem vierten Versuch sprach er ihm auf die Mailbox.

Ob Nicky Witt doch zur Teamverstärkung verfügbar wäre? Ihr letzter Fall, das Justizopfer Piring, war sogar durch die internationalen Tageszeitungen gegangen. Grohsman schrieb ihr eine SMS. »Neuer Fall – Klärung Suizid oder Tötungsdelikt – füge dich zur Gruppe hinzu, ruf dich später an.«

Dann legte er die Namensliste inklusive Notizen, wer laut den drei Frauen zu wem und auf wen wie stand, auf Kienzles Schreibtisch. Er schmunzelte immer noch, als er Kienzle um einen Abgleich mit Lienharts Telefonliste bat. »Schaffst du die Ergebnisse bis morgen?«

»Klar, Chef. Was ist denn so witzig?«, fragte Kienzle.
»Die letzte Befragung. Die drei waren filmreif.«

3

Da sind jede Menge Fotos von dem Toten. Auf meinem Handy. Voll rangezoomt, bist du deppert. Die sind sogar gestochen scharf! Wann hab ich die gemacht? Und vor allem, warum? Ich kann mich überhaupt nicht erinnern ... Wieso hab ich nicht gekotzt? Oder hab ich den Balkon vollgereihert? Dann finden die mich am Ende!

Nein, dann wären die ja schon da. Außerdem – na, hab ich halt irgendwann hingespieben. Hängt ja kein Schild mit der Uhrzeit dran. Haha, der war lustig!

4

»Bing!«, kündigte sich eine neue Nachricht an. Joe blickte auf ihr Handy. Die Brille, die im Hof in der Nähe von Lienhart gelegen hatte, stammte vom Toten. Keine anderen Fingerabdrücke außer denen des Besitzers. »Sorry wegen der Verzögerung«, hatte Aichhorn mit einem Smiley hinzugefügt. Total nett! Was brauchte es eigentlich, um als Kriminaltechnikerin anzuheuern? Sollte sie ihn mal fragen? Rasch schob sie den Gedanken zur Seite.

War Lienhart die Brille im Zuge des Sturzes aus der Kleidung gefallen? Nein. Er hatte einen Morgenmantel ohne Taschen und knallenge Jeans getragen. Joe griff zum Handy. »'tschuldigung, Nicky, ich hab eine Frage ...« Erst musste sie die Psychologin einweihen.

»Klar! Geht es um euren neuen Fall? Wie kann ich weiterhelfen?«

Dann hatte der Boss die Psychologin schon offiziell hinzugezogen, perfekt. Ersparte sie sich die Erklärungen. »Stimmt es eigentlich, dass Suizidopfer ihre Brille vorher ablegen?«

»Ja, Joe. Den Grund weiß man nicht, weil man die Toten nicht mehr fragen kann. Und jene, die den Versuch überlebt haben, erinnern sich nicht mehr, was sie davor getan haben. Und schon gar nicht, warum.«

»Alles klar, danke.« Ein weiterer Punkt, bei Manuel Lienhart einen Suizid anzuzweifeln.

»Was habt ihr sonst?«, hakte Nicky nach. »Ich hab erst die Eckdaten zur Person des Opfers durchgelesen. Musiker und Frauenschwarm, weiter bin ich noch nicht gekommen.«

»Zu Lienharts Bühnenunfall inklusive neurologischer Störungen bist du noch nicht vorgedrungen?«

»Nein. Fragt sich, ob etwas zurückgeblieben ist. Damit ist nicht zu spaßen. Und ich sage es ungern: Es gibt immer Ausnahmen von der Regel«, räumte Nicky ein. »Besonders, wenn erhebliche Mengen von Alkohol im Spiel sind.«

»War wahrscheinlich eh ein tragischer Unfall«, murmelte Joe.

5

Nachdenklich las sich Nicky die bisherigen Ermittlungsergebnisse zu Lienhart durch. Suizid im November war keine Seltenheit, auch wenn sich die Selbsttötungen in diesem Monat nicht so signifikant häuften wie landläufig angenommen. Bei depressiven Menschen ließ sich sogar das Paradoxon beobachten, dass die Zahl der Suizide ausgerechnet in den sonnigen Monaten anstieg. Bei näherer Betrachtung gar nicht so absurd: Wenn das Umfeld ebenfalls miesepetrig war, fiel depressiven Menschen – salopp gesagt – ihre eigene Niedergeschlagenheit nicht so auf. Doch sobald die anderen in Hochstimmung waren, verschärfte dies die eigene Tristesse.

Joe hatte von möglichen neurologischen Störungen gesprochen. Nicky scrollte die Untersuchungsergebnisse durch.

Bisher waren keine einschlägigen Medikamente nachgewiesen worden.

Sie legte das Handy zur Seite. Endlich wieder eine Zusammenarbeit mit Grohsmans Team. Sie hatte ihren Job als Klinische Psychologin im Hanusch-Krankenhaus an den Nagel gehängt. Weil ihr Anfang des Jahres das Studium der Forensischen Psychologie, die Krankenhausdienste und dazu noch Privatpatienten über den Kopf gewachsen waren. Das Studium in Konstanz hatte sie abgeschlossen, langweilig war ihr dennoch nicht. Mittlerweile fungierte sie als Beraterin der Kriminalpolizei und betreute Strafgefangene in Justizanstalten. Und einige der Privatklienten hatte sie behalten.

Apropos, wo blieb eigentlich ihr Klient? Es war schon knapp nach siebzehn Uhr. Kam öfters vor, dass sich Dominik Fuchs um ein paar Minuten verspätete.

Sie betrat den Praxisraum. Groß genug für Bewegungstherapie, der Parkettboden aus Ahorn hielt selbst das Gestampfe einer kompletten Gruppe aus. Die zwei weinroten Lederfauteuils hatten schon viele Jahre auf dem Buckel und schafften eine heimelige Atmosphäre, die für ein konstruktives Klientengespräch essenziell war. Unterschiedliche Klienten hatten hier ihre intimsten Geheimnisse ausgeplaudert. Soziopathen und Psychopathen. Menschen mit schwersten Depressionen, Angststörungen, Suchtverhalten oder Schizophrenie. Und natürlich das weite Feld der Geschlechtsinkongruenz, dem Zustand der Nichtübereinstimmung der Geschlechtsidentität einer Person mit dem biologisch zugewiesenen Geschlecht. Ein faszinierendes Thema, mit dem sie mittlerweile häufiger konfrontiert wurde.

Statt in Sitzgelegenheiten hatte Nicky in eine neue Soundanlage investiert. Die sie selbst in den Pausen nutzte. Sie legte eine CD von ZAZ ein. Joe Kettler würde sie verspotten. Wie anachronistisch, die Silberscheiben! Nicky strich über ihr kleines Regal mit CDs, die sie in Gruppensessions als therapeutische Intervention einsetzte. Wie »La Ballade des Gens Heureux«, das eben lief. »Unsere alte Erde ist ein Stern, wo auch du ein wenig glänzt. Ich komme, um dir die Ballade der glücklichen Leute zu singen.« Reflexartig swingte sie den Rhythmus mit.

Und jetzt bloß nicht in einer Erinnerungsschleife hängen bleiben. Das Konzert der französischen Chansonniere hatte sie damals mit Pascal Vignaud besucht. Ihrem Ex-Kollegen. Ach, Pascal … Eine Zeit lang hatte sie gehofft, sie und der fesche Franzose mit den meerblauen Augen und dem Spitzbubencharme könnten mehr sein als nur Kollegen. Bis er ihr eröffnet hatte, dass er auf Jungs stand. Was für eine Verschwendung. Eine Beziehung mit einem Kollegen sei sowieso Humbug, hatte sie sich eingeredet. Wie war das mit den sauren Trauben?

Pascal hatte auf Therapie mit Tieren umgesattelt und war nach Oberösterreich übersiedelt. Nach Linz. Die feine Freundschaft, die sich zwischen ihnen entwickelt hatte, wollte Nicky nicht missen. »*Je viens te chanter la ballade, la ballade des gens heureux*«, trällerte sie. Für den nächsten Karaoke-Wettbewerb reichte es nicht.

Der Signalton kündigte eine Textnachricht an. War nur noch Zeit für Kurznachrichten? Ihr Klient Dominik Fuchs sagte ab, mit der Bitte, die Stunde zu verschieben. Nicht das erste Mal, dass er eine Session so knapp davor cancelte. Sollte sie die Zusammenarbeit mit ihm beenden? Bei der Therapie seiner Depression erzielte er kaum Fortschritte, weil er immer wieder mit der Dosierung seiner Medikamente experimentierte. Nicky blätterte in ihrem Kalender und tippte eine SMS. »Herr Fuchs, das ist das letzte Mal, dass ich diese kurzfristige Absage akzeptiere. Mittwoch den 12. habe ich um elf Uhr noch einen Termin frei.«

»Passt. Babaaa!«

Babaaa? Wie war der denn drauf? Da brauchte es dringend ein klärendes Gespräch, wie und ob die Therapie weitergehen sollte.

Durch die Absage hatte sie Zeit, über die Umgestaltung der Praxis nachzudenken. Silvia, die Physiotherapeutin, mit der sie sich die Räume geteilt hatte, war ausgezogen. Jobwechsel. Und wer zog nun in Nickys verwaiste Ordination? Wer passte, um die Praxis zu beleben? Und sich die Mietkosten mit ihr zu teilen. *»Je viens te chanter la ballade …«*, stimmte sie trotzig an.

6

Meine Frau war heute wieder im Fitnesscenter. Die wollte sicher ihren Lover treffen. Ist schon nach einer Stunde zurückgekommen. »Mir geht's nicht so gut«, hat sie gesagt. Eh klar, weil ihr Hapschi weg ist. Auf immer. Komische Sache, irgendwie tut es mir leid, dass sie jetzt traurig ist. »Soll ich dir einen Tee machen?«, hab ich sie gefragt. »Das wär total lieb von dir. So fürsorglich kenn ich dich gar nicht«, hat sie gesagt.

Hey, guter Plan: Ich kümmere mich um sie, und dann wird alles wieder wie früher.

7

Was war das für ein Lärm? Joe blinzelte auf den Wecker. Ein Uhr morgens! Frechheit.

Sie hatte die Wahl. Entweder aufstehen, was anziehen und herausfinden, woher die Musik kam. Wenn man bei dem Getöse von Musik sprechen konnte. Sie stand auch nicht gerade auf sanfte Töne. Red Hot Chili Peppers und so, die waren schon mega. Aber dieses Gehämmer? Polster über die Ohren legen. Nein, keine Chance. Bass und Drums schlugen weiterhin gegen die Hörschnecke und an die Schädeldecke.

»Ihr könnt was erleben«, maulte sie und kraxelte aus dem Bett. Angelte nach einem Pullover, den Jeans und schlüpfte in die Sneakers. Ihr Blick streifte den Spiegel. Bei der nächsten Fashionshow würde sie nur punkten, wenn der »Out-of-Bed-Look« angesagt war. Kümmerte sie herzlich wenig.

War sie die Einzige, die den Lärm voll daneben fand? Okay, ihre Nachbarn rechts, die Holtens, die waren stocktaub. Neben denen konnte ein Nebelhorn tröten. Und die anderen im Haus? Joe schlurfte ein Stockwerk tiefer, wo sie die Lärmquelle vermutete. Zu Recht. Genau in der Wohnung unter ihr war der Radau. Sie klingelte. Klopfte gegen die Tür. Hämmerte dagegen. Läutete Sturm. Endlich wurde die Tür einen Spalt geöffnet.

»Is'n?«, nuschelte ein Mann um die vierzig, der auf Zwanzigjähriger machte. Rot gefärbte Haare, die durch Gel oder Spray in alle Richtungen standen, Eyeliner, Netzshirt, enge Ledershorts. Wem's gefiel …

»Ich wohne über euch. Könnt ihr die … Musik ein bisschen leiser drehen?« Bravo, jetzt hörte sie sich an wie ihre eigene Mutter. Die war früher meckernd ins Zimmer gekracht, wenn Joe als Gegenprogramm zum Musikantenstadel eine Stones-Scheibe aufgelegt hatte. Laut genug, um das Gedudel aus dem Fernsehzimmer zu übertönen. Allerdings nicht um ein Uhr in der Früh.

»Geh, Mädel, entspann dich. Komm rein, nimm dir was zu trinken und groove ein bissl mit.«

»Also, ich weiß ja nicht, was ihr morgen macht. Aber ich muss hackeln.« Sie blieb vor der Tür stehen.

»Na und? Besser Büroschlaf als gar kein Schlaf.«

Wahnsinnig witzig. Hatte er zu viel von dem süßlichen Geruch inhaliert, der aus der Bude drang? »Feiert ihr ein kleines Ofenfest?«

»Einen Ofen bauen«, Wienerisch für »Joint drehen«, den Ausdruck hatte sie von ihrem Boss.

»Und, holst jetzt die Polizei?«

»Muss ich nicht. Ich bin schon hier.«

»Waaas?« Er brüllte ins Zimmer. »Leutln, die Heh ist da!«

Blitzartig drosselte jemand die Lautstärke, neben dem Rotschopf tauchten zwei kleidungstechnisch ähnliche Exemplare auf, einer in Blond, einer mit schwarzen Haaren. War das die Deutschland-Convention?

»Die soll eine Bullin sein?«, fragte der Schwarzhaarige, als wäre Joe nicht anwesend.

»Heißt das überhaupt ›Bullin‹? Nicht ›Kuh‹?«, lallte der Blonde.

»Also, ich kann meine Kollegen anrufen, die sind ziemlich flott da. Und haben mit Sicherheit Handschellen dabei.« Hätte sie ihren Polizeiausweis mitnehmen sollen? Joe richtete ihre ganzen eins fünfundsechzig auf.

»Ist ja gut. Wir haben eh schon leiser gemacht«, lenkte der Rotschopf ein. »Haben wir nicht gecheckt, dass du auch da wohnst. Wir haben geglaubt, dass wir alle eingeladen haben. Sorry. Komm, feiere mit uns mit. Housewarming-Party.«

Joe spähte in die Wohnung. Da standen die Müllers, die Mitterhubers, der Knabe mit dem Hund, dessen Namen sie nicht kannte – weder vom Knaben noch vom Hund. Der sah aus wie ein kniehoher Wattebausch. Einigen der anderen Hausparteien war sie bisher bloß im Stiegenhaus begegnet. Bis auf die Holtens wohnten hier nur Leute in Joes Alter und jünger. Lag daran, dass in dem Haus ein Studentenwohnheim eröffnet hatte. Sie ließ die Information sickern. Offenbar war sie weder dem Rotschopf noch den anderen beiden aufgefallen. War sie unsichtbar geworden? Lag sicher an ihren Dienstzeiten.

»Also was ist jetzt, kommst rein?«, wiederholte der Schwarzhaarige die Frage.

Zögernd trat sie näher. Der Rotschopf hielt ihr mit fragendem Blick eine Bierflasche hin. Sie nahm das Fläschchen entgegen. Natürlich die billigste Marke im Supermarkt.

»Oje, jetzt müssen wir brav sein«, kicherte eine junge Frau. »Dann darf ich mein Hollandrad nicht mehr am Gang abstellen. Ich bin Alice. Und du?«

»Joe.« Wo hatte sie die Frau schon mal gesehen?

»Cool. Das sind Meowin, Franzi, Bea, Günnar, Hansi, Seppi und Ingo.«

Der Hundeknabe hieß also Ingo. Und die Deutschlandfraktion? »Ihr seid frisch eingezogen?«, fragte sie den Rotschopf und nahm einen Schluck. Pfuäh, warm war die Brühe auch noch.

»Mhm. Ich heiß übrigens Sven. Der da drüben«, er deutete auf den Schwarzhaarigen, »ist Albin. Und Volker ist der Dritte in der WG.«

»Wir haben eine Bullin in unserem Haus«, raunzte Albin.

»Jackpot«, assistierte Volker.

»Na ja, ihr werdet hoffentlich nicht jeden Tag Party feiern, oder?« Dann entdeckte Joe im Eck des Zimmers den Grund des Jammerns. Sie war botanisch eine Niete, aber diese langfingrigen gesägten Blätter kannte sogar sie. »Die solltet ihr halt nicht zum Blühen bringen.« Sie zwinkerte den dreien zu. Nach einem Anstandsschluck stellte sie die Flasche möglichst unauffällig auf den Tisch und winkte in die Runde. »War nett, euch kennenzulernen. Ich muss morgen früh raus.«

Joe putzte sich die Zähne. Wie konnte man diesen Fusel saufen? Jetzt aber ab ins Bett. Die Augen fielen ihr schon zu.

Moment. Alice. Sah die nicht aus wie …?

Mittwoch, 5. November

1

Erst sechs Uhr in der Früh. Wovon war Joe aufgewacht? Sie streckte sich. Noch einmal umdrehen und … nein, keine Chance. Was war ihr gestern vor dem Einschlafen eingeschossen? Ah, die Frau auf der Party, Alice. Die langen Haare hatte sie zu einem Zopf geflochten. War die nicht auf einem der Lienhart-Partyfotos von Viviane Edlinger zu sehen? Joe startete ihr Tablet und suchte hektisch nach dem Fotoordner. Genau, diese Frau mit langen dunklen Locken sah Alice zumindest ähnlich, oder?

Wie konnte sie herausfinden, ob sie recht hatte? Gesichtserkennungssoftware? Gregor ließ doch keine Gelegenheit aus, um über die spektakulären Ergebnisse dieser Technologie zu schwärmen. Weil das Internet eine immense Auswahl an Vergleichsmaterial bot und diese Methode stets weiterentwickelt wurde. Via biometrische Daten der Augen gelang sogar die Zuordnung von Personen mit FFP2-Masken. Für die Partyfotos langte es leider nicht. »Endlich mal eine sinnvolle Idee«, hatte er auf Joes Frage gebrummt. »Geht aber nicht mit diesen unscharfen Bildern.«

Sie gähnte. Und beschloss, noch eine Runde zu schlafen.

Zwei Stunden später schreckte sie hoch. Jetzt kam sie glatt zu spät ins Büro. Und wenn sie sofort nach Alice suchte? Im eigenen Haus, wie doof. Die drei Jungs unter ihr schliefen sicher noch. Die brauchte Joe erst gar nicht rauszuklingeln und nach Partygästen zu fragen. Sonst war sie als Schnüfflerin abgestempelt. Aber der Typ mit dem Hund war vielleicht schon auf, um Gassi zu gehen. Ingo. Schnell tippte sie eine Nachricht an die Kollegen. »Muss was recherchieren, komme später.«

Ingo hatte im Aufzug doch immer auf Stockwerk drei gedrückt, eine Etage über ihr. Sie lief den Gang entlang. Auf der hintersten Tür klebte ein Schild »Vorsicht vor dem bisschen

Hund«. Daneben ein Bild von dem Wattebausch mit Knopfaugen. Sie läutete. Und hörte sofort ein verspieltes Bellen. Die Tür öffnete sich einen Spalt, Ingo hielt seinen Hund, der ausbüchsen wollte.

»Hi, sorry, ich wollt fragen … Weißt du, ob Alice im Haus wohnt? Ich hab sie schon mal gesehen und hab gestern nicht nachgehakt.«

Ingo schien kurz zu überlegen. »Was willst 'n von ihr?«

»Sie …« Ist eventuell Zeugin in einem Mordfall? Megaopener. »… hat so ein schickes Hollandbike. Wollt sie fragen, wo sie das gekauft hat.« Es gab schlechtere Ausreden, oder?

»Du und ein Hollandbike. Zu dir passt eher so ein richtig heavy Mountainbike.«

»Wie kommst du drauf?«

»Ich seh dich eher, wie du mit Helm und Knieschützer durch Dreckslacken flitzt, als mit Röckchen auf dem Hollandrad. Mit Körbchen vorne.«

»Falsch gedacht.« Sagte Joe zumindest. Sie musste ja nicht zugeben, dass er recht hatte.

»Aber du hast doch ein Trekkingbike, oder? Sollte mal gecheckt werden, das quietscht schon etwas. Wenn du magst, helfe ich dir.«

Das lief grad in die völlig falsche Richtung. »Deshalb überleg ich mir ja ein neues Rad. Also, weißt du, ob sie hier wohnt?«

»Hast du das Bike im Haus gesehen?«

»Das kann sie in der Wohnung abgestellt haben.« Für ihren Geschmack hatten sie genug über Fahrräder gesprochen. Joe wollte doch bloß die Telefonnummer.

»Stimmt. Nein, sie wohnt nicht hier, sie ist die Ex von Meowin. Der wohnt im ersten Stock, Tür sieben. Bin mir aber nicht sicher, ob das so gut ist, wenn du ihn nach Alice fragst. Der war gestern mäßig begeistert, über seine Ex zu stolpern.«

»Wieso war sie dann hier?«

»Keine Ahnung, wer sie eingeladen hat. Ich war's nicht. Bin ja nicht der Einzige, der ihre Nummer hat.« Fast wäre der Wattebausch abgehauen. Ingo erwischte seinen Hund noch am Halsband.

»Du hast ihre Nummer? Kannst du mir die geben?«

»Hey, du bist von der Polizei. Da rück ich nicht so gern Daten raus.«

»Es ist wichtig. Bitte.«

Ingo seufzte. »Warte kurz.« Er schloss die Tür, kam ein paar Augenblicke später mit einem Zettel zurück. »Die hast du nicht von mir.«

»Danke. Tschüss!«

2

»Morgen, Onkel Felix.« Lukas rieb sich die Augen und warf sich auf den Sessel beim Frühstückstisch. Seine Tasche landete auf dem Platz daneben, er kramte darin herum.

»Guten Morgen!« Wenn sein Neffe ihn mit »Onkel Felix« ansprach, war etwas im Busch. Er stellte Lukas einen Becher Kakao auf den Tisch. Für den war der Teenager nie zu alt. »Alles okay?«

»Geht so. Ich muss dir was geben.«

Grohsman nahm das Blatt entgegen. Einladung zu einem Telefongespräch mit dem Klassenvorstand. »Warst du deshalb gestern so grantig? Was hast du denn ausgefressen?«

»Gar nix. Der Mathelehrer hat mich genervt. Der ist so ein Loser, seine Stunden sind so spannend wie Werbung für Stützstrümpfe. Der hat genau zwei Gründe, Lehrer zu sein. Den Juli und den August.«

»Herbst- und Weihnachtsferien sind aber auch nicht zu verachten«, scherzte Grohsman. »Sag schon, was war los?« Er stellte dem Jungen einen Teller mit frischen Croissants hin.

»Der hat völlig sinnlos herumgelabert. Da hab ich ihn darauf hingewiesen, dass man das Unterrichtsthema packender gestalten kann.«

»Verstehe. Sicher in aller Höflichkeit, genau mit diesen Worten, nicht wahr?«

Sein Neffe senkte den Kopf. »Nicht ganz. Also ... es ging um

Stochastik. Wahrscheinlichkeitsrechnung. Der konnte einfach den Unterschied zwischen Laplace-Formel, Zufallsexperiment und Binomialkoeffizient nicht schlüssig erklären. Dabei sind das die Basics.«

Die Basics. Grohsman verstand Bahnhof. »Und dann?«

»Der sülzt herum, und nach drei Minuten sind alle im Tiefschlaf. Ich hab gefragt, warum er das Thema nicht mit Lotto 6 aus 49 im Vergleich zu einem Lotteriespiel erklärt, bei dem es auch Nieten gibt. Da waren alle wieder munter! Aber der hat mich glatt zur Sau gemacht, dass ich mir nichts einbilden muss, nur weil ich auf der Uni bin. Dass er seine Schüler sicher nicht zu Zockern erzieht. Dann ist mir rausgerutscht, dass man Nieten nicht nur in Glücksspielen findet. Und jetzt darfst du den Trötzi anrufen. Meinen Klassenvorstand. Der hat heute Sprechstunde.«

Mit dem »Trötzi«, Professor Trötzmüller, hatte Grohsman doch letztes Jahr schon Kontakt gehabt. Ein Lehrer, mit dem man vernünftig reden konnte. »Wie geht es dir sonst in der Schule? Also, ich meine nicht die Noten, sondern deine Klassenkollegen. Ziehen die dich noch immer auf?« Letztes Jahr hatte Lukas eine Schlägerei gestartet, weil er als Streber bezeichnet worden war. Als Nerd.

»Nö, ist ganz okay. Leben und leben lassen. Ich kann halt besser erklären als der Matheprof. Der hat keinen Schimmer, wie viele Fetzen es ohne meine Nachhilfestunden bei den Schularbeiten geben würde.«

Die Kids bezeichneten eine negative Note noch als »Fetzen«?

»Ich rede mit deinem Klassenvorstand.«

»Danke. Und du, Onkelchen? Hast auch schon entspannter ausgesehen. Mühsamer Fall?«

»Ziemlich. Find ich schade, dass mir deine Wahrscheinlichkeitsrechnung nicht beim Lösen der Straftaten hilft.«

»Siehst du? Deshalb studiere ich Mathe, Zahlen lügen nicht.« Lukas biss herzhaft in das Croissant.

»Handfeste Beweise auch nicht. Die Recherche zum aktuellen Todesfall entpuppt sich allerdings als Herausforderung.«

»In den sozialen Medien findest du gar nichts?«

»Ich hab immerhin schon festgestellt, dass unser Opfer über siebzehntausend Follower hatte. Nicht schlecht, oder? Hilft mir aber nicht weiter.« Nicht zu viel ausplaudern, ermahnte sich Grohsman.

»Hast du nicht gesagt, dass der Musiker war? Das war doch der in dem Clip, nach dem Billie den Vortrag über Präferenzen von Jungs und Mädels gehalten hat?«

»Richtig. Und irgendwann muss der richtig gut im Geschäft gewesen sein, er hat mit Cyndi Lauper und einem Diddy zusammengearbeitet.«

Lukas winkte ab. »Dann ist das lahm. Diddy hat sieben Millionen Fans.«

»Den kennst du?« Grohsman ließ sich die Zahl auf der Zunge zergehen. Die übergroßen Namen der klassischen Gesangsszene kamen grad mal auf vierhunderttausend. Offenbar eine andere Welt. »Sag, ich bin daran gescheitert, eine Liste der Follower abzufragen.«

»Zeig mal her.«

»Kann ich nicht. Wenn ich den Namen aufrufe, verrate ich zu viel.« Das war dann nicht mehr Grauzone, sondern Anthrazit.

»Geh, ich vergesse den eh sofort«, beschwichtigte Lukas.

Widerstrebend ging Grohsman in sein Arbeitszimmer zum Laptop und öffnete das Profil von Lienhart. Die Mappe mit den Partyfotos, die er mitgenommen hatte, schob er nach hinten. Lukas hockte sich neben ihn.

»Lass mal sehen … Nein, da hast du Pech gehabt. Der hat eine Seite, kein Profil.« Mit ein paar knackigen Sätzen erklärte sein Neffe ihm den Unterschied.

»Du solltest Lehrer werden.« Grohsman klopfte Lukas anerkennend auf die Schulter. Sollte er Kienzle fragen, ob sich die Liste knacken ließ? Und dann? Durch siebzehntausend Profile durchklicken? Sicher nicht.

»Brauchst du sonst Hilfe? Was sind denn das für Fotos? Vom Tatort?« Lukas deutete auf die Mappe.

Hatte der Junge keinen Unterricht? »Nein. Ich muss Personen einer Party identifizieren. Leider stehen uns nur Fotos mit grottiger Bildqualität zur Verfügung. Ein paar habe ich ausgedruckt.«

»Darf ich?« Bevor Grohsman antworten konnte, hatte Lukas die Mappe geschnappt und blätterte die Bilder durch. »Und womit vergleichst du? Oder wie willst du die Namen rausfinden?«

»Ich hatte gehofft, über die sozialen Medien weiterzukommen. Hab aber keinen Plan, wo ich anfange.« Eigentlich sollte er seinem Neffen die Mappe aus der Hand nehmen. Oder von seinen Computerkenntnissen profitieren? Erfuhr doch niemand.

»Gibt es im Feed des Toten getaggte Fotos?«

Grohsman brummte der Schädel. »Taggen, ist das so was wie Markieren?« Er scrollte sich durch die Beiträge von Lienhart, nein, durch den Feed.

»Mhm. Also, ich bin ganz gut mit Gesichtern. Halt, schau mal!« Lukas deutete auf den Bildschirm. »Das ist doch die hier!« Er wedelte mit einem Foto.

Die junge Frau, die auf dem Ausdruck zu sehen war, hatte kurze rote Haare. Die auf dem Screen war blond und langhaarig. Grohsman vergrößerte das Bild. Die gleiche Augenpartie! »Wie hast du das so schnell gesehen?«, fragte er erstaunt.

»Muster«, erklärte sein Neffe knapp.

»Was meinst du damit?«

»Ich breche Gesichter in Muster auf. In Symmetrien. Erkennen von Mustern und Symmetrien ist mein Spezialgebiet. Dann suchen wir mal nach dem Namen dieser Frau.« Er zeigte auf das Foto. »Hier siehst du die Tags. Millie Cent? Sicher nicht der Realname.« Lukas klickte weiter herum und murmelte: »Das ist ihr Profil … In der Firma arbeitet sie … Das ist also – bingo! Korina Buxbaum.«

Grohsman kritzelte in seinen Block. Tags, dann Profil aufrufen, Arbeitsstätte – alles logische Zusammenhänge. »Magst du nicht bei uns in der IT-Abteilung anheuern?«

»Nur Computer wär mir zu langweilig. Das eigentliche Superbrain ist außerdem Billie. Sie entschlüsselt nicht nur in Nullkommanichts Muster, sie merkt sich die auch noch. Mich darfst du in fünf Minuten nicht mehr fragen, wie die Frau auf dem Foto ausgesehen hat. Billie weiß das selbst nach einer Woche noch.«

»Respekt.« Grohsman hatte ein passables Namens- und Gesichtsgedächtnis. Doch die Grenzen bekam er soeben vor Augen geführt. Sein Neffe arbeitete sich in rasantem Tempo durch Fotos, Profile, Websites und Suchmaschinen. Immer wieder zeigte er auf ein Foto, nannte einen Namen, ohne vom Computer aufzuschauen. Grohsman notierte die Infos.

»Der gläserne Mensch«, brummte er. »Aus dem Grund hab ich keinen Account.« Abgesehen davon, dass er ohnehin nichts zu posten hatte.

»Und du glaubst, dass deshalb keine Fotos von dir im Netz herumgeistern? Schauen wir doch mal!«

Sofort tauchten ein Foto von einer Firmenfeier, ein Zeitungsbericht und ein paar andere Bilder auf. Mit Namen. Ein absoluter Graubereich. Persönlichkeitsrecht und so. »Okay, das genügt. Danke, Lukas, ich mach jetzt allein weiter. Hast was gut bei mir!«

»Ich werde dich daran erinnern, wenn du mit meinem Prof gesprochen hast. Tschüss!«

Grohsman wartete, bis sein Neffe gegangen war. Dann scrollte er durch Lienharts Beiträge. Hauptsächlich Eigenwerbung, Einladungen zu Events. Vorstellung von »besonders heißen Scheiben«. Und ein paar halb lustige Sprüche wie »Schade, dass am Ende des Geldes noch so viel Monat übrig ist«. Über fünfzig Kommentare dazu, einer sinnentleerter als der nächste. »Haha, das hast du gut erkannt«, kommentierte Mullemaus. »Du bist so urwitzig«, fand Super Woman. Über ein paar Namen stolperte er immer wieder, tendenziell lauter Einschleimer, ähm, positive Meldungen.

Gab es gar keinen Klatsch im Internet? Okay, Lienhart war nicht Brad Pitt. Oder auf wen standen Zwanzigjährige heutzutage? Grohsman hörte sich ein paar YouTube-Clips an. Lienhart hatte Bühnenpräsenz. »Rizz«, wie Billie gemeint hatte. Angenehme Stimme, geschmeidige Bewegungen, strahlende Augen. Die Farbe war ihm schon früher aufgefallen. Wie Jade.

Er entdeckte ein paar Ausschnitte in Zeitungen aus den Bundesländern, in denen Lienhart als Szenetyp bezeichnet wurde. Was auch immer das bedeutete. Jedenfalls hatte der Musiker eine Art jugendliche Seitenblickegesellschaft um sich geschart. Nicht die Weltkarriere, aber die Schicksalsschläge schien er weggesteckt zu haben.

Sally stupste ihn mit der Pfote an. Zeit, sich auf den Weg zu machen. »Ist gut, wir gehen ja schon!«

3

»Na, Joe, gut geschlafen?« Grohsman bemühte sich, den ironischen Ton zu unterdrücken. Die Kollegin hatte verquollene Augen, der Kragen vom Poloshirt war verdreht.

»War gestern ein bisschen laut im Haus, also hab ich die Party gecrasht. Dabei bin ich der da begegnet.« Sie deutete auf dem Whiteboard auf eine junge Frau mit schwarzen Haaren. »Hab mich leider erst heute früh erinnert, woher ich ihr Gesicht kenne. Aber ich hab jetzt ihre Telefonnummer.«

»Super, dann ruf sie an. Ich versuche herauszufinden, wer Lienhart zuletzt lebend gesehen hat. Wahrscheinlich die Frau, mit der er noch Sex gehabt hat.«

Konnte ihm Aichhorn weiterhelfen? »Sag mal, Ralf, die Spuren im Schlafzimmer, du weißt schon … Stammen die vom Opfer?«

»Ja, das kann ich bestätigen. Leider gab's zur weiblichen DNS keine Übereinstimmung in der Datenbank. Aber wir haben ja rote lange Haare auf dem Kopfpolster sichergestellt, da wisst ihr wenigstens, nach wem ihr sucht. An den sexuellen Aktivitäten in der Küche war Lienhart übrigens nicht beteiligt.«

Sondern Sabsi und Robert, schoss es Grohsman ein. »Danke.«

Er scrollte durch Lienharts Handyfotos. Da, der Schnappschuss einer Rothaarigen, mit einem Herzchen versehen. Den hatte Lienhart einer Frau namens Lydia Zams geschickt.

Lydia ging sofort ans Telefon. »Ich hab mir mit Manu noch einen Quickie gegeben, nachdem alle anderen sich endlich geschlichen hatten«, krächzte die junge Frau. »Sorry, ich bin erkältet.«

Sie habe die Party um halb zwei in der Früh verlassen. Und hatte dafür eine Zeugin. »Ich hab meinen Schlüssel vergessen und musste meine Mitbewohnerin rausläuten. Die können Sie fragen.«

Grohsman notierte sich Namen und Telefonnummer. »Sagen Sie, wie war Herr Lienhart drauf?«

»Ja, schon irgendwie komisch. Alles geht den Bach runter, hat er gesagt. Hat mich noch zu einer letzten schnellen Nummer aufgefordert. Dass er das so wörtlich meint ...« Sie schniefte.

»Was genau ging den Bach runter?«

»Na ja, der Deal mit einem neuen Studioalbum war geplatzt. Zu riskant, haben die gesagt, weil Manu schon zu lange weg vom Fenster ist. Und weil der Markt sowieso nichts mehr hergibt.«

»Trotzdem hat er eine Party geschmissen?«

»In der Woche davor hatte er Geburtstag. Und feiern, unter Menschen sein, das war immer schon sein Ding. Er konnte nicht allein sein. Davor hatte er Angst.«

Lydia war offenbar mehr als nur eine Gelegenheitsnummer. »Hat er mit Ihnen über seine Ängste gesprochen?«

»Nein, das hätte er nie zugegeben. Aber ich kenne solche Typen. Da fällt mir ein, bei der ersten Runde Sekt hat er gemeint: ›Schön, euch alle noch einmal zu sehen. Wer weiß, wie oft noch.‹ Oder so ähnlich.«

War Lienhart doch gesprungen?

4

Mann, geht mir das auf den Keks. Ständig muss ich das Handy-foto anschauen. Die in der Arbeit glotzen schon komisch, wieso ich immer am Handy herumfummle. Und die Zeitungen durch-schaue. »Du liest doch nie Zeitung«, hat mich der Kornik auf-gezogen. Mein Chef ist sonst okay, ich arbeite gern bei ihm. Der kann super mit Tieren. Ich vertraue ihm. Aber ich kann ihm ja nicht sagen, dass ich eine bestimmte Meldung suche.

Im Radio war auch nichts. Ich glaub, der Isi hält mich am

Schmäh. Wenn ich den Typ runtergeschmissen hätte, wäre da schon Rambazamba. Alles nur ein beschissener Traum. Und das Auto? Dann bin ich eben doch nicht mit dem Taxi gefahren. Wen genau juckt das?

5

»Frau Witt, ich bin die Koordinatorin der TV-Sendung ›Nachgehakt‹. Wir möchten Sie für Montag, den 17. November für eine Interviewrunde einladen. Eine Livesendung. Es geht um den Fall Wilhelm Piring. Sie waren ja maßgeblich beteiligt, dass sein Fall neu aufgerollt wurde. Unser Publikum will sicher auch Ihren Standpunkt hören. Haben Sie Zeit?« Die Dame des Fernsehsenders zwitscherte, als hätte sie Nicky zu einer Kochshow eingeladen, nicht zu diesem düsteren Thema.

Nicky war gleichermaßen überrascht, erfreut – und besorgt. Durch die Workshops, die sie gehalten hatte, war sie an Publikum gewöhnt. Aber eine Livefernsehsendung? Und mit Sicherheit würden Fragen zur Polizeiermittlung kommen. Das Team damals hatte nachlässig gearbeitet. War eben bequem gewesen, den augenscheinlichen Indizien zu folgen. Wäre Grohsman nicht passiert. Aber nachdem Nicky offiziell Beraterin der Kripo war, konnte sie nicht Kollegen anschwärzen. Beschönigen war jedoch auch keine Option. Und wenn sie erst einmal mit Kritik loslegte, war meistens Schluss mit ihrer Diplomatie. »Das muss ich mit der Pressestelle absprechen. Außerdem waren es die Erkenntnisse von Herrn Dr. Schlesinger, die den Ausschlag gegeben haben. Wird er auch eingeladen?«

»Nein, Frau Witt, wir möchten das Thema von der psychologischen Seite beleuchten. Die Frau von Herrn Piring wird ebenfalls kommen.«

»Okay, verstehe. Kann ich Sie zurückrufen?«

»Selbstverständlich! Können Sie uns bis heute Abend Bescheid geben?«

»Das sollte sich ausgehen.«

Die Pressestelle der Kripo gab Nicky ihr Okay. »Heben Sie bitte hervor, dass Urteile nicht von der Polizei, sondern von der Justiz gefällt werden.«

Und auf wessen Ermittlungsergebnisse berufen sich die Richter?, lag Nicky auf der Zunge. Sie schluckte die Bemerkung hinunter. Letzten Endes hatte sich auch Pirings Anwalt nicht mit Ruhm bekleckert. Anderes Thema.

Dann kontaktierte sie Wilhelm Piring. Dieser zeigte sich von der Sendung wenig begeistert: »Ich will nicht zur Schau gestellt werden wie die bärtige Jungfrau. Das bringt mir die letzten Jahre nicht zurück.«

»Vielleicht wird dann in Zukunft sorgfältiger ermittelt«, gab Nicky zu bedenken.

»Wenn wir das bewirken, hat die Sendung einen Sinn.«

Acht Jahre unschuldig einsitzen. Konnte sie nicht einmal im Ansatz nachempfinden, was das bedeutete. »Sie wissen … Wenn Sie psychologische Hilfe benötigen, können Sie mich jederzeit anrufen. Buchstäblich.«

»Das weiß ich zu schätzen, ehrlich. Im Moment verdränge ich die Vergangenheit und wandere mit meiner Frau und meinem Sohn durch die Natur. Das habe ich am meisten vermisst.«

»Das ist ein guter Ansatz. Dann bis zum 17. Ich freue mich, Sie wiederzusehen!«

»Ganz meinerseits, Frau Witt.«

Rasch gab sie dem Sender Bescheid. Und Felix Grohsman. »Stell dir vor, ich komm ins Fernsehen. Vom Fall Piring habe ich dir ja erzählt.«

»Gratuliere, dann arbeite ich mit einer Berühmtheit zusammen! Diese Anerkennung hast du dir verdient.«

»Auch wenn ich über die Versäumnisse bei den Ermittlungen spreche?«

»Muss auch gesagt werden. Wenn jemand sich auf den Schlips getreten fühlt: Pech gehabt.«

Typisch Felix, schmunzelte Nicky. Pragmatisch mit einem Schuss Wohlwollen.

Es juckte sie in den Fingern. Das war doch ein Grund, sich

bei Pascal zu melden, ihrem Ex-Kollegen und Kumpel. »Hallo, Pascal! Was tut sich in Linz?«

»Nicky! Das ist aber nett, dass du anrufst. Es geht mir gut, die Tiertherapie boomt. Du musst mich jetzt endlich mal besuchen kommen.«

»Mach ich. Im Moment komme ich aber nicht weg.« Aufgeregt erzählte sie ihm von dem neuen Fall, den Grohsman am Laufen hatte. Und etwas besorgt vom bevorstehenden Fernsehauftritt. »Ich hab Schiss vor der Fernsehkamera. Früher hätte ich mich zwecks moralischer Unterstützung mit Sonja getroffen, aber die ist noch in Deutschland. Und auch meine anderen Freundinnen machen sich rar.«

»*Mais non*, deine Angst ist unbegründet. Du wirst sie alle in die Tasche stecken mit deinem Wissen und deinem Charme! Tut mir leid, ich muss jetzt Schluss machen, ein Klient wartet …«

6

»Alice? Hallo, hier ist Joe. Von gestern Abend.«

Längeres Schweigen am anderen Ende der Leitung. Dann endlich: »Die Bullin. Na, der Tag fängt ja super an.«

Warum reagierten viele so bescheuert, wenn die Polizei anrief? »Ich wollte dich doch nur fragen, du warst doch auf der Party von Manuel Lienhart.«

»Und was geht dich das an?«

»Wir ermitteln, wie er umgekommen ist.«

»Wie er … WAS?«

Für eine vorgetäuschte Bestürzung kam der Aufschrei zu prompt. Joe lenkte ein. »Können wir uns kurz treffen?«

»Ja, also … okay, du kannst in meiner Boutique vorbeischauen.«

»Boutique« fand Joe etwas übertrieben. »Klamottenladen« traf es schon eher. Nicht Joes Stil, die Miniröcke und die bauchfreien Shirts.

Den Clinch der drei »Tussis« hatte Alice Nowotny mitbekommen. Und den Streit mit Benning. »Überhaupt eine strange Party. Bin nicht lange geblieben.«

»Was war seltsam?«

»Ach, weißt du, Koks interessiert mich nicht. Wie ich gemerkt hab, was da abgeht, bin ich abgegangen.« Wenigstens Alice fand ihr Wortspiel urkomisch.

Ohne eine Miene zu verziehen, fragte Joe weiter: »Und wer hat dich eingeladen?«

»Niemand. Wir sind eine kleine Tanzclub-Clique. Im ›The Groove‹. Da legt Manu öfters auf. Die Retromasche von ihm fetzt richtig. Manu ist zwar schon uralt, aber so cool. Bei den Partys von Manu war ich noch nie, die Sabsi hat mich mitgeschleppt. Aber den schrägen Verein hätte ich mir sparen können. So ein Niveaulimbo. Um elf bin ich abgerauscht, ins ›Chatterbox‹. Der Barkeeper kann sich bestimmt an mich erinnern. Wir haben über Kant diskutiert.«

»Immanuel Kant?«, fragte Joe ungläubig.

»Na sicher. Erfinder der Kantwurst«, witzelte Alice.

»Jaja, und Leibniz hat die Butterkekse kreiert«, scherzte Joe mit.

»Eine gebildete Kieberin, wer hätte das gedacht? Aber jetzt sag, was ist mit Manu passiert? Hat ihn wer umgelegt?« Alice klopfte mit ihrem Handrücken leicht gegen Joes Oberarm.

Eine Art von Berührung, die ihr zuwider war. Sie war doch kein Schnitzel. Instinktiv wich sie aus. »Wie kommst du drauf?«

»Ich bin ja kein Doofie. Sonst würdest du mir nicht Löcher in den Bauch fragen.«

»Du glaubst also nicht, dass er selbst …?«

»Pfff, keine Ahnung. Die Sabsi kennt ihn besser.«

»Okay. Hast du ihre Nummer?«

Sabsi, Sabine Meier, wohnte glücklicherweise nicht weit von Alices Boutique. Pechschwarz gefärbte Haare, passend zu Pulli, Grunge-Jeans und Nagellack. Auch die Augen waren in fröhlichem Dunkelschwarz umrandet.

»Manu ist tot?« Die Frau heulte los und schnäuzte sich geräuschvoll. Nun sah sie aus wie ein Panda. »Der war zwar ein Arschloch, was Frauen betrifft. Aber ein süßes Arschloch.«

»Hatten Sie mal was miteinander?«

»Ein kurze, heiße Affäre. Ist schon ein paar Monate her. Er hat mich zu seiner Geburtstagsfeier eingeladen. Hab mir keine großen Hoffnungen gemacht, aber schön wär's trotzdem gewesen, die Geschichte aufzuwärmen.«

Aufgewärmtes schmeckte in den seltensten Fällen, das wusste Joe aus erster Hand. »Wie lange sind Sie geblieben?«

Sabsi kam ins Stottern. »Also, ähm, na ja, bis halb eins. Ich bin dann gemeinsam mit Robert gegangen. Das darf aber niemand wissen, schon gar nicht seine Verlobte!«

Joe seufzte. Arthur Schnitzlers »Reigen« in real. »Ich brauch trotzdem seine Telefonnummer.«

»Okay. Aber bitte, bitte, bitte … Das wird eh nix mit Robert und mir. Der ist voll das Mamabubi!«

Joe sparte sich jeglichen Kommentar. »Wie war denn die Stimmung auf der Party?«

»Ganz lustig, wie immer!« Sabsis Augen glänzten.

»Keine Besonderheiten? Alice meinte, ihr hat's nicht so getaugt.«

»Geh, die ist ja voll ätzend. Zuerst auf hip machen, und dann wegen dem bissl …« Sabsi verstummte.

Joe war ohnehin im Bilde. »Keine Reibereien? Zum Beispiel mit dem da?« Joe zeigte ihr ein Foto von Herwig Benning.

Sabsi zog das Bild vor ihre Nasenspitze. »Hm, ach so … Ist das der Herwig? Ist ein bissl unscharf. Aber die Klamotten? Ja, kann hinkommen. Der war stinkig. Ich glaube, Manu hatte was mit seiner Freundin.«

Hatten die drei Zeuginnen nicht gemeint, dass zwischen Lienhart und Bennings Frau nichts lief? Oder hatte der auch noch eine Freundin? Langsam verlor Joe den Überblick. »Muss ja eine Bombenstimmung gewesen sein, lauter Verflossene und Betrogene.«

»Das muss man locker nehmen, wir sind da nicht so spießig. Obwohl, Manu hat zwischendurch was gefaselt … ›Wer weiß, wie lange ich das noch mache.‹ Irgendwer hat gemeint, dass er was mit den Ohren hat. So ein Pfeifen, Trinity oder so. Keine Ahnung, ob das stimmt.«

Einen Tinnitus? War das wichtig? Musste sie Nicky Witt fragen.

7

»Danke, dass Sie anrufen, Herr Grohsman.« Professor Trötzmüller, der Klassenvorstand von Lukas, war sofort ans Telefon gegangen. »Ihr Neffe hat Ihnen geschildert, worum es geht?«

»Ja, hat er. Sein Mathelehrer und er werden wohl nicht mehr Freunde fürs Leben«, meinte Grohsman zerknirscht.

»Das fürchte ich auch. Unter uns gesagt, gibt es mit Sicherheit qualifiziertere Lehrkräfte. Ihr Neffe hätte das Zeug dazu, falls er sich für diesen Weg entscheidet. Aber einen Lehrer als Niete zu bezeichnen, das geht halt nicht.«

»Und jetzt?«

»Leider bietet Lukas immer wieder Angriffspunkte. Seine Handschrift ist nicht die leserlichste. Bei der letzten Schularbeit gab es einen Streit wegen eines falschen Ergebnisses. Lukas schwört, er habe die richtige Formel hingeschrieben, der Lehrer behauptet, dass dort ein falscher Buchstabe stand. Und das kleine ›r‹ von Lukas sieht aus wie ein kleines ›n‹. Also hat er einen Zweier kassiert. Sie können sich vorstellen, wie begeistert er war.«

Lukas war damit zu seinem Klassenvorstand gegangen? Nicht zu ihm? »Ich rede mit ihm«, versetzte Grohsman leise. Sollte er seinen Neffen gleich anrufen? Nein, der hatte jetzt Unterricht.

Lustlos blätterte Grohsman in den Untersuchungsergebnissen, die Ralf Aichhorn geschickt hatte. Dass sich auf dem Joint ausschließlich DNS-Spuren von Lienhart befanden, überraschte ihn wenig. Hatte es etwas zu bedeuten, dass der Joint nur zur Hälfte geraucht und nicht ausgedrückt war? Das deutete doch auf Fremdeinwirkung hin. Oder auf einen Unfall? Das Geländer des Balkons war gemeingefährlich niedrig. Andererseits, all die Rückschläge und der geplatzte Deal mit dem Studioalbum, das sprach für einen Freitod.

Was schrieb Joe? Lienhart habe an einem Tinnitus gelitten? Ob Lienharts Eltern davon wussten? Die verschoben ihr Kommen um einen Tag, aus Gesundheitsgründen. »Meine Frau hatte einen Nervenzusammenbruch. Ja, vom Tinnitus hat er gesprochen. Aber er hat doch einen neuen Job, ab Dezember schreibt er für dieses Musikmagazin. ›Gepp‹ oder so. Wir hofften, dass jetzt wieder alles gut wird. Er wollte sich neu orientieren.«

Lienhart hatte einen Job bei »The Gap« in Aussicht? Im Stillen dankte er Lukas, ohne den er diese Zeitschrift nicht gekannt hätte. »Wenn Sie hofften, dass alles wieder gut wird – dann machten ihm die diversen Rückschläge doch zu schaffen?«

»Na ja, er hatte es nie leicht. Wir haben immer geglaubt, dass er eine Kämpfernatur ist. Dann war er doch nicht so stark, wie er sich gegeben hat …«

Beim ersten Anruf waren die Eltern überzeugt gewesen, dass Lienhart nicht freiwillig aus dem Leben geschieden war. Und jetzt? »Joe, komm ins Büro. Wir rufen gemeinsam Nicky an.«

8

»Nicky, hier ist Joe. Ich hab dich auf Lautsprecher gestellt, damit der Boss auch mithören kann.«

Konferenzschaltung, perfekt. Dann konnte Nicky wenn nötig bei beiden nachhaken. »Hallo, Joe, hallo, Felix! Gibt es etwas Neues zum Fall Lienhart?«

»Ja. Angeblich litt er an einem Tinnitus, die Eltern bestätigen das. Was ist das genau, ist das heilbar? Und wenn nicht, kann das ein Grund sein, sich das Leben zu nehmen?«

Wie immer kam Joe schnell zum Punkt, stellte Nicky schmunzelnd fest. »Also, von hinten aufgerollt: Bis jetzt ist nicht bekannt, dass sich deshalb jemand umgebracht hat. Lienharts neurologische Vorgeschichte muss man aber in Betracht ziehen. Zu dem Phänomen selbst: Der Auslöser lässt sich oft nicht eindeutig definieren. Die Heilungschancen hängen vom Grad der Erkrankung ab. Stress, körperliche Überbeanspruchung oder Alkoholgenuss sind pures Gift. Die Party war schon mal keine gute Idee. Der charakteristische Pfeifton wird verstärkt in der Nacht wahrgenommen, weil er dann nicht von Alltagsgeräuschen verschluckt wird. Das führt zu Schlafstörungen. Ein Teufelskreis.« Na bravo, Definitionen und Ähnliches, da war Nicky in ihrem Element. Was sich in Wasserfallsätzen und knochentrockener Sprache ausdrückte. »Jedenfalls war Lienharts Beruf kontraproduktiv.«

»Laut den Eltern wäre er ab Dezember leisergetreten«, entgegnete Grohsman. »Er hatte einen Job bei einer Musikzeitschrift. Hab ich bereits verifiziert.«

Nicky überlegte. »Und was genau hätte er dort machen sollen?«

»Berichte über Bands, Rezensionen über Gigs und Aufnahmen, das Übliche halt.«

»Dann hätte er sein Gehör trotzdem gewissen Lautstärken ausgesetzt.«

»Und wenn die Erkrankung nicht so dramatisch war? Lässt sich ein Tinnitus bei einer Obduktion feststellen?«, warf Joe ein.

»Nein. Wenn er deswegen in Behandlung war, kann man Medikamente nachweisen. Da kann euch Dr. Schlesinger weiterhelfen. Gibt es schon Informationen, was Lienhart genommen hat?«

»Der Befund steht noch aus.«

Ein Musiker, der früher erfolgsverwöhnt war. Drei Rückschläge hatte. Endlich hatte er sich wieder was aufgebaut. Vierter Rückschlag. Im Krankenhaus hatte Nicky viele Menschen mit derartigen Lebensgeschichten betreut, meist nach Suizidversuchen. »Die Arbeit bei einer Musikzeitschrift ist für einen Vollblutmusiker kein adäquater Ersatz. Wenn er vielleicht realisiert hat, dass sich der Job nicht mit seiner Erkrankung vereinbaren lässt? Das ist kein Grund zum Feiern, sondern zum Verzweifeln.«

»Wir haben aber keine depressiven E-Mails oder Postings gefunden«, meinte Grohsman.

»Genau das ist das Problem. Menschen, die im Rampenlicht stehen, sind oft überzeugt, dass sie ihre Hilflosigkeit keinesfalls zugeben dürfen. Spielen aller Welt etwas vor und glauben, dass sie das stark macht.«

9

Die Worte von Nicky hallten in Grohsmans Ohren nach wie mahnende Stimmen aus der Vergangenheit. Die Hilflosigkeit und die Verzweiflung nicht zugeben zu können ...

»Grohsman, was ist jetzt? Gibt es endlich Ergebnisse? Jeder Tag, den Sie für unnötige Hirngespinste vergeuden, kostet das Geld der armen, braven Steuerzahler!«, ätzte Ungerböck.

Wie ein Schuljunge kam sich Grohsman vor. Einberufen vom Herrn Oberstleutnant, der in seinem Chefsessel thronte. Während er selbst auf dem billigen Bürosessel hockte. Zurückschimpfen? Sinnlos. Nickys Überlegungen brachte Grohsman vorerst nicht aufs Tapet. »Im Moment haben wir noch Widersprüchliches. Lienharts halb gerauchte Haschzigarette auf dem Boden. Zudem hatte er mit ziemlicher Sicherheit während des Sturzes seine Brille getragen. Und er hat keinen Abschiedsbrief hinterlassen.«

»Und Sie sind jetzt Spezialist in Sachen Psychologie? Wir sind nicht zum Mutmaßen hier!«

Die Tür beim Ungerböck konnte Grohsman nicht zuknallen. Dass er die zu seinem Büro schloss, hörte jedoch die gesamte Etage im LKA. Nein, er war kein Spezialist. Er hatte nur so ein »blödes Gefühl«. Oder war das bloß eine Magenverstimmung? Grantig hockte er sich an seinen Schreibtisch und wählte die Nummer der Gerichtsmedizin. »Schlesi? Hier Grohsman. Was war's jetzt, Suizid oder Tötungsdelikt?«

»Dir auch einen schönen guten Tag, Grohsi. Was bist denn so nervös?« Oskar Schlesinger schien es nie eilig zu haben.

Kein Wunder, seine Patienten hatten alle Zeit der Welt. Theoretisch.

»Der Ungerböck hat Hummeln im Hintern. Wenn ich nicht sofort etwas präsentiere ...«

»Verstehe. Aber eine einwandfreie Analyse der Spuren auf einem Körper, der aus dem vierten Stock auf den harten Boden knallt ... Ihr wart ja beide zu feig, sogar die Frau Kollegin. Da war ich etwas enttäuscht. Na, egal. Der Tote hat einen prämortalen Abdruck in der Körpermitte. Ich hab das Foto auf den Server gestellt. Durch die Verletzungen von Thorax bis Becken kann ich aber nicht einwandfrei den Zeitpunkt feststellen, wie lange vor dem Ableben das Hämatom entstanden ist.«

Grohsman sah sich die Aufnahme an. »So abgefüllt, wie Lienhart war ... könnte er gegen das Geländer geprallt sein? Dadurch hat er das Gleichgewicht verloren und ist gestürzt? Das Geländer ist nur einen knappen Meter hoch.« Würde Brille und Joint erklären.

»Die Rekonstruktion des Hergangs überlasse ich euch. Tatsache ist: Wenn ihn jemand gestoßen hat, müsste es Spuren im oberen Rückenbereich geben. Oder im Schulterbereich. Da ist aber *nada*. Ich finde auch keine Abwehrspuren. Mit dem Tox-Screen sind wir noch nicht durch, aber gängige Betäubungsmittel konnten wir bisher nicht nachweisen. Ich versuche noch, die Hände auf Abwehrspuren zu untersuchen. Oder das, was davon übrig geblieben ist.«

10

»Hallo, Joe. Unsere ersten Auswertungen sind auf dem Server«, kündigte Aichhorn an. »Knochentrockene Angelegenheit, hast du eh genug zum Trinken da? Sonst drückst du das nicht durch. Die bei der Party hatten es bestimmt lustiger.«

Der Kollege konnte ja Schmäh führen! »Danke, Ralf. Ich hab zur Sicherheit schon die Wasserkaraffe hergerichtet.« Joe überflog die Aufstellung »Na bravo. Die Liste an DNS-Spuren und Fingerabdrücken ist ja elendslang. Wir überprüfen übrigens grad ein weiteres Szenario. Habt ihr in der Wohnung Medikamente gefunden? Gegen Depression, Schlafstörungen, Tinnitus et cetera?«

»Wir analysieren gerade den Inhalt einer Dose. Weiße Tabletten, keine Beschriftung. Nach simplen Kopfwehpulverln sieht mir das nicht aus. Der Gerichtsmedizin hab ich eine Probe zukommen lassen. Zur Analyse und zur Feststellung, ob Lienhart das Zeug genommen hat.«

»Und wenn das Schlaftabletten sind? Nein, die hätte Schlesi schon gefunden. Dann bin ich schon gespannt, ob die Pillen These ›Unfall‹ oder These ›Suizid‹ stützen.«

»Die Position des Körpers widerspricht tendenziell der These ›Unfall‹. Wir führen noch Berechnungen durch, auch anhand von Fingerabdrücken am Balkongeländer. Da ist einiges verwischt.«

»Abgewischt?«, fragte Joe alarmiert.

»Nein. Fasern vom Morgenmantel des Opfers. Vermutlich beim Überwinden des Geländers entstanden, um es sachlich zu formulieren.«

»Wie du schon gesagt hast, die auf der Party hatten es lustiger. Dafür sind die Zeugenaussagen manchmal ganz amüsant. Herauszufinden, wer mit wem …«

»Ah, habt ihr schon die zwei ermittelt, die sich in der Küche vergnügt haben?«

»Mhm. Robert und Sabsi. Die geben sich gegenseitig ein Alibi, haben gemeinsam die Party verlassen.« Robert hatte Sabsis Aussage bestätigt, inklusive »die Trutschen will ich nie wiedersehen!«. Trutschen? Stimme und Ausdrücke klangen nach einem älteren Semester. Ein Foto bestätigte: Robert hatte circa das Alter vom Boss. Na, der würde sich herzlich bedanken für das »ältere Semester«.

Wenn Schlesinger keine Abwehrspuren fand und die Position des Toten gegen einen Unfall sprach, blieb doch nur Suizid. Clubpleite, Karriereknick und Bühnenunfall – hatten diese Dämpfer den Tinnitus ausgelöst? Und seine Unfähigkeit, eine dauerhafte Bindung einzugehen? Darüber hätte sie mit Nicky sprechen sollen.

Laut dem Chatverlauf hatte Lienhart nie einen Hehl aus seinen Absichten gemacht. Kurze Affäre, Ende der Durchsage. Die Frauen wussten teilweise sogar voneinander. »Sorry, Süße, heut kann ich nicht zu dir, ich bin bei Fiona.« Was die angesprochene Süße nicht störte. »Geht klar, dann muss ich den Abend eben mit meinem Alten verbringen.« Joe überlegte, ein Diagramm anzufertigen. Nein, das sah sicher aus wie das Netz einer Spinne auf Koffein. Von dem Experiment hatte sie letztes Jahr gelesen, inklusive Bild. Danach hatte sie erst mal auf Kaffee verzichtet.

Lydia hatte Lienharts ernste Untertöne erwähnt. Hatte Sabsi zwar entkräftet. »Ah geh, die Lydia, die ist voll gruftig drauf. Die sieht alles durch eine schwarze Wolke.« An den Ausspruch »Wer weiß, wie oft noch« hatten sich jedoch einige der Partygäste erinnert. Was sagte ihr Boss immer? Das Ungewöhnliche herauspicken. Sie langte nach einem der Kartons aus Lienharts Wohnung. Fand sich irgendetwas, was nicht in ein »normales« Leben passte?

Moment. Was war denn das?

11

Die finanzielle Situation Lienharts brachte Grohsman nicht weiter. Der Mann besaß einen alten Ford Escort, das meiste Geld schien er in seine Bühnenoutfits investiert zu haben. Und in die Soundanlage. Er hatte sich seine Fans nicht gekauft. Selbst bei den Partys war es offenbar Usus, dass die Gäste zumindest eine Flasche Hochprozentiges mitbrachten. Seine Ausgaben hatte er von der Steuer als Werbungskosten abgesetzt. Knausrig, der Typ.

»Boss, Boss, ich hab was!« Joe stürmte in Grohsmans Büro und wedelte mit einer DIN-A4-Hülle, in der ein Blatt Papier steckte. Als hätte sie eine Aktie von Berkshire Hathaway in der Hand, mit einem Wert in der Höhe eines sechsstelligen

US-Dollarbetrages.»In einem Karton war ein Attest von Lienharts Neurologen. Dr. Urban. Demnach ist bei Lienhart ein Gehirntumor festgestellt worden, ziemlich fortgeschritten.« Der vierte Schicksalsschlag in Lienharts kurzem Leben, stellte Grohsman fest.»Kann ich verstehen, dass er sich da mit Alkohol, Drogen und schnellem Sex betäubt hat. Also doch Suizid, und er hat ein letztes Mal bis zur Besinnungslosigkeit gefeiert? Abgang mit Paukenschlag?«

»Könnte sein. Ich hab Oskar schon informiert.«

»Wen?«, fragte Grohsman erstaunt.

»Oskar. Dr. Schlesinger.«

Joe und Schlesi auf Du und Du, der Gedanke erheiterte Grohsman.»Hat er das Attest bestätigt?«

»Grohsi, Grohsi, so schnell schießen die Preußen auch wieder nicht«, ahmte sie den Singsang des Gerichtsmediziners nach.

»Freche Laus«, murmelte Grohsman.»Jetzt fehlt uns nur noch Lienharts Abschiedsbrief.«

»Haben wir bisher keinen gefunden.«

»Ich weiß. Trotzdem merkwürdig. Er gibt mit der Party ein Statement und erklärt seinen letzten Schritt nicht?« Ein mulmiges Gefühl kroch in ihm hoch. Er wusste nur zu gut, dass es nicht immer ein Abschiedsschreiben gab.

12

Sprach die Auffindungsposition des Toten nicht gegen Suizid? Grohsman wollte, nein, musste allen Thesen nachgehen. Vorwürfe der Eltern, dass er nachlässig ermittelt hätte, wollte er sich ersparen. Zudem spukte Nickys Fall Piring in seinem Kopf.

»Aus der Lage des Toten lassen sich keine endgültigen Rückschlüsse ziehen. Außer, dass Lienhart bei Bewusstsein war. Aber Menschen, die den Sturz bewusst miterleben, rudern wie wild herum. Als ob sie dadurch das Ruder rumreißen können«, gab Aichhorn zu bedenken.

Grohsman durchforstete ein weiteres Mal die sozialen Medien. Hatte Lienhart Andeutungen zu seiner schweren Erkrankung gemacht? Wieder mühte er sich durch semiwitzige Postings. »Seit ich morgens Liegestütze mache, fühle ich mich wie neugeboren. – Ich liege hilflos herum und weine.« Etwas platt, der Scherz. »Ihr wisst nicht, was ihr eurer Frau zu Weihnachten schenken sollt? Sagt ihr einfach, ihr habt schon was gekauft. Sie wird so lange raten, was es sein könnte, bis ihr genug Geschenkideen habt.« Die Idee hatte was.

Apropos Weihnachten – was sollte Grohsman Zina schenken? Ein gemeinsames Wochenende in der Steiermark, mit Ballonfahren, Weinverkostung und einem Konzertbesuch? Aber die Frage der Hotelzimmer … kompliziert. Ein Gutschein für ein Wochenende und abwarten, wie sie reagierte? Seit wann war er gar so feig? »Ich fange lieber mit zwei Konzertkarten an«, grummelte er und wandte sich wieder dem Computer zu.

Er stieß auf ein vergleichsweise nachdenkliches Posting. »Carpe the f*cking diem, solange du kannst.« Von wann stammte das Attest? Der Zeitraum passte. Es folgten ein paar Posts mit belanglosem Inhalt. Weil es auf den ernsteren Beitrag nur zwölf Likes und keine Kommentare gegeben hatte? Für »Wenn der Wecker morgen rasselt, ist der Tag schon halb vermasselt« hatte Lienhart hundertachtundneunzig Likes kassiert.

Keines dieser Postings klang nach tiefster Verzweiflung. »Weil manche Menschen ihren Kummer nicht ausdrücken können«, hatte Nicky angedeutet. Grohsman blickte auf das Whiteboard, wo das Foto von Lienharts Balkon hing.

In Wahrheit sah Grohsman nicht dieses Bild. Vor seinem geistigen Auge tauchte stattdessen sein letzter Fall als Streifenpolizist auf. »Opfer ist knapp dreißig, männlich. Sturz vom Nussdorfer Wehr«, hatte damals der Funkspruch gelautet. Zeugen war ein abgestelltes Auto beim Nussdorfer Wehr aufgefallen. Drei Tage hatte der Tote im Wasser gelegen, bis er entdeckt worden war. Von der Brücke in die Donau gestürzt, ertrunken, ans Ufer geschwemmt.

Niemand hatte Grohsman auf das vorbereiten können, was er vorfand. Der Tote war Josef Stingl, sein bester Freund. Mit dem er Ewigkeiten in der Oper verbracht und nächtelang über Musik, Gesangsstimmen und andere höchst wichtige Themen diskutiert hatte. Josef, der vor Aktivität und Schmäh gesprüht hatte – und gelegentlich für ein paar Tage untergetaucht war. »In geheimer Mission«, hatte er immer gewitzelt, wenn er danach wieder in der Oper erschien.

»Wie sag ich das seiner Mutter?«, hatte Grohsman sich nach dem grausigen Fund gefragt. Seine eigene Trauer war erst später gekommen. Rasch war die erschütternde Wahrheit zutage getreten. »Manisch-depressiv« hieß es damals, »bipolare Störung« heute. Tragisch in jedem Fall, egal, wie die offizielle Bezeichnung der Diagnose lautete. Grohsman hatte von dieser dunklen Seite nichts gewusst, nichts geahnt. »Tod durch Suizid« stand im Abschlussbericht. Josefs Schwester Hilde hatte sich bald darauf an ihn gewandt. »Er war doch in Behandlung! Das hätte er nie gemacht! Bitte, tu doch was!«

Die Verzweiflung in Hildes Stimme tönte ihm noch jetzt in den Ohren. Grohsman hatte die Gerichtsmedizin um eine neuerliche Überprüfung gebeten. Die Ergebnisse waren die gleichen geblieben: keine Anzeichen von Abwehrspuren oder von Fremdeinwirkung. »Du bist nicht besser als alle anderen! Glaubst das, was bequemer ist! Ich hasse dich!«, hatte Hilde ihn angeschrien.

»Chef, alles okay?«, riss ihn Kienzle aus seinen Gedanken. Stumm nickte er. »Gibt's was Neues, Gregor?«

»Nein. Ich wollte fragen, ob ich heimgehen kann. Wie es aussieht, war das wieder mal nur ein Selbstmörder.«

»Ja, geh nur.« Sollte er Kienzle einen Vortrag darüber halten, dass der Begriff »Selbstmord« ein Widerspruch in sich war? Weil doch alle Anzeichen für »Mord« – Niedertracht, niedere Beweggründe, Heimtücke et cetera – fehlten? Und dass Grohsman deshalb immer von »Suizid« sprach? Zwecklos. Kienzle war ein blitzgescheiter Kollege, wenn es um Computer, trockene Daten und Fakten ging. Doch es mangelte ihm gelegentlich an Empathie.

Keine vorschnellen Urteile, ermahnte sich Grohsman. Kienzles zur Schau gestellte Härte hatte sich schon öfters als Selbstschutz erwiesen. Wurde Zeit, dass Grohsman sein Team wieder auf ein Bier einlud.

Es fehlte ihm, sich mit Caro auszutauschen. Oder mit Zina. Na, die kam wenigstens nächste Woche wieder. Er kraulte Sally hinterm Ohr. Genug für heute.

»Hallo, Lukas! Du, ich komm jetzt heim. Soll ich uns eine Pizza mitnehmen?«

»Hey, das wäre cool. Aber Billie und Linus sind zum Lernen hier. Für die Uni morgen. Könntest du für die beiden auch ...?«

»Na klar!« Ein Abend mit den drei Teenies. Das perfekte Antidot gegen Trübsinn.

13

Der Isi sagt, in der Zeitung steht nie was, wenn sich einer umbringt. Hab ich gar nicht gewusst.

Ich war mir so sicher, dass ich nur geträumt hab. Aber die Fotos ... Nach der Arbeit bin ich noch einmal hingefahren. Zum Haus von dem Kerl. Hab mir den Hof angeschaut. Sieht von unten ganz anders aus. Ich bin dann schnell wieder abgehaut. Was, wenn die Kieberer das Haus überwachen? Der Täter kehrt zum Tatort zurück, sagen die doch immer in den Krimis.

Langsam lichtet sich der Alknebel. Wie ich mit dem Kerl gestritten hab, da hab ich noch immer einen Filmriss. Aber wie der Kerl da unten liegt, das seh ich wieder vor mir. Verdient hat er's. So ein Arsch. Und dann bin ich mit meinem Auto heimgefahren. Muss ja so sein. Das war schlau von mir. Die Kieberer schauen doch immer gleich nach Autos, die nicht in die Straße gehören. Oder machen die das nur im Fernsehen?

Kann mir wurscht sein. Wenn nichts in der Zeitung steht, glauben die, dass er selber gesprungen ist. Und ich bin aus dem Schneider, jawohl!

14

»Hast du Zeit für eine Skype-Session, Nicky?«

Na klar wollte sie mit Sonja quatschen. Ihre Freundin war auf Tournee durch Deutschland, als Bella Manningham in Patrick Hamiltons »Gaslicht«. Sonja hatte es geschafft, sie spielte die Hauptrolle! Wie lange hatte sie in einer Versicherung gejobbt und war nebenbei in unbefriedigenden Minirollen auf Minibühnen gestanden? Bis ihr letztes Jahr ein Schauspielkollege den Hinweis auf eine Produktion von Schillers »Don Karlos« gesteckt hatte. Sonja hatte sich dem Casting gestellt, die Rolle der Eboli ergattert und dem Versicherungsjob Adieu gesagt. Sie war fulminant gewesen als rachsüchtige spanische Prinzessin. Deshalb hatte die Theater-Company sie auch für das nächste Projekt engagiert. Mit dem sie in zwei Wochen in Leipzig ihre Dernière hatte. Zugticket und die Karte für die Vorstellung hingen schon griffbereit auf Nickys Pinnwand. Sonja endlich wieder live zu sehen. Ihr zuzujubeln und danach feiern zu gehen. In die Kümmel-Apotheke, Nickys Lieblingslokal in Leipzig.

»Hey, du siehst phantastisch aus! Wie geht es dir?«, begrüßte Nicky ihre Freundin.

Sonjas Gesicht strahlte ihr aus dem Computer entgegen. »Super! Du fehlst mir halt, aber bei meinem Tourneestress komm ich eh nicht zum Nachdenken. Und du, was tut sich bei dir?«

Nichts Nennenswertes, war Nicky versucht zu antworten. Im Moment bestand ihr Leben aus Kripo und Klienten. »Ach, bloß Alltagsstress. Erzähle ich dir, wenn ich dich in Leipzig besuche. Dann gehen wir auf einen Irish Coffee in der Kümmel-Apotheke. Und auf eine Leipziger Lerche!«

»Unbedingt! Aber deshalb melde ich mich nicht. Ich hab gute Nachrichten. Nächste Woche bin ich in Wien auf Kurzbesuch. Mittwoch bis Freitag. Können wir uns kurz treffen? Ich muss meine Wohnung auf Vordermann bringen. Nach der Tournee komme ich wieder heim!«

Was, ihre Freundin kehrte nach Wien zurück? Endlich wieder quatschen bis in die Morgenstunden, herumalbern und um

die Häuser ziehen?« »Klar hab ich Zeit! Brauchst du Hilfe beim
Räumen? Und, muss es mir für dich leidtun, dass du nach Wien
zurückkommst?«

»Nein, gar nicht«, meinte Sonja vergnügt. »Hier im Cast ist
auch Thorsten vom Theater Eulenspiegel. Eine Minigroup in
Wien. Der will mich für sein Ensemble engagieren. Was sagst
du?«

Nicky wischte sich verstohlen eine Träne aus dem Augenwinkel. »Das ist phantastisch«, hauchte sie. »Du hast mir so
gefehlt!«

»Na, du mir doch auch. Und jetzt sag, wie viele Mörder hast
du in der Zwischenzeit gefasst?«

Ganz schlechte Frage, dachte Nicky. »Noch keinen. Wir
wissen nicht einmal, ob … Na, das ist ein anderes Thema.«

»Kaum lässt man dich allein, versäume ich die spannendsten
Geschichten! Jetzt erzähl schon!«

Nein, so aufregend war dieser Fall nicht. »Du kommst doch
nächste Woche, da reden wir dann ausführlich, ja? Donnerstag
am Abend, passt das?«

»*Da reden wir dann ausführlich*«, flötete Sonja Nickys offiziellen Ton nach. »Schalt mal ab, meine Liebe! Donnerstag ist
perfekt. Wäre das schlimm, wenn Thorsten auch mitkommt?«

»Wu-huuu, Gschicht'l«, zog Nicky ihre Freundin auf. Ihr
Codewort, wenn Romantik in der Luft lag. Oder liegen könnte.

»Ich glaub nicht, dass das ein ›Gschicht'l‹ wird«, wiegelte
Sonja ab. »Er ist cool, ein toller Schauspieler, aber auf Dauer
anstrengend. Na, vielleicht passt er zu dir.«

»Wieso, bin ich etwa mühsam?«, protestierte Nicky einen
Tick zu ernst.

»Nein, im Gegenteil, du könntest ihn einrenken. Also, psychologisch. Er hat eine suuuper Stimme«, Sonjas Ton rutschte
eine Terz tiefer, »darauf stehst du doch? Na, du wirst ja sehen.
Jetzt muss ich aber weiter. Kipp einen Bruichladdich auf mein
Wohl.«

Sonja und ihre Verkupplungsversuche! Sie hatte recht, Nicky
hatte ein Faible für Caffè-Crema-Stimmen. Auf eine anstren-
gende Schauspielerseele konnte sie aber verzichten.

Das Läuten an der Tür riss sie aus ihren Gedanken. Nicky sah auf die Uhr. Sieben. Kein Paketdienst. Sie nahm den Hörer der Gegensprechanlage. »Ja bitte?«

»Hallo, Nicky. Ich bin's, Pascal.«

W-was? Sie öffnete die Tür.

»Das gibt's ja nicht, was machst denn du hier?« Sie fiel ihm zur Begrüßung um den Hals.

»Du hast so niedergeschlagen geklungen. Als ob dich all deine Freunde im Stich lassen. Und so weit ist Linz nicht. Wenn die Prophetin nicht zum Berg kommt? Außerdem ist es effizienter, wenn ich gleich vorbeischaue. Oder?«

»Da hast du recht.« Ach, sein Akzent … Der steht nicht auf dich, sondern auf Jungs, ermahnte sie sich. »Komm weiter. Wie lange bleibst du in Wien?« Nicky holte eine Flasche Asia Cuvée vom Mayer am Pfarrplatz. Genau der richtige Tropfen, um den Besuch zu würdigen.

»Zwei Wochen, vielleicht etwas länger.«

»Und wer kümmert sich um deine Tiermenagerie?« Wie viele Tiere hatte er in seiner Therapiepraxis im Einsatz?

»Das macht mein Kollege, mit dem ich die Praxis teile. Ich wollte sowieso nächsten Monat mal nach Wien kommen, ein paar Dinge organisieren, Besorgungen machen. Hat sich gut ergeben, jetzt gleich zu fahren. Wenn ich länger bleibe, wohne ich bei Teddy, einem Freund von mir.«

Einem Freund? Oder *seinem* Freund? »Und was steht auf deinem Plan? Sorry, ich bin neugierig.«

»Also, Teddy hat eine kleine Hundeauffangstation. Ich brauche unbedingt Verstärkung, sonst werden meine Tiere überfordert. Und er hat zwei oder drei Hunde, die sich seiner Meinung nach für die Tiertherapie eignen. Die möchte ich in Ruhe testen.«

Wie seine Augen leuchteten, wenn er über seinen neuen Beruf sprach. So wie Sonja und ihre Schauspielerei. Strahlte Nicky auch noch so, wenn sie über Forensische Psychologie redete?

1

Müde setzte sich Grohsman im Bett auf. Sein Schädel pochte. Nicht etwa, weil er gestern mit Lukas, Billie und Linus zu lange gequatscht hatte. Linus und Lukas hatten eine Persiflage auf den Matheprof geliefert, bis Grohsman nach Luft gejapst hatte. Offenbar ein Spezialfall, der Lehrer. Kurz hatte Grohsman das Thema »Schrift« angerissen. »Jaaa, weiß ich eech«, hatte Lukas gestöhnt. Und spielerisch die Augen verdreht. Dann die Showeinlagen seiner Rasselbande, Smoky und Sally! Die Tiere hatten sich ein paar Happen von der Pizza erhofft. Linus und Billie waren Schinkenstückchen auf den Boden gefallen. Rein zufällig. An die unbeschwerte Runde beim Esstisch könnte sich Grohsman glatt gewöhnen.

Später hatte sich Lukas mit seinen Kumpeln zum Lernen in sein Zimmer verzupft. Worauf bei Grohsman die Gedanken an seinen Freund Josef aufgezogen waren wie Gewitterwolken. Er hatte sich ebenfalls verkrümelt und eine CD von Maria Callas aufgelegt. Als Reminiszenz an Josef.

Dann hatte er einen edlen Mayer'schen Pinot noir geköpft. Schon seit den Stehplatztagen mit dem Freund sein Lieblingswinzer. Vortrefflich hatte ihm der Tropfen gemundet. Nur, wann hatte er zuletzt eine komplette Flasche gebechert? Allein?

Dementsprechend dumpf war sein Schädel. Schnell räumte er die CD von der Callas weg, die verwaist neben der Stereoanlage liegen geblieben war. Damit sich seine Gedanken nicht in Trübsal wandelten.

Das tierische Begrüßungskomitee erwartete ihn schon in der Küche. Grohsman hob Smoky hoch und genoss sein Schnurren. Tiertherapie pur. Erst sieben Uhr, sollte er Lukas wecken? Nein, er ließ den Jungen schlafen. Die Lernsession hatte länger gedauert. Grohsman war sich nicht sicher, ob Billie danach heimgefahren war. Na, und wenn schon. Heute hatten die beiden ohnehin Uni.

Er beschloss, gleich ins Büro loszuziehen. Sally hüpfte aufgeregt bei der Tür, mit ihrer Leine im Schnäuzchen. »Dann los, Kleine!«

Die Bewegung und der Sauerstoff brachten seine Gehirnzellen in Schwung. Oder war es die kalte Luft? Sally widmete sich ihren Lieblingsbeschäftigungen, »Hundezeitung schnüffeln« und Hundefreunde begrüßen. Ihren Elan wünschte sich Grohsman im Moment. November war nicht seine bevorzugte Jahreszeit. Er liebte den Frühling, das saftige Grün und den intensiven Duft der vielen Blüten. Nebelsuppen wie heute waren etwas für kuschelige Abende am Kamin, aber nicht für graue Dienststunden.

Konnten sie den Fall Lienhart bald abschließen? Entsetzliche Sache, die Tumordiagnose. Kurz hatte er überlegt, die drei Zeuginnen Margie, Jenny und Lisi zu einer weiteren Befragung einzuladen. Die hatten am Montag über Lienhart ordentlich ihr Maul gewetzt. Die drei Hexen aus Macbeth fielen ihm ein. Eine berückende Oper von Verdi. Eines der Lieblingswerke von Josef. Weil die Lady Macbeth eine der Paraderollen der Callas war? »Wenn ich im Büro bin, hol ich mir gleich ein Aspirin«, murmelte er. Hoffentlich löste das Pulver mit den Kopfschmerzen auch gleich die Hirngespinste auf.

Im Büro angekommen, holte Grohsman sich zunächst einen Kaffee. Mit einer Melange sah die Welt gleich einladender aus. Gestern hatte er einen der Kartons von Lienhart nicht geschlossen, jetzt sprang sein Hund kopfüber hinein und wüffte eifrig, er konnte nur noch Sallys wedelndes Stummelschwänzchen sehen.

Grohsman kam näher. Mit Pfote und Schnauze versuchte Sally, etwas unter den drei Ordnern zu erwischen. Was gab es dort Aufregendes für einen Hund? Er hob die Ordner zur Seite und entdeckte eine Box. Sie enthielt ein Schachspiel, auf dem ein Post-it klebte. »Schluss mit den Rochaden«, las er. Nicht Lienharts Handschrift. Was hatte das zu bedeuten? Ein Hinweis auf einen Anschlag? Grohsman legte das Spiel auf seinen Schreibtisch. Na, sicher war das nicht der Gegenstand, den Sally erschnüffelt hatte. Auch nicht die alte Monopoly-Ausgabe unter dem Schachspiel. Als er die weghob, entdeckte er ein Säckchen mit Hundekeks. Geöffnet. Aber Lienhart hatte doch keinen Hund?

Sally sah ihn erwartungsvoll an. War das Beweismaterial? Na, sicher hatte niemand die Leckerlis gezählt. Er griff in das Säckchen. – Und wenn die Kekse vergiftet waren? In der Box versteckt, als Beweis für eine furchtbare Tat?

»Jetzt siehst du Gespenster«, mahnte er sich. Dennoch steckte er seiner Kleinen lieber ein Leckerli aus seinem eigenen Fundus zu.

»Morgen, Chef. Ich habe die Liste aller uns bekannten Partygäste mit den Kontaktdaten ergänzt. Soweit ich sie herausfinden konnte.« Kienzle legte ihm ein paar dicht bedruckte Blätter auf den Tisch.

»Morgen, Gregor. Auch schon so früh auf?«

»Sonst heißt's wieder, ich häng mich nicht rein. Meine Freundin hatte gestern Geburtstag, deshalb wollte ich früher heim. Blöde Idee. Sie hat sofort wieder gemeckert, weil ... egal. Gehört nicht hierher.«

Wieder wurde Grohsman bewusst, wie wenig er vom Privatleben seines Teams mitbekam. Kienzle kannte er entweder als Hitzkopf oder als Kollegen, der bestenfalls in den Keller lachen ging. »Hey, das tut mir leid. Wenn du mal reden willst ...«

»Danke. Geht schon.« Kienzle straffte die Schultern und wandte sich zum Gehen.

»Gregor ... Dieses Stochern im luftleeren Raum inklusive Überstunden auf Verdacht geht uns allen gegen den Strich. Danke, dass du dich dennoch so engagierst.«

»Na ja, ich kann deine Hartnäckigkeit nachvollziehen. Und üblicherweise hast du recht. Es gibt nur halt Spannenderes, als Listen zu erstellen. Gehört dazu, weiß ich.«

Wenn Kienzle nicht so ein Häferl wäre. »Willst du wieder verstärkt in den Außeneinsatz?«

»Nein. Neue IT einsetzen, so was taugt mir. Nächste Woche gibt es eine Fortbildung zum Thema Fotoerkennungssoftware, da möcht ich hin.« Kienzle zuckte mit den Achseln. »Außerdem, wir fischen seit drei Tagen herum, und dann stellt sich raus, dass der Typ im Drogenrausch über den Balkon gestürzt ist. Während in der Stadt der Teufel los ist. Diese Femizide sind einfach nur beschissen, dagegen muss man vorgehen. Machst du noch die Workshops mit Joe? Schutz und Selbstverteidigung?«

Wenn Grohsman und Joe Zeit fanden, ja. »Wir waren heuer in Frauenhäusern und in Schulen. Willst du mitmachen?«

»Ja, wär cool. Ich könnte was über Handy- und Internetsicherheit beitragen.«

»Find ich super, dann wären wir thematisch noch breiter aufgestellt. Für den praktischen Teil ist Joe zuständig. Ich sag's dir, ein einziges Mal hab ich mich als Angreifer zur Verfügung gestellt. Damit die Frauen sehen, wie jemand von Joes Größe mühelos mit einem Mann meiner Statur fertig wird.«

»Wie in ›Miss Congeniality‹ mit Sandra Bullock? Das hätte ich gerne gesehen.« Kienzle grinste.

»Ja, das war filmreif. Unter uns gesagt, mein Hinterteil hab ich trotz Landung auf der Trainingsmatte noch zwei Tage danach gespürt.«

»Kann ich mir vorstellen. Na, ich mach mich wieder an die Arbeit. Vielleicht entdecke ich den entscheidenden Hinweis, was mit Lienhart passiert ist.«

»Wenn dir das gelingt, geb ich eine Runde aus.«

2

Meine Frau schaut schon wieder so komisch. Fragt ständig, wieso ich so käsig bin im Gesicht. Magenverstimmung, hab ich gesagt. Darauf setzt sie mir Schonkost vor. Ja geht's noch? Mit der Pampe kann ich höchstens das neue Loch in der Mauer verputzen. Ich weiß auch nicht mehr, wieso ich den Vorschlaghammer in der Hand gehabt hab. Und warum ich auf die Wand eingedroschen habe. Danach ist es mir besser gegangen. Aber nur kurz. Ich dreh noch durch.

»Stell dich«, hat Isi gemeint. Ganz sanft. »Du kriegst doch

mildernde Umstände. Die Frau bescheißt dich, der Kerl provoziert dich, Alkohol im Spiel, das ist doch ein klarer Fall von Affekthandlung!«

Der hat leicht reden. Der muss dann ja nicht in den Knast. Am Ende komm ich noch in die Irrenanstalt. Zeigt mich der Isi an? Seh ich doch, wie er überlegt. Ich hätte ihn nicht einweihen sollen.

3

»Guten Morgen, Grohsi. Hast du schon meine E-Mail gelesen?«

So früh ein Anruf von der Gerichtsmedizin? »Nein, noch nicht.«

»Solltest du. Und trommle gleich dein Team zusammen.«

Grohsman rief Joe und Kienzle in sein Büro. »Ich kenne den Inhalt von Schlesingers Mail selbst noch nicht, aber ich lese gleich mal vor.« Er öffnete die Nachricht.

»Im Blut des Toten konnte Glutaminsäure nachgewiesen werden, was die Übertragung von Nervensignalen verbessert. Diese Wirkstoffe werden zur Linderung von Tinnitus eingesetzt. Weiters konnte Diphenyl... irgendwas festgestellt werden.«

»Und was ist das?«, fragte Joe.

»Keine Ahnung. Das soll er uns selbst erklären.« Grohsman wählte Schlesingers Nummer. »Oskar, wir sind grad alle versammelt. Kannst du uns deine Nachricht ausdeuten? Dieses Diphe... zeugs, wofür wird das verwendet?«

»Diphenylmethyl-Sulfinyl-Acetamid. Das Mittel wirkt einerseits als *cognitive enhancer*. Man könnte auch ›Hirndoping‹ sagen. Steigert die geistige Leistungsfähigkeit und überwindet Müdigkeitszustände. Wird aber auch als Psychopharmakon genutzt. Weil es den Spiegel von Dopamin, Noradrenalin und Serotonin in bestimmten Hirnregionen beeinflusst.«

»Sind das die weißen Tabletten, die Ralf gefunden hat?«, hakte Joe nach.

»Exakt. Die Zusammensetzung spricht für Modafinil, ein Präparat, das in Österreich nur noch bei Narkolepsie verschrieben wird. Weil die Gefahr von Nebenwirkungen zu hoch ist. Nachdem die Tabletten laut Aichhorn aber in keiner Originalverpackung waren, hat er sich die vermutlich illegal besorgt.«

»Danke, Oskar.«

»In Lienharts Handy ist eine Nummer als ›Hausarzt‹ abgespeichert«, bemerkte Kienzle.

»Den kontaktieren wir gleich.« Grohsman stellte sich auf eine umständliche Verhandlung inklusive Vortrag über Schweigepflicht und Ankündigung eines richterlichen Beschlusses ein.

Zu seiner Überraschung rückte der Doktor sofort mit der Information raus. Nein, ein derartiges Präparat habe er nie verschrieben, viel zu riskant bei der Vorgeschichte des Patienten. Denn Narkolepsie sei nicht Lienharts Problem gewesen.

»Sondern?«, fragte Grohsman.

»Er klagte häufig über extreme Kopfschmerzen.«

»Wegen seines Tinnitus?«

»Davon wissen Sie? Na schön. Nein, damit hatten die nichts zu tun. Ich hab ihm angeraten, einen Neurologen zu konsultieren. Ob er das getan hat, weiß ich nicht. Er war schon länger nicht mehr in der Ordination.«

»Von einem Hirntumor wussten Sie also nichts?«

»Wovon?« Der Arzt klang überrascht. »Nein, das hat er nicht erwähnt. Das erklärt seine Müdigkeit. Die er mit diversen Substanzen umgehen wollte. Modafinil, ja, das passt dazu. Wird öfters als Art Partydroge eingeworfen, weil man dadurch länger feiern kann. Der blanke Wahnsinn. Das ist Selbstmord auf Raten.«

Oder eben nicht auf Raten? Nachdenklich beendete Grohsman das Gespräch. Die Eltern waren jetzt sicher schon auf dem Weg nach Wien?

Nein, die Mutter hob ab. Und brach in Tränen aus. »Ich hab doch nie geglaubt, dass Manuel das wörtlich meint«, flüsterte sie.

Grohsman atmete tief durch. Er konnte den Schmerz der Frau förmlich greifen. Dennoch musste er nachhaken. »Was … wörtlich?«

»Er sprach in letzter Zeit immer wieder davon, dass jetzt Schluss ist. Dass er das alles so nicht mehr will. ›Einmal noch auf den Putz hauen, und dann verschwinde ich‹, hat er gesagt. Ich dachte, er meinte eine Auszeit. Aber offenbar …« Ihre Stimme versagte. »Mein Mann ist schwer erkrankt. Aber im Laufe der nächsten Tage kommen wir nach Wien.« Um sich um die Überstellung des Toten und sein Begräbnis zu kümmern.

Nach kurzer Rücksprache mit Staatsanwalt Kasparek gab Grohsman die Nachricht widerstrebend an sein Team weiter. Der Fall wurde als Suizid geschlossen. War er der Einzige, der von dieser Einstufung nicht restlos überzeugt war?

Doch für sein Team gab es einen neuen Fall, einen Femizid. Für die Klärung dieser Tat musste man kein Prophet sein, der Lebensgefährte hatte sich im Anschluss das Leben genommen. Aber wie mahnte Nicky? Keine voreiligen Schlüsse.

Er blickte auf die Kartons, deren Inhalt zum Teil im Regalfach lag und auf Bearbeitung wartete. Er hätte lieber noch einmal die Boxen durchgeackert, dazu fehlte seinem Team jedoch die Zeit.

Grohsman stand auf und schlichtete erst die Ordner, dann die diversen Schachteln ein. Ganz oben verstaute er das Schachspiel. »Schluss mit den Rochaden« – was damit gemeint war, musste er nicht mehr klären. Auch nicht den Schreiber dieses Post-its identifizieren. Oder die Schreiberin, es sah eher nach einer Frauenhandschrift aus. »Spielt jetzt auch keine Rolle mehr«, brummte er. Dann entfernte er die Fotos vom Whiteboard und legte sie zu den Akten.

Leise schloss er die Mappe und schob sie an den Rand seines Schreibtisches. Wie die Gedanken an Josef.

Mittwoch, 12. November

1

»Am Samstag veranstalte ich einen Workshop ›Forensische Medizin‹ für Jus-Studenten. Gehobene Basics der Gerichtsmedizin. Joe, willst du teilnehmen? Ist leider schon diese Woche, Samstag um zwölf Uhr, da hast du sicher Besseres vor?«

Ein Workshop von Schlesinger! Joe blätterte in ihrem Kalender. Nein, sie hatte wieder mal keine Pläne. Tja, manche gingen shoppen, andere trafen sich mit Freundinnen auf einen Kaffee. Einen Forensik-Workshop hatten bestimmt nicht so viele auf dem Programm.

»Super, danke, ich komme!«

Sie stieg in die U-Bahn ein – sogar ein freier Sitzplatz! Ihre Laune purzelte sofort in den Keller, als ihr Blick auf das U-Bahn-Gratisblatt auf dem Sitz fiel.

Mysteriöser Balkonsturz doch Mord?

Hektisch griff sie nach der Zeitung.

Im 19. Wiener Gemeindebezirk kam es vergangene Woche zu einem Sturz vom Balkon, bei dem der 45-jährige Manuel L. grausam den Tod fand. Anrainer sprechen vom Schock ihres Lebens. Die Polizei hat die Ermittlungen eingestellt, obwohl wir aus sicherer Quelle erfahren haben, dass in der Wohnung ein erbitterter Kampf stattfand. Hat die Polizei wieder einmal voreilig gehandelt?

O nein! Besser, den Boss vorzuwarnen. Joe tippte eine SMS, steckte die Zeitung ein und eilte aus der U-Bahn.

Im LKA hörte Joe schon von Weitem, wie ihr Boss den Zeitungsheini zur Schnecke machte.

»Geht das nun wieder los? Hatten wir doch bereits letztes Jahr, dass Sie mit Ihren völlig haltlosen Behauptungen die Ermittlungen gefährdet haben. Wenn Sie über gesicherte Informationen verfügen, dann teilen Sie die gefälligst mit uns! Also, welche Beweise wurden Ihnen zugespielt? – Ach, und das ist alles? Scheren Sie sich doch zum Teufel!«

Hatte der Boss übers Festnetz angerufen, um den Hörer saftig in die Gabel krachen zu lassen? Vorsichtig klopfte Joe an. »*Don't shoot the messenger*, Boss!«

»Komm rein. Mach ich nicht. Danke, dass du mich verständigt hast. Der Vollkoffer hat in Wahrheit bloß einen anonymen Anruf erhalten. Irgendjemand hat irgendwann eine Person aus dem Haus laufen gesehen. Die dann mit heulendem Motor losgebraust ist.«

»Sehr informativ. Gibt es eine Beschreibung des Heulers, äh, des Fahrers?«

Grohsman schüttelte den Kopf. »Natürlich nicht.«

»Müssen wir aktiv werden?« Zu früh gefreut über ein paar weniger stressige Tage? Den Fall des Femizids mit anschließender Selbsttötung hatten sie rasch gelöst; wie erwartet hatte es sich um ein Familiendrama gehandelt.

»Das kläre ich gleich mit dem Kasparek. Wir müssen doch zumindest überprüfen, ob dieser Zeuge existiert. Verstehe ich zwar nicht, warum der sich erst nach über einer Woche meldet, kommt mir dennoch nicht ungelegen. Irgendetwas an dem Fall ist, wie sagst du immer? *Fishy*.«

Lienhart hatte sich am Montag vor einer Woche vom Balkon gestürzt. Die Beweislage war erdrückend gewesen. Na, der Boss und seine Intuition … »Und die Zeitung hat gar nichts? Keine Telefonnummer?«

»Nein. Der Anrufer hat offensichtlich von einer der letzten verbliebenen Telefonzellen aus angerufen. Jedenfalls betont der Zeitungsheini, das Einwerfen von Münzen gehört zu haben.«

2

Staatsanwalt Kasparek war über die Zeitungsmeldung mindestens so verschnupft wie Grohsmans Vorgesetzter Ungerböck, bei dem sie sich zur Krisensitzung eingefunden hatten. »Das hat uns gerade noch gefehlt, eine Schlagzeile, dass wir einen Fall voreilig abgeschlossen haben. Besonders nach der Causa Wilhelm Piring bin ich auf solche Negativmeldungen wenig erpicht«, murrte Kasparek.

»Kann ich wahrlich nicht brauchen, einen ungeklärten Fall zu übergeben«, sekundierte Ungerböck.

Ging der Oberstleutnant also wirklich in Pension? Das war noch nicht durchgesickert. Musste Grohsman bei Gelegenheit im Personalbüro erfragen. »Rollen wir den Fall noch einmal auf? Dann gebe ich meinem Team gleich Bescheid.«

»Forschen Sie nach dem Zeugen«, bestimmte der Staatsanwalt. »Und kontrollieren Sie noch einmal die Unterlagen. Es gab weder Abschiedsbrief noch Testament, korrekt?«

»Richtig. Aufgrund unserer Unterbesetzung konnten wir jedoch nicht alle Kartons aus der Wohnung des Opfers überprüfen.« Er textete in die Gruppe. Hoffentlich hatten Nicky Witt und Ralf Aichhorn so kurzfristig Zeit.

Ungerböck seufzte. »Wir haben kein zusätzliches Personal, Grohsman. Die Kollegin Manz befindet sich noch im Krankenstand?«

»Leider ja. Anfangs hat uns die Kollegin Agnes Drese unterstützt. Kann sie uns aushelfen?«

»Das werden wir klären.«

Wie Grohsman erfahren hatte, war die Beerdigung Lienharts für Freitag angesetzt. »Und die abschließende Untersuchung der Gerichtsmedizin?«

»Auch da leite ich alles Nötige in die Wege.« Kasparek griff nach seinem Handy.

Im Büro warteten Joe und Kienzle bereits auf ihn. Nicky trudelte eben ein, sie hielt ein Exemplar der Zeitung in der Hand. Grohsman winkte ihr zum Gruß zu.

Aichhorn karrte einen Plattformwagen ins Büro. »Wo soll ich die hinstellen?«

Die Kartons. Na, die waren Grohsman abgegangen. »Lass zwei davon gleich mal bei mir, Ralf. Danke. Wir haben hiermit offiziell den Auftrag, der Zeitungsmeldung auf den Grund zu gehen. Wir müssen checken, ob jemand mit heulendem Motor weggefahren ist und ob das mit Lienharts Tod zusammenhängt. Nicky, treffen wir uns morgen in der Früh auf einen Tee? Ich möchte Lienharts psychischen Zustand mit dir besprechen. Falls wir bis dahin den Anrufer nicht als Wichtigtuer entlarvt haben. Heute kommen die Eltern, mal sehen, was die zu den neuesten Entwicklungen sagen.«

Nicky zückte ihren Kalender. »Dann verschiebe ich mein Treffen mit Sonja, geht klar.«

Das war doch Nickys Seelenfreundin, die in Deutschland gastierte. Und nun nach Wien zurückkehrte? »Tut mir leid, dass ich deine Pläne durchkreuze.«

»Leider ist sie nur ein paar Tage in Wien. Geht sich trotzdem alles aus. Neun Uhr Stephansplatz? Zu den Hääschens?«

»Perfekt.« Wie viele konspirative Sitzungen hatten sie schon in Nickys Lieblingsteehaus Haas & Haas abgehalten? Es plottete sich eben effizienter bei einer gediegenen Tasse Tee. Oder Kaffee. »Hat sonst wer noch Fragen?«

Ralf schob den Wagen mit sechs Kartons aus dem Büro, Nicky, Joe und Kienzle folgten ihm schweigend. Die zwei übrig gebliebenen Schachteln standen wie Mahnmale auf dem Tisch. Ausgerechnet heute. Am Abend kam Zina zurück, Grohsman hatte sich auf ein lauschiges Wiedersehen mit ihr gefreut. Und jetzt? Na, mit etwas Glück würde er es schaffen, sie vom Bahnhof abzuholen.

Grohsman wühlte im ersten Karton. Legte das Schachspiel zur Seite. »Schluss mit den Rochaden.« Von wem stammte die Nachricht? Was hatte Lienhart mit Schach zu tun? Er notierte die Message auf dem Whiteboard. Der geöffnete Beutel mit Hundekeks fiel ihm in die Hände. Aichhorn hatte in Lienharts Wohnung kein Anzeichen für die Anwesenheit eines Hundes in jüngerer Vergangenheit feststellen können. Zur Sicherheit bereitete er eine Probe zur Untersuchung vor, sie hatte für Grohsman jedoch nicht oberste Priorität.

Die zahlreichen Ordner hatte er schon durchgesehen. Mappe eins enthielt ausschließlich Rechnungen und Verträge. Grohsman blätterte in der Broschüre, mit der Lienhart für seine Auftritte warb. Hochglanz, da hatte er sich nicht lumpen lassen. Dabei war der Musiker sonst eher geizig gewesen.

Diese Transformation auf der Bühne – wie hieß das Zeug, das Schlesinger in Lienharts Blut gefunden hatte? Modafinil. Sie hatten nicht mehr untersucht, wie er sich das beschafft hatte. Nicht auf Rezept, das hatte Grohsman mit dem Hausarzt geklärt.

»Gregor, du hast doch letztes Jahr in den E-Mails eines Opfers Bestellungen illegaler Substanzen dechiffriert. Wäre dir bei Lienhart etwas in Zusammenhang mit Modafinil aufgefallen?«

»Check ich gleich.«

»Danke. Bitte überprüfe auch, ob Lienhart Mitglied in einem Schachclub war. Oder sonst eine Verbindung zu diesem Spiel hatte.« Grohsman legte das Handy zur Seite und vertiefte sich weiter in die Kartons.

Was lag da ganz unten in der Schachtel? Ein emailliertes Döschen mit Rosenmuster. Ein ungewöhnliches Accessoire für einen Mann. Er klappte es auf. »Na, was haben wir denn da?«

Grohsman eilte ins Büro von Joe und Kienzle. »Seht euch das mal an!«

»Schaut aus wie ein Pillendöschen. Was ist da drin? Viagra?«, meinte Kienzle lustlos. Joe kicherte.

»Nein, ein Schlüssel. Lang, Doppelbart. So sehen die Schlüssel zu Bankschließfächern aus, oder die von einem Haustresor. Ich fahre in Lienharts Wohnung. Und ihr prüft bitte, ob es einen Vertrag zu einem Bankschließfach gibt.«

Wenn sich in der Wohnung ein Tresor befand, musste der untersucht werden. Er textete Ralf Aichhorn. Eine zweite Nachricht schrieb er an Agnes Drese.

3

Jetzt steht es in der Zeitung. Die sind drauf gekommen. Im Job reden alle darüber. »*Hast du schon gelesen?*«, *hat mich die Nellie gefragt, meine Kollegin.* »*Interessiert mich nicht*«, *hab ich geantwortet.* »*Das ist dir egal, wenn die Polizei schludrig arbeitet? Du bist komisch.*« *Das Gerede kann die sich schenken! Ma, bin ich nervös.*

Hab meine Frau gefragt, ob sie den Toten kennt. Sie hat Nein gesagt. »*Aber, ist das nicht der Kerl aus dem Fitnesscenter?*«, *hab ich sie gefragt.* »*Woher willst denn du das wissen?*«, *hat sie gesagt. Stimmt. In der Zeitung steht nur Manuel L. Ich hätte mich fast verplappert!* »*Ich hab dich mal abgeholt, da hat er gesagt, dass er jetzt in die Diemgasse heimfährt*«, *ist mir eingefallen.* »*Und daran erinnerst du dich? Du vergisst doch sonst alles*«, *ist sie mich angegangen. Das war nicht nett.*

Ich muss mit wem reden. Das wird mir zu steil.

4

»Du bist viel besser im Puzzeln als ich. Die Auswertungen von Aichhorn sind gekommen, und in Lienharts Handy hab ich noch ein paar Personen gefunden, die auf der Party waren.« Kienzle hatte Joe drei Listen gemailt und hob nun entschuldigend die Hände. »Wir sollten uns die fade Arbeit aufteilen. Du kannst nicht immer nur herumflanieren«, meinte er mit einem schiefen Grinsen.

»Hey, mit dem linken Fuß aufgestanden?«, zog Joe ihn auf.

»Eher aus dem Bett gefallen«, kam die lapidare Antwort. Immerhin zuckte sein Mundwinkel. Offenbar war sein Date mit der Freundin gestern nicht so toll gelaufen. Sie verkniff sich eine Nachfrage. Flink ordnete sie die Daten in eine Tabelle.

»Boss, können wir uns die Liste der Partygäste aufteilen? Dann geht das schneller mit den Anrufen.«

»Klar. Schick mir die Hälfte.«

Blieben immer noch zwanzig Personen. Ob die sich nach über einer Woche überhaupt an die genauen Vorgänge auf der Party erinnerten? Die Frage war logischerweise ein Vorwand. Joe ging es darum, wie die Zeitung zu der Information gekommen war. Vielleicht verplapperte sich ein Partygast.

Die meisten hatten die Schlagzeile nicht gelesen und wunderten sich über den Anruf von der Polizei. Einige reagierten nervös. War Joe gewohnt. Polizeianruf, und schon klapperten manche in Gedanken ihr Sündenregister durch.

Den roten Faden vom Ablauf der Feier kannte Joe bereits. Superstimmung, gelegentliche Wickel zwischen Nebenbuhlerinnen. Größere Auseinandersetzung mit Herwig Benning. Und mit Margie, Jenny und Lisi. Aha, und mit einem Dominik, Nachname unbekannt? Weder im Handy noch in den E-Mails fand Joe einen Eintrag. »Gregor, ist dir bei deinen Recherchen ein Dominik untergekommen?«

»Nö. Wer soll das sein?«

»Offenbar auch ein Streithansel. Na, dem geh ich noch nach.«

Herwig Benning, der Steuerberater von Lienhart, stand auf Joes Liste. Der auf die Anrufe vom Boss nicht reagierte und auch jetzt nicht abhob. Joe überflog die Kontaktliste. Sandy? Das war der Name von Bennings Frau, oder? Einen Versuch war es wert.

»Frau Benning?«

»Ja?«

»Tag. Kettler, Kripo Wien. Wir versuchen seit letzter Woche, Ihren Mann zu erreichen.«

»Ach so? Herwig ist viel unterwegs. Und er hat Probleme mit seinem Handy, sagt er.« Die Frau klang weder überrascht, dass die Kripo anrief, noch eingeschüchtert. Der ätzende Unterton, als sie von den »Problemen« sprach, war Joe nicht entgangen.

»Frau Benning, waren Sie vorigen Sonntag auf der Party von Manuel Lienhart?«

»Nein. Ich treffe mich mit Manu lieber unter vier Augen auf ein Glas Wein«, meinte die Frau fast indigniert. »Er ist ganz anders, wenn er nicht gerade Hof hält und Tussis beeindruckt. Eigentlich ist er ein cooler Kerl mit einem kleinen Alterskomplex. Die Midlife-Crisis hat bei ihm früh begonnen. Mich zieht er ja ins Vertrauen. Hält ihn jung, wenn er mit mehreren Frauen was laufen hat, sagt er.« Ein Schniefen. »Scheiße. *Hat* er gesagt. Ich glaub das noch immer nicht. Aber – wieso rufen Sie an? Ist es also doch Mord?«

»Wissen wir nicht«, wich Joe aus. War der Schniefer gestellt? Die Frau zerfloss nicht gerade vor Trauer. Und wenn Lienhart sich ihr anvertraute … »Hatte er Ihrer Meinung nach einen Grund, sich das Leben zu nehmen?«

»Also, Sie müssen wissen, Manu hat mir von seinen Problemen erzählt.« Sofort war ihre Stimme wieder unterkühlt. »Davon war keines so wahnsinnig ernsthaft, er …«

»Probleme mit wem?«, unterbrach Joe.

»Na, das müssen schon Sie rausfinden, ich kann nicht Ihren Job erledigen.«

Die gewann mit Sicherheit einen Beliebtheitspreis. Oder war sie nur zur Polizei so biestig? »Es hat angeblich Streit mit Ihrem Mann gegeben.«

Ein Schnaufen am anderen Ende der Leitung. »Was heißt schon ›Streit‹? Herwig glaubt, dass zwischen Manu und mir was läuft. Grundlos! Er macht Manus Steuer, da hat es irgendwelche Unstimmigkeiten gegeben. Genaueres weiß ich aber nicht. Das müssen Sie schon meinen Mann fragen.«

Langsam verlor Joe die Geduld. »Genau das ist unsere Absicht. Kann ich ihn jetzt sprechen? An sein Handy geht er sicher wieder nicht ran.«

»Er ist gerade beim Bäcker. Croissants holen. Muss aber gleich wieder hier sein. Ich sag ihm, dass er zurückrufen soll.«

»Bitte tun Sie das.« Joe bemühte sich, nicht allzu ironisch zu klingen. »Wann ist er am Sonntag nach der Party heimgekommen?«

»Kann ich Ihnen nicht sagen. Ich war am Sonntag und Montag nicht in Wien.«

»Darf ich fragen, wo Sie waren?«

»Bei einer Tagung. Ich bin Ärztin. Also, Veterinärmedizin. Die Tagung war in Linz. Ich war dort als Keynote-Speaker eingeladen, deshalb bin ich schon am Sonntag losgefahren.«

Klang, als hätte sie das Penicillin erfunden. Die Frau war Joe suspekt. Die Kälte in ihrer Stimme, dann doch wieder ein Emotionsausbruch. Zwischen Wien und Linz war die Bahnverbindung exzellent. Für den Vortrag am Montag konnte Sandy Benning am Sonntag im Hotel eingecheckt haben. Wäre sich locker ausgegangen, dazwischen zurückzufahren. Wann fuhr der erste Zug von Wien nach Linz? Joe ließ sich Namen und Telefonnummer des Hotels und des Tagungsleiters geben.

5

»Ich habe jemanden umgebracht.«

… *Was* hatte Dominik Fuchs eben gesagt? …

Für einen Moment schien Nickys Atmung auszusetzen. Sie schnappte nach Luft. Fixierte ihren Klienten. »Bitte wie?«

»Sie haben schon richtig gehört. Er ist tot, der Scheißkerl. Der vögelt meine Frau nicht mehr.« Selbstsicher hob er den Kopf.

Puh. Fuchs, der an Depressionen litt und Schwierigkeiten hatte, in die Gänge zu kommen – der war … ein Mörder? Ein Mann mit Gewaltpotenzial? Was war der finale Auslöser gewesen – und wie groß war die Gefahr, dass Fuchs erneut austickte?

»Dominik … was … wen …« Mitten im November war ihr heiß. Lag nicht an der Heizung. Verstohlen sah sie auf die Uhr. Noch fünfundvierzig Minuten.

»Den Lover meiner Frau. Der schaut sich jetzt die Radieschen von unten an.«

War er stolz auf seine Tat? Er bearbeitete seine Knie mit den Händen. Kiefermuskel angespannt. Ansonsten wirkte er stoisch. Fast schon zu gelassen.

Nicht das erste Mal, dass sie einem Gewalttäter gegenübersaß. Als forensische Psychologin arbeitete sie in Justizanstalten mit »schweren Jungs und Mädels«. Doch oft reichte eine scheinbare Nebensache, und eine eben noch friedvolle Person tickte aus. Die Begegnungen in den Anstalten fanden in geschütztem

Rahmen statt. Hier, in ihrer Praxis, war sie allein. Und … Die Tat durfte sie keinesfalls melden. Klientengeheimnis. Der Bruch der Schweigepflicht konnte sie die Zulassung kosten.

»Ihre Frau hatte also eine Affäre.«

»Hab ich doch in den letzten Stunden gesagt. Immer wieder. Hören Sie eigentlich zu?« Dominiks grüne Augen funkelten, seine ohnehin schon schmalen Lippen waren nur noch ein Strich. Er war ein Muskelpaket von über eins achtzig. Stiernacken, Oberschenkel wie Baumstämme. Der tätowierte Skorpion am Oberarm trug nicht zu Nickys Entspannung bei. Ihr Klient war selbst im November mit einem T-Shirt bekleidet – ein hitziges Gemüt? Noch vierzig Minuten.

Sie drehte den Kopf und blinzelte zur Tür. Hinter ihr. Falls er sie attackierte, würde sie es schaffen zu fliehen? Und die Tür zuzusperren? In der Theorie hatte sie die Lederstühle aus exakt diesem Grund so angeordnet. Hatte sie in der Praxis nie testen müssen. Wenn er gefährlich wird, schalte ich die Polizei wegen akuter Fremdgefährdung ein, und sein Verbrechen kommt ans Tageslicht. Schwacher Trost.

Vertrauen gewinnen. Versuchen, ihn zur Aufgabe zu überreden. Ihn zu überzeugen, sich der Polizei zu stellen. »Sie sprachen bisher immer nur von einem Verdacht. Und nun haben Sie Beweise? Haben Sie Ihre Frau erwischt?«

»Das tut nichts zur Sache. Er ist schuldig. Und jetzt mausetot«, schilderte er in einem Ton, als hätte er einem Kumpel das Bier weggetrunken.

»Warum erzählen Sie das mir und nicht der Polizei?«, fragte Nicky behutsam. Bloß nicht reizen. Noch dreißig Minuten.

»Weil er es verdient hat. Dafür gehe ich doch nicht in den Knast!« Dominik verzog das Gesicht. »Ich muss trotzdem mit jemandem reden.«

»Gut. Ich höre Ihnen zu.«

Nicky griff in die Tasche neben sich, um ihren Notizblock herauszuholen. Und betätigte das Aufnahmegerät auf ihrem Handy. Das Audiofile durfte sie nicht weitergeben, auch nicht geschnitten und anonym. Eine Absicherung war es dennoch.

»Ich war bei der Party von dem Kerl. Hab mich gewundert,

wieso er mich einlädt. Na, wahrscheinlich, weil er seinen Rivalen kennenlernen wollte. Da ist ganz schön was abgegangen, Alkohol, ein bisschen Stoff – na, das rühr ich nicht an. Okay, doch. Aber nur einen Joint. Irgendwann ist mir sein Gelaber auf den Geist gegangen, was für ein toller Hecht er ist. Und wie toll die Braut ist, die er grad in Arbeit hat. Ich bin abgehauen, hab mir ein Taxi geholt. War zu blau zum Fahren. Dann hab ich einen Filmriss. Deshalb komm ich jetzt erst. Am nächsten Morgen steht nämlich mein Auto bei mir ums Eck. Dann sind so Gedanken gekommen, wie so Blitze …«

»Flashbacks.«

»Genau. Ich bin in dieser Nacht irgendwann aufgewacht. Der hat mich sogar noch im Traum ausgelacht! Ich war so wütend. Der Kerl nimmt mir meine Kerstin sicher nicht weg, hab ich mir gedacht. Ich bin zu ihm hin und hab ihn zur Rede gestellt.«

Seine Erzählweise passte nicht. Die Sprache. »Ich hab ihn zur Rede gestellt« und »Ich war so wütend« – das hörte man in jedem zweiten Fernsehkrimi. Aber nicht von einer grobschlächtigen, eher einfältigen Person. Andererseits, vielleicht fand er in seiner Sprache keine passenden Worte. Noch zwanzig Minuten.

»Was hat der Mann Ihnen geantwortet?«

»Manu hat sich einfach umgedreht und ist zum Balkon gegangen. Er will seinen Joint fertigrauchen, hat er gemeint. Da ist bei mir eine Sicherung durchgebrannt. Ich bin ihm nachgeeilt und hab ihn bei den Beinen gepackt. Und ihm einen Schubs verpasst. Eh nur einen leichten. Er hat trotzdem einen Purzler übers Geländer gemacht. Da hab ich mich ganz schnell vom Acker gemacht. Und daheim hab ich meinen Rausch ausgeschlafen.«

Manu. Balkon. Geschubst. Gestürzt. Wie in Zeitlupe sickerten diese Worte. Der Fall Lienhart. In dem sie als Beraterin fungierte. Was für ein bescheuerter Zufall war das denn!

Ruhe bewahren. Heute hatte die Zeitung berichtet – war das der Grund, warum Fuchs jetzt auspackte? An dem Montag nach der Tat hatte er kurzfristig abgesagt. Angeblich hatte ein

Zeuge der Zeitung den Hinweis gegeben. »Ihnen ist niemand begegnet in der … Wo war das noch mal?«

»Es war drei in der Früh!«

»Und was war das für ein Gefühl, als Sie an der Leiche vorbeigegangen sind? Die lag auf der Straße, richtig?«

»Nein. Der Balkon geht in den Hof.« Er seufzte. Strich sich mit der Pranke über die Stoppelglatze. Mit seinen hängenden Schultern glich er in diesem Augenblick einem eingeschüchterten Kind, das auf seine Strafe wartete. Noch zehn Minuten.

»Dominik, sind Sie erleichtert, darüber gesprochen zu haben?«

»Ja, schon irgendwie. Es hat sich halt so … richtig angefühlt. Ich bin sonst nicht gewalttätig.«

Das entsprach ihrer Einschätzung. Fuchs war wegen seiner schweren Depression eher behäbig, von Verbalausbrüchen abgesehen. »Sagen Sie … Kerstin, Ihre Frau, die hat von allem nichts mitbekommen?«

»Nein. Die hat sich ein lustiges Wochenende mit ihren Freundinnen gemacht. Sagt sie halt. Die war fertig in den letzten Tagen. Sie ist am Dienstag sofort in ihr Zimmer gegangen. Erst am Abend ist sie wieder rausgekommen. Zwischen uns ist es fast so wie früher. Jetzt, wo der Kerl nicht mehr dazwischenfunkt.«

»Verstehe. Deshalb empfinden Sie als gerecht, was geschehen ist.«

»Genau! Warum soll ich in den Knast gehen, jetzt, wo das natürliche Gleichgewicht wiederhergestellt ist?«

Natürliches Gleichgewicht. Auch nicht der übliche Wortschatz von Fuchs. Nicky blinzelte auf die Uhr. Noch fünf Minuten. »Dominik, denken Sie dennoch darüber nach, zur Polizei zu gehen. Je eher Sie sich stellen, umso milder fällt das Urteil aus. Das könnte als Affekthandlung durchgehen.« Schwachsinn, wenn er extra zurückgekommen ist. Ich rede mich um Kopf und Kragen. Egal. Hauptsache, der Kerl ist draußen.

»Mal sehen.« Er stand auf. »Wiedersehen.« Er schlich zur Tür und verschwand.

Nicky eilte zum Fenster und riss es auf. Sie sog die kalte

Novemberluft ein. Da draußen lief ein Mörder frei herum, und sie musste schweigen.

6

Vor dem Eingang von Lienharts Haus brannten Kerzen. Grohsman zählte siebzehn Stück. Ein Bild des Toten lehnte an der Hausmauer, mit einem Herzen umrahmt. Daneben ein Strauß gelber Dahlien, zwischen den Kerzen lagen einzelne schwarze Rosen verstreut. Grohsman schoss ein Foto von diesen stillen Zeichen des Abschieds.

Gemeinsam mit Aichhorn und Drese fuhr er mit dem Aufzug in den vierten Stock. Die Ruhe, die das Haus ausstrahlte, ließ nichts vom düsteren Geschehen der letzten Woche erahnen. In Lienharts Wohnung hatten die Tatortreiniger ganze Arbeit geleistet. Eine freundliche Wohnung, fand Grohsman, wenn sie wie jetzt gesäubert war. Die Einrichtung war eher langweilig. Die Eltern hatten die Wohnung noch nicht räumen lassen, der Mietvertrag lief mindestens bis zum Monatsende.

»Okay, wo fangen wir an?« Agnes Drese und Ralf Aichhorn sahen sich um.

Wie suchte man nach einem Tresor, von dem Grohsman nicht einmal beweisen konnte, dass er überhaupt existierte? Ausschlussprinzip. Im Wohnzimmer hatte die Party stattgefunden. Laut den Nachbarn nicht die erste. Grohsman, Drese und Aichhorn waren sich einig: Die Chance war minimal, dass in einem derart frequentierten Zimmer ein Safe eingebaut war. Keine Regale oder Kästen, die ein Versteck geboten hätten. Und im Schlafzimmer? Hinter einem der Bilder? Leider nicht in dieser Wohnung. Sie überprüften einen Schrank nach dem anderen. Wühlten sich durch Bühnenkleidungen. Da gab es Passendes für Gigs bei unterschiedlichen Altersgruppen, viele bunte Hemden im Stil der Achtziger, Jeans, Budapester Schuhe in Schwarz-Weiß.

»Du meine Güte, sogar ein Elvis-Outfit, inklusive Perücke!«, amüsierte sich Agnes Drese. »Aber kein Tresor.«

Blieb das Arbeitszimmer. Grohsman hockte sich zum Schreibtisch. Hier hatte der Laptop gestanden, hatten Handy und Schlüssel gelegen. Überlaut tickte eine Uhr an der Wand. »Hatte er doch ein Bankschließfach?« Er betrachtete Wände und Boden. Alles gefliest. Weiße Hochglanzfliesen in einem Büro, wer kam auf so eine absurde Idee? Hatte die heimelige Stimmung eines Schwimmbades. Und wie nachlässig die Fliesenfugen an der Wand gearbeitet waren. Waren da Risse?

Er sprang auf. Die »Risse« ergaben ein Muster. »Leute, seht mal!«

Aichhorn stöhnte. »Na toll, wir haben natürlich nicht alle Wände gecheckt. Lasst mich mal hin.« Der Kollege klopfte die Fliesen innerhalb des Musters ab – klang hohl. Er pochte etwas fester. Mit einem satten »Klack« öffnete sich eine versteckte Tür, dahinter ein Tresor. Der Schlüssel passte.

Mit diesen üppigen Bündeln an Bargeld, Etuis mit Goldmünzen hatte Grohsman nicht gerechnet. Und der Inhalt der Schmuckschatulle – das sah nicht aus wie Imitate.

»Das sind ja mindestens … keine Ahnung. Viel!«, japste Agnes Drese.

Der Kriminaltechniker scheuchte Grohsman zur Seite. »Kollegen, mein Feld. Ich geb euch Bescheid, sobald der Inhalt aufgelistet ist.«

Grohsman sah auf die Uhr. Schon so spät … Lienharts Eltern trafen demnächst im LKA ein. »Dann werde ich wohl nicht mehr gebraucht. Danke für eure Hilfe.« Er tippte eine Nachricht ans Team. »Der Inhalt des Tresors bietet ein vortreffliches Mordmotiv«, schloss er den Bericht.

»Wissen Sie, was es bedeutet, ein Begräbnis zu verschieben?«, schrie Lienharts verzweifelte Mutter.

Nein. Nur in Ansätzen konnte Grohsman den Schmerz dieses Prozesses nachempfinden. Erst der Tod des Sohnes. Mit der Ungewissheit, was geschehen war. Dann die Entscheidung auf Suizid. Endlich Ruhe, endlich abschließen – und schließlich erneut alle Wunden aufreißen. Es war die Aussage der Eltern gewesen, die den endgültigen Ausschlag gegeben hatte. Der

Entscheid des Staatsanwalts auf Einstellung der Ermittlungen. Das durfte Grohsman ihnen natürlich nicht in aller Deutlichkeit entgegenhalten.

»Bitte, nehmen Sie Platz.« Er war um einen sanften Tonfall bemüht.

Der Vater warf sich müde in den angebotenen Sessel, die Mutter lief rastlos auf und ab. »Herzlos ist das. Herzlos!«

»Frau Lienhart, ich kann gut verstehen ...«

»Gar nichts verstehen Sie! Das ist wie ... wie ...«

Salz in eine Wunde zu reiben? Oder Salpetersäure? »Es gibt neue Hinweise, die wir nicht negieren dürfen. Wenn Ihr Sohn Opfer eines Tötungsdelikts geworden ist, dann muss der Verantwortliche hinter Gitter.«

»Genau meine Rede.« Der Vater haute mit der Faust auf den Tisch. »Der muss büßen, dieser Steuerstriezi.«

»Steuerstriezi?« Grohsman wurde hellhörig.

»Na, dieser Herwig. Die zwei haben ein krummes Ding mit der Steuer gedreht, der Kerl hat versucht, es mir zu erklären. Mich wollt er auch irgendwie hineinzuziehen. Damit ich zu Geld komme, so ein Blödsinn. ›Ich brauch nicht mehr, als ich verdiene‹, hab ich dem Gauner ans Gesicht gespuckt. Und dann hat er gejammert. Dass die Steuer an ihm dran ist. Aber er wird den Spieß umdrehen, hat er gesagt.«

Schon wieder der Steuerberater. Mit dem sich Lienhart auf der Party gestritten hatte. Diese Differenzen erwähnte der Vater erst jetzt?

Details über den Streit konnte er nicht nennen. »Kenn ich mich aus mit Steuerangelegenheiten? Interessiert mich nicht die Bohne! Die arbeiten doch eh nur in die eigene Tasche, diese ...« Er machte seiner Verzweiflung Luft, während seine Frau wie ein wundes Tier hin und her hetzte. Stumm. Gelegentlich blieb sie stehen, als wollte sie etwas hinzufügen, nahm jedoch ihren Marsch schweigend wieder auf.

Grohsmans Versuche, Lienharts Gesundheitszustand aufs Tapet zu bringen, blockten die Eltern kategorisch ab. Tumor? Nie gehört. Modafinil? Partydrogen? Doch nicht ihr Sohn! »Wir waren uns immer schon sicher, dass sich unser Bub nichts angetan hat. Verhaften Sie den Steuerberater, der hat ihn auf dem Gewissen!«

»Die haben ihre Meinung gegenüber voriger Woche gehörig geändert«, stellte Joe genervt fest.

»Weil sie sich weigern, sich an das zu erinnern, was sie damals in ihrem Kummer gesagt haben. Aber wir können ihre aktuelle Aussage genauso wenig vom Tisch wischen wie die Info über den mutmaßlichen Zeugen. Fahr also bitte zum Haus vom Lienhart. Stell fest, ob jemand das Haus in großer Eile verlassen hat und dabei beobachtet worden ist. Und ob es sich dabei um Benning handeln kann.«

»Mach ich. Ich frag mich nur ... Offiziell hat doch Lydia Zams die Party als Letzte verlassen, oder? Um halb zwei. Lienhart ist aber erst kurz nach drei vom Balkon gestürzt.«

»Richtig. Die Zams hat ein Alibi. Ihre Mitbewohnerin bestätigt, dass Lydia sie geweckt hat, weil sie ihren Schlüssel vergessen hatte. Wenn an der These Fremdverschulden was dran ist, hatte sich Benning vielleicht in der Wohnung versteckt. Oder ein anderer Gast. Oder im Haus hatte jemand die Schnauze voll. Keine Ahnung.«

»Mhm ...« Joe fingerte an ihrem Handy herum.

Warum zog sie die Stirn in Falten? »Unangenehme Nachrichten?«

»Die ersten Ergebnisse der Tresoruntersuchung sind da. Na dann, bis später.«

7

Ausgerechnet jetzt schickte der Boss Joe zum Klinkenpolieren, nein, zum Befragen von Zeugen. Hatte Kienzle sie nicht aufgefordert, weniger »herumzuflanieren«? Warum übernahm nicht er das Aushorchen der Nachbarn? Weil er wieder ausrastete, wenn sich die Aktion als nutzlos herausstellte.

Joe las die Nachricht von Aichhorn. Der Gesamtwert von

Bargeld und Goldmünzen im Tresor betrug rund zweihunderttausend Euro beim aktuellen Goldpreis. Den Schmuck nicht mitgerechnet, der noch von einem Experten begutachtet wurde. Für Rechtsnachfolger eine Menge Gründe, ein vorzeitiges Antreten des Erbes zu erstreben. Cooles Ermittlungsfeld. Das nun Gregor und der Boss bearbeiteten.

Um in die Diemgasse zu gelangen, hatte sie einen Dienstwagen genommen. Natürlich fand sie keinen freien Parkplatz. Bei einem Wetter wie heute – mild für November, sonnig, windstill – fuhr Joe oft mit dem Fahrrad. Die paar Minuten länger, die sie mit dem Drahtesel brauchte, sparte sie locker bei der Parkplatzsuche ein. Das Rad hatte jedoch einen Platten. Hätte sie auf Ingos Angebot eingehen sollen, das Bike zu checken? Seit Joe bei ihm wegen Alices Telefonnummer angeläutet hatte, lag er ihr wegen eines gemeinsamen Kaffees in den Ohren. Oder eines Kinobesuchs. Immer mit diesem Anbrat-Unterton. Musste sie ihm mal verklickern: Kaffee – vielleicht. Aber definitiv kein »Dessert danach«.

Da, endlich! Eine Parklücke! Zwei junge Männer mokierten sich über ihr schnittiges Einparken. Seit wann waren bei Jungs Pannésamt-Jogginghosen in? Warum nicht gleich Pyjamas?

Mann, war sie stinkig drauf. Lag nicht an der Zeugenbefragung. Sondern an den drei Nachrichten, die sie zuvor bekommen hatte. Die über den Tresor, dem sie sich jetzt lieber gewidmet hätte. Die zweite Meldung stammte von ihrer Mutter. Sie kündigte sich für einen Besuch an. Vier Tage, ab Freitag! Passte Joe überhaupt nicht in den Kalender.

Die dritte Nachricht war der Hauptgrund für ihren Tiefpunkt. Die Vorladung zur Anhörung bei der Internen, wegen »Zweckmäßigkeit und Augenmaß« bei ihrem Einsatz letzten Monat. Fand nächste Woche statt. Kurz durchschnaufen, bis sich der Pulsschlag beruhigt hatte.

Joe erreichte Lienharts Haus und huschte an den Kerzen vor der Tür vorbei. Wer die wohl aufgestellt hatte? Sie betrat das Haus. Der Nachbar von Lienhart öffnete nicht. »Ulrich Zapletal« stand auf dem Türschild. Joe suchte in ihrem Tablet nach den Aufzeichnungen. Der war am Tag nach der Party nicht daheim gewesen. Auch der andere Nachbar schien ausgeflogen zu sein.

Ein paar Bewohner gaben an, ziemlich spät – oder früh – eine Person gesehen zu haben, die aus dem Haus geeilt war. An die Uhrzeit konnte sich niemand erinnern. »Ich hab nicht darauf geachtet.« Und bei Alter, Größe und Beschreibung gingen die Angaben erwartungsgemäß auseinander. Zwischen fünfundzwanzig bis fünfundfünfzig, kurz gewachsen bis übergroß, schlank bis bierbäuchig, Glatze oder brünett-blond-schwarze kurze bis mittellange Haare. Und die Person hatte eine schwarze, braune oder blaue Daunenjacke oder Ledermantel getragen, als Kopfbedeckung eine Kappe, Mütze oder gar nichts. Das Foto von Benning herzuzeigen konnte sie sich schenken. Wahrscheinlich hatten die Bewohner bloß Partygäste beim Heimgehen beobachtet. Den »heulenden Motor« bestätigte niemand. So was von vergeudete Zeit!

8

Die Psychotante hat nicht einmal Schiss gehabt vor mir. Aber wie ich mit ihr geredet hab, sind mir wieder ein paar Sachen eingefallen. Ich will das alles zwar vergessen, aber das ist schon ein blödes Gefühl, dieser Filmriss. War nicht so doof, zur Psychotante zu gehen.

Geh bitte, jetzt hab ich vor lauter Nervosität verschwitzt, die Bestellung für die Ordination aufzugeben. »Was ist los mit dir?«, hat der Kornik gefragt. »Du bist in letzter Zeit so abwesend. Spielst halt ein bisschen weniger auf deinem Handy herum. Was gibt's denn so Interessantes?« »Nichts, was Sie angeht«, hab ich gemotzt. »Mist bauen und frech werden find ich jetzt nicht so prickelnd«, hat der Chef gemeckert. Stimmt leider. Hab mich gleich entschuldigt.

Warum zum Kuckuck hab ich das depperte Foto nicht gelöscht? Schon urkrass, das Bild. Boah, hab ich einen Zorn auf den Kerl gehabt. Der hat mir immer wieder so einen kleinen

Schubser gegeben. Ich hab ihm gesagt, dass er damit aufhören soll. »Und was willst dagegen machen?«, hat er sich aufgespielt. Und die Weiber haben nur dumm gegafft. »Luschi«, hat die eine gesagt. Gar nichts hab ich machen können. Ausgelacht haben die mich.

Aber ich hab mir das nicht bieten lassen. Jetzt redet der nimmer blöd daher. Und schubsen kann er auch nimmer. Hähä. Na, wer ist nun der Luschi?

9

Neben der Aussage der Eltern hatte Lienharts Gesundheitszustand den Ausschlag gegeben, den Fall als Suizid zu bewerten. Grohsman wählte die Nummer des Gerichtsmediziners. Lag hier ein Fall von »Tötung auf Verlangen« vor? Hatte es das auf diese Weise schon mal gegeben? »Oskar, was ist mit dem Tumor vom Lienhart, wie schwerwiegend war der?«

»Dir auch einen schönen Tag, Grohsi. Ich hab den Toten grad erst wieder auf den Tisch gekriegt. Der ist jetzt natürlich fürs Begräbnis hergerichtet. Die Thanatopraktiker haben eine beeindruckende Arbeit geleistet. Einen offenen Sarg würde ich trotzdem nicht empfehlen.« Schlesinger machte eine Kunstpause. »Zu deiner Frage: Lienharts Schädel ist halt … Na, ich erspare dir die Details. Hast du letzte Woche selbst gesehen. Schick mir bitte das Attest, das erleichtert mir die Arbeit.«

Hatte Grohsman ihm das nicht zukommen lassen? »Stimmt, die Diagnose haben wir erst kurz vor Abschluss des Falls entdeckt. Sorry. Hole ich gleich nach.«

SMS von Kienzle, keine Hinweise auf die Herkunft vom Modafinil. Auch nicht auf eine Mitgliedschaft Lienharts in einem Schachclub.

Sally wüffte im Schlaf – fing sie im Traum ein paar Fliegen? Oder jagte sie dem Herbstlaub nach, das im Wind wirbelte? Hoffentlich konnte Zina ab morgen wieder gelegentlich auf seinen Hund aufpassen. Wenn sie heute zurückkam.

Zina war in die gleiche Straße wie er gezogen, in die Obere Augartenstraße. Doch sie war nicht bloß eine Nachbarin. Sondern – ja, was genau? Schon bei der Überlegung verknotete sich sein Hirn. Er hatte die Pianistin letztes Jahr kennengelernt, nachdem ihr ehemaliger Student umgebracht worden war. Den Tod des Ausnahmekünstlers empfand Grohsman als tragischen Verlust für die Musikwelt.

Danach hatten Zina und Grohsman gemeinsam Konzerte besucht. Waren spazieren gegangen. Dieses Knistern zwischen ihnen, wenn er ihr in den Mantel half. Oder sie ihm zuprostete. Wenn er sie ansah, meinte er, an einem eiskalten Winterabend beim offenen Kamin zu sitzen. »Ich denke zu viel. Wird Zeit, dass ich was unternehme«, brummte er. Caro hatte ihm das Versprechen abgenommen, kein verbitterter ewiger Witwer zu werden. Sondern das Leben zu umarmen. War die Zeit für ein neues Kapitel gekommen?

10

»Kollegin Kettler, haben Sie die Nachricht erhalten? Wir erwarten pünktliches Erscheinen bei der Anhörung.«

Mann, hatte der Ungerböck Joe auf dem Kieker. Dem Oberchef waren doch schon Falschparker ein Dorn im Auge. Als ob sie bei der Internen zehn Minuten zu spät und in einer verschlissenen Jeans aufkreuzen würde. Joe hatte Schiss vor den Konsequenzen dieses letzten Ausrutschers.

»Wenn es nach mir geht, müssen Sie sich verantworten«, hatte Ungerböck sie gleich nach dem Vorfall angeschnauzt. Wegen Nichtbefolgung dienstlicher Anweisungen. Eine junge Frau war in der Wohnung ihres mutmaßlich gewalttätigen Partners eingesperrt gewesen. Wenn Joe das Wort »mutmaßlich« schon hörte! Die Krankenhausakte der Frau hatten Bände gesprochen. Hatte sie die Anzeigen jedes Mal aus Angst vor weiteren Repressalien zurückgezogen?

Joe hatte sich zufällig in der Nähe der Wohnung aufgehalten

und war als Erste vor Ort gewesen. Ungerböck hatte ihr befohlen, auf Verstärkung zu warten. Doch dann hörte sie durch die Tür die Angstschreie der Frau. Joe hatte kurz das windige Türschloss begutachtet und sich mit einem Fußkick Zutritt zur Wohnung verschafft. Der Mann hatte hinter der Tür gelauert und mit einem Messer herumgefuchtelt. Worauf sie dem Kerl mit einem Karatetritt blitzschnell die Waffe aus der Hand geschlagen und ihn mit einem zweiten außer Gefecht gesetzt hatte. Grob fahrlässig, keine Frage. »Und wenn er eine Pistole gehabt hätte? Dann wärst du jetzt vielleicht tot«, hatte sogar Grohsman sie zusammengestaucht. Als ob er in dieser Situation draußen geblieben wäre!

Dennoch hatte sich der Boss schützend vor sie gestellt. Dass eine Anhörung übertrieben sei. »Das haben nicht Sie zu entscheiden, sondern die Dienstaufsichtsbehörde!«, hatte Ungerböck durchs Telefon gebrüllt.

Seither war sie unrund. Sogar die letzte Karateprüfung hatte sie vergeigt. Sie war im wahrsten Sinn des Wortes aus dem Gleichgewicht geraten.

Der Signalton vom Handy kündigte eine Nachricht an. Von Ralf Aichhorn, Neuigkeiten zum Balkongeländer.

11

Wieso steckte jemand ausgerechnet diesem Schmierblatt den Hinweis auf Lienharts möglichen Mord? Weil keine seriöse Zeitung diese Meldung drucken wollte? Ein paar Anrufe später hatte Grohsman die Bestätigung. Ein Mann hatte die »Topinformation« auch anderen Blättern angeboten. »So was bringen wir nicht. Er hat weder seinen Namen genannt, noch konnte er stichhaltige Beweise liefern. Angeblich hat ihm ein Nachbar die Vorgänge anvertraut. Dessen Namen er auch nicht preisgab. Wir haben ihn sofort an die Kripo verwiesen. Wird der Fall neu aufgerollt?«

Wenn Grohsman jetzt bejahte, stand es morgen in allen Zeitungen. Andererseits lockte das eventuell den ominösen Zeugen aus seinem Versteck.

Die Liste der Alibis der Partygäste wurde länger. Taxifahrer, die Gäste heimgebracht hatten, oder Partner, die bestätigten, dass ihre »Rauschkugel« vor drei in der Früh längst wieder daheim gewesen war. Die beiden Kathrins waren bis halb eins geblieben und nachher noch in einer Kneipe eingekehrt. Dort waren sie wegen einer Belanglosigkeit derart in Streit geraten, dass der entnervte Kneipenwirt eingegriffen hatte. Edgar Covac wohnte gegenüber, er war gegen zehn heimgekommen, was seine Frau Regina bestätigte. »Er ist nicht mehr so ein Party-löwe wie früher«, meinte sie. »Erst wollte er gar nicht hin, er hat sich in den letzten Tagen krank gefühlt. Aber dann wollte er wenigstens kurz Hallo sagen.« Robert Strasser und »Sabsi«, Sabine Meier, hatten die Feier gemeinsam verlassen, »Flori« – Florian Muck – hatte daheim gegen eins Zoff mit seiner Partne-rin gehabt, weil sie es hasste, wenn er stockbesoffen war. Millie, Richie, Marianne und Valentin waren aus St. Pölten angereist und mit dem Zug heimgefahren. Der um halb eins in der Früh ging. Hatte Grohsman sofort überprüft.

Er betrachtete nachdenklich das Whiteboard. Merkwürdiges Gesamtbild. Als betrachtete man mit einer Makuladegeneration ein verwackeltes Foto. Der Randfiguren waren zu erkennen, das Zentrum hingegen blieb schwarz.

Seine Gedanken wanderten zu seinem Freund Josef Stingl. Die Löwen an der Schemerlbrücke schienen Grohsman seit damals strafend anzublicken. Josefs Schwester Hilde hatte öf-ters einen »verdächtigen« Mann in der Wohnung ihres Bruders gesehen. Sie hatte zwielichtige Geschäfte vermutet. Vergeblich hatte er Hilde erklärt, dass er als Streifenpolizist nicht ermitteln konnte. Und dass sein Chef ihn wegen Befangenheit ausge-schlossen hatte.

»Boss, hast du schon gelesen? Ralf hat ein Set Fingerabdrücke auf dem Balkongeländer zuordnen können, obwohl die teil-weise verwischt waren. Sie stammen von Herwig Benning, der schon mal aktenkundig geworden ist wegen einer Schlägerei!«

»Hab ich auch grad gesehen, Joe. Leider gibt es von ihm in

der Datenbank lediglich Fingerabdrücke, keine DNS. Benning ist jedenfalls auch von Lienharts Vater belastet worden. Was haben die Nachbarn ausgesagt, passt die Beschreibung auf ihn?«

»Sagen wir's mal so: Auf ihn ebenso wie auf dich, auf Gregor oder auf mich.«

»Ach, so einheitlich waren die Aussagen? Dann können wir den Fall ja fast abschließen«, meckerte Grohsman. Eine Katastrophe, die Unverlässlichkeit von Zeugenaussagen. Manchmal fragte er sich, warum er überhaupt Befragungen durchführte.

»Der Benning geht nach wie vor nicht ans Handy. Mittlerweile muss seine Mailbox überquellen mit meinen Nachrichten. Wenn sich der Verdacht gegen ihn erhärtet, lass ich ihn zur Fahndung ausschreiben.«

»Das hätte ich jetzt fast vergessen. Während du auf Tresorsuche warst, hab ich Bennings Frau Sandy angerufen.«

»Hey, kluge Idee. Und was spricht die Gute?«

»Ihr Göttergatte hat waaahnsinnig viel zu tun, sein Handy spinnt leider. Und sie ist nur eine Freundin vom Lienhart, keine Geliebte. Sandy hat den Charme einer Tiefkühlpizza. Laut ihr hätte ihr Mann gleich heimkommen sollen.«

»Dann versuche ich es noch einmal.« Die Telefonnummer von Benning kannte Grohsman fast schon auswendig. »Herr Benning? Sind Sie zu Hause? Dann bleiben Sie bitte dort, wir kommen zu einer Befragung vorbei.«

12

In natura wirkte Herwig Benning imposanter als auf den Partyfotos. Er strahlte mit dem leicht spöttischen Zug um die fein geschwungenen Lippen einen Sonnyboy-Charme aus. Mit einer fahrigen Armbewegung forderte er Joe und Grohsman auf, hereinzukommen. »Nehmen Sie Platz. Ich hab aber nur kurz Zeit, ich muss noch zum Training und danach zu zwei Kundengesprächen.«

»Ist uns schon aufgefallen, dass Sie schwer beschäftigt sind.«
Grohsman setzte sich auf die Rattanbank. Das Wohnzimmer
war im Ökostil eingerichtet, Korkboden, helle Holzbretter als
Regale, weiße Leinenvorhänge. Minimalistisch und dennoch gemütlich. Er musterte den Mann. Training passte, Benning wirkte
wie ein Fitnesscoach. Muskulöse Figur, rund eins fünfundachtzig, breite Schultern. Stoppelglatze, Dreitagesbart, grüne Augen
mit goldenen Punkten. »Warum haben Sie sich nicht bei uns
gemeldet?«

»Ja, tut mir leid. Ich hab Probleme mit meinem Handy.«
Benning hob entschuldigend die Hände. »Muss mir dringend
ein neues kaufen, ist schlecht fürs Geschäft. Ich komm einfach
nicht dazu. Aber deshalb sind Sie nicht da, oder?«

»Nein. Sie hatten am Sonntag auf der Party einen Streit mit
Manuel Lienhart. Worum ging es da?«

Benning schwächte sofort ab. »Wir sind zwei temperament-
volle Jungs, da gibt ein Wort das andere. Es war auch nicht grad
leise auf dem Festl, und ein bisschen zu viel intus hatte ich auch.
Okay, es nervt mich, wenn Manu superg'scheit daherlabert und
auf wichtig macht. Aber glauben Sie mir, da war nichts.«

Lauter Unschuldslämmer. Wenn Grohsman alles schlucken
würde, was Befragte von sich gaben ... »Von den Unstimmigkeiten zwischen Ihnen wusste aber sogar der Vater von Lienhart.«

»Geh bitte, der hat alles versucht, um Manu sein Leben madig
zu machen. Der wollte doch, dass Manu mit dem Musikbusiness
aufhört.« Bennings unverbindliches Lächeln war verschwunden.

»Weil er besorgt war um seinen Sohn?«, warf Joe ein.

»Besorgt?« Der Mann schnaubte verächtlich. »Sein Sohn
sollte endlich ›etwas Ordentliches arbeiten‹, hat der Vater ständig gewettert. Solange Manu dicke Kohle gescheffelt hat, war
er der Superstar, mit dem Papi angeben konnte. Aber nach dem
Unfall? Seine Eltern hätten ihn am liebsten als biederen Beamten
gesehen. Manu in einem Büro! Als würde man einen Pegasus
vor einen Pflug spannen.«

Grohsman schmunzelte über den Vergleich. Aber wenn sich
der metaphorische Pegasus den Flügel gebrochen hatte? »Die

Frage ist, wie lange er noch auf der Bühne hätte stehen können. Er hatte doch gesundheitliche Probleme.«

»Darüber haben wir nicht gesprochen.«

»Sie wussten nichts von seinem Tumor?«, hakte Joe nach.

»Das … nein, ehrlich …«, stotterte Benning. »Ich war für seine Finanzen zuständig, und die waren in Ordnung.«

Lenkte er bewusst vom Thema ab? Grohsman beschloss, darauf nicht einzugehen. »War Ihnen der Inhalt seines Tresors bekannt?«

Benning zappelte nervös auf seiner Bank hin und her. »Nicht bis ins letzte Detail. Er hat etwas von ›vorzeitigem Erbe‹ gemurmelt.«

»Zu dem keine Belege existieren, merkwürdig. Und Sie haben ihm geraten, das Geld im Safe zu verstecken, weil es dann auf keinem Konto aufscheint?«

»Für den Trick brauchte er keinen Steuerberater, darauf kommt jeder Mensch von selbst.«

»Und welche Tipps haben Sie ihm gegeben?« Grohsman blätterte in seinem Notizblock. »Von ›krummen Dingern‹ hat Lienharts Vater gesprochen.«

»Das waren ganz legale Steuergeschäfte. Ende der Durchsage«, wehrte Benning energisch ab.

»Lienharts Vater hat davon gesprochen, dass die Steuer hinter Ihnen her ist und Sie ›den Spieß umdrehen‹ würden. Was meinte er damit?«

»Das ist Blödsinn, was der Alte da verzapft.«

»Schön. Wir werden die Steuerakte ohnehin überprüfen. Wie würden Sie Ihr Verhältnis zu Herrn Lienhart beschreiben?«

»Ich hab mit dem gar kein Verhältnis!« Bennings Kiefermuskeln spannten sich.

Der aggressive Ton überraschte Grohsman. Ein Fall von Homophobie? Oder lenkte Benning von einer vergifteten Zusammenarbeit ab? »Dann lassen Sie mich so fragen: Wie kamen Sie miteinander aus? Ist ja nicht so selbstverständlich, dass der Steuerberater zur Party eingeladen wird.«

»Das ist kein großes Ding. Manu hielt gerne Hof. Und im Networken war er spitze. Auch ein Grund, warum ich gekommen bin. Man lernt dort viele Leute kennen, die einen Steuerberater brauchen.«

»Auch bei dieser Feier?«

»War ganz okay.«

Zu dem Mann drang man einfach nicht durch. Solange Grohsman ihm jedoch nichts nachweisen konnte ... »Eines würde mich besonders interessieren – der Balkon, war der allen Gästen zugänglich?«

»Nein, der war Sperrzone. Weil mal wer bei einer Feier über den Balkon gekotzt hat und Manu dann für die Fassadenreinigung aufkommen musste.«

»Aber, Sie waren sehr wohl dort«, setzte Joe rasch nach.

Bennings Blicke flitzten hin und her. »Nein. Wie kommen Sie darauf?«

»Weil Ihre Fingerabdrücke auf dem Geländer sind.«

»Na, ich war ja schon öfters in seiner Wohnung.«

»*Frische* Fingerabdrücke«, schnitt ihm Joe das Wort ab.

»Ach sooo, richtig. Die Aussprache, die ich mit ihm hatte. Wegen ein paar Steuersachen. Er lässt sich immer Zeit bis auf den letzten Drücker, und dann muss ich zaubern. Das ist ätzend. Er wollte mich einfach stehen lassen und ist auf den Balkon gegangen, eine rauchen. Da bin ich ihm nachgewetzt.«

»Und dann?«

»Gar nichts. Wir haben geredet, okay, es wurde etwas lauter. Aber Manuel war ziemlich blau, das hätte eh nichts gebracht. Also hab ich ein Treffen für den nächsten Tag ausgemacht. Ich hab am Nachmittag im Kaffeehaus auf ihn gewartet, er kam nicht. Dann hat mich Manus Mutter verständigt.«

So richtig erschüttert wirkte er nicht. Oder täuschte das?

Joe rutschte auf ihrem Sessel vor. »Wann haben Sie die Party verlassen?«

»Ach, relativ früh. Das war sicher vor zwölf. Kann meine Frau bestätigen.«

Schon wieder gelogen, dachte Grohsman. »Nein, sie sagt, dass sie nicht in Wien war.« Er fixierte Benning, der sich verlegen am Kinn kratzte.

»Ach so, stimmt. Ich war ziemlich müde und bin gleich ins

Bett gegangen. Wir haben getrennte Schlafzimmer. Ich schnarche.«

Klang zwar plausibel, dennoch fragte sich Grohsman, wie es um die Ehe der beiden bestellt war. »Sind Sie mit dem Taxi gefahren?«

»Nein, ich bin zu Fuß gegangen. Ich hab's ja nicht weit nach Hause.«

Richtig, bis zu seiner Wohnung in der Grinzinger Straße waren es zehn Minuten zu Fuß. Also kein Alibi. Was kein Verbrechen war. »Dürfen wir Ihre DNS-Probe nehmen? Damit wir Sie als Verdächtigen ausschließen können«, ergänzte Grohsman rasch.

Benning lehnte sich lässig zurück, hob die Arme und verschränkte die Hände in seinem Nacken. »Nein, dürfen Sie nicht. Sie haben keinen Beweis, dass ich etwas mit Manus Tod zu tun habe. Weil er noch gelebt hat, nachdem ich gegangen bin. Und jetzt bitte ich Sie, meine Wohnung zu verlassen.«

Im Büro setzte Grohsman neben Bennings Foto ein Fragezeichen. Er hatte keinen Beweis, dass der Kerl zurückgekommen war. Motiv gab es auch keines. Im Moment stand noch nicht einmal fest, ob es sich um ein Tötungsdelikt handelte. Der Fall drehte sich im Kreis. »Schön ist so ein Ringelspiel, des is a Hetz und kost' ned viel«, kam ihm in den Sinn. So eine lustige Sache war dieser Fall nicht. Es hatte ein Menschenleben gekostet.

13

Klarer Fall für eine Supervision, entschied Nicky, als sie die Aufzeichnungen über Dominik Fuchs endlich schloss. Sie hatte gelernt, sich abzugrenzen und Ruhe zu bewahren, selbst wenn es brenzlig wurde. Kam immer wieder vor. Erst unlängst war eine Klientin in Nickys Praxis komplett ausgezuckt. Begleitet von einer Fluchtirade hatte die Frau das Tischchen mit einem Fußtritt umgekickt. Die vollen Wasserbecher waren in hohem

Bogen durch die Gegend geflogen. Nicky hatte sich noch rechtzeitig in Sicherheit gebracht, sonst wäre sie in Cola gebadet gewesen. Weil die Frau in ihrer Zerstörungswut die Ein-Liter-Glasflasche aus ihrer Tasche gegen die Wand gedonnert hatte, gefolgt von einer Ketchupflasche. Worauf Nicky die Klientin an den Schultern gepackt und lautstark zur Vernunft gerufen hatte. Die Frau war wie aus einer Trance aufgewacht und hatte bei der Betrachtung ihres »Werks« einen Heulkrampf bekommen.

Situationen, mit denen Nicky umgehen konnte. Auch mit Geständnissen von Straftaten, von harmlos bis schwerwiegend. Kam gar nicht selten vor, dieser Drang nach Erleichterung des Gewissens, meistens vor einem Priester oder in der Therapie. Ein Grund, warum Schuldige dann in ihrem Redeschwall kaum zu stoppen waren.

Diese rationalen Überlegungen beruhigten Nickys inneres Chaos nur oberflächlich. Okay, sie war weder die Erste noch die Letzte, die ein brisantes Klientengeheimnis für sich behalten musste. Aber dass sie ausgerechnet diesen Fall mit Grohsman bearbeitete … Wie sollte sie sich morgen verhalten?

Ihre Freundin Sonja war bereits in Wien angekommen, steckte jedoch in ihrer Wohnungsputzaktion fest. Hatte ihr wenig ausgemacht, das morgige Treffen auf den Abend zu verlegen. »Dann müssen wir nicht auf die Uhr schauen«, hatte sie zugestimmt.

Nicky versuchte, ihre Supervisorin zu erreichen. Anrufbeantworter, Margot Brantner war ein paar Tage auf Fortbildung. »In dringenden Fällen können Sie meinen Kollegen Dr. Pfosten kontaktieren.« Na klar, Waldemar Pfosten, Spitzname »Waldi, der Vollpfosten«. Sicher nicht.

Aber – Pascal war Psychologe, Psychiater und diplomierter Supervisor. Schadete nicht, ihn anzurufen. »Hallo, Pascal. Du hast doch eine Ausbildung für Supervision. Ist das arg blöd, wenn ich dich um Rat frage?«

»Nein, gar nicht, Nicky. Wo drückt der Schuh?«

»Ein Patient hat mir eine schwere Straftat gestanden, und ich muss damit klarkommen, dass ich ihn nicht anzeigen darf.« Das war zur Abwechslung mal auf den Punkt gebracht. Unter Stress benötigte Nicky sonst drei Minuten, um herauszubringen, dass sie nichts sagen durfte, und noch einmal so lange, um doch ein wenig preiszugeben.

»*Mon Dieu*, eine sehr ernste Sache! Geht eine Bedrohung von dem Patienten aus? Für dich oder für andere?«

»Derzeit nicht.« Aber ich berate in dem Fall die Kripo, hätte sie fast ergänzt. Sie seufzte stattdessen tief.

»Gut. Oder nicht gut. Wann hast du ihn wieder in Behandlung? Oder hast du das Handtuch geworfen?«

»Nein. Nächste Woche hat er einen Termin. Aber ich überlege, ob ich ein früheres Treffen einfädeln kann, um ihn zu überzeugen, dass er sich stellt.« Wenn sie in Schachtelsätzen sprach, war die Lage ernst.

»Ein guter Plan. Die Temperaturen sind zwar gesunken … Schlag ihm vielleicht trotzdem einen Spaziergang im Park vor. Ich könnte in einem Kaffeehaus in der Nähe warten. Dann kannst du mir simsen, wenn du Hilfe brauchst.«

»Hm, mal sehen. Danke für das Angebot!«

»Nicky, hast du morgen Abend etwas vor? Wenn nicht, komm mich doch besuchen. Mein Freund freut sich sicher, und die Hunde hier bringen dich auf andere Gedanken.«

Morgen Abend traf sie sich mit Sonja. Andererseits, ihre Freundin kannte und mochte Pascal. »Kann ich eventuell Sonja mitbringen? Sie ist auf Kurzbesuch in Wien.«

»Ja klar!«

Nicky sah auf die Uhr. Hatte Sonja heute noch Zeit auf einen schnellen Kaffee? Oder ein Glas Wein?

14

Zina erwiderte Grohsmans innige Umarmung, als er sie vom Bahnhof abholte. »Felix, was hältst du davon, wenn wir gemeinsam essen gehen?«

Ihre dunkelbraunen Augen glänzten voller Energie. Grohsman hatte ihre sanfte Stimme mit dem entzückenden polnischen

Akzent vermisst. Auf den Trubel eines Restaurants hatte er jedoch wenig Lust. Ihm stand mehr der Sinn nach Zweisamkeit. Heute war Lukas bei Billie, Grohsman hatte sturmfreie Bude.

»Zina, also ... ich ...«

»Du hast einen neuen Fall, stimmt's? Ich seh's dir an, du bist nachdenklich.«

»Stimmt. Aber ...«

Sie legte ihm die Hand auf den Arm. »Na, das ist kein Weltuntergang, dann fahr mich bitte nach Hause. Das Essen holen wir nach.« Sie hakte sich bei ihm unter.

Ach, das lief eindeutig nicht wie geplant. »Darf ich mich auf einen Kaffee bei dir einladen?«

»O ja, gerne!«

Sonst hatten sie sich so viel zu erzählen. Und jetzt? Schweigend fuhren sie in die Obere Augartenstraße. Grohsman linste kurz besorgt zur Seite. Nein, alles gut. Zina hatte die Augen geschlossen und lächelte.

»Setz dich, lieber Felix. Ich mache uns einen Kaffee.«

»Danke!« Zinas heimeliger Wohn-Musik-Salon war auf geschmackvolle Weise wie aus der Zeit gefallen. Ein dezenter Duft nach Zirbelkiefer und Bienenwachs umschmeichelte seinen Geruchsinn. Wie oft schon hatte Grohsman in ihrem imposanten Bücherregal gestöbert, in Komponistenbiografien und in Werken polnischer, deutschsprachiger, englischer und französischer Schriftsteller. Natürlich alle in Originalsprache. In einem Schrank mit Glastüren waren Zinas Notenausgaben fein säuberlich geordnet, alphabetisch nach Komponisten, hatte sie ihm gezeigt. Das Highlight des Salons war ihr edler Flügel, ein mahagonifarbener Blüthner, auf dem sie Grohsman mit seinen Lieblingswerken bezauberte. Beethovens Waldsteinsonate. Schuberts Sonate in B-Dur. Mozart, Liszt, Chopin, Brahms, Rachmaninow ... Die Liste der Lieblingskomponisten wurde länger, je öfter er Zina lauschte.

Grohsman kam Beethovens Hörleiden in den Sinn. In den letzten zehn Jahre seines Lebens war der Komponist so gut wie taub gewesen. Neuesten Erkenntnissen nach nicht stocktaub,

ckung an, bis zwei Füße zum Vorschein kamen. Trotz massiver Verletzungen nahm Joe zwei schwache Male wahr.

Der Mediziner deutete auf die Verfärbungen. »Diese Hämatome vorne oberhalb des Sprunggelenks sind eindeutig prämortal entstanden. Theoretisch kann er im Fallen gegen etwas gestoßen sein. Eine Stange oder so. Plausibler ist, dass ihn jemand an den Beinen gepackt hat.«

»Das schließt Unfall oder Suizid endgültig aus?«, hakte Joe nach.

»Noch nicht kategorisch, aber mit an Sicherheit grenzender Wahrscheinlichkeit. 'tschuldigung. Sagen wir es so: Mir fehlt die Idee eines logisch zwingenden Ablaufs, der die Entstehung dieser Hämatome schlüssiger begründet als durch Fremdeinwirkung in heimtückischer Absicht.«

Während Joe den Satz noch im Geist entwirrte, klopfte ihr Boss dem Mediziner bedächtig auf die Schulter. »Danke, Oskar. Jetzt haben wir mehr Klarheit. Also brauchen wir von allen Partygästen Fingerabdrücke und DNS-Proben.«

1

Die feudale Arztpraxis von Dr. Urban – Neurologe, Wahlarzt, keine Krankenkassen – bot seinen Patienten gleich im Warteraum ein Wohlfühlambiente. Joe strich über das weiche Leder der Stühle. In einem überdimensionierten Aquarium vertrieben bunte Fische den Wartenden die Langeweile. Sie nahm das erfrischende Aroma von Bergamotte wahr.

Der Arzt reichte Joe leutselig die Hand und bat sie, in seinem Behandlungsraum Platz zu nehmen. »Leider muss ich vorausschicken, dass ich über Patienten nicht sprechen darf, selbst wenn sie bereits verstorben sind. Ich werde aber dennoch versuchen, Ihnen weiterzuhelfen«, eröffnete er mit einem umgänglichen Unterton.

»Danke für diesen kurzfristigen Termin. Wie schon am Telefon erwähnt, gibt es Unstimmigkeiten beim Todesfall Ihres Patienten Manuel Lienhart. Laut Ihrem Attest hatte er einen Hirntumor in Spätstadium. Die MRT-Aufnahmen belegen die Diagnose. In der Obduktion wurde jedoch kein Tumor festgestellt, Irrtum ausgeschlossen.« Joe breitete die Unterlagen vor ihm aus.

Urban faltete die Hände zu einem Dreieck und legte die Zeigefinger an die Lippen. Er räusperte sich. »Ich kenne die Aufnahmen. Und das Attest.«

Klar, die Bögen trugen seinen Stempel. Hatte der Arzt irrtümlich die Aufnahmen vertauscht? Joe konnte in seiner Miene keine Reue erkennen. »Und, was ist damit?«, fragte sie ungeduldig.

»Es ist gefälscht.«

»Bitte *wie*?« Diese Antwort hatte Joe nicht erwartet.

»Das Attest ist gefälscht. Ich war etwas erstaunt, als Herr Lienhart mich kontaktierte. Ich habe ihn gefragt, ob er sich nicht gewundert hat, MRT-Aufnahmen per Post zu bekommen. Ich würde niemals ein derartig heikles Schreiben schicken. Man kann einen Menschen mit so einer dramatischen Diagnose nicht allein lassen. Und es könnte in falsche Hände geraten.«

»Wer schickt denn jemandem einen gefälschten Befund?« Hatte sie das laut gefragt?

»Das kann ich Ihnen leider nicht beantworten.« Urban öffnete die oberste Schublade des Schreibtisches. »Sehen Sie, so sieht mein Briefpapier aus. Und das ist meine Unterschrift.«

Briefkopf, Stempel und Unterschrift, alles getürkt – und Lienhart hatte das herausbekommen. Dass ihn jemand ... was? Fertigmachen wollte? »Wie hat Herr Lienhart reagiert? Also, darauf, dass das Attest ein Fake ist?«

»Zunächst war er unglaublich erleichtert. Bis ihm dann dämmerte, dass es sich um ein gezieltes Fake handelt. Ich hab ihm geraten, psychologische Hilfe in Anspruch zu nehmen. Brauche er nicht, hat er geknurrt. Das könne er selbst regeln.«

»Hatte er einen Verdacht, wer ihm das geschickt hat?«

»Er hat irgendwas von einem ›Herwig‹ gemurmelt. Ich wollte ihm einreden, dass das sicher ein saublöder Streich war. Auch wenn ich davon nicht überzeugt war und die Aktion geschmacklos finde. ›Wer zuletzt lacht ...‹, hat er gemeint.«

Herwig. Schon wieder Herwig Benning, der angeblich nichts von Lienharts Gesundheitszustand wusste? Hatte er sich für Lienharts »Nerverei« gerächt? Drastisch. Aber Lienhart hatte die Arztrechnung vermutlich von der Steuer abgesetzt, somit kannte Benning den Namen des Neurologen. Motiv, Gelegenheit, Mittel. »Warum war Lienhart bei Ihnen in Behandlung? Wegen seines Bühnenunfalls vor dreizehn Jahren?«

Der Arzt überlegte, bevor er antwortete. »Genügt es Ihnen, wenn ich diesen Fakt nicht abstreite?«

»Muss es wohl.« So viel zum Thema »Unfallfolgen komplett ausgeheilt«. Hatte Lienharts Tod mit diesem Medikament zu tun, diesem *cognitive enhancer*? »Wir wissen, dass er an einem Tinnitus litt – haben Sie ihm Modafinil verschrieben?«

»Modafinil? Nein. Dieses Medikament setze ich nur in Ausnahmefällen gegen Narkolepsie ein. Bei seinen Beschwerden wäre das absolut kontraproduktiv gewesen. Nein, was er gebraucht hätte, war absolute Ruhe.«

»Dann wäre ein Jobwechsel zum Musikkritiker auch nicht das Wahre.«

»Sie vermuten ganz richtig, Frau Kettler. Lassen Sie es mich so formulieren: Stellen Sie bei der Staatsanwaltschaft einen Antrag auf Einsicht in seine Sozialversicherungsakte. Und dann fragen Sie bei der Sozialversicherung der selbstständigen Künstler nach, ob ein Antrag für einen Kuraufenthalt vorliegt.«

Eine erstaunlich explizite Auskunft, die Joe weiterhalf. »Okay, danke. Wenn ich mit einem Bescheid des Staatsanwalts komme, dürfen Sie mir auch die Krankenakte zeigen, oder?«

Urban kratzte sich am Kinn. »Im Prinzip ja. Den Weg kann ich Ihnen ersparen. Aus dem, was ich nicht bestritten habe, geht alles hervor, was in der Akte steht.«

»Fragt sich jetzt, wer von seinem Zustand wusste. Und ob das ein übler Scherz war, oder ob jemand Lienhart systematisch zerstören wollte«, überlegte Joe.

»*Das* steht leider nicht in der Akte.«

2

Ein Abend mit Sonja war produktiver als jede Supervision. »Eh alles okay«, diese Floskel hatte ihr die Freundin nicht abgenommen. In Ansätzen hatte Nicky dann ihrem Gefühlschaos Luft gemacht. »Ich verfüge über fallrelevante Informationen, die durch das Klientengeheimnis geschützt sind.«

Als Sonja sie wegen der grauenvollen Behördensprache aufzog, hatte Nicky zum ersten Mal herzhaft gelacht. Um sofort wieder ernst einzugestehen, wie unethisch es war, den Fall nicht abzugeben.

»Und *wieso* steigst du nicht aus?«, hatte Sonja nachgebohrt.

An sich kein Problem, hätte Nicky diese »brisanten Hinweise«, wie sie es gegenüber Sonja verschlüsselte, rechtzeitig vor dem ersten Teammeeting erhalten. Dann hätte sie Arbeitsüberlastung vorgetäuscht, Ende der Durchsage. Aber eine Zusage zurückziehen? Ohne einen triftigen Grund zu nennen? »Befangenheit« war zu verdächtig. Felix würde nicht lockerlassen, bis sie sich verplapperte.

»Ich glaube, du machst das komplizierter, als es ist«, hatte Sonja pragmatisch festgestellt. »Du willst doch gar nicht raus aus dem Fall. Mit deinem Hintergrundwissen hast du die Option einzugreifen. Du hast die Fäden in der Hand.«

Aus der Sicht hatte Nicky es nicht betrachtet. Diese verrückte Konstellation bot tatsächlich eine Chance.

Danach hatte der Bruichladdich jeglichen noch vorhandenen Trübsinn weggeschwemmt. Vom Herumalbern mit Sonja spürte Nicky ihr Zwerchfell. Lachmuskelkater, die effizienteste Medizin gegen redundante Grübeleien. Das Gedankenkarussell hatte einen Stopp eingelegt, traumlos hatte Nicky durchgeschlafen.

Nicky parkte ihre »Gelse«, die rote Piaggio, hinter dem Teehaus und drückte entschlossen die Tür zu den Hääschens auf. Der tröstende Duft der vielfältigen Teesorten dämpfte ihre Anspannung. Sie nannte dieses Lokal oft scherzhaft ihr »Outdoor-Office«. Diese Atmosphäre ... *hygge* kam ihr in den Sinn. Auf der cremefarbenen Bank im Eck entdeckte sie Grohsman.

»Hallo, Felix! Ich hab einen Riesenhunger.« Sie stellte ihren Rucksack ins Eck und machte es sich auf der Bank bequem. »Du hast auch keine Lust, selbst Frühstück zu machen?« Klang ihre Stimme allzu beschwingt?

»Nein, ich brauch was Stärkendes.« Gemütsgewitter auch bei Felix?

»Wie das?«

»Hast du heute schon Zeitung gelesen? Steht jetzt überall, dass die Kripo in einem mysteriösen Todesfall ermittelt.« Felix schob ihr die Zeitung mit der Schlagzeile »Balkonsturz in Nussdorf – Polizei ermittelt« hin. »Worauf sich erstaunlicherweise der Nachbar von Lienhart gemeldet hat, der unmittelbar nach Auffinden des Toten nicht erreichbar war. Und auf einmal erinnert er sich, dass er etwas Verdächtiges gesehen hat. Da muss ich nachher noch hin.«

»Na ja, du weißt, wie verlässlich Zeugenaussagen sind.« Wenn dieser Nachbar Dominik Fuchs gesehen hatte, wären

Nickys Sorgen mit einem Schlag beseitigt. Ein Lichtblick! »Du kannst dich einstimmen, die haben auch Sektfrühstück hier!«

»Ich bin mir nicht sicher, was Zina dazu sagt, wenn ich mit einer anderen Frau Sekt trinke.«

Das Leuchten in den Augen passte ihm besser als die Grübelmiene. Nicky mochte den trockenen Humor der polnischen Pianistin, der jenem der Briten um nichts nachstand. »Mit zwanzig hat man das Gesicht, das Gott einem gegeben hat. Mit sechzig das, das man verdient«, hatte sie mal das Antlitz einer Seitenblicke-Schreckschraube nach deren misslungener Schönheits-OP kommentiert.

Nicky bestellte ihren geliebten Assam Golden Melange. Eine Tasse Tee brachte so manches wieder ins Lot, oder? Grohsman entschied sich für das Gleiche, ohne »Assam Golden«. Richtig, den Kaffee konnte man hier ebenfalls trinken.

Grohsman legte eine Mappe auf den Tisch. »Jetzt kommt der ungemütliche Teil. Die meisten Fakten kennst du bereits. Der Tote ist nach derzeitigen Erkenntnissen aus dem vierten Stock gestoßen worden, Schlesinger hat entsprechende Spuren sichern können. Durch seinen Alkoholpegel hat das Opfer nicht viel mitbekommen, es gibt jedenfalls keine Abwehrspuren. Er hatte vorher noch Sex, die Partnerin ist nachweislich rund eineinhalb Stunden vor Lienharts Tod gegangen. Wer danach die Wohnung betreten hat, wissen wir nicht. Wir rekonstruieren daher den Tathergang, hier sind ein paar Fotos. Aber nach welchem Täterprofil suchen wir?«

Nach einem depressiven Mann, der nach übermäßigem Alkoholkonsum den Geliebten seiner Frau beseitigt hat, lag Nicky auf der Zunge. Stattdessen betrachtete sie stoisch die Fotos. Nicht ihre ersten beklemmenden Bilder. Kurz kam ihr der Mann in den Sinn, der sich von der Autobahnbrücke in Schottwien in die Tiefe gestürzt hatte. Ein Lkw hatte ihn erfasst – dessen Fahrer war nach zwei Jahren immer noch bei ihr in Behandlung. Und der aktuelle Fall?

Lienhart hatte Jeans, Morgenmantel, Socken und Straßenschuhe getragen. »Der Mann zieht sich eine Stunde nach dem Sex noch einmal an, um auf den Balkon zu gehen?«

»Er hat noch einen Joint geraucht. Zur Hälfte, er kam nicht mehr dazu, ihn auszudrücken.«

»Woher wusste F... – der Täter, dass Lienhart allein war?« Sie knabberte an ihrer Unterlippe. Fast wäre ihr »Fuchs« statt »Täter« herausgerutscht.

»Es gibt weder eindeutige Indizien dafür noch dagegen, dass sich die Tatperson nach der Party in der Wohnung aufgehalten und einfach abgewartet hat. Die Tür ist jedenfalls nicht aufgebrochen worden. Vielleicht hat Lienhart noch jemanden erwartet? Dazu gibt es allerdings keine Hinweise auf dem Handy. Uns interessiert zunächst, ob die Tat geplant war oder im Affekt passiert ist. Hatte sie mit seinem Beruf zu tun oder mit der Tatsache, dass er ein Casanova war? Oder gibt es ein Motiv, das wir noch gar nicht auf dem Schirm haben?« Grohsman hielt Nicky ein Porträtfoto hin.

»Kein klassisch schöner Mann, aber diese fahlen grünen Augen zu den dunklen Haaren find ich interessant.« Nicht ihr Typ. »Was ist eigentlich mit dem gefälschten Attest? Das ist ja eine abgefahrene Geschichte.« Eine Aktion, die Nicky ihrem Klienten Fuchs nicht zutraute.

»Auch das untersuchen wir erst noch. Lienhart wusste von dem Fake, hat Joe getextet. In dem Zusammenhang stolpern wir neuerlich über den Namen Herwig Benning, Steuerberater von Lienhart. Er hatte auf der Party Streit mit dem Opfer, seine Spuren waren am Balkongeländer.« Grohsman sah auf die Uhr. »Was, so spät? Ich fahr jetzt los zum Haus vom Lienhart. Kommst du mit? Leider müssen wir mit den Öffis fahren, mein Auto ist in der Werkstatt.«

Nicky zögerte. Vorhin hätte sie sich fast versprochen! Das war die allerletzte Gelegenheit, von dem Fall zurückzutreten. »Im Moment hab ich ganz schön viel um die Ohren. Und so richtig viel kann ich noch nicht beitragen, die Informationen sind noch viel zu dünn, um ein Täterprofil zu erstellen.« Mann, war das lahm.

Grohsmans Gesichtsausdruck ließ keinen Zweifel, was er von ihrer fadenscheinigen Ausrede hielt. »Du hast Zeit für ein Frühstück, aber nicht für eine kurze Zeugenbefragung? Wenn du keinen Bock auf den Fall hast, dann sag es. Wäre aber sehr schade.«

Die Neugier siegte, ob dieser Zeuge ihren Klienten identifizieren würde. »Na dann los. Kannst ja mit mir auf der Gelse fahren. Ich hab einen zweiten Helm.«

3

Grohsman kletterte von Nickys Piaggio herunter und nahm den Helm ab. Er hatte die Fahrt auf dem schnittigen Flitzer genossen. Ob er sich so ein Gefährt zulegen sollte? Na klar, und eine schwarze Lederjacke gleich dazu. Nein, mit über fünfzig war es zu spät für eine Midlife-Crisis. Er strubbelte sich durch die Haare.

Neben ihm parkte sich Joe quietschend ein und sprang aus dem Auto. »Hallo, Boss, hallo, Nicky! Habt ihr meine letzte Nachricht schon gelesen? Dass das Opfer von der gefälschten Diagnose wusste? Und zum Tinnitus: Lienhart hat einen Kurantrag gestellt, der wurde ihm bewilligt. Habe ich nachgeprüft. In einem Monat wäre es losgegangen.«

Grohsman griff automatisch in seine Jackentasche nach Notizblock und Stift. »Hat er die Party veranstaltet, um den Sender des Attests zu entlarven? Das fällt immerhin unter Urkundenfälschung und ist strafbar. Lienhart könnte mit einer Anzeige gedroht haben.«

»Noch hat Schlesi die Unfalltheorie nicht komplett ausgeschlossen«, wandte Joe ein. »Lienhart könnte gefeiert haben, weil er über seinen Gesundheitszustand erleichtert war. Im Zuge der Streitereien wird er geschubst. Und in der Nacht lehnt er sich in seinem Vollrausch über die Brüstung, und schwups war's das mit *I'm invincible*!«

»Du kennst James Bond?« Grohsman war klar, worauf Joe anspielte. Die Szene in »Golden Eye«, mit Alan Cumming als Boris Grishenko. Dem in der Siegerpose der flüssige Stickstoff nicht bekommen war.

»Den Film hast du dieses Jahr bloß fünfzehn Mal erwähnt. Also hab ich ihn mir reingezogen. Ist ganz okay. Was hältst du von der Theorie?«

»Klingt nach Drehbuch ...«

»Ihnen kann man's auch nicht recht machen.« Joe schnitt eine Grimasse.

»An deiner Imitation von Ungerböck musste du noch arbeiten«, zog Grohsman sie auf. Ihm fiel auf, wie still Nicky geblieben war. Sie wirkte fast genervt.

»Okay, auf zum Nachbarn von Lienhart. Wie heißt der noch mal?« Grohsman konsultierte seinen Notizblock. »Ah, da steht's. Ulrich Zapletal. Er war am Montag angeblich doch vor Ort. In der Früh hat er jemanden aus dem Haus eilen gesehen und danach ein Auto davonpreschen gehört. Kommt uns das bekannt vor? Warum er ein paar Tage weggefahren ist, ohne seine Beobachtung zu melden, werden wir klären. Angeblich ein dringender Notfall. Allerdings hat er erst heute durch die Zeitung von den neuerlichen Ermittlungen erfahren. Sagt er.«

Grohsman wollte bei Zapletal anläuten. Da öffnete ein älterer Mann schwerfällig die Haustür und kramte in seinem Rucksack.

»Joe, kennst du den Mann?«, flüsterte Grohsman seiner Kollegin zu.

»Mir ist er noch nicht begegnet«, antwortete sie leise.

Die orangerote Daunenjacke des Mannes hatte bessere Tage gesehen, ebenso wie der bunt gemusterte Rucksack und die türkise Hose. Alles sauber, aber abgetragen. Ob der Mann an Farbenblindheit litt? »Entschuldigung, Kripo Wien, Grohsman. Wohnen Sie hier?«

Der Senior starrte auf den Ausweis, den Grohsman ihm entgegenhielt. »Sind S' wegen dem Lienhart da?« Aus wässrigen Augen sah er Grohsman an. Die linke Hand zitterte leicht – Parkinson im Anfangsstadium oder Nervosität? Auch sonst wirkte er nicht, als würde er am nächsten Marathonlauf teilnehmen.

»Genau! Verraten Sie uns Ihren Namen? Und in welchem Stock Sie wohnen?«

»Moser ... Ich wohne im vierten Stock, zwei Wohnungen weiter vom Manuel ...« Der Mann sah hektisch auf die Uhr.

»Aber«, Joe wischte auf ihrem Tablet, »ich habe an dem Tag, an dem Ihr Nachbar gestorben ist, bei Ihnen geläutet. Und gestern Nachmittag noch einmal. Sie haben beide Male nicht aufgemacht.«

»Oje, wissen Sie, ich hör nimmer so gut, und wenn ich schlafe ... Ah, und gestern war ich einkaufen. Das dauert bei mir mittlerweile ganz schön lange. Ist aber gut, dass ich Sie treffe. Ich wollte eh schon ...« Der Mann brach ab und griff sich an die Stirn. »Bitte entschuldigen Sie, ich hab schlimme Kopfschmerzen und muss ganz schnell zum Arzt, sonst nimmt der mich nimmer dran. Kann ich heute Nachmittag zu Ihnen auf die Wache kommen?«

Grohsman überlegte, ob Joe den Mann zum Arzt bringen sollte. Aus Zeitgründen entschied er sich dagegen und zückte seine Visitenkarte. »Haben Sie einen Ausweis?«

»Ja sicher!«

Ignaz Moser hieß der Mann, geboren am 4. August 1952. Über siebzig – Grohsman hätte ihn älter geschätzt. »Passt Ihnen heute um sechzehn Uhr?«

»Ja, ja, das geht schon. Und jetzt muss ich ... jössas, schon so spät! Na servus ...«

4

Jetzt fragt mich meine Frau, wieso ich so happy dreinschaue. Ich kann ihr ja nicht sagen, dass ab sofort alles besser wird. Weil ich der Psychotante gestanden habe, dass ich den Kerl auf dem Gewissen habe. Weil ich es super finde, dass es den Lover nicht mehr gibt. Also hab ich von der Therapiestunde gestern erzählt. Wie gut die gelaufen ist. Das hat sie total gefreut. »Du bist seit gestern viel ausgeglichener. Das ist schön. Fast wie in alten Zeiten«, hat sie gemeint. Und mich angelächelt.

Genau. Der Plan funktioniert. Wie in alten Zeiten.

Nur der Isi hat gefragt, ob ich schon bei der Polizei war. Jetzt, wo's in der Zeitung steht. Da war meine Laune gleich wieder

auf null. Muss der mich daran erinnern? Und Polizei, bin ich
blöd? Dann wandere ich in den Knast.
  Nein, die Psychotante genügt, denn die darf nichts ausplau-
dern.
  Und wenn die drauf kommen, dass ich bei der Party war?
Wenn ich irgendwelche Spuren hinterlassen habe? Nein, dann
hätten die mich schon hopsgenommen.
  Ich hab den Isi gefragt, ob er mir ein Alibi gibt. Nur für den
Fall, dass die bei mir auftauchen. Er könnte ja sagen, dass er mein
Auto heimgebracht hat. »Ja schon, aber das klingt doch nicht
glaubwürdig, dass ich dein Auto verwendet hab. Wie wäre ich
von dir heimgekommen?«, hat er dann gesagt. Dann hab ich
mich erinnert. Er wollte mir doch den Autoschlüssel wegnehmen,
damit ich nicht mehr fahren kann. Ich hätte mich geweigert,
sagt er. Hätte er den Schlüssel bloß genommen.
  Warte, tut es mir jetzt leid, was passiert ist? Jetzt, wo meine
Frau wieder lieb zu mir ist? Nix da.

5

Mit einer Mischung aus Anspannung und Zuversicht betrat
Nicky die Wohnung von Ulrich Zapletal. Joe und Grohsman
folgten ihr.

Das Apartment war für einen Mann Ende dreißig altmodisch
eingerichtet. Spitzendeckchen, Lampenschirme mit Samtborten,
jede Menge Nippes in den Regalen. Hatte er die Wohnung von
seiner Großmutter übernommen und nicht umgestaltet? Mit
seinen Cordhosen und dem wie mit Lineal gezogenen Seiten-
scheitel fügte er sich nahtlos in das Ensemble ein. Müsste Nicky
ihn mit einem Wort beschreiben, wäre das »beige«.

Sie setzten sich an einen runden Glastisch, blitzblank geputzt, eine Karaffe mit Wasser und zwei Gläser waren schon
vorbereitet. Der Mann holte zwei weitere Gläser und schenkte
ein.

Grohsman schlug seinen Notizblock auf. »Herr Zapletal,

die Polizei hat am Montag versucht, Sie zu erreichen. Gleich nachdem Ihr Nachbar gefunden wurde. Warum haben Sie nicht sofort zu Protokoll gegeben, was Sie gesehen haben?«

»Als es dann nach der Feier *eeendlich* ruhig war, so gegen eins, hatte ich so starke Kopfschmerzen …« Er unterstrich die Schilderung mit einer theatralischen Massage seiner Schläfen. »Da hab ich was genommen. Das hat nicht lange geholfen. Um drei hab ich was Stärkeres eingeworfen und bin sofort eingeschlafen. Bummfest. Mein Schlafzimmer geht auf die Straßenseite raus. Ich habe bis spät am Nachmittag geschlafen und überhaupt nichts gehört. Dann hat mich das Telefon geweckt, mit einer ent-setz-lichen Nachricht. Chouchou, die Katze meiner Schwester, hatte einen Anfall. Da musste ich sofort los, sie war ja so was von durch den Wind.«

Die Katze oder die Schwester?, konnte sich Nicky gerade noch verkneifen. War Zapletal doch nicht so »beige«, wie sie zunächst vermutet hatte?

»Und uns nach Ihrer Rückkehr anzurufen, ist Ihnen nicht in den Sinn gekommen?«, fragte Grohsman verärgert.

»Um ehrlich zu sein, nein. Wie ich in der Nacht von Chouchou und meiner Schwester zurückgekommen bin, hab ich natürlich gehört, was los war. Aber wir im Haus waren von einem Selbstmord überzeugt. Ich hab erst heute aus der Zeitung erfahren, dass es doch ein Mord war. Wie furchtbar …« Zapletal nahm sein Glas, kippte das Wasser hinunter und schenkte sich nach. »Wissen Sie, beim Lienhart krebsen öfters komische Figuren herum. Ist aber noch nie was passiert.«

»Klingt nicht danach, als hätte er die Zeitung informiert«, notierte Nicky und zeigte ihre Anmerkung Grohsman.

Er nickte und wandte sich wieder an den Zeugen. »Sie haben am Telefon gesagt, dass Sie jemanden am Gang davoneilen sahen. Wann war das?«

»Das war so gegen drei Uhr in der Früh. Ich hab's am Gang rumoren gehört, da bin ich zur Tür gelaufen.«

»Sie haben doch geschlafen?«, unterbrach ihn Joe.

Zapletal trank das zweite Glas in einem Zug aus. »Ich bin aufgewacht. Jedenfalls hab ich durch den Gucker geschaut. Da ist eine Gestalt weggehuscht. Bin zum Fenster gegangen, weil ich sehen wollte, ob der das Haus verlässt. Aber bis ich beim Fenster war, hab ich nur mehr ein paar Meter weiter vorne einen dunklen Wagen wegzischen gesehen. Was Größeres. So ein SUV. Keine Ahnung, welche Marke.«

Moment, da passte etwas nicht mit dem zeitlichen Ablauf. »Entschuldigung«, schaltete sich Nicky dazwischen, »die Person, die Sie am Gang gesehen haben, hat für vier Stockwerke plus Weg zum Auto so lange gebraucht wie Sie vom Türspion quer durch die Wohnung?«

Der Mann wirkte nervös. Weil er von drei Beamten befragt wurde? Nickys Blick blieb an einer kleinen Schachtel hängen, halb versteckt auf einem Beistelltischchen im Eck. Die Verpackung kannte sie. Methadon. Sie hielt ihre Notizen Grohsman hin. Ein heftiges Schmerzmittel, das auch zur Entwöhnung eingesetzt wurde. Beispielsweise von Heroin.

Zapletal kratzte sich am Arm. Entschuldigend hob er die Hände. »Jaaa, also ... Nachdem ich zur Tür gegangen bin, war ich sauer, weil mich durch die neuerliche Störung fürchterliche Kopfschmerzen quälten. Also hab ich eine stärkere Schlaftablette genommen. Dann erst ist mir eingefallen, dass ich checken wollte, ob die Gestalt das Haus verlässt. Ich bin ins Schlafzimmer gegangen, da hab ich meinen Nachbarn beim Fenster gesehen. Den alten Moser. Wissen Sie, der muss in der Nacht öfters raus. Die Blase, sagt er, da schläft er schlecht. Dann schaut er aus dem Fenster, um sich abzulenken.«

»Verstehe.« Grohsman blickte auf seine Notizen. »Aber kurz darauf ist ja schon die Polizei angerückt, der Krach hat Sie nicht stutzig gemacht?«

»Das Schlafmittel hat da schon gewirkt. Hab's vom Fenster grad noch ins Bett geschafft. Ich habe nichts mehr mitbekommen, ehrlich.«

Was für eine konfuse Geschichte. Plausibel? Hing von der Grundkonstitution und den Medikamenten ab, die der Mann einwarf. Er wirkte auf Nicky nicht wie ein Drogenabhängiger. Aber eventuell psychisch erkrankt. Oder bloß nervös und verängstigt über die Vorfälle im Haus?

Grohsman zog die Stirn in Falten. »Zu Ihrem Anruf: Wie hat der Mann ausgesehen, der am Gang vorbeilief? Konnten Sie irgendwas erkennen?«

Sollte Nicky gegen die Frage nach einem »Mann« Veto einlegen? Oder waren ihre Sensoren zum Thema Zeugenbeeinflussung mittlerweile übertrieben geschärft? Vielleicht hatte Zapletal am Telefon von einem Mann gesprochen. Und Dominik Fuchs, der gestanden hatte, war männlich.

»Na ja, die Beleuchtung war zwar an, aber durch den Gucker ...«, druckste Zapletal herum. »Er hat ein dunkles Outfit getragen. Eine Daunenjacke? Ich hätt gesagt, er war eher groß und sah ziemlich bullig aus. Ist halt alles so schnell gegangen.«

»Ist Ihnen sonst etwas aufgefallen? Ist er getorkelt?«, hakte Grohsman nach.

Okay, Dominik war betrunken gewesen. Trotzdem eine Suggestivfrage. Ungewöhnlich für Felix, zumindest, wie Nicky ihn bei Befragungen bisher erlebt hatte.

»Jetzt, wo Sie's sagen ... also ... Er war eher flott unterwegs, aber ich glaub, er ist einmal gegen die Mauer gebrettert.«

»Hatte der Mann eine Stoppelglatze?«, wollte Grohsman wissen.

Nicky zog scharf die Luft ein. Diese Frage grenzte an Manipulation. Oder hatte Felix ihren Klienten Fuchs im Visier? Vorhin im Teehaus war doch ein anderer Name gefallen.

Der Mann schien zu überlegen. Dann nickte er heftig. »Stimmt, der hatte eine Stoppelglatze, das Licht hat sich drin gespiegelt!«

Ein klassisch konformistischer Mensch, der sich exakt so verhielt, wie die Umwelt es von ihm erwartete. Kurz überlegte Nicky sich die zynische Frage, ob es sich bei der Person nicht um eine Frau mit pinkfarbenen Zöpfen gehandelt hatte. Professionell bleiben, ermahnte sie sich. Das Thema Zeugenbefragung würde sie mit Felix später klären.

»Kann es dieser Mann gewesen sein?« Grohsman legte ein Foto auf den Tisch.

Zapletal nahm das Bild in die Hand. »Das ist doch Benning, der Steuerberater vom Lienhart. Der ist öfter da. Also, ich hab den Mann nur von hinten gesehen. Lassen Sie mich überlegen.

Größe und Statur kommen hin. Die Stoppelglatze auch. Doch, ich glaub, das war er.«

Nickys Finger verkrampften sich. Demnach hatte die Kripo ihren Klienten Dominik Fuchs gar nicht auf dem Schirm. So unauffällig wie möglich schob sie Grohsman eine Notiz zu. »Zeugenbeeinflussung«, mit drei Rufzeichen.

Später auf der Straße ätzte Grohsman: »Danke, dass du mir meinen Job erklärst.«

Nicky verdrehte die Augen. Wieso war er gleich eingeschnappt? »So war's ja nicht gemeint. Nur ... das Päckchen Methadon – wenn der das nimmt, stellt das seine Glaubwürdigkeit sowieso in Frage.«

»Hab ich auch gesehen. Der wirkt aber nicht wie ein Junkie. Deshalb hab ich auch nicht nachgehakt«, meldete sich Joe. Richtig, die Polizistin war auch noch da. Viel hatte sie zur Befragung vorhin nicht beigetragen.

»Schön und gut, aber ein Großteil an Falschverurteilungen kommt zustande, weil sich Zeugen durch Fotos und Suggestivfragen beeinflussen lassen«, entgegnete Nicky.

»Hast du im Studium gelernt, stimmt's?«, stichelte Grohsman. »Die Praxis schaut anders aus. Und in Österreich wird niemand bloß wegen einer einzigen Aussage verurteilt.«

Den Unterton konnte Felix sich schenken. »Jaja, das sagen alle. Erzähl das mal Wilhelm Piring. Es darf kein weiteres Justizopfer geben!« Nicky biss sich auf die Unterlippe.

»Die Verdachtsmomente gegen Herwig Benning verdichten sich, und die Medien sitzen uns im Nacken. Mit Kuschelpsychologie kommen wir da nicht weiter.« Joe verschränkte angriffslustig die Arme.

Zwei gegen eine. Nicky war auf hundertachtzig. »Also sucht man am besten nach den Indizien, die die eigene These untermauern.« Sie beobachtete aus dem Augenwinkel, wie Joe nervös von einem Bein aufs andere stieg.

»Was willst du damit sagen?«, antwortet Grohsman scharf.

»Nichts. Piring hat acht Jahre unschuldig eingesessen.«

»Ja, hast du erzählt. Auch von deinem Interview, weil es

unter anderem dein Verdienst ist, dass der Fall neu aufgerollt wurde. Unser Fall ist nicht vergleichbar. Die Fingerabdrücke von Benning waren auf dem Geländer.«

»Und es gibt nur diese Fingerabdrücke?« Sie stieß die Luft aus. Keine von Dominik Fuchs? Könnte es sich wider Erwarten um einen anderen Fall handeln? Ja sicher. Zwei Manuels, die vom Balkon gestürzt waren. Und die Babys brachte der Storch.

»Es sind noch nicht alle Spuren zugeordnet worden«, räumte Grohsman ein. »Bennings Abdrücke befanden sich aber in der Nähe von Lienharts Absturzstelle.«

»Weil euer Verdächtiger sich am Geländer festgehalten hat, um zu beobachten, ob Lienhart wirklich fällt oder ob er plötzlich davonfliegt? Oder ob der den Sturz aus dem vierten Stock auf den Pflasterstein überlebt?« Nicky sollte ihre Aggressivität zurückschrauben. Ging grad nicht.

Joe kam Grohsman zur Hilfe. »Manchmal wollen Täter ihr Werk betrachten. Oder sichergehen, dass unten niemand steht, der die Tat sofort meldet. Wir halten uns an jedem Futzerl fest, wenn's genehm ist.«

»Wenn du diesen Fall nicht übernehmen willst, weil du überfordert bist, dann sag's gleich«, bemerkte Grohsman frostig.

»Was heißt hier überfordert?«, schnappte Nicky zurück.

»Hast du selbst angedeutet. Vorhin. Dass du ach so viel um die Ohren hast.« Grohsman seufzte. »Wie auch immer. Als Erstes ruf ich jetzt den Benning an, wegen einer neuerlichen Einvernahme. Und wir brauchen einen Beschluss, um seine DNS-Probe zu nehmen.« Er suchte umständlich in seinem Notizblock. Endlich schien er das Gesuchte entdeckt zu haben und tippte eine Telefonnummer in sein Handy. Schüttelte den Kopf. »Verdammt, wie komm ich jetzt zurück ins Büro?«

Theoretisch hätte Nicky ihn auf ihrem Roller mitnehmen können. Praktisch musste sie erst wieder auf Betriebstemperatur abkühlen. »Tut mir leid, ich muss zurück in die Praxis«, antwortete sie knapp, setzte den Helm auf und zischte ab.

»Steig schon ein, Boss.« Joe öffnete die Beifahrertür.

Grohsman zögerte. War er jemals mit Nicky derart aneinandergeraten? Nach dem Clinch mit ihr war er nicht erpicht auf einen weiteren Nervenkitzel. Joe war eine sichere Autofahrerin. Aber man konnte ihr nicht nachsagen, dass sie den Straßenverkehr aufhielt. Sogar seine Hündin winselte, wenn sie Joes giftgrünen Golf sah. Andererseits, Joe musste bloß schnurgerade über die Heiligenstädter Straße. Die um die Zeit stark befahren war. Dann über die B 227 bis zur Unteren Augartenstraße. Und wenn ihm in den rund zehn Minuten übel wurde, konnte er von dort zu Fuß gehen.

»Danke. Bitte fahr ...«

»... vorsichtig? Ja, Papa!« Joe zog eine Grimasse und sprang ins Auto. »Wir könnten doch beim Benning vorbeischauen. Die Grinzinger Straße ist ja nicht weit.«

»Hast recht. Dann mal los.« Grohsman hockte sich schicksalsergeben auf den Beifahrersitz und riss am Sicherheitsgurt herum.

»Hamma's jetzt, Boss? Bei deinem Tempo sind wir zu Fuß schneller!« Joe startete den Motor und bog auf die Straße. Sie schnitt die Kurve auf die Heiligenstädter Straße.

Grohsman schielte auf die Konsole. Joes Golf war ein altes Modell, mit Autoschlüssel und analogem Armaturenbrett. Sein Blick fiel auf die Tankanzeige. Der Zeiger durchschnitt den oberen Teil der Null. Wie ein schräg aufgesetztes Hütchen. »Du, Joe ...«, setzte er vorsichtig an.

»Heast, grüner wird's nimmer!«, giftete Joe den Fahrer vor ihr an und hupte. Sie blickte zur Seite. »Wehe, du sagst jetzt was von Hupverbot in Wien.«

»Bin ganz ruhig. Nur ...«

»WAS? Ich fahr doch eh Schritttempo. Schau dir den Stau an, das nervt!«

»Ich frag mich grad, wo die nächste Tankstelle ist.« Na, am Anfang der Grinzinger Straße war doch eine, oder? Und Joe reihte sich schon rechts zum Abbiegen ein. Alles gut.

Joe stierte nach links. »Scheiße! Schau, da drüben auf der Heiligenstädter Straße. Orangerote Jacke, türkise Hose. Unverkennbar Ignaz Moser, der Opa von vorhin. Den zerrt wer in einen schwarzen SUV. Da, der mit den getönten Scheiben.«

Der Alte schlug mit seiner Tasche um sich, erfolglos, schon war er im Wagen. Hinüberlaufen? Reflexartig löste Grohsman den Gurt. Sinnlos.

»Bei dem Verkehr komm ich nicht mehr hinüber!« Joe drosch auf die Hupe ein.

»Hier ist ein Verbindungsgässchen zurück auf die Heiligenstä…«, setzte Grohsman an.

Schon riss Joe das Lenkrad nach links herum und bretterte über die Straße, was der Gegenverkehr mit einem wütenden Hupen quittierte. »In Wien ist Hupverbot!«, schimpfte Joe.

Grohsman starrte nach vorne. Sie waren wieder auf der Heiligenstädter Straße, doch der SUV war aus seinem Sichtfeld verschwunden. »Komm jetzt bitte nicht auf die Idee, eine Aufholjagd auf dem Gehsteig zu starten …«

»Eh nicht. Wo ist der Wagen? Mist, wir haben ihn verloren.« Verärgert schlug Joe gegen das Lenkrad, ein zorniges Hupen ertönte. »So was passiert mir sonst nie! Ich wollte gestern noch tanken. Alles nur, weil …« Sie stoppte mitten im Satz. »Hey, da drüben ist doch der Wagen. Die gleichen Rückleuchten, getönte Scheiben. Der hat gewendet und … biegt gerade in das Parkhaus! Dann hat die zähe Verkehrslage doch einen Vorteil.« Joe fuhr rechts ran, stieg aus dem Wagen und sprintete los.

»Joe!«

7

Stunk mit Felix hatte Nicky noch gefehlt. Sie zuckte doch sonst nicht so aus. Da lagen eindeutig ihre Nerven blank. Wäre auch zu glatt gegangen, wenn dieser Nachbar Dominik Fuchs identifiziert hätte. Nervös wie eine Maus in der Falle hetzte Nicky in ihrem Behandlungszimmer auf und ab. Sollte sie den Fall doch abgeben? Nein, jetzt erst recht nicht. Und überhaupt, seit wann stellte Felix derart banale Suggestivfragen? Wobei sie seine heftige Reaktion nicht erwartet hatte. Er ihre wahrscheinlich auch nicht.

Wie konnte sie Fuchs ins Spiel bringen? Vor einem Jahr hatte sie den Mann in Therapie genommen. Und just in dem Fall, in dem Nicky mitarbeitete, war er der Täter. Idiotische Fügung. Bestand die Gefahr, dass er wieder gewalttätig wurde? Sie überflog seine Klientenakte. Der letzte Eintrag war sein Geständnis. An diesem Tag waren ihr Veränderungen an ihm aufgefallen, vor allem sprachlich. Und er hatte phasenweise dynamischer als sonst gewirkt. Ein Indiz dafür, dass diese Tat in ihm eine Blockade gelöst hatte?

Seine massive Depression setzte Fuchs zeitweise so außer Gefecht, dass er in seinem früheren Job – Verkäufer in einem Sportgeschäft – Schwierigkeiten bekommen hatte. Er war bei höherem Kundenandrang ausgetickt. Ein Muster, das sich wiederholte: Bei Überforderung reagierte Fuchs mit verbaler Aggression.

Einmal hatte ihn seine Frau von der Therapie abgeholt. Als Dominik »mal pinkeln« gegangen war, hatte sie Nicky ins Vertrauen gezogen. »Dom war ein lieber Mensch, als ich ihn kennengelernt habe. Manchmal ein bisschen launisch, diese Depressionen hat er ja schon länger. Das hat er mir sehr früh erzählt, er war immer ehrlich zu mir. Wir haben das Problem gemeinsam gemeistert.«

Die drohende Gefahr, seine Frau an einen anderen zu verlieren, hatte bei ihm die Sicherung durchbrennen lassen. Gelegentlich war er reizbar, weil er zwischendurch die Medikation, verschrieben von Nickys Vorgänger, eigenhändig verändert hatte. Die Antidepressiva hatten ihn müde gemacht. Einmal war er am Steuer seines Autos in Sekundenschlaf gefallen. Von der Fahrbahn abgekommen, nur durch ein Riesenglück hatte er die Absperrung nicht komplett durchschlagen. Von der es zweihundert Meter tief in den Abgrund gegangen wäre. »Man soll nie schneller fahren, als der Schutzengel fliegen kann«, hatte er den Unfall mit zittriger Stimme kommentiert.

Dieser Vorfall hatte einen Knacks in seiner Psyche hinterlassen. Der schließlich zum Jobverlust geführt hatte. Seine ohnehin mäßige Gedächtnisleistung hatte sich verschlimmert. Unsicherheiten überspielte er mit seiner Gereiztheit. Sein Zustand hatte sich gebessert, nachdem er einen neuen Job bekommen hatte. Als Arzthelfer bei einem Tierarzt, Dr. Kornik. Zunächst hatte Dominik das Jobinterview vermasselt. Er hatte gerade die Praxis verlassen wollen, als eine Frau mit ihrem »Patienten« eingetroffen war. Einem Terrarium mit einem Skorpion. Die Assistentin war schreiend zurückgewichen. Als das Terrarium fast vom Tresen gerutscht war, hatte Dominik beherzt zugegriffen. »Ist doch ein Lebewesen, das unsere Hilfe braucht«, hatte er geflüstert, worauf Dr. Kornik ihn eingestellt hatte. Dominik hatte sich daraufhin ein Skorpion-Tattoo am Oberarm stechen lassen. Aus Dankbarkeit? Hatte er nicht sagen können. »Sieht einfach cool aus.«

War Dominik gefährlich? Nachdem Nicky nicht das Team Grohsman um Einsicht in das Strafregister ersuchen konnte, hatte sie sich an einen Kollegen bei der Kripo gewandt, den sie vom Studium kannte. Was, Dominik hatte im Streit einem Kontrahenten das Nasenbein gebrochen? Davon hatte er in den Therapieeinheiten nie berichtet. Lag elf Jahre zurück, der Gegner hatte die Anzeige zurückgezogen. Er hatte eingeräumt, Fuchs provoziert zu haben. Ansonsten wies die Akte keine Straftaten auf.

Vor elf Jahren. Mittlerweile war er in Therapie und arbeitete daran, seine Probleme in den Griff zu bekommen. Sonntagnacht hatte offenbar die Menge an Alkohol und Hasch die letzte Schranke durchbrochen. Die Erfahrung mit Klienten in der Justizanstalt belegte, dass die Rückfallquote in derartigen Fällen minimal war. Normalerweise.

Aber was war in Zusammenhang mit diesem Fall normal?

8

Besorgt kniete sich Grohsman neben seine Kollegin. Joe hatte eine Radfahrerin übersehen. Diese hatte zwar eine Vollbremsung hingelegt und den Lenker verrissen, wodurch beide gestürzt waren. Wenigstens nicht schwer, die Frau stand schon wieder und schob ihr Rad zur Seite. Joe rappelte sich benommen auf.

»Joe, wie viele Finger siehst du?« Grohsman hielt ihr seine Hand hin, den Daumen umgeknickt.

»Vier«, antwortete sie leise.

»Und Sie?«, wandte er sich an die Radfahrerin, mit zwei abgebogenen Fingern.

»Drei.«

»Gut. Setzen Sie sich bitte beide hier auf den Gehsteig, ich rufe die Rettung.«

Grohsman seufzte erleichtert, dass der Wagen rasch kam.

Die Radfahrerin heulte. »Ich … ich …«

»Ist meine Schuld, sorry …«, wisperte Joe.

»Ich glaube, wir nehmen beide mit«, meinte der Sanitäter resolut.

»Kann nicht schaden«, krächzte Grohsman.

»Und Sie? Alles in Ordnung?«

»Ja sicher. Möglicherweise ist gerade ein Zeuge entführt worden, wir haben ein Tötungsdelikt zu klären, sind im Team bereits eine Person weniger, und jetzt fällt auch noch die zweite Kollegin aus.« Grohsman brachte kaum mehr als ein Flüstern heraus.

»Eine Scheiße kommt selten allein.«

»Wo bringen Sie die Kollegin hin?«

»Ins UKH Brigittenau.«

Ihm rauchte der Kopf. Grohsman hockte sich auf einen Mauervorsprung. Wie sollte er diesen Vorfall dem Ungerböck erklären, ohne Joe in Schwierigkeiten zu bringen? Halt, das war im Augenblick nicht die oberste Priorität. Erst einmal durchschnaufen.

Langsam setzte die Logik wieder ein. Ignaz Moser. Die Nummer hatte er sich doch notiert. – Moser hob nicht ab.

Handyortung! Grohsman rief Kienzle an und schilderte in knappen Worten die Katastrophen der letzten Stunde. »Kannst du bitte feststellen, wo sich Ignaz Moser gerade aufhält?« Er gab Kienzle die Telefonnummer durch.

»Geht klar, Chef. Warte mal, sein Handy ist noch immer im selben Sender eingeloggt wie du selbst.«

»Woher weißt du, wo ich …«, setzte Grohsman erstaunt an.

»Um festzustellen, wie weit du entfernt bist.«

»Ah, das war genial mitgedacht, Gregor. Dann orte bitte auch gleich das Handy von Herwig Benning. Die Nummer …«

»Seh ich hier auf der Liste. Nein, der ist offline.«

»So eine … Gregor, kannst du herkommen?«

»Bin schon unterwegs.«

Grohsman winkte Kienzle, als dieser in seinem Smart anrauschte. »Der Wagen ist hier im Parkhaus verschwunden.«

»Dann steig ein, wir sehen uns um.« Ordnungsgemäß setzte Kienzle den Blinker und fuhr los.

»Da ist eine zweite Ausfahrt angeschrieben.« Grohsman deutete auf ein Schild. »Also ist der Kerl entkommen. Eine Entführung? Warum? Weil Moser etwas gesehen hat. Einen Mann, der davongebraust war.«

»Chef, ich kann deinem Telegrammstil nicht ganz folgen …«

»'tschuldigung. Der alte Mann, den wir suchen, wohnt in der gleichen Etage wie Lienhart.« Grohsman fasste die Begegnung mit Ignaz Moser kurz zusammen.

»Aber wenn wir es mit einer Entführung zu tun haben, wie soll die Person mitbekommen haben, was Moser gesehen hat? Und dass er aussagen wollte?«

»Du hast recht, Gregor. Die Rätsel kann nur Moser selbst auflösen. Gibt es hier Überwachungskameras? Bleib mal stehen, ich überprüfe das.«

»Ich komme mit.«

Geistesabwesend wählte Grohsman noch einmal Mosers Nummer. »Keine Ahnung, was ich mir davon verspreche«, grummelte er.

»Ich hör was!«, rief Kienzle. »Das kommt von weiter hinten!«

Grohsman lief in die Richtung, aus der das Signal kam. Kienzle wetzte ihm nach. »Das … o mein Gott!«

In der Nähe der hinteren Ausfahrt lag Ignaz Moser am Boden. Regungslos, mit einer Kopfwunde. Puls und Atmung waren schwach, aber vorhanden. Stabile Seitenlage, dröhnte es in Grohsmans Hirn. »Gregor, ruf einen Krankenwagen!«

»Schon erledigt, Chef.«

»Ganz schön gefährlich, die Gegend hier!« Schneidig schritt der Sanitäter näher.

Grohsman stellte fest, dass es derselbe war, der vor einer Stunde Joe und die Radfahrerin versorgt hatte. »Danke, dass Sie so schnell gekommen sind. Wird er …?«

»Ich bin kein Arzt, aber die Kopfverletzung sieht fürs Erste nicht so dramatisch aus. Muss natürlich durch ein Röntgen gecheckt werden. Waren Sie bei dem Unfall dabei?«

Grohsman schilderte, wie sich ein SUV offenbar aus dem Staub gemacht und den Mann verletzt liegen gelassen hatte. Möglicherweise eine vereitelte Entführung, in jedem Fall Fahrerflucht.

»Der Mann sieht nicht gerade reich aus. Warum also ein Anschlag auf ihn?«, fragte der Sanitäter.

»Irgendjemand will ihn an einer Aussage hindern«, murmelte Grohsman.

»Dann … müssen Sie mit dem Krankenhaus klären, dass er Schutz braucht. In einem Einzelzimmer.«

Grohsman sah den jungen Sanitäter an. »Ganz genau. Ich frag mich, warum der Angreifer gewendet hat. Wäre der geradeaus gefahren …«

»Vielleicht musste er umdrehen. Die Heiligenstädter Straße ist durch Klimakleber blockiert.«

Grohsman dankte den Aktivisten im Stillen, Moser war nun wenigstens in Sicherheit.

Der alte Mann hustete heftig. Er schlug blinzelnd die Augen auf. »Wo … bin ich? Und wer sind Sie?« Er sah Grohsman an.

»Wir sind uns vor rund drei Stunden begegnet, vor Ihrem Wohnhaus. Sie wollten zum Arzt, ich weiß nicht, ob Sie's dorthin noch geschafft haben, bevor … Können Sie sich an irgendetwas erinnern?«

»Ich wollte mit Luise auf einen Kaffee gehen. Mit meiner Frau. Und auf einmal war alles schwarz …«

Grohsman drückte ihm beruhigend die Hand. »Sie werden im Spital durchgecheckt. Ich komme Sie besuchen.« Er sah zu, wie der Sanitäter und dessen Kollegin den Mann vorsichtig auf einer Trage in den Krankenwagen einluden. »Kommt er auch ins UKH Brigittenau?«

Der Sanitäter bejahte stumm.

Müde sah Grohsman dem Rettungswagen hinterher. Ein Déjà-vu. »Gregor, veranlasse bitte eine Untersuchung des Parkhauses. Dann fahr zurück ins Büro und verständige seine Frau. Ich mach mich auf den Weg ins Krankenhaus.«

9

Wie kam Grohsman jetzt mit den Öffis ins Spital? Straßenbahn, D-Wagen. Und dann? Nein. Da vorne tauchte ein Taxi auf. Ein schicker Mercedes EQB in Weiß – man konnte es schlimmer treffen. Grohsman wachelte mit den Armen.

»Ins UKH Brigittenau bitte«, rief er dem Fahrer beim Einsteigen zu.

»Wird gemacht, der Herr!«

Wie ein Kätzchen schnurrte der Wagen über die Straße. Grohsman lehnte sich in den komfortablen Sitzen des Mercedes zurück. Kurz die Augen schließen, um zur Ruhe zu kommen.

Doch Kienzles Anruf ließ nicht lange auf sich warten. »Chef, ich sollte doch die Frau von Ignaz Moser verständigen.«

»Ja, wieso?«

»Die ist vor zwölf Jahren gestorben.«

»Ach du Sch…ande. Ein Fall von Amnesie oder von Demenz?«

»Also, Ulrich Zapletal hat von Demenz bei Moser bisher nichts gemerkt, im Gegenteil.«

»Den hast du angerufen?«

»Klar. Und danach Mosers einzige lebende Verwandte, eine Nichte namens Ines. Die haben aber keinen Kontakt mehr. Sie lebt jetzt in Waidhofen und hat nicht vor, eigens nach Wien zu kommen, um ihren Onkel zu besuchen. Bevor ich nähere Details erfragen konnte, hat sie aufgelegt. Richtig herzerwärmend, die Frau. Ach ja, und Herwig Benning ist weiterhin offline. Auch seine Frau Sandy. Spannend.«

Der Kollege lief zur Hochform auf. Wie so oft, wenn es eng wurde. »Chapeau, Gregor. Das hast du gut gemacht.«

»Danke, Chef. Richte Joe gute Besserung aus. Aber ihr Dickschädel wird das schon überstehen.« Kienzles Lachen klang zu laut. Diese Reaktion zeigte der Kollege öfters, wenn er etwas überspielte. Wenn er partout nicht zeigen wollte, dass er sich beispielsweise Sorgen machte. Ob Grohsman die Dynamik zwischen Joe und Gregor je verstehen würde?

Und Ignaz Moser? Amnestie oder Demenz – Nickys Fachgebiet. Grohsman rief sie an und weihte sie über Joe und Moser ein.

»Okay, ich komme vorbei und versuche, den Patienten auf Amnesie zu testen«, lautete ihre knappe Antwort. Weil sie in Eile war, oder noch frostig? Bei aller Aufregung hatte Grohsman den Disput von vorhin vergessen.

Die Fingerabdrücke und DNS-Proben der Partygäste! Wer sollte das Einsammeln nun übernehmen? Grohsman rief Agnes Drese an.

»Ja super, mach ich! Ich lasse mir von Gregor gleich die Liste kommen.«

»Danke.« Ein Punkt weniger auf der Agenda.

»Auch kein leichter Tag, stimmt's, der Herr?«, fragte der Taxifahrer. »Wollte nicht lauschen, war aber grad so aufregend. Ein mächtiger Bahööö.«

»Kann man so sagen.« In der Tat ein Wirbel, der sich da abspielte.

»Hören Sie, ich hoff, dass Sie keine Hundehaare auf Ihr G'wand bekommen. Da hinten ist vorher a Dame mit ihrem Hunderl g'sessen. Ich hab versucht, alles wegzusaugen, aber man weiß ja nicht …«

»Nicht so schlimm, ich hab selbst einen Hund. Danke.« Grohsman zahlte und stieg aus. Moment. Locard'sche Regel: Zwischen zwei Objekten kann kein Kontakt vollzogen werden, ohne wechselseitig Spuren zu hinterlassen. Grohsman hatte vermutlich Hundehaare vom vorigen Fahrgast auf seinem Mantel. Und Moser? Die DNS des Entführers?

10

Der alte Moser hatte einen Termin auf der Polizeistation vereinbart – und hatte nun einen Unfall erlitten, dem Anschein nach aufgrund einer vereitelten Entführung? Nicky rieselte es kalt über den Rücken. Sie fürchtete einen kausalen Zusammenhang zu Dominik Fuchs. Der nur von Mosers Kontakt zur Polizei wissen konnte, wenn er ständig das Haus beobachtete. Dann hätte er auch Nicky gesehen. Sie tippte eine Nachricht an ihren Klienten. »Herr Fuchs, ich wollte nachfragen, ob Sie reden möchten.«

Postwendend kam die Antwort. »Nein, alles okay. Bin noch in der Arbeit.«

Fuchs war ein langsamer Denker. Wäre er an dieser Aktion beteiligt, würde er weder so gelassen reagieren noch würde ihm so rasch eine Ausrede einfallen, spekulierte Nicky.

Sie parkte ihre Piaggio beim Krankenhaus. Sollte sie ein Wort zu der Vernehmung vorhin verlieren? Nein. Sie kannte Felix. Er machte seinem Unmut Luft, danach war die Sache für ihn erledigt. Sie entdeckte ihn beim Eingang. »Hallo, Felix. Weißt du schon, was mit dem Patienten ist?«

»Hallo, Nicky. Nein. Ich habe zur Sicherheit eine Polizistin vor dem Spitalzimmer postieren lassen. Warte, ich krieg grad eine SMS von Joe, dass sie das Krankenhaus verlassen darf. Können wir ein paar Minuten warten?«

»Ja sicher. Dann ist ihre Kamikaze-Aktion glimpflich ausgegangen.« Nicky hockte sich auf eine der Bänke in der Eingangshalle, Grohsman tigerte auf und ab. Seine Spannung reichte mit Sicherheit für ein komplettes regionales Stromnetz. Wenn ihm jetzt bloß keiner zu nahekam.

Endlich tauchte Joe auf. Sie humpelte ein wenig, ihr linkes

Handgelenk war eingebunden. Nicky konnte keinen Verband oder Pflaster am Kopf entdecken. Welches Donnerwetter würde die junge Frau erwarten?

»Hi, Nicky. Sorry, Boss, das war ... Ich war nur drauf fokussiert, den Kerl zu schnappen. Was ist jetzt mit dem Moser?«, fragte Joe kleinlaut.

»Der liegt hier im Krankenhaus«, antwortete Grohsman stoisch.

»Dann komm ich gleich mit!«

Nicky beobachtete, wie sich Grohsmans Lippen zu einem dünnen Strich pressten. Leise, aber durchdringend redete er auf die junge Kollegin ein. »Du gehst jetzt heim und ruhst dich aus. Oder hat dir der Arzt erlaubt, dass du arbeitest?«

»Nö, ich bin bis Montag ruhiggestellt.«

»Dann schönes Wochenende!«

»Aber wir sind doch eh schon dezimiert!«

»Lässt sich nicht ändern. Ich brauch dich ab Montag topfit. Und jetzt Abmarsch!«

Joe schlich mit hängendem Kopf davon. Nicky nahm sich vor, sie später anzurufen.

Rasch hatten sie die Station gefunden, auf der Ignaz Moser lag. Dr. Huber, der behandelnde Arzt, gestattete nur eine kurze Befragung. Der Verdacht auf partielle Amnesie hatte sich erhärtet. »Er weiß, wie er heißt, welcher Tag heute ist und wer als Bundespräsident amtiert. Aber den Vorfall kann er nicht wiedergeben. Stattdessen kommen konfuse alte Erinnerungen hoch. Nicht ungewöhnlich.«

Diese klassischen Fragen, ob sich ein Mensch im Heute orientierte, wandte auch Nicky an. Moser litt also nicht an Demenz.

»Wie stark sind seine Verletzungen?«, fragte Grohsman, seinen allgegenwärtigen Notizblock gezückt.

»Nach dem, was Sie dem Sanitäter geschildert haben, gehen wir davon aus, dass er sich kaum gewehrt hat, als er in das Auto gezogen wurde. Er hat am linken Handgelenk ein kongruentes Hämatom. Vermutlich ließ er sich aus dem fahrenden Auto fallen. Würde die Hämatome und Schürfwunden rechts an Becken,

Ellbogen und Schulter erklären. Die dicke Jacke und die gute Gesamtkonstitution des Mannes haben Schlimmeres verhindert, alle Knochen sind heil geblieben. Sogar sein Kopf ist außer dem Cut und der leichten Gehirnerschütterung physisch verschont geblieben. Nicht auszudenken, wenn er einen Hechtsprung gemacht hätte.«

Im Krankenzimmer lag Moser mit halb geschlossenen Augen im Bett, die linke Hand hing schlaff über die Bettkante. Nicky entdeckte ein ringförmiges Hämatom am Handgelenk.

»Guten Tag, Herr Moser. Wie fühlen Sie sich?«, begann Grohsman vorsichtig.

Langsam öffnete der Patient die Augen. »Tag … Ich bin ein bissl benommen. Ist Luise auch da?« Die Stimme klang brüchig. Laut Felix war Luise, Mosers Frau, schon vor Jahren gestorben. Nach einem Schädeltrauma und einem Schock kam es jedoch öfters vor, dass sich das Gedächtnis, nun, etwas »verschob«. Nicky bemerkte das volle Wasserglas auf dem Nachtkästchen. War der Mann dehydriert? Um ihn nicht zu beunruhigen, beantwortete sie die Frage nach seiner Frau vorerst nicht. Sie holte einen Sessel und setzte sich zum Bett. »Möchten Sie etwas trinken?«

»Nein danke. Ich hab keinen Durst. Oder … kann ich einen Kakao haben?«

Grohsman ging aus dem Zimmer und kehrte mit einem Becher zurück. »Vorsicht, heiß.«

»Jö, danke.«

Moser schnupperte an der heißen Schokolade, trank jedoch nicht davon. Das Thema Flüssigkeitsaufnahme musste Nicky nachher mit dem Arzt klären. »Können Sie sich an irgendetwas erinnern?«, fragte sie sanft.

»Luise wollte mir einen Kuchen backen. Kirschkuchen. Sie ist extra zu ihrer Schwester gefahren, um Kirschen zu pflücken, wissen Sie?«

Im November? Konnte sich Nicky nicht vorstellen.

»Erinnern Sie sich an das Auto?« Grohsman rückte ebenfalls einen Sessel heran und hockte sich.

»Auto? Luise fährt kein Auto. Sie hat nicht einmal einen Führerschein.« Moser blinzelte schelmisch. »Ist auch besser so.«

»Nein, nicht Luise.« Nicky beobachtete den Mann. Seine Augen waren leicht umwölkt. Ein Delir? Diesen Zustand der Verwirrtheit entwickelten vor allem ältere Menschen, wenn sie nach traumatischen Erlebnissen aus ihrer gewohnten Umgebung gerissen wurden. »Herr Moser, können Sie mir sagen, welcher Tag heute ist?«

»Der 13. November.«

Korrekt. »Und Sie wissen, wo Sie sind?«

»Nicht genau … Das kann Ihnen aber der Arzt sagen, der vorher da war.«

Dann war ihm bewusst, dass er im Spital lag. »Und warum sind Sie hier?«

Mit einiger Mühe hob Moser seinen rechten Arm. »Mir tut ein bissl was weh. Ich glaub, die wollen schauen, ob ich mir was gebrochen hab.«

Okay, das klang nicht desorientiert. Dass Moser zwischendurch von seiner Frau sprach, irritierte Nicky kaum. Menschen mit einer Amnesie füllten ihre Gedächtnislücken häufig mit alten Erinnerungen auf. Ein klassischer Schutzmechanismus des Gehirns.

Grohsman kramte in seiner Tasche. »Sie hatten einen Unfall. Da war doch ein Mann, der Sie ins Auto gezerrt hat.« Er hielt Moser das Foto von Benning unter die Nase. Nicky verkrampfte sich innerlich. Schon wieder Zeugenbeeinflussung.

»Auto? Unfall? Ein Mann?« Mosers Stimme wurde rau. Sein Arm zitterte. Nur der linke. Er keuchte. Nicky legte ihre Finger beruhigend auf sein Handgelenk und kontrollierte den Puls. Erhöht. Logisch.

»Aber Sie wissen, dass bei Ihrem Nachbarn am Sonntag eine Party stattgefunden hat? Bei Herrn Lienhart?«, setzte Grohsman nach.

»Sonntag? Nein, das kann nicht sein. So was ist im Internat nicht erlaubt. Da ist der Professor Gstöttner streng. Licht aus um zweiundzwanzig Uhr.«

143

»Na, hier sind Sie ja in Sicherheit«, warf Nicky im Tonfall einer Kindergartenpädagogin ein. Sie reichte ihm den Kakao und erntete von Moser ein dankbares Lächeln. Er trank ein paar Schluck. Arm, Puls und Atemfrequenz stabilisierten sich.

Was hatte der Mann mit dem Internat gemeint? Wieder ein Schutzmechanismus? Um negative Erinnerungen zu verdrängen, kam es öfters zu einem False-Memory-Syndrom, Schilderungen von Ereignissen, die in dieser Form nicht stattgefunden hatten. Ein Fall von posttraumatischer Belastung in Kombination mit Dehydration?

Dr. Huber trat ans Krankenbett. »Bitte, Sie müssen gehen«, raunte er Nicky und Grohsman zu. »Das alles erschöpft ihn zu sehr.«

Die Bedenken teilte Nicky. »Er nimmt zu wenig Flüssigkeit zu sich«, flüsterte sie.

»Keine Sorge, die Infusion ist vorbereitet«, erwiderte der Arzt mit fürsorglichem Tonfall.

»Herr … Herr …« Moser hustete laut. »Sagen Sie meiner Luise, sie soll auf keinen Fall dem bösen Mann aufmachen. Dem mit den komischen Augenbrauen.«

Wen meinte er mit dem »bösen Mann«? Diesen Professor aus dem Internat, den er vorher erwähnt hatte? Oder hatte der Mann mit dem Unfall zu tun? »Sprechen Sie vom Herrn Gstöttner?«

Moser zog die Bettdecke bis zur Nasenspitze.

Die Reaktion wertete Nicky als Zustimmung. »Geht in Ordnung. Wir passen auf.«

»Dürfen wir Ihre Kleidung mitnehmen, Herr Moser?«, fragte Grohsman.

»Aber nur, wenn ihr mir stattdessen was zum Anziehen bringt. Da, in der Schublade liegen mein Wohnungsschlüssel.«

Leise schlossen sie die Zimmertür.

»Verständigen Sie einen Ihrer Kollegen, er soll die Kleidung von Herrn Moser abholen und der Forensik übergeben«, bat Grohsman die Beamtin vor dem Zimmer.

Nicky sah Grohsman an, dass er k. o. war. Deshalb setzte sie behutsam an: »Felix, ich verstehe schon, dass ihr weiterkommen müsst. Aber ... der ›Mann‹, der Moser ins Auto gezerrt hat? Woher weißt du, dass es ein Mann war?« Sie konnte sich tendenziell sicher sein, dass diese Tat nicht auf Dominiks Konto ging. Damit waren aus ihrer Sicht alle Optionen offen.

»Weil der Täter vermutlich männlich war. Oder soll ich jetzt gendern und ›männlich, weiblich oder divers‹ hinzufügen?«, ätzte Grohsman.

Na toll, jetzt fühlte er sich wieder angegriffen. »Das ist verdammt noch mal nicht der Punkt! Aber es ist nicht einmal bewiesen, dass zwischen Lienharts Tod und Mosers Unfall ein Zusammenhang besteht. Und wenn du so auf Moser einredest ... Ich kann dir gern einen Vortrag zum Thema neurologische und psychologische Beeinträchtigung von Gedächtnisleistungen halten.«

»Danke, kein Bedarf. Weißt du, ständig kritisierst du unsere Arbeit. Wir haben wertvolle Zeit verloren, weil der Fall Lienhart als Suizid eingestuft wurde. Nicht zuletzt auch durch deine Einschätzung.«

War das sein Ernst? »Ach, jetzt bin ich schuld? Erstens: Ich habe nie ein endgültiges Urteil abgegeben. Zweitens: Meine Einschätzung basierte auf den Brotkrumen, die ihr mir hingeworfen habt. Hättet ihr die Fälschung des Attests sofort enttarnt, was ja echt nicht schwierig war, wären wir alle hellhörig geworden.« Erschöpft sank Nicky auf einen der Sessel im Krankenhausgang. »Gegenseitige Schuldzuweisungen bringen uns nichts. Tapp bitte nicht in die gleiche Falle wie das Team beim Fall Piring.«

Grohsman stand neben ihr. Schweigend. Endlich nickte er. »Hat ohnehin nichts gebracht, die Befragung. Keine Ahnung, wohin seine Gedanken abgedriftet sind.«

»Er hatte zwischendurch helle Momente. Wo seine Schlüssel sind, wusste er genau.«

»Und seine Frau? Oder das Internat? Wie auch immer. Ich fahre jetzt in seine Wohnung und hole ihm ein paar Sachen.«

11

Reden? Nein, Psychotante. Darauf hab ich null Bock. Ich lenk mich jetzt ab. So schaut's aus. Da hat meine Frau schön geschaut, dass ich in den Zumbakurs mitkomme. Ich muss doch dort die Lage checken. Ob's in dem Club einen neuen Verehrer gibt. Zumba, geh bitte. Kann die nicht was G'scheites machen? Thaiboxen wär cool. Das Herumgehopse ist nicht zum Aushalten. – Obwohl, den Mädels hier taugt es offenbar, dass ich mitmache. So viel Geklatsche und Gejubel hab ich schon lang nimmer gekriegt. Vielleicht geh ich das nächste Mal wieder mit. Das bisschen Arschgewackel schaff ich locker.

12

»Tut mir leid, Lukas, ich hab noch was zu erledigen, sollte aber nicht lange dauern«, tippte Grohsman in sein Handy.

Postwendend kam die Antwort. »Soll ich uns was vom Japaner holen? Ich hätte Lust auf Sushi!«

Seit wann war sein Neffe ein Sushi-Fan? Es sei denn … »Ist Billie auch hier?«

Zwinkersmiley. Also hatte Grohsman ins Schwarze getroffen. »Bei uns ums Eck ist ein hervorragendes japanisches Restaurant, in der Kleinen Pfarrgasse. Wenn ihr mir sagt, was ihr mögt, organisiere ich was.« Roher Fisch rangierte bei ihm eher unter ferner liefen, aber in dem Lokal hatte es ihm gemundet. Hatte an der Begleitung gelegen, Zina hatte ihn dorthin verschleppt. Ob sie ihnen beim Abendessen Gesellschaft leisten wollte?

»Ach schade, Felix. Ich hab mir für heute Abend was mit Freunden ausgemacht.«

»Dann ein andermal …« War sie jetzt auch auf ihn eingeschnappt? Wie Nicky? Nach der Gerichtsmedizin gestern war Grohsman sofort heimgefahren. Kurz vor dem Schlafengehen war ihm eingefallen, dass er sich nicht mehr bei Zina gemeldet hatte, also hatte er ihr schnell eine SMS geschrieben. Sich entschuldigt und ihr eine gute Nacht gewünscht.

»Genau, mein Lieber, das holen wir nach. Und fast hätte ich es vergessen: Meine Tochter hat am Montag Geburtstag. Du hast mir im Frühling so glühend von diesen alten Straßenbahnen erzählt. Dass man die mieten kann. Also habe ich für Amelia eine Fahrt gebucht, es gibt noch Plätze. Hast du Zeit? Möchtest du mitfahren? Die Einladung gilt auch für Lukas! Um siebzehn Uhr geht es los bei der Haltestelle Schlachthausgasse.«

Mit der alten »Tramway«! Seine Stimmung erhellte sich bei dem Gedanken an diese Nostalgiezüge. Sonnige Kindheitserinnerungen stiegen hoch. Wie stolz Grohsman als kleiner Bub gewesen war, als er zum ersten Mal die hohen Einstiegsstufen allein erklommen hatte. Dafür hatte seine Mutter ihm einen »Schlecker«, einen Lutscher, geschenkt. Oder wie er schnell eine Hausaufgabe geschrieben und dadurch um ein Haar die Station verpasst hatte. Die Schiebetüren dieser alten Garnituren hatten die Schaffner meist offen gelassen. Verbotenerweise war Grohsman dann aus dem anfahrenden Waggon gesprungen.

»Sehr gern. Ich hoffe nur, dass ich rechtzeitig vom Büro wegkomme. Darf Lukas eventuell seine Freundin mitbringen?«

»Ja sicher! Und, bleibt es bei der Fiakerfahrt auf dem Zentralfriedhof morgen?«

Hätte er fast verschwitzt. Hirnüberlastung oder Verdrängung? Passte ihm gar nicht in den Zeitplan. Aber den Zentralfriedhof musste er morgen in jedem Fall besuchen. Zina wollte ihn begleiten, also hatte er diese Fahrt schon vor Längerem reserviert. »Dabei bleibt es natürlich. Dann bis morgen.«

In der Zwischenzeit hatte Lukas getextet. »Yummie, die haben eine tolle Auswahl. Macht's dir was aus, wenn wir was holen?«

Nein, absolut nicht.

Genau genommen war es nicht Grohsmans Aufgabe, Kleidung für Ignaz Moser zu organisieren. Bot ihm jedoch die Gelegenheit, das Umfeld zu inspizieren, in dem der alte Mann lebte.

Er betrat das Haus in der Diemgasse und machte sich auf den

Weg in den vierten Stock. Zu Fuß, um seinen inneren Motor anzuwerfen. Hörte er Schritte im oberen Stockwerk? Er verharrte. Da rief doch jemand Mosers Namen. Endlich erreichte Grohsman die vierte Etage und eilte zur Wohnung des Alten.

Ein Mann um die vierzig stand davor. Hatte er gerufen?

»Guten Tag, Grohsman, Kripo ...« Mehr Frage als Vorstellung. »Darf ich fragen, wer Sie sind?«

Der Mann räusperte sich. »Xaver Wondrasch, ich arbeite als Heimhilfe. Wissen Sie, wo Herr Moser ist?«

Ein männlicher Heimhelfer, eine Seltenheit, oder? »Bei welcher Institution sind Sie angestellt?«

»Hilfswerk. Hier, mein Ausweis.«

»Haben Sie einen Schlüssel zur Wohnung?«

»Nein, eben nicht. Schauen Sie, die Kratzer am Türstock, die waren heute in der Früh sicher noch nicht da.«

Grohsman begutachtete die Schrammen am Schloss der Wohnungstür. »Die Tür wurde nicht geöffnet.«

»Nein. Ist noch versperrt.«

Hatte der Heimhelfer den Einbrecher gestört? Wobei, woher wusste er, dass heute früh noch alles intakt war? »Wie oft kommen Sie zu Ihrem Klienten?«

»Also, darf ich zuerst auch Ihren Ausweis sehen?«

»Natürlich.« Grohsman hielt ihm die Karte unter die Nase.

»Danke. Zweimal pro Woche betreue ich ihn. Mehr braucht er nicht. Ich helfe nur ein bisschen im Haushalt. Das Einkaufen erledigt er. Und er kocht selbst. Aber er war in der Früh ziemlich bedient, deshalb hat er sich gleich einen Arzttermin ausgemacht. Ich wollte checken, wie es ihm geht. Er hat aber meinen Anruf nicht angenommen, und jetzt öffnet er nicht – ich mach mir Sorgen. Sind Sie deshalb hier?«

Grohsman beschloss, Mosers Aufenthalt im Spital vorerst nicht preiszugeben. »Er ist ... für ein paar Tage verreist.«

»Und deshalb ist die Kripo hier? Na, wenn Sie's mir nicht sagen wollen, auch gut. Wie viele Tage wird er denn weg sein? Ich gehe davon aus, dass ich in der Zeit nicht nach ihm schauen muss, oder?«

»Nein.«

»Dann verständigen Sie bitte mich oder das Hilfswerk, wenn er wieder zurück ist? Hier sind die Telefonnummern.«

Die Visitenkarte von Wondrasch zeigte ein fröhliches Motiv mit Sonnenblumen und blauem Himmel. »Danke, mach ich. Können Sie kurz warten, damit wir Ihre Fingerabdrücke nehmen können?«

»Kein Problem. Meine Abdrücke werden Sie aber so ziemlich überall in der Wohnung finden.«

Grohsman verständigte Agnes Drese und Ralf Aichhorn. Der Kollege bestätigte Grohsmans Vermutung. »Diese Schrammen hier am Türstock deuten auf einen missglückten Einbruchversuch. Das Sicherheitsschloss war versperrt, das habe ich nun geöffnet.«

»Erst der mysteriöse Unfall, und am gleichen Tag will jemand die Tür aufbrechen. Was geht hier vor?«, fragte Grohsman leise.

Agnes Drese verstaute einen kleinen Scanner in ihrer Tasche. »Die Fingerabdrücke von Wondrasch sind gesichert, ich hab ihn heimgeschickt. Beim Hilfswerk hab ich nachgehakt, Wondrasch ist laut der Frau am Telefon ein absolut zuverlässiger und geduldiger Mitarbeiter. Für Ignaz Moser ist er schon seit einigen Jahren zuständig. Und jetzt hör ich mich bei den Nachbarn um.«

»Danke.« Entkräftet lehnte Grohsman sich gegen die Wand. »Agnes, du kommst bei uns grad ordentlich zum Einsatz. Willst du nicht zur Kripo wechseln? In meinem Team ist Platz.«

Das Strahlen der Kollegin wertete er als positives Signal.

Grohsman betrat die kleine Wohnung. Um die vierzig Quadratmeter, schätzte er. Kein Balkon. Ein Wohnschlafzimmer, eine Miniküche und ein Badezimmer mit WC. Im Spiegelschränkchen fand er keine auffälligen Medikamente. Nichts, was auf eine Demenz hinwies.

Rasch packte er Toilettenartikel aus dem Bad in eine Tasche, ebenso ein paar Kleidungsstücke. Morgenmantel, Pyjama, Unterwäsche, Pullover, Hosen – alles lag ordentlich zusammengelegt im Kleiderschrank. Er wollte die Tasche schon schließen, aber sich einmal noch im Schlafzimmer umschauen … Auf dem Nachtkästchen lag ein Buch, eine Biografie von Reinhold Messner. Daneben stand das Foto einer bezaubernden älteren Dame mit verschmitztem Lächeln – Luise Moser? –, die einen Dackel an sich drückte. Er steckte Foto und Buch in die Tasche und ebenso den alten Teddybären, der auf der Fensterbank saß.

13

»Ach, wie schön, dass wir uns noch einmal treffen. Die Whisky-session gestern war viel zu kurz.« Nicky umarmte ihre Freundin Sonja. »Dann gehen wir doch gleich zu Pascal hinauf!« Dieser Abend unter Freunden lenkte Nicky hoffentlich von den letzten beiden absurden Tagen ab. Welche Episode davon war das »Lowlight« – das Geständnis oder der Krach mit Grohsman?

»Pascal ist so ein lieber Kerl, und auf seinen Kumpel bin ich schon gespannt. Kennst du ihn?« Sonja hob ihre Augenbraue.

»Nein.« Nicky teilte ihre Neugier. Vor allem, ob Freund oder *Freund*. Mmmh, das feine Aroma von Huhn und Thymian löste den Klotz in ihrem Brustkorb auf. »Hallo, Pascal!«

»Hallo, ihr Lieben, kommt doch rein.« Pascal begrüßte Nicky und Sonja mit einer Umarmung und Wangenküsschen. »Darf ich euch Thaddäus vorstellen? Ich hab Nicky schon erzählt, er leitet eine Auffangstation für Hunde, und ich interessiere mich für einen seiner Schützlinge. Alle nennen ihn Teddy.«

Teddy – den Spitznamen fand Nicky perfekt. Die Pausbacken und sein gewinnendes Lächeln verliehen ihm einen Teddybär-Charme. Sie schätzte ihn auf Mitte dreißig. Auf den ersten Blick wirkte er wie ein Bankangestellter, ein wenig untersetzt, die dunkelblonden Haare auf der linken Seite gescheitelt. Aber auf den zweiten Blick? Seine Augen strahlten so tiefblau wie der Himmel im Hochsommer.

Nicky griff in ihren Rucksack. »Ich habe euch Wein mitgebracht. Einen Asia Cuvée vom Mayer. Wenn mich meine Nase nicht täuscht, gibt es Huhn?«

»Richtig gerochen, Nicky. Der Wein passt ideal. Danke!«

Sonja überreichte Pascal einen Karton. »Und ich habe als

Dessert Leipziger Lerchen organisiert. Mit besten Grüßen von der Kümmel-Apotheke, liebe Nicky!«

»Eine Spezialität«, schwärmte Nicky. »In Leipzig hat man früher zu Festtagen Singvögel verzehrt. Ist verboten worden, also haben findige Bäcker dieses Mürbteiggebäck kreiert. Gefüllt mit Marzipan und Marmelade – eine Sünde.« Vortrag beendet, dachte Nicky und musste über sich schmunzeln.

»Und das übergebe ich dem Hausherrn.« Sonja hielt Teddy eine Flasche mit giftgrünem Inhalt entgegen.

»Danke! Was ist das?«, fragte Teddy.

»P31. Ähnelt diesem orangen Aperitif, nur viiiel besser. Zwei Teile P31, drei Teile Prosecco, einen Teil Soda oder Mineralwasser und Limette in ein Glas. Fertig ist der P31 Green Spritz!«

»In dubio Prosecco!« Der Gastgeber klatschte vergnügt. »Wie gut, dass ich das Blubberwasser auf Vorrat habe. Ich schenke uns gleich ein.« Er verschwand kurz und kam mit vier sattgrün gefüllten Gläsern wieder. »Dann willkommen und prost. Schön, dass ihr hier seid.«

Nicky zwinkerte Sonja zu. »Könnte unser neues Spezialgetränk werden«, flüsterte sie. Würzig, bitter, aber gleichzeitig prickelnd – die Quintessenz ihres momentanen Lebens.

»Ich hoffe, ihr habt nichts gegen Hunde? Ich habe zwei meiner Tiere aus der Auffangstation mitgebracht, um zu testen, wie sie auf ungewohnte Personen reagieren.« Teddy öffnete die Tür zu einem Nebenzimmer, zwei Vierbeiner kamen hechelnd gelaufen und beäugten Nicky und Sonja.

»Ach Gottchen, ist der süß.« Sonja beugte sich zu einem semmelblonden Hund, der ihre Hände beschnüffelte. Er sah nach einem zu klein geratenen Labrador aus und wedelte stürmisch mit der Rute.

Der zweite Hund betrachtete Nicky aus sicherer Entfernung und legte den Kopf schief. Ein niedliches kniehohes Wollknäuel, schwarz-braun gescheckt, mit einem Steh- und einem Knickohr.

»Also, wir mögen Hunde. Welcher soll es denn werden, Pascal?«

»Jerome. Der Helle. Den anderen, Newton, hat Teddy mitgenommen, um mit ihm zu trainieren.«

»Newton? Ist er so schlau?«

»Nein. Er lässt sich nach dem Fressen einfach auf den Boden fallen, als wäre die Erdanziehungskraft zu stark.« Teddy lachte. »Sieht aus wie ein Leonberger Welpe, dabei ist er schon ausgewachsen. Keine Ahnung, wahrscheinlich ein reinrassiger Dugado.«

»Ein was?« Von dieser Rasse hatte Nicky nie gehört.

»Ein Du-ga-do. ›Durchs ganze Dorf‹. Er wurde auf einer Autobahnraststation gefunden und bei uns abgegeben, wir wissen gar nichts über ihn. Er hat ein total liebes Wesen, aber er wirkt traurig. Vielleicht ist sein Herrchen oder Frauchen gestorben, und niemand hatte Verwendung für ihn. So was passiert leider. Wir sind froh, wenn jemand die Tiere bei uns abgibt.«

Newton kam zaghaft näher.

»Na du?« Nicky kniete sich vor ihn und streckte ihm ihre Hand entgegen. Der Hund ließ sich hinter dem Ohr kraulen. Er gähnte. »Ist dir zu langweilig, was?«

»Nein, er entspannt einfach. Das ist gut!«, rief Teddy begeistert.

»Genug über die Hunde.« Pascal klatschte in die Hände. »Darf ich zu Tisch bitten? Ich habe für euch Hühnchen provençale vorbereitet.«

»Pascal, das schmeckt köstlich«, lobte Teddy.

»Mhmmm«, stimmte Nicky zu und schaufelte sich eine zweite kleine Portion auf den Teller. Butterweich und saftig, das Huhn mit Gemüse. Thymian und Rosmarin verliehen ihm eine mediterrane Note. Ein Leben wie Gott in Frankreich.

»Sag, Nicky, du arbeitest für die Kriminalpolizei als forensische Psychologin, hat Pascal gesagt? Das finde ich steil«, wandte sich Teddy an sie.

Schlagartig war »Gott« wieder in der Realität gelandet. »Na ja, die Arbeit ist spannend. Aber manchmal auch aufreibend.« Sie rutschte nervös auf ihrem Sessel hin und her. Wie konnte sie von dem Thema ablenken? »Die menschliche Psyche ist komplex … Ach, ich will gar nicht davon anfangen.«

»Apropos Psyche – Sonja, du spielst doch grad in Leipzig

in ›Gaslicht‹«, warf Pascal ein und schenkte Nicky ein Augenzwinkern. Im Stillen dankte sie ihm für die Schützenhilfe.

»Du bist Schauspielerin?« Teddy drehte sich zu Nickys Freundin. »Faszinierend! Erzähl doch.«

Nicky nahm ihr Weinglas in die Hand und spielte damit. Mit halbem Ohr nahm sie wahr, wie sich die drei angeregt über Theater, Proben und Lampenfieber unterhielten. Sie lachten herzhaft über eine Anekdote von Sonja. Nicky hatte die Pointe verpasst und bemühte sich, in das Gelächter der anderen einzufallen. Sonja warf ihr kurz einen besorgten Blick zu.

Alles in Ordnung, deutete Nicky mit einem Kopfnicken an. Das ihre Freundin erwiderte – die Kommunikation ohne Worte funktionierte immer noch. Im Gegensatz zur Verständigung mit Felix, kam ihr in den Sinn. Ihr Magen zog sich zusammen. Sie musste morgen mit ihm sprechen. Über Befragungen und Beeinflussungen. Und über den Tonfall, der sich heute eingeschlichen hatte.

Sie nahm einen großen Schluck. Blickte verstohlen auf Sonja, Pascal und Teddy, die ausgelassen über die Tagespolitik scherzten. Nicky spürte eine Hundepfote auf ihrem Fuß. Newton! »Hallo, du«, lockte sie ihn. Er war gerade groß genug, um seinen Kopf auf ihr Knie zu legen. Mit einem tiefen Seufzer. Sie strich ihm sanft über den Nasenrücken und schob den Gedanken an Felix, Dominik Fuchs und die Forensische Psychologie ganz weit weg.

Freitag, 14. November

1

Meine Frau geht heute schon wieder in ihren Fitnessclub. »*Das tut mir gut, weißt du?*«, *sagt sie. Und wenn sie sich den nächsten Lover aufzwickt? Was mach ich dann? Den kann ich nicht auch noch abmurksen. So einer bin ich nicht. Soll ich noch einmal mitgehen? Heute hat sie Yoga. Nein, das muss nicht sein. Das kann sie allein machen. Haha, allein, genau. Ohne den Kerl. Sie redet gar nicht darüber.*

Ich krieg's nicht gebacken. Jetzt versuche ich eh schon, mich an den Sonntag zu erinnern. So halbwegs weiß ich, wie ich heimgekommen bin. Aber dann?

Ich seh nur das Bild von dem Kerl, wie er da unten liegt. Sonst nichts. Warte, doch. Wir haben gestritten. Er hat mich schon wieder geschubst.

Hab Isi gefragt, was ich ihm erzählt hab. Der hat grausliche Sachen auf Lager gehabt. »*Du hast gesagt, Manu hat dich provoziert. Einen elenden Feigling hat er dich genannt. Dass eine miese Ratte wie du so eine wunderbare Frau nicht verdient. Dir ist ganz kalt geworden bei dem Tonfall. Und dann ganz heiß wegen der Beleidigungen.*«

Stimmt. »*Miese Ratte*«, *an das erinnere ich mich wieder. Und dann hat Isi gemeint:* »*Blende den Schrei vom Manu einfach aus.*«

Der Schrei, genau! Und wie der geschrien hat. Ich krieg das nicht aus dem Kopf. Ich könnt zur Psychotante gehen. Vielleicht hat die irgendein Pulver dagegen.

2

Nicky winkte der Bahn nach. Mit ihrer Freundin, die zurück nach Leipzig fuhr, nahm der Zug auch das bisschen Unbekümmertheit mit, das sie gerade erst wieder aufgebaut hatte. Sonja fehlte ihr jetzt schon. Gemeinsam Anspannungen wegzulachen.

Eine Aussprache mit Felix war überfällig, aber Nicky scheute sich davor. Seine Attacke nagte an ihr. Wegen ihres »Fuchs-Dilemmas«, wie sie es mittlerweile bezeichnete, reagierte sie jedoch übersensibel und giftig. Zudem ärgerte es sie, dass ihm ihr zweites großes Thema, die Zeugenbeeinflussung, so gleichgültig zu sein schien. Ausgerechnet bei Ignaz Moser. Und Ulrich Zapletal, der zu Autoritätsgehorsam neigte. Der Erwartungen erfüllen wollte, nach Aufmerksamkeit und seelischen Streicheleinheiten gierte. Diese Menschen logen nicht aus Hinterlist, wenn ihnen bei der Identifikation von Tatpersonen ein Fehler unterlief. Eine Falschaussage blieb es dennoch.

Als Vorbereitung für das TV-Interview am Montag war ihr eine Studie zu falschen Verurteilungen aufgrund von Zeugenbeeinflussung in die Hände gefallen. Sie stammte aus den USA, die angeführten Prozentsätze galten weder für österreichische noch für deutsche Verhältnisse. Doch auch an europäischen Gerichtshöfen passierten Fehler wie die Causa Piring.

Sie schlenderte ziellos durch die Wiedner Hauptstraße. Blieb vor einer Boutique stehen, ohne die Kleidung in der Auslage wahrzunehmen. Diese Reibereien mit Felix … Du steigerst dich viel zu sehr hinein, dem geht eben auch der Hintern auf Grundeis, redete sie sich zu.

»Kann ich Ihnen helfen?« Die Verkäuferin war auf die Straße getreten und strahlte Nicky sonnig an.

»Ähm, nein, ich war in Gedanken …«

»Na, hoffentlich ist der Kerl Ihr trübes Gesicht wert.« Sie legte den Kopf schief. »Dieses Ensemble in der Auslage würde ich Ihnen ohnehin nicht empfehlen. Das Rot steht Ihnen nicht. Ich hab heute aber einen auberginefarbenen Jumpsuit hereinbekommen, der müsste Ihnen ganz toll passen!«

Okay. Schauen kostete nichts. Na, das Anprobieren dann schon. Der hochgeschlossene Jumpsuit aus Baumwollsatin war mit einem breiten Gürtel versehen, der ihre Taille betonte. Mit dem Cape, das bis zur Wade reichte, fühlte sie sich wie Prinzessin Eisenherz. Fehlte nur der Degen. Wann nahm sie endlich ihren Traum in Angriff, Fechten zu lernen? Wie viele Jahre hatte sie den schon verschoben? In etwa so lange wie die Idee, einen Klettergarten zu besuchen …

Mit einer vornehmen Tragtasche und ein paar Euro weniger verließ Nicky beschwingt die Boutique. Als Retail-Therapy bezeichnete Sonja solche Aktivitäten.

Ach, Sonja. Zu Nickys »Kopfsalat« mit Felix und dem Fuchs-Dilemma würde die Freundin sie auffordern: »Pack den Stier bei den Hörnern. Dann kann er dir nicht in den Hintern treten.« Zu Recht.

Nicky nahm ihr Handy in die Hand. »Herr Fuchs? Ich hoffe, ich störe nicht. Mir geht unsere Session am Mittwoch nicht aus dem Kopf. Deshalb auch meine Textnachricht gestern – nein, keine Sorge, das möchte ich nicht am Telefon besprechen. Was halten Sie von einem Treffen? Heute Nachmittag? – Fünfzehn Uhr passt für mich. Dann bis später.«

Bevor sie in die Praxis fuhr, stöberte sie daheim in der Fallakte. Sie musste sich in Acht nehmen, Fuchs keine Fragen über Sachverhalte zu stellen, von denen sie nichts wissen konnte. Ach, war das kompliziert. »Selber schuld«, grummelte sie.

Beim Ordnen der Blätter stieß sie auf den Ausdruck von Lienharts gefälschtem Attest. »Diffuses Astrozytom WHO-Grad II im Bereich präfrontaler Cortex«, las sie. In simplen Worten, ein gutartiges Gewächs im Stirnbereich. »Aufgrund des schlecht begrenzten Wachstums ist eine komplette operative Tumorentfernung nicht möglich. Eine weitgehende Tumorresektion erscheint jedoch sinnvoll.«

Wer schickte einem anderen Menschen so eine Fälschung? Und woher hatte der Absender das Attest inklusive zugehöriger MRTs? Denn die Aufnahmen korrespondierten mit dem Gutachten.

Aber die Lage des Tumors! Das musste sie Felix berichten.

3

Heute war eine Katze in der Praxis, die vom zweiten Stock aus dem Fenster gefallen ist. Pfa, die hat ausgeschaut. Armes Viecherl. Das hat mich gleich an den Manu erinnert. Die Katze wollte sich gar nicht untersuchen lassen. Aber wie ich sie gehalten hab, war sie ganz brav. War ein schönes Gefühl. »Sie haben ein Händchen für Tiere«, hat mich der Kornik gelobt. Für Tiere schon ...

Jetzt kommt's mir erst. Warum ruft die Psychofrau mich wegen einem Treffen an? Was will die? Reden wär zwar nicht schlecht. Weil dann die Erinnerung zurückkommt. Bei Isi hat das geklappt, da sind mir wieder ein paar Sachen eingefallen. Nur, ich find das zwar spooky, dieses Blackout. Aber eigentlich will ich mich gar nicht erinnern, was da gelaufen ist. Ich will das alles vergessen!

Muss ich ihr was sagen? Die soll schauen, dass es mir besser geht. Wir quatschen ja nur. Das ändert nichts. Darf die mich verpfeifen? Ist mir zu brenzlig. Ich sag ihr ab. Punkt.

4

»Hallo, Nicky. Was kann ich tun für dich?« Grohsman klang unterkühlt. Oder überarbeitet?

Nicht den Kopf zerbrechen, beschloss Nicky »Hast du das Attest vom Lienhart vor dir liegen? Also, die MRT-Scans?«

»Die Scans, die wir sofort hätten überprüfen müssen, um den Fall zu klären? 'tschuldigung. Ja, jetzt hab ich das File geöffnet.«

Nicky ignorierte den Seitenhieb. Dem war die Laus nicht bloß über die Leber gelaufen, der Blutsauger hatte sich offenbar bei ihm eingenistet. »Siehst du diesen großen weißen Fleck im Stirnbereich? Das ist der Tumor.«

»Ziemlich groß. Und das interessiert uns, weil ...?«

»Du, wenn euch das wurscht ist, muss ich nicht ...« Nicky schluckte den aufsteigenden Ärger hinunter.

»Nein, ist uns nicht egal. Aber es ist uns auch ohne deinen dezenten Hinweis bewusst, dass bei den Ermittlungen einiges suboptimal gelaufen ist. Also, der Tumor?«

»Dieser Bereich ist für die Impulskontrolle zuständig. Damit wir uns zum Beispiel nicht bis zum Erbrechen mit Schokolade vollstopfen. Er verhindert, dass wir vor lauter Zorn jemandem einen Fausthieb verpassen. Und er erinnert uns, wie wir uns sozial adäquat verhalten.«

»Nachricht angekommen«, stoppte Grohsman ihre neurologischen Ausführungen. »Ich verstehe immer noch nicht den Zusammenhang zu unserem Fall.«

»Ein Gewächs dieser Größe beeinträchtigt die Impulskontrolle massiv. Die Form des Tumors lässt eindeutig erkennen, dass die verschiedenen Aufnahmen von *einem* Patienten stammen. So komplett findet man das kaum im Netz.«

»Das lässt darauf schließen, dass jemand die eigenen Unterlagen verwendet hat. O mein Gott. Ein Täter mit Impulskontrollstörung. Zur Sicherheit also alle dubiosen Todesfälle vor und nach Lienhart überprüfen.« Grohsman schnaufte am anderen Ende der Leitung.

Darauf wollte Nicky nicht hinaus. Dominik Fuchs hatte zwar nach einer Provokation vor elf Jahren die Fassung verloren, aber da konnte man nicht gleich von einer Störung sprechen. Was Nicky nicht ausplaudern konnte. »Das war nicht mein erster Gedanke. Der Fall Lienhart scheint mir eine persönliche Note zu haben. Da suchen wir nicht nach einem Täter, der sinnlos mordend durch die Gegend läuft. Ein derartiger Tumor verursacht jedoch Kopfschmerzen in einem Ausmaß, da richten gängige Schmerzmittel nichts aus. Diesen Patienten wird gelegentlich Methadon verschrieben. Das Mittel, das wir bei Ulrich Zapletal gefunden haben. Joe hat mir zugestimmt, dass er nicht den Eindruck eines Ex-Junkies macht.«

»Also Zapletal befragen, wofür das Methadon ist. Wäre genial, wenn wir feststellen könnten, wessen MRTs das sind.«

Der Gedanke war Nicky ebenfalls gekommen. »Dazu hab ich bei Schlesinger nachgehakt. Die Aufnahmen wurden bearbeitet, jegliche Zuordnungsmöglichkeit ist gelöscht worden. Das ist der Nachteil von Papierausdrucken. Bei Röntgenbildern ist das Manipulieren nicht so einfach.«

»Also eine weitere Sackgasse. Trotzdem danke für den Hinweis.« Immerhin hörte sich Grohsmans Stimme schon weniger grummelig an.

Nicky beendete das Gespräch und entdeckte eine SMS von Dominik. »Es geht heute doch nicht. Dann bleibt es bei Montag wie gehabt, okay?«

War nicht zu ändern, sie konnte ihn nicht an den Ohren in die Therapiestunde schleifen. Wieder kribbelte es unangenehm in der Magengegend, als sie seine Nachricht bestätigte. Sie hatte keinen absoluten Beweis, dass der Vorfall mit Ignaz Moser nicht ebenfalls auf das Konto von Fuchs ging. Oder ob er zu weiteren Straftaten fähig war. Diese bescheuerte Konstellation ließ ihre Gedanken Karussell fahren. Ein Teufelskreis, den sie sofort durchbrechen musste.

Es war Zeit, dass sie sich einer speziellen »therapeutischen Intervention« unterzog. Eine Runde Rudern auf der Alten Donau. Die Sonne brach durch die Wolkendecke, und dank der milden Temperaturen hatte das Wasser noch vierzehn Grad. Zur Sicherheit packte sie ihren Neopren-Einteiler ein.

5

Drei Tage zwangsbeurlaubt. Joe schüttelte den Kopf. So heftig war der Unfall doch gar nicht gewesen. Bloß ein paar Schrammen, sogar das Handgelenk war heute wieder okay. Sie hatte das Fahrrad im letzten Moment aus dem Augenwinkel gesehen, durchs Karatetraining war ihre Reaktion top. Automatisch hatte sie sich fallen gelassen und abgerollt, um einen Zusammenstoß zu verhindern. Nicht mal eine Gehirnerschütterung hatte sie davongetragen. Die Benommenheit gleich danach war bloß der anfängliche Schock gewesen.

Zum Glück war auch der Radfahrerin nichts Gröberes passiert, lediglich ein paar blaue Flecken hatte sie abbekommen. Von Gregor hatte Joe erfahren, dass Ignaz Moser an einer partiellen Amnesie litt. Der Kollege hatte nicht einmal über ihren Unfall gelästert.

Wie doof, dass die Kartons von Lienhart im Büro waren. Die hätte sie problemlos durchforsten können. Zum Beispiel nach Hinweisen zu den erstaunlichen Barbeträgen in seinem Tresor. Benning hatte etwas von »Erbschaft« gemurmelt, entsprechende Unterlagen hatten sie in den Kartons nicht entdeckt. Joe tippte eher auf krumme Geschäfte.

Und wenn einer etwas über zwielichtige Machenschaften aller Art rausfand, dann Leopold Riest, auch Branntweiner-Poldi genannt. Ihr Boss hatte den Mann vor Jahren bei einer Wirtshausrauferei aufgegabelt. Mit dem Saufen hatte Leopold aufgehört, weil der Boss ihm einen Job verschafft hatte. Bei einem Antiquitätenhändler – na ja, Krämerladen traf es eher. Leopolds Buschtrommel funktionierte jedoch besser als jeder Nachrichtendienst.

»Hallo, Leopold, hier spricht Joe Kettler. Erinnern Sie sich noch an mich?«

»Zauberlehrling! Äh, 'tschuldigung, ich mein natürlich: Frau Gruppeninspektor! Suchen S' wieder einmal einen Jaguar?«

Joe schmunzelte. Der Fall mit dem vermissten Oldtimer …

»Nein, diesmal geht es profaner zu. Reicht Ihr Straßenfunk bis in den neunzehnten Bezirk? Konkret: bis nach Nussdorf?«

»In den Neunzehnten?«, näselte er, passend zum Nobelbezirk. »Um was geht es denn?«

»Ob ein Mann was Illegales gedreht hat.«

»Wissen S' was? Heut ist so ein schönes Wetter für November. Treffen wir uns im Volksgarten? In einer halben Stunde beim Theseustempel? Ich bring zwei Nusskipferl mit.«

»Okay, dann spendiere ich den Kaffee.«

Joe suchte die Parkbänke nach einem abgesandelten Mittvierziger ab. Na hallo, was war denn mit dem Leopold passiert? Früher waren seine schmierigen Haare zu lang gewesen, um gepflegt, zu kurz, um hip zu sein. Jetzt trug er einen peppigen

Stufenschnitt. Die elegante ockerfarbene Jacke unterstrich seine honigbraunen Augen. Und, waren das Maßschuhe? Die sahen nach italienischem Leder und Schnitt aus. »Herr Leopold! Haben Sie eine neue Freundin?«, zog Joe ihn auf.

»Aber nein. Wieso, haben S' Interesse?« Er hob schelmisch eine Augenbraue. Auf der Parkbank hatte er ein kariertes Tuch ausgebreitet, zwei Pappteller, auf denen je ein Croissant lag. »Meine Alte, also, meine Ex-Frau, hat sich von ihrem neuen Mann getrennt. Der wollte sie genauso abzocken, wie sie damals mich über den Tisch ziehen wollte. Hat sie vor die Tür gesetzt und wollt einfach die Antiquitäten behalten, die sie vorher mir abgeluchst hat. Na, da ist sie kleinlaut zu mir gekommen. Er war ein Wochenende verreist, da hat sie in einer Nacht-und-Nebel-Aktion ihre Sachen in meinen Laden bringen lassen. Alles: Möbel, Bilder, Porzellan, Silber – war ein komisches Gefühl, das alles wiederzusehen. Wir waren uns schnell einig. Ich verkauf die Sachen unter der Hand und kassier die Hälfte als Provision. Na, der liebe Ex-Gemahl muss deppert geschaut haben, wie er in die halb leere Wohnung zurückgekommen ist. Sie ist mit ihrem Geld abgehaut, und der Laden, in dem ich die Stücke verklopft hab, gehört jetzt mir. Aber genug von diesen G'schichten. Was ist denn in Nussdorf los? Sind die Löwen vom Wehr ausgebüxt?«

Na, das wäre was, wenn die zwei imposanten Bronzelöwen nicht mehr den Donaukanal bewachten. Als Joe das letzte Mal vorbeigefahren war, hatten sie aber noch majestätisch in Richtung Stadt geblickt. »Nein, wir bearbeiten nur wieder mal eine verzwickte Angelegenheit.« Joe schilderte ihm den Fall vom Balkonsturz, inklusive Lienharts Harem und Steuerberater. Sie zeigte ihm Fotos von Lienhart und von Benning.

Leopold inspizierte die Aufnahmen. »Über den Lienhart haben meine Spezeln und ich schon letzte Woche spekuliert. Hat keiner von uns geglaubt, dass der sich selber runterg'haut hat.«

»Letzte Woche? Da stand doch noch gar nichts in der Zeitung.«

»Geh, Frau Inspektor, zu was brauch ich eine Zeitung? Der

Kerl war jedenfalls ein Hallodri. Aber Drogengeschäfte? Davon haben meine Spezeln nichts erzählt.«

»Wieso kennt ihn dann der Straßenfunk?«

»Ein ungeklärter Todesfall einer Halbprominenz? Da stellen wir schon die Lauscher auf. In dem Grätzel kenn ich einige Leute, da frag ich nach. Und der da? Hat ihn der um'bracht?« Er tippte auf die Aufnahme von Herwig Benning.

»Wissen wir nicht.«

»Das schick ich an meine Kontakte.« Er fotografierte beide Bilder mit dem Handy. »Jetzt aber zum gemütlichen Teil.«

Wo kam die Sturmböe her? Schlagartig jagten schwarze Wolken über den Himmel, dicke Tropfen prasselten herunter. »Ausgerechnet jetzt regnet es? Das brauch ich wie Nierensteine«, maulte Joe. Sie raffte mit Leopold Kipferl und Kaffee zusammen und flüchtete zum Theseustempel.

6

Ignaz Moser strahlte. »Herr Inspektor, Sie haben mir persönlich meine Sachen gebracht, das war sehr aufmerksam von Ihnen!«

Das Bewegen fielen ihm noch schwer, aber er hatte Grohsman einwandfrei erkannt. Ein vielversprechendes Zeichen. Es rührte Grohsman, wie ehrfürchtig Moser den Bären und das Foto seiner Frau auf dem Tischchen positionierte. »Schauen Sie, das ist der Waldi. Den gibt's jetzt auch schon lang nimmer.« Das Buch über Reinhold Messner legte er in die Lade. Dann sank er erschöpft zurück. »Ich bin noch immer so müde, tut mir leid …«

Jetzt noch rasch Sally holen und zurück ins Büro. Grohsman schlug den Kragen hoch – das Wetter passte zu dem Fall. Wechselhaft bis stürmisch, und jetzt auch noch regnerisch. Leider konnte Zina die Kleine heute Nachmittag nicht nehmen, im Mozart-Konservatorium waren Hunde nicht gestattet. Doch Sally störte das Wetter nicht, kläffend jagte sie ein paar Blätter, die der Sturm aufwirbelte. Sie tapste verspielt nach den Regentropfen.

Er trocknete seine Hündin ab und versteckte sie unter dem Schreibtisch, bevor er sich Aichhorns Nachricht widmete. Auf Mosers Tür befanden sich keine Fingerabdrücke, die zu dem versuchten Einbruch passten. Demnach hatte der Täter Handschuhe getragen. »Welche Überraschung«, murrte Grohsman.

»Die Einholung der biometrischen Daten der Partygäste zieht sich«, textete Agnes Drese. »Und sorry, ich konnte Zapletal gestern weder telefonisch noch persönlich erreichen.«

Den Mann musste Grohsman ohnehin wegen des Methadons kontaktieren. Bevor Nicky ihn auch noch in dieser Angelegenheit nervte. Okay, nicht ganz fair, den Angriff hatte er gestartet. Aus Frust, was alles schiefgelaufen war.

»Was war denn gestern los?«, fragte Zapletal aufgebracht. »Ich bin erst spät am Abend heimgekommen und hab das Polizeisiegel auf der Tür meines Nachbarn gesehen. Um Himmels willen, erst wird Lienhart umgebracht, dann landet der Moser im Spital, und jetzt erzählt mir wer im Haus, dass bei ihm eingebrochen worden ist! Kriegen wir im Haus auch einen Polizeischutz?«

Grohsman versuchte, ihn zu beruhigen. »Wir werden diesen Vorfall klären. Darf ich Ihnen eine persönliche Frage stellen? Wir haben bei Ihnen im Regal eine Schachtel Methadon gesehen.«

»Ach, das. Manu hatte vor ein paar Wochen einen Nervenzusammenbruch. Ganz tragisch. Seither hat er phasenweise an furchtbaren Kopfschmerzen gelitten. Geh zum Arzt, hab ich ihn aufgefordert. Schrecklich, Diagnose Tumor, irgendwas mit ›inoperabel‹. Vor lauter Schiss hat Manu sich Methadon besorgt. Hatte er aus dem Darknet. Ich hab nicht zuschauen können, dass er selbst an sich herumdoktert und draufgeht. Also hab ich ihm das Zeug weggenommen. Ich hätte es ihm erst wieder gegeben, wenn er beim Arzt über eine sinnvolle Therapie gesprochen hat. Da hatte er dann keine Wahl. Wissen Sie, was ihm der gesagt hat? Das war alles nur ein Beschiss, ihn hat jemand reingelegt. Ist das zu fassen?«

»Und das fanden Sie gestern nicht erwähnenswert?«, fragte Grohsman verärgert.

»Hören Sie, ich wollte nicht, dass Sie was Schlechtes über Manu denken. Ist doch nicht so einfach, sich so ein Zeug ohne Rezept zu beschaffen.«

»Sie kannten ihn offenbar besser, als Sie zugegeben haben.« Grohsman hatte den Eindruck, dass das auf einige Personen zutraf, die mit Lienhart zu tun hatten.

»Nicht wirklich«, meinte Zapletal leise. »Manu hat sich nie in die Karten schauen lassen.«

Sally wedelte aufgeregt mit dem Stummelschwänzchen, als Grohsman ein zweites fahrbares Whiteboard in sein Büro rollte. »Die Fälle Lienhart und Moser hängen aller Wahrscheinlichkeit nach zusammen. Ich brauche dennoch ein Whiteboard pro Fall, sonst verliere ich den Überblick«, murmelte er. Er marschierte auf und ab. Sally folgte ihm auf den Fersen.

Eine mögliche Entführung, Fahrerflucht – und dann ein Einbruch, der ebenfalls schiefging. »Doch getrennte Fälle ... eine Erbschaft?« Grohsman hatte auf den ersten Blick in Mosers Wohnung nichts Wertvolles entdeckt. Konnte Ulrich Zapletal hinter den Angriffen stecken? Der vorgab, seine Nachbarn nicht genau zu kennen, um dann nach intensivem Nachbohren erstaunliche Details preiszugeben. Aber welches Motiv hätte er?

Moser hatte auf das Foto von Herwig Benning panisch reagiert. Verwirrt. Hatte er den Steuerberater beobachtet und ihn mit dem Mord an Lienhart in Verbindung gebracht? Ein Beweisfoto geschossen und damit Benning erpresst? Dann hatte dieser Moser attackiert und wollte den Beweis vernichten. Und war unverrichteter Dinge geflüchtet, weil er gestört worden war. Überzeugte Grohsman nicht restlos, aber mit einer schlüssigeren These konnte er nicht aufwarten.

Wieder landete Grohsman in der Mailbox von Benning. Checkte der Mann die Nummer und drückte unliebsame Anrufer sofort weg? Immerhin erreichte Grohsman Bennings Frau Sandy.

»Keine Ahnung, wo Herwig ist«, versetzte sie genervt. »Wissen Sie, wir brauchen eine Auszeit.«

»Darf ich fragen, wen Sie mit ›wir‹ meinen?«

Sie blies hörbar die Luft aus. »Na schön. Herwig und ich haben uns vorübergehend getrennt. Ich bin für ein paar Tage in die Toskana gefahren, um mich von dem Stress zu erholen. Diese ständigen Anrufe der Polizei sind so ätzend!«, beschwerte sie sich.

Hatte Grohsman ihr gestattet, das Land zu verlassen? Na, er konnte es ihr nicht verbieten. Gestern in der Früh war sie losgefahren. Seither hatte sie keinen Kontakt zu ihrem Mann, auch nicht per SMS. Ließ sich sicher über die Handydaten überprüfen. »Welches Auto fährt Ihr Mann?«

»Einen dunkelblauen VW Tiguan.«

Ein SUV. War das Auto, in das Moser gezerrt worden war, nicht schwarz? So klar war Grohsmans Sicht auf dem Beifahrersitz aber nicht gewesen. So viel zum Thema Zeugenverlässlichkeit, musste er einräumen. »Frau Benning, wir lassen Ihren Mann zur Fahndung ausschreiben. Wenn er sich bei Ihnen meldet, raten Sie ihm, uns zu kontaktieren.«

Die Frau nahm die Nachricht mit einer Gelassenheit zur Kenntnis, die Grohsman irritierte.

7

Angenehme vierzehn Grad zeigte das Thermometer, zu warm für November. Um bei einer Rudersession den Kopf freizukriegen, waren die Bedingungen hingegen ideal. Wenn es nicht wie jetzt zu regnen anfing. Regen? Das war ein Wolkenbruch!

Nicky parkte ihre Piaggio, rannte auf das Clubhaus vom Ruderclub Odysseus zu. Doch dann blieb sie abrupt stehen und sog genussvoll den erdigen Geruch ein. Regen, der frisch einsetzte und auf trockenen Stein oder Erde traf. Petrichor. Diesen würzigen Duft sollte es als Aromatherapie geben. Wie hatte sie es als Kind geliebt, den Regen auf der Haut zu spüren!

Sie hob den Kopf und drehte sich im Kreis. Sorgen wegwaschen, hatte sie das als Teenager genannt. Es störte sie nicht, dass ihre Haare und Kleidung klatschnass wurden. Vor ihr hatte sich eine kleine Lache gebildet. Sie sah sich kurz um, ob sie jemand beobachtete. Bevor sie mit einem satten Platsch hineinhüpfte. Für einen kostbaren Augenblick lang Kind sein.

Aber wieso brannte im Bootshaus Licht? Nicky entdeckte den Vereinsobmann Paul Wiesner. Er machte sich an einem Vierer-Rennboot zu schaffen, das in zwei Böcken lag. Hinten im Eck stand Bella, neben ihr ein junger Mann. »Hallo, Nicky! Cool, dass du da bist! Das ist Mikey, mein neuer ... Ruderkumpel!«

Ach wie süß, beide Teenies liefen rot an. Nicky kannte Bella seit rund neun Jahren. Damals hatte sie eine kleine Bootstour geplant und zu spät bemerkt, dass »Odysseus« ein Sportruderclub war. Gegen Pauls Überredungskunst hatte Nicky jedoch keine Chance gehabt, wenig später war sie festgeschnallt im Boot gesessen. Mit Bella, damals eine pummelige Zehnjährige, und zwei weiteren Rudernovizen.

Paul trat zu Nicky. »Grüß dich! Wolltest du rudern gehen? Wird leider nichts. Aber wenn du magst, kannst du uns helfen. Moni hat uns im Stich gelassen. Die Wartung der Boote ist überfällig.« Der rüstige Pensionist hielt ihr einen Eimer Wasser, Polierwolle und Handtücher entgegen. »Wir haben grad erst angefangen.«

»Okay, wieso nicht.« Nicky nahm ihm den Kübel ab und putzte die Rollschienen. Mit dem modrigen Geruch im Bootshaus kehrten ihre trüben Gedanken zurück.

Paul traktierte das Boot mit einem Gartenschlauch. Dann holte er zwei Mikrofasertücher und reichte eines davon Nicky. »Bist heut so schweigsam. Wo zwickt denn der Schuh? Oder magst nicht reden?«

Nicky wischte das Boot vom Bug in Richtung Heck. In einer streichenden Bewegung, nie kreisend, hatte Paul ihr eingebläut. »Ist grad wieder viel los.«

»Bei dir ist immer viel los«, foppte sie Paul. »Ist deine Freundin noch immer in Deutschland?«

»Nein, schon wieder. Sie war auf Kurzbesuch hier.« Pascal fuhr mit Sicherheit auch bald heim, mit seinem neuen Hund. Und sie? Schlug sich mit komplizierten Fällen, Patienten und Ermittlern herum. Sie polierte wie wild an einem imaginären Fleck.

»Du wienerst noch ein Loch ins Boot, Mädel! Komm, wir gehen jetzt ins Stüberl auf einen Kaffee. Oder auf einen Tee.« Nicky trottete hinter Paul her.

»Also, was ist los?« Paul stellte eine Tasse vor Nicky.

Der Tee streichelte ihre Seele. Ein echter Yorkshire Tea, den sie dem Club gespendet hatte. Sie nahm den Becher in beide Hände. »Ich hab grad einen merkwürdigen Patienten. Und nein, worum es geht, kann und darf ich nicht sagen. Leider.«

»Du, wenn der dich bedroht …«

»Tut er nicht.« Konnte sie sich da so sicher sein? Fuchs unterschätzte gelegentlich seine Kraft, wenn er giftig war. Einmal hatte er sein Wasserglas mit einer derartigen Wucht auf den Boden gesetzt, da hatte ihn ein Glassplitter am Bein verletzt. Das hatte geblutet! Litt er doch unter einer Impulskontrollstörung? Nein. Schon gar nicht an einem Tumor. Und um ein Attest zu fälschen, war Fuchs zu simpel gestrickt. Energisch schob sie den Gedanken zur Seite.

»Dein Gesichtsausdruck überzeugt mich nicht. Du bist doch ganz allein in der Praxis. Kannst du nicht deinem Polizisten Bescheid geben?«

»Das geht auf keinen Fall!« Ihre Antwort kam schärfer als geplant. Etwas milder fügte sie hinzu: »Wenn Felix merkt, dass ich Schiss vor jemandem habe, war's das mit meiner Beratertätigkeit.« Lahme Ausrede. Paul schien sie dennoch zu schlucken.

»Du wirst schon wissen, was richtig ist. Mir fällt nur auf, früher warst du selten im Ruderclub. Aber in den letzten Monaten kommst du zwei, drei Mal die Woche. Weißt du, ich freu mich, wenn du da bist. Aber dir fällt doch die Decke auf den Kopf, das sieht ein Blinder aus zwei Kilometer Entfernung.« Er tätschelte väterlich ihre Hand, eine Berührung, die Herzenswärme und Fürsorglichkeit ausstrahlte.

Seit Sonja in Deutschland war und ihre Freundinnen sie immer seltener anriefen – »weil du eh nie Zeit hast« –, beschränkte sich ihr Wirkungskreis auf Praxis, Polizeirevier und gelegentlich den Ruderclub. Das Wort »Beziehung« kannte sie nach den letzten Pleiten nur noch aus dem Lexikon. Oder aus Therapiegesprächen. »Ich muss an meinem Zeitmanagement arbeiten.« Und als ersten Schritt diesen Fall abgeben?

Als sie den Club verließ, spannte sich ein gewaltiger Regenbogen über den Himmel – wie eine Brücke über die Alte Donau. Nicky hielt den Moment mit ihrer Handykamera fest.

8

»Liebe Frau Johanna, kennen Sie mich noch? Hier spricht Marie Rettenbach.«

Und ob sich Joe an die Besitzerin des gleichnamigen Palais erinnerte. »Frau Johanna«, so durfte nur die »Gräfin« sie nennen. Die »Omi« vom dramatischen Pianistenmord im letzten Jahr. »Frau Rettenbach, natürlich! Was kann ich für Sie tun?«

»Sie haben mich ersucht, Sie zu meinem Musiksalon einzuladen. Samstag in einer Woche bieten wir ein Programm, das Ihnen gefallen könnte. Grażyna Taras, nein, Zina spielt polnische Klaviermusik von Feliks Nowowiejski. Der Herr Felix, Ihr Chef, kommt auch. Die Parallele der Vornamen fanden wir charmant. Vielleicht fällt bei ihm dann der Groschen.«

Ob es der Gräfin gelang, den Boss mit Zina zu verkuppeln? Von diesem Komponisten hatte Joe noch nie gehört. War das »ihre« Musik? »Da muss ich im Kalender nachsehen«, antwortete sie zögernd.

»Der zweite Programmpunkt könnte Ihnen besonders zusagen. Ein junger Künstler aus Wien, der den Salon aufmöbeln wird. Max Valentin heißt er. Der spielt öfters in dem ›Schuppen‹, wie er es nennt, den doch auch Sie gelegentlich frequentieren.«

Der Valentin bei der Gräfin! Ziemlich funky-jazzy, sein Stil. Der geigte öfters im Aex auf – die Dame hatte es sich gemerkt, dass Joe den Laden mochte? »Das ist cool ... Ich meine ... Das klingt ansprechend!« Gegenüber der Lady war ein noblerer Ton angesagt. »Die Sache ist nur die – ich glaube, mein Boss hat derzeit keinen Bedarf, mir bei einer privaten Veranstaltung zu begegnen.«

»Wieso denn das?«

»Na ja, ich hab ein bisschen Mist gebaut.« Sie schilderte der Gräfin den Unfall. Dass sie Muffensausen vor den Konsequenzen hatte, wo ihr doch ohnehin bald eine Anhörung bevorstand. Weil sie impulsiv gehandelt und eine Dienstanweisung missachtet hatte. Erneut. »Aber ich kann doch nicht tatenlos herumstehen, wenn eine Frau um Hilfe ruft«, beendete sie die Ausführung über diese Episode.

»Aha. Warum gehen Sie nicht zu Ihrem Vorgesetzten, um die Geschichte auszubügeln?«

»Zu Felix? Ja eeeh.« Hatte Joe ohnehin am Montag vor.

»Nein. Zu Ihrem ›Gottsöbersten‹, wie Sie ihn bezeichnet haben. Der Sie im Visier hat. Fronten zu klären, ist immer das Beste. Eine Entschuldigung, eine Runde Bier, und die Welt sieht fröhlicher aus.«

Ein Gespräch mit dem Ungerböck? Bitte, wer ging zu dem freiwillig? Oder hatte die Frau recht? Die Rettenbach war ein Original. Und ihr Gedächtnis war mindestens so unfassbar wie ihr Musiknetzwerk. Der Max Valentin in ihrem Salon! Wahnsinn. Die Gräfin schaute eben über den Tellerrand.

Sollte Joe einen Schuss ins Blaue versuchen? »Frau Rettenbach, Sie kennen in der Musikbranche doch Gott und die Welt. Ist Ihnen ein Manuel Lienhart untergekommen? Früher DJ, jetzt auch Entertainer. Und Sänger.« Nicht der Dunstkreis der Rettenbach. War Max Valentin jedoch auch nicht.

»Ich glaube, den habe ich kennengelernt. Ich kontrolliere schnell im Internet, ob ich da was verwechsle.«

Joe schmunzelte bei der Vorstellung, wie die alte Dame »mal schnell« im Computer recherchierte. Krass.

»Hallo, sind Sie noch dran, Frau Johanna? Ja, ich erinnere mich richtig. Der Kerl ist im Salon einfach ohne Einladung aufgetaucht. Unter dem Vorwand, junge Talente zu entdecken.

Aber ich hab mich umgehört. In Wahrheit hat er nur abgeräumt.«

Talente? Abgeräumt? »In welcher Form?«

»Er tritt auch bei Hochzeitsfeiern auf. Für die Trauungen selbst hat er in der Orgel- und Gesangsszene einige Neulinge um sich geschart und das Ganze dann als Gesamtpaket verkauft. Für diese Packages hat er ordentliche Summen verlangt, den jungen Künstlern hat er aber nur einen Hungerlohn abgetreten.«

Die Geldbeträge im Tresor? Das warf ein komplett neues Licht auf den Fall. »Und darf ich fragen, woher Sie das wissen?«

»Ach, in der Studentenszene bin ich ganz gut verankert. Ich zahl schließlich eine anständige Gage, wenn ich Künstler in meinen Salon einlade. Für die jungen Leute fungiere ich dann oft als Klagemauer. Dem Lienhart kann halt niemand etwas beweisen, weil bei ihm nichts auf Rechnung läuft.«

Hat ihn deshalb jemand im Zorn vom Balkon gestoßen? Drastische Maßnahme. »Danke, das hilft uns weiter.«

»Gern geschehen, Frau Johanna. Dieses Spezialwissen bügelt hoffentlich Ihr kleines Malheur aus.«

Dieses Geschäftsgebaren bot kein klassisches Mordmotiv. Aber unter Umständen den Grund für Lienharts Barvermögen. Wie doof, dass sie dieser Frage im »Homeoffice« nicht nachgehen konnte. Kienzles Laune war bestimmt am Nullpunkt, weil Joe ausfiel. Sie machte sich auf eine verbale Ohrfeige gefasst.

»Gregor, tut mir leid, dass ich außer Gefecht bin. Am Montag komme ich eh wieder. Lienhart hat angeblich Musikpackages für Hochzeiten vermittelt und dabei abgecasht. Weil vieles schwarz gelaufen ist. Findest du dazu Belege in den Bankunterlagen und in seinen Ordnern? Was er tatsächlich kassiert hat und wie viel er davon den anderen Musikern ausgezahlt hat?«

»Hm, hoffentlich sind die unter einem Verwendungszweck verbucht, den man zuordnen kann. ›Hochzeit‹ oder ›Firmenfeier‹ hab ich öfters als Zahlungseingang gefunden. Aber korrespondierende Zahlungsausgänge ohne Namen? Wird nicht einfach.«

Kein Anpfiff? Kam der erst, wenn Joe wieder im Büro war? »Es müssten Abmachungen mit den Auftraggebern existieren. E-Mails oder sogar Verträge. Das kann nicht alles mündlich gelaufen sein. Ich würde ja vorbeikommen, um nachzusehen, aber ...«

»Ich frag Agnes Drese. Sie unterstützt uns jetzt«, meinte Kienzle. Ohne Murren oder schnippischen Unterton.

Erstaunlich rasch kam eine E-Mail von Agnes. »Hallo, Joe! In einem von Lienharts Ordnern existiert eine Sparte ›Co-Musiker‹, mit einer Telefonliste, auf der Name und Instrument oder Stimmlage vermerkt sind. Hab seinen Kalender eingehend untersucht und zusätzlich im Internet recherchiert. Er hat definitiv nicht jeden Auftritt in Rechnung gestellt oder als Zahlungseingang verbucht. Deine Vermutung stimmt also, Lienhart hat schwarz gearbeitet. Für einen Steuerprüfer wären die Unterlagen ein Volksfest gewesen. In den Bankunterlagen tauchen ein paar Kunden auf, die eine Rechnung verlangt haben. Im Kalender hat er meistens auch die anderen Musiker vermerkt. Da zeigt sich, was Lienhart offiziell kassiert und was er an andere Musiker weiterverrechnet hat. Diese Daten hab ich in die Telefonliste eingetragen. Da rufen wir uns mal durch.«

Hey, die Kollegin war auf Zack. »Wenn du mir die Liste schickst, kann ich das Anrufen übernehmen. Mein Mundwerk funktioniert einwandfrei.«

»Cool, dann widme ich mich wieder den Ordnern.«

Die Aussagen der Künstler fielen einheitlich aus: Viele Youngsters waren zunächst dankbar gewesen, für einen Auftritt überhaupt Geld zu bekommen. Auch wenn die Bezahlung lausig und das Repertoire »zum Schmeißen« war. »Nichts für ungut, aber hundert Euro für ›Ave Maria‹, ›Ave verum‹ und ›Ombra mai fu‹. Sich mit drei Arien monatelang herumzuschlagen, da versumpert man.«

Warum sie mitgemacht hatten? Weil Lienhart ihnen größere Auftritte versprochen hatte, sobald sie über ausreichend

Erfahrung verfügten. Eine glatte Lüge. Die meisten hatten zu Lienhart angeblich keinen Kontakt mehr.

Moment, da stand eine Lydia Zams auf der Liste. War das die »Ich-schieb-mal-schnell-eine-Nummer«-Lydia? Joe durchforstete das Netz. Eindeutig die gleiche rothaarige Frau.

Kienzle rief an. »Joe, Respekt. Da bist du auf einen Sumpf gestoßen. Lienhart hatte für diese Geschäfte einen eigenen E-Mail-Account. Das hat eine Weile gedauert, den zu knacken, hat sich aber gelohnt. Der Knabe hat im ganz großen Stil beschissen! Verlangt sechshundert Euro für die Trauungszeremonie für Orgel und Gesang und weitere sechshundert für die Feier danach. Zahlbar in bar. Wenn überhaupt, hat er Rechnungen über sechshundert – nicht tausendzweihundert! – Euro ausgestellt. Laut Rechnungen hat er vierhundert für ›Orgel und Gesang‹ ausbezahlt, wieder in bar. Die restlichen zweihundert hat er aufs Konto eingezahlt, mit der korrespondierenden Rechnungsnummer.«

Rasch überschlug Joe die Summen. »In Wahrheit haben die Musiker je hundert bekommen. Der hat also pro Event zweihundert Euro der Finanz gemeldet, und den Rest ...« Sie griff nach dem Taschenrechner. Tausendzweihundert in bar. Zweihundert an die Musiker. Zweihundert aufs Konto. »... Achthundert eingestreift. An der Steuer vorbei. Fragt sich, ob Benning als sein Steuerberater davon wusste.«

»Zumindest in Ansätzen, das geht ebenfalls aus der Korrespondenz hervor. Und jetzt rate mal, wen ich in den Mails gefunden habe.«

Die Antwort konnte Joe sich denken. »Lydia Zams. Seine letzte Sexpartnerin.«

»Na geh, Joe, woher weißt du das schon wieder?«

»Weil Agnes mir die Telefonliste geschickt hat. Ich will euch schließlich nicht komplett hängen lassen.«

»Dann gehen wir mal der Fährte nach. Und wenn der Chef zurückkommt von seinem Ausflug, haben wir den Fall gelöst. Hoffentlich.«

»Ausflug?«

»Ja. Zum Friedhof. Er wollte erst absagen, weil der Fall Vorrang hat. Agnes und ich konnten ihn aber überzeugen, dass wir in seiner Abwesenheit die Stellung halten. Felix braucht unbedingt mal eine Auszeit.«

Sollte Joe sich über Kienzles Friedfertigkeit wundern? Er hatte ihr geholfen, ohne seinen üblichen Missmut zu verbreiten. Nicht einmal ein Seitenhieb wegen ihres Unfalls und weil er heute für drei Leute hackelte. Gregor war immer wieder für eine Überraschung gut.

9

Langsam bog der Fiaker auf die Hauptstraße des Zentralfriedhofs. War ein spezieller Tag. Der fünfundzwanzigste Todestag von Grohsmans Freund Josef. Und Caro hätte heute ihren dreiundfünfzigsten Geburtstag gefeiert. Beide hatten hier ihre letzte Ruhestätte gefunden. Ironischerweise hatte Grohsman seine Caro bei Josefs Begräbnis kennengelernt. Nachdem ihm mitten in der Grabrede die Stimme versagt hatte und er einfach davongelaufen war. Sie war ihm nachgeeilt. Noch heute hatte er ihr tapferes Lächeln vor Augen. Und wie er unbeholfen mit einem Taschentuch ihre verschmierte Wimperntusche abgewischt hatte. Just in diesem Moment hatte ein Sonnenstrahl ihre Nase gekitzelt – wie kitschig! Sie hatte geniest. Der Sonnenstrahl hatte ihn nicht nur äußerlich gewärmt, zum ersten Mal seit Josefs Tod hatte Grohsman herzhaft gelacht.

Zina hatte ihm schon vor Wochen versprochen, ihn auf diesen Ausflug zu begleiten. Und weil sie von einer Fiakerrunde durch den Friedhof schwärmte, hatte er die Kutschenfahrt organisiert. Die fand im November nur bei passendem Wetter statt. Was für ein Glück, der Wolkenbruch war vorbei, die Spätnachmittagssonne tauchte das Gelände in ein episches Licht.

Grohsman lauschte dem Klang der Pferdehufe. Und den Erklärungen des Kutschers, der eben an den Ehrengräbern entlangfuhr. »Hier liegen Beethoven, Schubert und Brahms begraben. Auch das Ehrendenkmal für Mozart befindet sich hier. Dessen sterbliche Überreste liegen jedoch am St. Marxer Friedhof, in einem der Sammelgräber – wo genau, weiß man nicht.« Die Wiener Bevölkerung liebte es, wenn sich düstere Geheimnisse um den Tod rankten. Grohsmans Bedarf an diesen geheimnisumwitterten »Raubersg'schichten« war jedoch gedeckt, damit hatte er jeden Tag in seinem Job zu tun.

Die Mahnmale neben den Ehrengräbern hätte Grohsman heute gerne ausgelassen. Kriegsopfer, Opfer des Nationalsozialismus. Die Opfer des verheerenden Ringtheaterbrands. Damals entstand die Wiener Schule der Kriminalistik, die das Identifizieren der verkohlten Toten anhand der Gebisse entwickelt hatte. Ein Verfahren, das bis heute angewendet wurde.

Am schlimmsten war für ihn der Babyfriedhof. Kein beschwingtes Hufklappern konnte die Gedanken zertreten. An Caros furchtbare Fehlgeburt. Sie war auf einer vereisten Treppe ausgerutscht und hatte nicht nur das Baby verloren. Nie wieder Kinder. Ihre sanfte Heiterkeit hatte sie trotz allem behalten. Nur jeweils am Jahrestag des Unfalls hatte sich ihr Gemüt umwölkt. Bis sie vor rund vier Jahren mit einem Welpen heimgekommen war. Sally. Ein dunkelgraues Fellbündel mit heller Stirnlocke und weißen Pfotenspitzen. »Schimpf nicht mit mir. Ich brauch die Kleine«, sagte sie mit einem zaghaften Lächeln zu Grohsman. Er hatte die Hündin sofort ins Herz geschlossen.

Grohsman und Zina hatten sich nach der Fahrt in den Park verkrümelt, auf den Platz der Ruhe. Natürlich hatte er ihr den ironischen Zusammenhang dieses Tages erklärt, von Josefs tragischem Ende und der Begegnung mit Caro erzählt. Wieder verselbstständigten sich seine Gedanken. Ob es ernsthafte Zweifel an Josefs Suizid gab, hatte er sich wiederholt gefragt. Außer der Aussage seiner Schwester. Was hatte es auf sich mit diesem »mysteriösen Mann«, den sie angeblich öfters gesehen hatte? Ein Motiv für ein Tötungsdelikt hatte sie nicht nennen können. Wie auch, Josef hatte ein unaufgeregtes Leben geführt, das für ihn durch die Oper erhellt worden war. Über Sängerstimmen hatte er oft harsch geurteilt. Würde das gelegentlich fanatische Wiener Publikum aber jeden spitzzüngigen Kritiker gleich umbringen, müsste eine eigene Soko für diese Fälle errichtet werden.

»Denkst du gerade an deine liebe Frau oder an deinen Freund?«, riss Zina ihn aus den Gedanken. »Es tut mir so leid. Für mich ist der Zentralfriedhof ein friedlicher Ort, an dem die Menschen ihre Ruhe finden. Sowohl die unter als auch jene über der Erde.«

»Und ich muss immer daran denken, wer hier wohl wie gestorben ist. Und wie viele unentdeckte Verbrechen es da geben könnte.« Fast wäre Lienhart einer dieser Fälle gewesen.

Sie legte ihm die Hand auf die Schulter. »Zeigst du mir das Grab deiner Frau? Und dann besuchen wir deinen Freund?«

»Natürlich.«

Sie schlenderten den Weg entlang. Früher hätte es sich seltsam angefühlt, mit einer anderen Frau das Grab zu besuchen. Er bezweifelte zwar, dass Caros Geist auf dem Stein saß und beobachtete, wer sie wann und mit wem besuchte. Und selbst wenn …

»Versprich mir, dass du nicht als verbitterter ewiger Witwer endest«, hatte Caro ihn aufgefordert. Grohsman stellte ein Blumengesteck mit einer Protea in die Vase. Caros Lieblingsblume. »Alles Gute zum Geburtstag, mein Herz«, flüsterte er und zündete eine Kerze an.

Auf Josefs Grab legte er eine weiße Rose. Diese Blume hatte sein Freund stets seinen Lieblingssängerinnen überreicht. Der Freni, der Gruberova. Oder der Norman, die nur zwei Vorstellungen an der Staatsoper gesungen hatte. Und vielen anderen Idolen. Über Sängerstimmen waren sich Grohsman und Josef nie einig gewesen. Wie oft hatten sie darüber hitzig diskutiert? Nächtelang? Doch einmal hatte Josef Grohsmans Favoritin Kiri Te Kanawa voll Anerkennung eine Rose überreicht. Weil selbst er von ihrer »Arabella« berührt gewesen war.

Grohsman nickte seinem Freund zum Abschied zu und wandte sich ab.

Sie waren schon fast beim Ausgang, als zwei Männer in geschätzt zwanzig Metern Entfernung Grohsmans Aufmerksamkeit auf sich zogen. Ihr wildes Gestikulieren sah nach heftiger Debatte aus. Aber, war das nicht …

»Zina, warte bitte hier. Ich muss …«

»Was ist? Du siehst aus, als hättest du ein Gespenst gesehen! Verzeih diesen dummen Witz.«

»Kein Gespenst. Einen sehr realen Menschen.« Grohsman sprintete los.

10

Zum Kuckuck, warum hören diese Gedanken nicht auf? Ich will gar nicht, dass mir weitere Einzelheiten einfallen. Wenn diese Bilder auftauchen, hol ich mir ein Bier. Nein, blöde Idee. So viel kann ich gar nicht saufen, dass ich das vergesse. Na geh, ich merk mir doch sonst nichts.

In der Zeitung steht nichts Neues über den Mord. Heißt das, die haben keine Spur? Können die mir was nachweisen? Fingerabdrücke auf der Türklingel? Nein, ich hab Isi erzählt, dass ich die abgewischt habe.

Soll ich doch mit der Psychofrau reden? Die hat mir gesagt, dass die Schuldgefühle später kommen. Und dass ich zur Polizei gehen soll. Na sicher nicht.

Heute geht meine Frau doch nicht ins Fitnesscenter. Ein gemütlicher Tag zu zweit, das wär's. Aber sie fragt ständig, warum ich so bekümmert schaue. Aus, ich will nimmer nachdenken!

11

Die Gestalt auf dem Friedhof sah aus wie Herwig Benning. Grohsman versuchte vergeblich, ihm nachzuhetzen. Beide Männer waren auf Grohsman aufmerksam geworden und losgerannt. Die Grabsteine und das Buschwerk boten ausreichend Verstecke. Bennings Telefonnummer hatte Grohsman eingespeichert. Zwecklos, keine Verbindung. So dumm war der Kerl nicht. Mittlerweile hob auch Sandy Benning nicht mehr ab.

Grohsman hatte die Spur verloren. Er musste die Kollegen von der Fahndung verständigen. »Ich glaube, ich habe Herwig Benning auf dem Zentralfriedhof gesehen. – Genau, den ich zur Fahndung ausgeschrieben habe. – Haha, sehr witzig, nein, natürlich lebend. Er hat sich aus dem Staub gemacht.«

Grohsman ging zurück zur Bank, auf der Zina saß. Hockte sich schweigend daneben. So hatte sie sich den Ausflug bestimmt nicht vorgestellt. »Tut mir leid, Zina«, fing er an.

»Ach, mit dir ist einem nie langweilig. Oder ist die Situation gefährlich, brauche ich Polizeischutz?«, neckte sie ihn.

Polizeischutz! Grohsmans Synapsen feuerten. »Kriegen wir im Haus auch einen Polizeischutz?«, hatte Zapletal gefragt. *Auch.* Weil er von den Polizisten vor Mosers Krankenhauszimmer wusste? Wer hatte ihm davon berichtet? Grohsman suchte fieberhaft nach der Handynummer. »Herr Zapletal, was meinten Sie damit, ob Sie *auch* einen Polizeischutz bekommen? Auf wen hat sich das ›auch‹ bezogen?«

»Na jaaa, also, das war dahingesagt«, versuchte der Mann, sich herauszureden. Nach einigem Stottern gab Zapletal zu, dass er mit Moser telefoniert hatte.

»Und er wusste, dass zu seinem Schutz Beamte vor der Tür postiert sind?« Dann hatte Moser lichte Momente. »Wieso hat er davon erzählt, was haben Sie ihn gefragt?«

»Ob er etwas braucht. Hat er verneint, er liegt hier eh nur herum und sieht fern, hat er gemeint. Aber dann hat sich die Stimme verändert, und er hat wirres Zeug von sich gegeben. Dass er im Internat ist und vor seiner Tür blaue Ritter stehen. Was er mit dem Internat meint, weiß ich nicht. Aber die Uniformen der Polizei sind blau, da habe ich zwei und zwei zusammengezählt.«

»Haben Sie das Wort ›Unfall‹ erwähnt?«

»Nein. Sicher nicht.«

Wieder dieser Trigger – aber ohne Erwähnung des Unfalls. Grohsman rieselte es kalt über den Rücken. Moser hatte vor einem »bösen Mann« gewarnt – und dabei das Foto von Benning in der Hand gehalten. War Benning der »böse Mann«? War er im Spital aufgetaucht?

12

Was hatte der Boss getextet? Benning war nach einer heftigen Diskussion mit einem unbekannten Mann auf dem Zentralfriedhof verschwunden. Das roch doch nach ... Schluss, sie war im Krankenstand. Außerdem musste sie die Wohnung für den Besuch ihrer Mutter auf Vordermann bringen. Vier Tage wollte sie bleiben. Joe kam mit ihr gut aus, solange die Frau in Amstetten blieb und sich mit Besuchen auf einen Kaffee zufriedengab. Na, ein bisschen Zeit zum Aufräumen blieb noch. Joe war zwar ordnungsliebend. Aber nicht so klinisch sauber wie ihre Mutter.

Sie schaute aus dem Fenster, das wieder mal geputzt werden musste. Die letzten Sonnenstrahlen senkten sich über die Stadt. Passte gar nicht zu ihrer Stimmung. Sie hatte ein wenig Schiss vor der Gardinenpredigt am Montag. Wieso passierte immer ihr so ein Schmarren? Dieser ganze Fall – sogar Nicky und der Boss kriegten sich in die Wolle.

Gestern hatte sie Red Hot Chili Peppers gehört, in voller Lautstärke. Danach war's ihr besser gegangen. Ob ihr jetzt laute Musik half? Zu spät. Dieses energische Klingeln, das konnte nur ihre Mutter sein. Jetzt schon? Joe machte sich bereit für die nächste Predigt und öffnete zaghaft die Tür. »Hallo, Mama.«

Aber, was war denn mit ihrer Mutter los? Seit Adam und Eva trug sie eine Hausfrauendauerwelle Marke »Mutter-Beimer-Gedächtnislook«. Die war einem schnittigen Bob gewichen. Und die Haarfarbe, die sonst zwischen einem fröhlichen Mausgrau und einem bestechend natürlichen Ockergelb gelagert war, hatte sie rauswachsen lassen. Das Silber sah so edel aus. Und ihre Kleidung! Das Alltagsgeblümel ihrer Kittelschürze hatte sie gegen ein kesses Ensemble in Rostrot getauscht, das ihre

Figur betonte. Apropos Figur: »Sag, trainierst du neuerdings? Du siehst toll aus!«

»Findest du?« Ihre Mutter drehte sich schwungvoll im Kreis. »Weißt du, Johanna, du sagst doch immer, ich bin noch nicht zu alt für die Liebe. Du hast recht! Wenn ich ewig nur zu Hause in Amstetten hocke, sehe ich nichts Neues. Also hol ich mir ein bisschen Inspirationen aus Wien. Ein bisschen Farbe in den Alltag.«

Konnte Joe nachvollziehen. Seit dem Tod von Joes Vater hatte sich ihre Mutter in ihren vier Wänden verbarrikadiert. Bis vor einem halben Jahr hatte das einzige Ziel ihrer Mutter darin bestanden, Joes Hochzeit mit irgendeinem Dorftrottel auszurichten. Wenigstens das hatte die Frau aufgegeben.

»Hört sich gut an. Nur, wir haben gerade wieder einen Fall zu bearbeiten. Sehr knifflig und zeitintensiv.« Dass Joe dabei einiges verbockt hatte, verschwieg sie. »Ich werde also zwischendurch arbeiten müssen. Und bevor du fragst: Nein, ich bin nicht ernsthaft verletzt. Das Gelenk ist nur zur Sicherheit eingebunden.« Sie hielt ihre Hand in die Höhe.

»Da bin ich erleichtert. Und du musst dir keine Sorgen machen. Ich habe nicht vor, dir auf die Pelle zu rücken. Schön hast du's hier! Die Vorhänge sind neu, oder? Sehr hübsch, diese zarten Sonnenblumen.«

Das waren völlig neue Töne. Überhaupt … Leopold war neu gestylt, und jetzt ihre Mutter. Und Joe? »Du hast keine Frisur, sondern Haare«, hatte eine Freundin sie mal aufgezogen. Waren eben praktisch, die kurzen Haare. »Ich hab übrigens Spaghetti Bolognese gemacht. Also, die Nudeln muss ich noch kochen. Hast du Lust? Und dazu …«

»… ein schönes Glas Bier? Das ist ganz lieb von dir. Ein peppiger Einstieg in mein Wien-Abenteuer!«

13

»Hallo, Nicky, hier spricht Felix. Nur zur Information: Ich fahre jetzt zu Moser und zeige ihm noch einmal ein Foto von

Benning. Und befrage ihn absichtlich, wie ›dieser Internats-lehrer‹ heißt. Er hat mitten im Telefonat mit seinem Nachbarn vom Internat gesprochen, das Wort ›Unfall‹ ist nicht gefallen. Jetzt habe ich Sorge, Benning könnte der ›böse Mann‹ sein. Und im Spital herumgeistern, um Moser mundtot zu machen.«

Fast musste Nicky nach Grohsmans Redeschwall Luft holen. Ob es ein Partyfoto mit Dominik Fuchs gab? Sie suchte eine Bestätigung für das Alibi ihres Klienten. Einen Beweis, dass er in Mosers Zwischenfall nicht involviert war. »Soll ich mit-kommen? Ich kann in einer halben Stunde dort sein.«

»Passt. Bis später.«

Vor Mosers Zimmer fragte Grohsman die beiden uniformierten Beamten, ob der Patient Besuch gehabt hatte. Nicky entging nicht die Sorge in seiner Stimme.

»Nein, nur Ärzte und Krankenschwestern. Sonst war alles ruhig«, antwortete der Ältere der beiden.

»Und einer von uns war ständig hier, Ehrenwort!«, ergänzte der Zweite eifrig.

»Danke. Nicky, bitte führe du die Befragung von Moser durch. Bevor ich wieder Fehler mache. Frage ihn auch nach seinem Heimhelfer, Xaver Wondrasch.«

Hatte sich die Nebenbemerkung zynisch angehört? Nein, eher resignierend. »Den hast du vor Mosers Wohnung angetrof-fen, richtig?«, hakte Nicky nach. »Denkst du, er hat versucht, seine Tür aufzubrechen?«

»Eigentlich nicht. Zeigt uns aber, wie klar unser Zeuge ist.«

Moser saß aufrecht in seinem Krankenbett und verspeiste eine Orange. Der Krug mit der roten Flüssigkeit – Himbeersaft? – war halb voll, ein Becher Kakao leer getrunken.

»Guten Abend, Herr Moser«, begrüßte Nicky ihn be-schwingt. Sie stellte zwei Sessel zum Bett und setzte sich. Grohs-man nahm neben ihr Platz.

»Jö, endlich kommt Besuch. Auch wenn's nur die Polizei ist. Hier ist es so stinklangweilig. Wann darf ich heim?«

Ein erfolgversprechender Start. Moser sprach mit fester

Stimme, Blick fokussiert. Die Infusionen hatten angeschlagen, seine Gesichtsfarbe war fast schon rosig. »Das fragen Sie am besten Ihren Arzt. Übrigens, herzliche Grüße von Herrn Wondrasch!«

Moser schien kurz nachzudenken. Dann erhellte sich sein Gesicht: »Ah, der Xaver! Das ist aber lieb. Hoffentlich gießt er meine Blumen.«

»Natürlich!« Nicky bemerkte aus dem Augenwinkel Grohsmans Stirnrunzeln. »Wir wollten Sie noch etwas fragen ... Dieses Foto hier, erkennen Sie den Mann?«

Nicky reicht ihm ein Bild von der Party, auf dem Benning deutlich zu sehen war. Und Dominik Fuchs im Hintergrund, wenn auch nur unscharf. »Er ist heute so gut drauf. Vielleicht kommt die Erinnerung zurück«, flüsterte sie Grohsman zu.

Der alte Mann nahm das Foto, setzte die Brille auf und betrachtete es. Kratzte sich am Kopf. »Aber ja. Das ist der Herwig. Der hilft dem Lienhart bei der Steuer. Mir auch. Na ja, nicht bei der Steuer, aber beim Energiebon oder wie das heißt. Geht ja alles nur mehr mit diesen elektronischen Kasteln, da kenn ich mich nicht aus.«

Grohsman rutschte auf seinem Sessel näher. »Haben Sie Herwig auch am Sonntag gesehen, am Tag der Party?«

»Ich war auf keiner Party. Meine stürmischen Tage sind vorbei.« Moser kicherte.

»Und gestern?«, hakte Felix nach.

»Nein, ich glaub nicht. Was war denn gestern?« Moser zog die Augenbrauen zusammen. Er starrte auf das Foto.

»Ihr kleiner ... Unfall?«

Okay, Grohsman hatte Nicky wegen der Suggestivfragen vorgewarnt. Aber ausgerechnet jetzt?

Das Bild schlitterte auf die Bettdecke. »Was für ein Unfall? Ich bin hier wegen der Luise. Da hab ich's näher, sie ist ja leider krank. Ich muss dann auch schnell wieder zu meinem Hund. Dem Waldi.« Er zeigte auf das Foto seiner Frau mit dem Dackel, das auf seinem Nachtkästchen stand. »Mit dem Hunderl bin ich wenigstens nicht ganz allein. Dem kann ich alles erzählen.«

Die Stimme klang rau. Na herzlichen Dank, die Befragung konnten sie abhaken. Moser hatte sich wieder in seine Scheinwelt zurückgezogen. Nicky beobachtete, wie sich seine Augen umwölkten und in die Ferne blickten. Was sah er dort? Er nahm noch einmal das Foto in die Hand. »Das könnte der Wurz sein, oder? Der hat mir manchmal gegen den Gstöttner geholfen.«

Auffällig, wie Moser in seiner Illusion zwischen Internat und seiner Frau wechselte, obwohl es sich um zwei unterschiedliche Zeitebenen handelte. Nicky vermutete ein Trauma, das er in seiner Schulzeit erlitten hatte. Und die Erinnerung an Luise spendete ihm Trost? Was, wenn sich der »böse Mann« im Spital herumtrieb, wie Felix befürchtete? »Herr Moser, haben Sie Herrn Wurz oder Herrn Gstöttner hier gesehen?«

»Hier im Internat? Na ja, die unterrichten da. Aber ich bin ja krank, also kann ich nicht am Unterricht teilnehmen.« Seine Hand zitterte. Wieder nur die linke.

»Hat er Sie besucht? Oder angerufen?«

»Im Fernsehen hab ich ihn gesehen. Weiß nimmer, wann.« Erschöpft sank er in sein Kissen und schloss die Augen. Innerhalb nur weniger Minuten hatte sich Mosers Zustand abrupt verschlechtert. Nicky kontrollierte seinen Puls. Sie stand erst auf, nachdem er sich beruhigt hatte. Moser war eingeschlafen, seine Gesichtszüge entspannten sich.

Draußen hatte sich der Nachthimmel über die Stadt gebreitet. Für Nickys Geschmack wurde es viel zu früh finster. Aber die ersten Sterne, die am Firmament blinzelten, stimmten sie versöhnlich. Pascal fiel ihr ein, der die Sternbilder benennen konnte. Wolken zogen über den Himmel, mit ihnen wanderten Nickys Gedanken wieder zum Patienten im Krankenhaus. Sie entschied, Felix nicht auf sein Eingreifen anzusprechen. »Seltsam. Moser hat Benning zuerst einwandfrei zugeordnet. Aber auf den Sonntag, auf die Party, ist er überhaupt nicht eingegangen.« Und das Foto? Er hatte Dominik Fuchs nicht bemerkt. Und auf ihren Klienten zu deuten wäre Nicky zu auffällig gewesen.

»Dann ist doch das Wort ›Unfall‹ der Trigger. Mist, ist mir einfach rausgerutscht«, räumte Grohsman ein. »Weil Zapletal Stein und Bein geschworen hat …«

»Na ja, der Zeitpunkt war nicht ideal.«

»Weiß ich selbst.«

Okay, nicht Dynamit ins Feuer werfen. »Im Internat muss jedenfalls etwas Dramatisches vorgefallen sein. Wenn wir Mosers Trauma auflösen, haben wir eine Chance, die Blockade zu seinen Erinnerungen aufzuheben.«

Felix steckte bedächtig die Hände in die Jackentaschen. »Moser war von Anfang an nicht völlig klar. Xaver Wondrasch kann seine Blumen nicht gießen, er hat keine Pflanzen in der Wohnung.«

»Echt?«

»Zur Sicherheit frage ich Herrn Wondrasch. Wie es aussieht, kann man wohl nichts von dem ernst nehmen, was Moser sagt.«

Nicky seufzte. »Das weiß man leider nie.«

14

Entnervt hockte Grohsman sich daheim an seinen Laptop. Wenigstens war Nicky ihm nicht an die Gurgel gegangen, obwohl sie heute Grund gehabt hätte. Aber … Zina hatte er zum zweiten Mal schon sitzen gelassen. Innerhalb von drei Tagen. Auf dem Weg ins Spital heute hatte er sie zwar in ihrer Wohnung abgesetzt. Aber er hatte vorgehabt, den Abend mit ihr zu verbringen. Etwas Feines zu kochen. Einen Wok mit Gemüse und Pute, verfeinert mit grüner Currypaste und Kokosmilch. Hatte er letztes Jahr in einer Kochsendung aufgeschnappt und sich daraufhin einen Wok angeschafft. »Irgendwann haut Zina den Hut drauf. Und mir die Tür vor der Nase zu.«

Er schnappte sich sein Handy, um Xaver Wondrasch zu kontaktieren. Wegen der Zimmerpflanzen. Und wegen Mosers Verbindung zu Benning.

»Nein, Herr Grohsman, Ignaz hat keine Pflanzen. Den grünen Daumen hatte Luise, bei ihm sind alle Blumen eingegangen. Herr Benning hilft ihm gelegentlich bei Computerzeugs. Ich hab ihn auch schon um Rat gefragt wegen der Steuererklärung. Ignaz hat überlegt, Benning im Testament zu bedenken. Weil der ihn öfters unterstützt hat, ohne Bezahlung oder sonst eine Gegenleistung zu erwarten. Im Gegensatz zu Ignaz' Nichte. Ob daraus was geworden ist, weiß ich nicht. Und gleich vorweg: Ich habe keine Ahnung, ob es viel zu erben gibt. So was frag ich nicht.«

Also doch ein Anschlag von Benning auf Moser, um vorzeitig zu erben? Weil nach dem Mord an Lienhart die Hemmschwelle durchbrochen war? Impulskontrollstörung, geisterte es durch Grohsmans Kopf. Er brauchte dringend Mosers Bestätigung. »Herr Wondrasch, eines noch. Hat Herr Moser Ihnen vom Internat erzählt, von einem Lehrer oder Erzieher namens Gstöttner?«

»Ja. Nein. Also … nicht in Worten. Ich kenne den Auslöser nicht genau, aber er hat Panik bei Dunkelheit. Einmal bei einem Stromausfall hat er nur noch gewimmert, Puls auf tausend, da musste ich den Notarzt rufen. Manchmal reagiert er aus heiterem Himmel, als ob der Teufel hinter ihm her wäre. Wir haben Ignaz dringend geraten, sich psychologische Hilfe zu holen. Er hat dann gemurmelt, dass das nicht geht. Sonst sperrt ›der Gstöttner‹ ihn in ein entlegenes Kellerverlies, wie alle unartigen Kinder. Mehr weiß ich leider auch nicht.«

Grohsmans Tiermenagerie kam angetrabt. »Hunger!«, bedeuteten diese vorwurfsvollen Blicke. Er füllte rasch die Futterschüsseln von Sally und Smoky, die sich sofort schmatzend über ihre Näpfe hermachten. Wo war Lukas? Mit Billie unterwegs? Nein, er hörte etwas im Zimmer seines Neffen. »Lukas, ich bin schon daheim, falls du was brauchst.«

»Danke«, kam es aus seinem Zimmer.

Danach machte Grohsman es sich mit dem Laptop am Küchentisch bequem, da hatte er es nicht so weit zum Kühlschrank. Und zur Lebkuchenlade. Wobei, Laptop und bequem – ein Widerspruch in sich.

War alles anders? »Nicky hat nicht unrecht mit ihrem Sermon über Suggestivfragen. Hat sich heute wieder gezeigt. Wenn ich Moser nicht vor lauter Ungeduld mit dem Unfall traktiert hätte … Fakten sammeln, nicht Beweise für die eigenen Thesen finden.« Er selbst warnte doch in Vorträgen eindringlich vor irreführenden Fragen. Zum Beispiel, ob ein Zeuge etwas Ungewöhnliches gesehen habe. Ein Mensch, der täglich seine Zeitung aus dem Postfach holte, war ein normaler Anblick. Ungewöhnlich wäre, wenn diese Person ausblieb. Das hätte der Zeuge dann *nicht* gesehen.

»Moser bringt Benning nicht in Verbindung mit Lienharts Feier. Zapletal hat jemanden mit Stoppelglatze gesehen und erst auf mein Nachhaken Benning identifiziert. Wer auf den Partyfotos trägt so eine Frisur?«, überlegte er laut.

»Hast du mit mir gesprochen?«, fragte Lukas. »Sorry. Ich stehe schon seit ein paar Minuten hier.«

Grohsman schreckte aus den Gedanken. Er hatte seinen Neffen nicht kommen gehört. »Ich führe schon Selbstgespräche. Alles in Ordnung bei dir?«

»Ja. Mir ist nur grad fad.« Lukas vergrub die Hände tief in den Hosentaschen. »Du solltest mit Nicky reden.«

»Wie kommst du drauf?« Weil er seinem Neffen gestern vom Streit erzählt hatte?

Lukas verdrehte die Augen. »Du zögerst, sie anzurufen, obwohl sich die Fragen zu deinem Fall türmen. Grad vorhin hast du sie schon wieder erwähnt. Na, mir soll's recht sein. Geht es noch immer um diesen toten Musiker?«

»Genau. Aber da kann ich dich nicht tiefer hineinziehen.«

»Schade.« Sein Neffe schnappte sich einen Apfel und schlich aus der Küche.

Moment. Lukas hatte letzte Woche eine Technik beim Zuordnen von Partyfotos angewandt, das Umwandeln der Gesichter in Muster. Gelang es Grohsman, auf diese Weise Ähnlichkeiten herauszufiltern, aber gleichzeitig Unterschiede aufzudecken? Er suchte Männer mit Stoppelglatze.

Grohsman klickte sich durch die Fotos. Benning mit dunkelblauem Shirt und Jeans, Flinserl im linken Ohrläppchen, war auf mehreren Aufnahmen zu sehen.

Halt – was war das? Auf einem unscharfen Schnappschuss entdeckte er einen Mann. Dunkelblaues Shirt und Jeans, mit einer ähnlichen Gesichtsform wie Benning. Aber ohne Flinserl. Er vergrößerte den Bildausschnitt. Nein, auch kein gestochenes Ohrläppchen. Trotz Unschärfe erkannte Grohsman nun Unterschiede der Augen- und Mundpartie. Muster.

Wer war dieser Mann? Wussten das die drei Spezialzeuginnen, das »Triummulierat« Margie, Jenny und Lisi?

1

Wer rief an einem Samstag um acht Uhr in der Früh an? Joe
rieb sich die Augen und tastete nach ihrem Handy. Leopold!
»Frau Inspektor, können wir uns treffen?«, sprudelte er aufgeregt. »Einer meiner Kontakte hat grad geantwortet, dass er
einen der Männer auf dem Bild ziemlich gut kennt.«
Joe blinzelte aus dem Fenster. Wolkenloser Himmel. Wollte
ihre Mutter nicht die Gloriette in Schönbrunn besichtigen? Bei
dem Wetter hatte man eine prächtige Aussicht. Wenn Joe sich
mit Leopold im Schlosspark traf, würde sie beide Agenden in
einem Aufwasch erledigen.
Ihre Mutter werkte sogar schon in der Küche. »Ich hab dich
schlafen lassen, Johanna. Magst du einen Kaffee? Dann mach
ich dir einen.«
»Nein, ich muss los. Kommst du mit nach Schönbrunn?«

Sie wartete, bis ihre Mutter in Richtung Gloriette davonzog.
Auf einer Parkbank am Weg dorthin entdeckte sie Leopold.
»Guten Morgen! Also, wen kennt Ihr Kontakt? Und woher?«
»Na, den da.« Leopold scrollte auf seinem Handy. Er hielt
ihr das Foto von Benning entgegen.
»Hat er zwielichtige Geschäfte am Laufen? Drogen oder so?«
Diese Medikamente, Modafinil und Methadon, hatte Lienhart
die von seinem Steuerberater?
»Nein, das nicht. Und woher ihn mein Kontakt kennt, ist
jetzt wurscht. Der Typ ist aber über seine Frau hergezogen.«
Dass die Ehe der beiden zerrüttet war, wusste Joe. »Was hat
sie angestellt?«
»Einmal hat sie ihm vor einem wichtigen Termin mit einem
noch wichtigeren Geschäftspartner ein Mittel in den Saft getan, auf das er Pfeiferei gekriegt hat. Das war's dann mit dem
Termin.«

Reizende Person, die Madame Sandy. »Woher kennt Ihr Kontakt diese Story? Weil er der betreffende Geschäftspartner war?«

»Naaa, das nicht. Der Benning hat halt wen zum Reden gebraucht. Sonst wär er ned zur Spezialmassage gegangen.«

»Zur *was*?« »Spezialmassage«, das war Joes Verschlüsselung für Prostitution.

»Auweh, das ist mir jetzt rausgerutscht. Na jaaa, der Kerl war halt ...«

»Bei einer Prostituierten. Öfters? Haben Sie die Infos von ihr?«

»Genau. Und ja, der Typ war dort ziemlich oft. Weil seine Frau furchtbar eifersüchtig ist. Gerüchten zufolge hat sie ihn geheiratet, um sich den Steuerberater zu ersparen.«

»Wäre eine Scheidung für ihn so eine Tragödie? Als Steuerberater verdient er sicher nicht schlecht.«

»Eh nicht. Aber die dicke Kohle, die stammt von ihr. Das Haus, wo die zwei wohnen, gehört ihr. War nicht ganz koscher, wie sie dazu gekommen ist.«

»Verstehe. Das Haus ist vom Lastwagen gefallen«, scherzte Joe. Kam schon mal vor, dass man auf diese Weise an Güter gelangte.

»Na genau, mit all den vielen Mietwohnungen. Und natürlich haben die einen Ehevertrag. Also baba, schicke Wohnadresse und Luxuswohnung. Sagt mein Kontakt.«

Ein Haus in der Grinzinger Straße. Joe blieb der Mund offen. »Wenn ich so viel Geld hab, heirate ich den Steuerberater, um mir Ausgaben zu sparen? Wahnsinn.«

»Na ja, wird noch andere Gründe haben. Wissen S' eh, wenn Männer raunzen, wie ungerecht die Welt zu ihnen ist.«

Hatte Lienhart den Steuerberater mit der Prostituierten erwischt und damit erpresst, er werde die Sache Sandy erzählen?

Leopold inspizierte demonstrativ seinen Kaffeebecher.

»Ist noch was?«, bohrte Joe nach.

Er zuckte mit den Achseln. »Sie finden es eh raus. Die Spezialmasseurin, das war genau genommen ... ein Masseur.«

»Wie jetzt?«

»Na, ein Mann.«

»Was, der Benning ist schwul? Bisexuell?« Hatte er deshalb so heftig reagiert, als der Boss ihn nach der »Beziehung« zu Lienhart befragt hatte?

»Genau. Jetzt wissen Sie auch, warum ich meinen Kontakt nicht nennen kann.«

Die Begegnung gestern auf dem Friedhof. Der Disput Bennings mit einem unbekannten Mann, den der Boss beobachtet hatte. »Ich muss mit Ihrem Informanten sprechen. Meinetwegen über Handy und anonym.«

»Ich kann seine Identität nicht verraten! Wenn irgendwer spitzkriegt, dass ich mit der Polizei rede, erfahr ich nicht einmal mehr die Uhrzeit.«

»Können Sie wenigstens herausfinden, wo sich Ihr Informant gestern Nachmittag aufgehalten hat?«

»Ich frag ihn.«

Aus der Ferne sah Joe ihre Mutter aufkreuzen. Wieso denn jetzt schon? Das Treffen im Schlosspark war doch keine brillante Idee gewesen. Mitten auf einem der beiden Fußwege zur Gloriette.

Sie sprang auf. »Ja danke. Ich muss jetzt leider gehen!«, rief sie dem verdutzten Leopold zu. Fehlte noch, dass ihre Mutter in das Gespräch platzte.

Glücklicherweise verstand er den Wink und erhob sich. »Schöne Grüße an Ihre Mutter, nehme ich an.« Lautlos wie eine Katze machte er sich aus dem Staub.

Joe sprintete zu ihrer Mutter. »Du bist schon fertig? War die Aussicht nicht schön?«

»Du, das ist anstrengender, als ich geglaubt hab. Ich muss was für meine Kondition machen. Sag, wer war denn der attraktive Mann?«

Attraktiv. Joe seufzte. Leopold war doch zu jung für ihre Mutter. Sollte Joe sie darauf hinweisen? Lieber nicht. »Das war dienstlich. Du wolltest doch in den Zoo, Mama. Wenn wir jetzt hingehen, ist er noch nicht überlaufen.«

»Ach, lass nur. Du hast sicher was Besseres zu tun, als Tourguide für mich zu spielen. Los, triff dich mit deinen Freundinnen. Oder ruf den feschen Mann zurück und geh mit ihm auf einen Kaffee. Wir sehen uns später beim Mittagessen!«

Joe blickte ihr verdattert nach.

2

Oh, das war übel. Ich hab einen Kunden angeschrien. Der hat viel zu lange abgewartet, bis er mit seiner Katze endlich zum Arzt gegangen ist. Die hatte schon gelbe Augäpfel, die Nieren waren fast hinüber! Am liebsten hätt ich dem eine geprackt. Dann wollte er das Tier einschläfern lassen, weil die Behandlung zu teuer ist. Hat der noch alle Tassen im Schrank? Na, da hab ich dem Armleuchter meine Meinung gegeigt. Er hat sich's anders überlegt, nach zwei Infusionen ging's der Mieze besser. Boah, hab ich geflennt vor Erleichterung.

Der Kornik war total sauer auf mich. »Herr Doktor«, hab ich ihm gesagt, »ich weiß, dass ich Kunden nicht beschimpfen darf. Aber das war doch Tierquälerei. Das muss man eigentlich anzeigen.« »Ich geb dir vollkommen recht«, hat er gesagt, »trotzdem musst du dich besser im Griff haben.«

Ich bin halt so angespannt. Und dieses Misstrauen. Wenn meine Frau telefoniert, würd ich am liebsten nachschauen, mit wem sie redet. So war ich doch früher nicht. Ich frag mal die Psychotante.

3

Der Plan, die Ermittlungen zu lenken, war bis jetzt gewaltig danebengegangen. Außer einem handfesten Krach mit Felix hatte Nicky nichts erreicht. Dabei musste sie Grohsman recht geben, dieser Benning verhielt sich verdächtig. Warum war der Mann getürmt? Zum x-ten Mal suchte sie nach einer Verbindung der Fälle Lienhart und Moser. Und zwischen Benning und Fuchs. – Wenn man vom Esel sprach … ein Anruf von Dominik. »Tut

mir leid, ich mache keine Behandlung via Telefon – Sie können nicht weg von der Arbeit? Und was gibt es so Dringendes?«
Fuchs war in der Arbeit ausgerastet. Nur verbal und absolut begründet, wie er ihr versicherte. Dennoch, wenn der Schranken erst einmal gefallen war? Er klang fast verstört.
Und wenn sie ihn als Klienten abgab? Zum Beispiel an Pascal, wenigstens solange der noch in Wien war. Vielleicht gelang es ihm, Fuchs zu einem offiziellen Geständnis zu bewegen? Ihre Schweigepflicht würde dadurch nicht aufgehoben. Aber sie müsste ihren Klienten nicht weiter anschwindeln. »Sagen Sie, möchten Sie das alles nicht lieber mit einem Mann besprechen? Mein Kollege macht tiergestützte Therapie und kann differenzierter auf Sie und Ihr Thema eingehen. Um ehrlich zu sein, ich weiß nicht, wie ich mit Ihrem Geständnis umgehen soll.« Jetzt war es ausgesprochen. Was für eine Erleichterung.
»Hört sich nicht schlecht an. Ich überlege es mir, okay?«
Immerhin ein Anfang.

4

»Das darf nicht wahr sein, Joe.« Grohsman war besorgt um die Kollegin. »Du bist krankgeschrieben! Am Montag kommt sicher der Ungerböck und macht einen Mordsrabatz. Wenn der mitkriegt, dass du …« Doch die Story von Benning und dem Callboy verblüffte Grohsman.
»Ich darf doch spazieren gehen«, entgegnete Joe. »Mich auf eine Parkbank setzen und mit Menschen sprechen. War rein zufällig Leopold. Fragt sich, ob du Benning gestern mit ebendiesem Stricher erwischt hast.«
»Der Gedanke ist mir auch eingeschossen. Und wenn Lienhart von Bennings Aktivitäten gewusst hat? Der war doch mit Sandy befreundet.« Astreines Motiv für einen Mord. »Joe, ich muss auflegen, ich krieg grad eine Nachricht von Kienzle.« Grohsman tippte auf die SMS.
»Benning im Radius seiner Wohnung eingeloggt – geht

nicht ans Telefon – Streife hinschicken? Ansuchen um Durchsuchungsbeschluss läuft.«

Grohsman textete zurück. »Super gemacht, Gregor. Streife: Ja. Bin auf dem Weg.«

Benning wohnte im obersten Stockwerk, das aus zwei Wohneinheiten bestand. Er öffnete nicht die Tür, obwohl Grohsman erst Sturm läutete und dann mit den Fäusten gegen die Tür trommelte.

»Was ist denn da los?« Die Wohnungstür gegenüber ging auf, eine Frau streckte ihren Kopf heraus.

»Kripo«, versetzte Grohsman knapp und hielt ihr seinen Ausweis entgegen. »Wissen Sie, wo Ihr Nachbar ist, Frau …«

»Berger. Ja … nein. Er ist gestern mit einem Koffer aus dem Haus gestürmt. Der hatte es ziemlich eilig.«

»Wann war das?«

»So gegen vierzehn Uhr, ich bin grad vom Einkaufen heimgekommen. Ich hab ihn gefragt, ob er länger verreist. ›Weiß ich noch nicht‹, hat er gesagt. Der ist losgefahren, ich sag's Ihnen, wie vom wilden Affen gebissen.«

Vierzehn Uhr. Zwei Stunden später hatte ihn Grohsman auf dem Zentralfriedhof entdeckt. Von dort war man mit dem Auto in rund fünfundvierzig Minuten in Hegyeshalom oder in Bratislava. »Wieso war sein Handy eben noch hier eingeloggt?«, überlegte er laut.

»Das Handy? Das muss ihm aus der Tasche gerutscht sein. Ist mir erst vorhin aufgefallen, dass die Fußmatte einen Buckel hat. Hab drunterg'schaut – und da war das Telefon. Der Akku war leer. Ich lade es auf, damit der Herwig wieder ein volles Handy hat.«

Wie eine Kriminelle wirkte die Frau im rosa Plüschanzug nicht. »Haben Sie nicht gemerkt, dass wir angerufen haben?«

»Bei einer unbekannten Nummer? Es gibt ja so viele Fakeanrufe! Außerdem hätt ich nur sagen können, dass der Handybesitzer nicht da ist.«

Wenn Benning der leere Akku nicht bewusst war … Hatte er das Telefon absichtlich unter der Fußmatte platziert? Die

Polizei zu seiner Wohnung geführt, während er schon längst über alle Berge war? »Benning ist vermutlich auf der Flucht«, schrieb er sofort in die Gruppe.

Endlich trafen die Kollegen von der Streife ein, die die Wohnung öffneten. Auf Grohsman wirkte das Apartment bewohnt. Nur Haar- und Zahnbürsten fehlten. Im Bad entdeckte er einen Wäschekorb. Er steckte ein paar Wäschestücke in Tüten, zum Sichern von Spuren. Männer- und Frauenkleidung.

5

»Du solltest mit Nicky reden.« In Grohsmans Ohren hallten die Worte seines Neffen nach. Es war Zeit, die Unstimmigkeiten mit ihr aus dem Weg zu räumen.

Grohsman bog mit seinem Hund zu Nickys Haus in der Paulanergasse ein, ging in den zweiten Stock, läutete. Sally scharrte erwartungsvoll an der Tür. Letztes Jahr während seiner Dienstreise hatte die Kleine zwei Tage bei Nicky verbracht. Erinnerte sich die Hündin daran? Er klingelte noch einmal. Offenbar niemand daheim. Grohsman wandte sich zum Gehen.

Endlich öffnete Nicky die Tür. Stirnrunzelnd. »Felix! Was machst denn du hier? Hallo, Sally!«

Augen zu und durch. »Ich komme in friedlicher Absicht. Tut mir leid, dass ich meinen ganzen Frust an dir ausgelassen habe. Und weil Worte manchmal nicht ausreichen, sind hier Heidelbeermuffins. Die isst du doch gern?«

»O ja! Magst du einen Kaffee?«

»Das wäre fein.« Grohsman ließ sich auf ihrer sandfarbenen Lederbank nieder. War der Boden mit Zirbenparkett neu? Genussvoll sog er den Geruch ein.

Nicky stellte Kaffee und Tee auf den Glastisch und hockte sich auf einen Korbsessel. »Felix … Das war schräg, wie wir uns gegenseitig attackiert haben. War auch von mir nicht okay, wie ich dich am Donnerstag angegangen bin. Zeugenbefragungen sind für mich …« Sie brach abrupt ab. »Aus. Schwamm drüber?«

»Schwamm drüber. Danke.« Jetzt schmeckte der Kaffee gleich viel besser. »Darf ich trotzdem dienstlich werden? Konstruktiv, versprochen!«

»Ja sicher.« Nicky lachte. »Die letzten Entwicklungen habe ich mitbekommen. Bennings Seitensprung. Und dass er offenbar endgültig untergetaucht ist.«

»Genau. Ob Zapletal ihn nach der Party gesehen hat? Die Befragung hab ich vergeigt.« Ließ sich nicht beschönigen.

»Der hat sich generell merkwürdig verhalten«, lenkte Nicky ein. »Vielleicht nimmt er das Methadon doch selbst.«

»Ich habe sogar überprüft, ob er mit Lienharts Tod zu tun haben kann. Es befinden sich jedoch keine frischen Spuren von ihm in der Wohnung des Opfers. Worauf ich eigentlich hinauswollte, ist die Person, die Zapletal in der Nacht damals beobachtet hat. Auf der Party war ein Mann, der Benning vom Typ her ähnlich ist. Aber er trägt keinen Ohrschmuck und hat, anders als Benning, eine Tätowierung am Arm. Einen Skorpion. Schau mal.« Er hielt ihr die Ausdrucke der beiden Männer hin.

»Ja wirklich! Weißt du, wer das ist?«, fragte Nicky aufgeregt.

»Nur, dass er Dominik heißt.« Wenigstens an den Vornamen hatte sich die Spezialzeugin Margie erinnert, weil ihr Bruder auch so hieß. »Ich habe sofort alles durchgesucht, laut Joe hatte der Mann Streit mit Lienhart. Da war er nicht der Einzige. Wir finden ihn nicht in Lienharts Kontaktliste, weder im Handy noch in den E-Mails. Na, wir bleiben dennoch dran.«

»Gut. Vielleicht lichten sich die Nebel langsam.« Nicky lehnte sich zurück und knabberte an einem Muffin. »Die Zusammenfassung zu Mosers Trauma habe ich ebenfalls gelesen. Vielleicht hat ihn als Kind jemand in ein Auto gezerrt? Der Gedanke an den kürzlichen Vorfall könnte die Erinnerung aus der Kindheit triggern. Dann leidet er nicht an einer partiellen, sondern an einer dissoziativen Amnesie. Das wäre insofern relevant, weil das eine massive Blockade bildet. Solange wir die nicht auflösen …«

»Was genau passiert ist, hat Moser vielleicht seinem Waldi erzählt, den wir nicht fragen können.« Grohsman kraulte Sally die Ohren. Glücklicherweise konnte seiner Hündin niemand die Geschichten entlocken, die er ihr anvertraute. »So viele Vielleichts und Konjunktive. Am Ende ist Lienhart doch selbst gesprungen und hat alles inszeniert. Und Benning ist bloß vor seiner Frau geflüchtet.«

»So ein Szenario kommt aber eher im Film vor«, relativierte Nicky.

»Stimmt. Und vor allem, warum hätte er springen sollen?« Ein Schatten huschte über sein Gemüt. Die Frage nach dem Warum hatte ihm Josefs Schwester Hilde so oft gestellt. »Er hat keinen Abschiedsbrief geschrieben«, murmelte er.

»Was? Wer, Lienhart? Richtig, Suizidanten machen das meistens.«

»Nicht Lienhart. Ach, nicht wichtig.« Grohsman griff nach der Tasse. Der Kaffee war kalt geworden.

»Felix ...?«

»Einer meiner besten Freunde ist vor fünfundzwanzig Jahren vom Nussdorfer Wehr gesprungen. Du weißt schon, die Brücke mit den Löwen. Kein Abschiedsbrief. Seine Schwester hat mir bis heute nicht verziehen, dass die Kripo den Fall als Suizid abgeschlossen hat.« Mit dem Erzählen der Geschichte löste sich ein Knoten im Magen. Und im Hirn?

»Das ist ja tragisch! Ach du grüne Neune – da kommt der Fall Lienhart ja goldrichtig. Weiß Joe davon? Oder sonst wer im Team?«

Grohsman schüttelte den Kopf. Und räusperte den Frosch weg, der sich in seinem Hals breitmachte.

»Ich hab einen Vorschlag, Felix. Stöbern wir die Kartons von Lienhart doch gemeinsam durch. Vier Augen sehen mehr als zwei.« Nicky stand auf.

Auch Sally hüpfte auf und lief zur Tür. Grohsman erhob sich. »Sehr lieb von dir, aber mittlerweile haben wir jedes Blatt fünfmal umgedreht. Weil uns vor allem interessiert, ob er ein Testament verfasst hat. Die Nachfrage beim Notariat war für die Fische.«

»Und in seiner Wohnung?«

»Auch da haben wir alles durchsucht. Warum sollte man ein Testament verstecken?«

»Damit neugierige Gäste nicht drüber stolpern. Seinen Tresor habt ihr ja auch nicht sofort gefunden.«

»Also schön. Dann fahren wir in die Wohnung von Lienhart.« Wie freundlich die Sonne ins Zimmer strahlte. Fiel ihm das auf, weil der Streit mit Nicky ausgeräumt war? Oder weil er über Josef gesprochen hatte? Beides. »Sag, warst du schon mal auf einem Fußballmatch? Heute spielt die Wiener Viktoria das letzte Mal vor der Winterpause. Leider gegen den Tabellenzweiten. Da brauchen wir jede Unterstützung.«

Ein Lächeln huschte über ihr Gesicht. »Das hört sich perfekt an.«

6

Joes Magen knurrte. Wo war ihre Mutter? Früher wäre sie schon seit drei Stunden beim Herd gestanden und hätte für eine Woche vorgekocht. Sollte sie Mama anrufen? Nein, das sah nach Spionieren aus.

Da war doch eine Spur im Fall Lienhart, der Joe nachgehen wollte. Die Sache mit den abgezockten Musikern. Lydia Zams, die letzte »Gespielin« des Opfers. Die Lienhart offenbar über den Tisch gezogen hatte. Lydia hätte die perfekte Gelegenheit gehabt. Erst eine Liebesnacht, dann den Mann vom Balkon stürzen, na, auch Schwarze Witwen fraßen ihre Männchen nach der Paarung auf.

Lydia Zams ging sofort ans Telefon. »Ach, die Musikg'schicht ... Das habe ich ihm verziehen. Er hat für mich ein paar super Gigs eingefädelt. Mit den Veranstaltern bin ich jetzt in direktem Kontakt.«

»Keinerlei Groll?«

»Na ja, anfangs schon. Er ist aber nicht der Einzige, die komplette Musikbranche ist eine Abzocke. Bei Manus Spielchen habe ich nicht mehr mitgemacht, das können Sie prüfen. Aber deshalb musste ich ja nicht den Kontakt zu ihm abbrechen. Wissen Sie«, Lydia kicherte wie ein Teenager, »er war ein exzellenter

Liebhaber. Und damit er mich nie wieder reinlegt, hab ich ihm ein Schachspiel geschenkt.«

Joe überlegte. »›Schluss mit den Rochaden‹? Das war Ihre Botschaft?«

»Die Notiz hat er aufgehoben? Ganz genau. Die Herumschieberei, dieses ständige Austauschen, wenn jemand wegen der Gage zickt, das war mit den Rochaden gemeint. War ein bisschen fies von mir. Er hat mir erzählt, dass er vor seinem Bühnenunfall ein passabler Schachspieler war. Nach dem Schädeltrauma konnte er nicht mehr so komplex denken, also hat er das Spiel aufgegeben.«

Das war nicht bloß ein bisschen fies, sondern geschmacklos, fand Joe. Steckte die Frau auch hinter dem gefälschten Attest?

»MR-was? Ehrlich, davon weiß ich nichts.«

Wieder an einem toten Punkt angelangt. Joe sah auf die Uhr. Noch immer kein Zeichen von ihrer Mutter. Ein bisschen sauer war sie schon. Sie hatte heute den Workshop »Forensische Medizin« von Oskar Schlesinger eingeplant. Nicht bloß die Grundlagen. War exklusiv für angehende Gerichtsmediziner, aber Oskar hätte sie eingeschleust. Und sie hatte abgesagt, weil sie ihre Mutter nicht so oft allein lassen wollte.

Pling. SMS von ihrer Mutter! »Warte mit dem Essen nicht auf mich, ich hab was vor, mein Mäuschen!«

Wann hatte sie Joe zuletzt »Mäuschen« genannt? Und, mit wem ging sie essen? Gleich mal anrufen. »Alles okay, Mama?«

»Aber sicher, Engelchen. Stell dir vor, ich hab Anton kennengelernt, ein ganz reizender Mensch. Und er ist aus Amstetten!«

Na, so ein Zufall. »Du, wenn der eine sterbenskranke Oma hat oder so …«

»Aber nein. Wir haben uns eben die Sammlung Batliner in der Albertina angesehen, und jetzt gehen wir in den Zwölf-Apostel-Keller. Jeder zahlt für sich selbst, haben wir schon vereinbart.«

»Und wenn er dich nur in Sicherheit wiegen will?« Schon aus Berufsgründen war Joe misstrauisch. Eine Katastrophe, was die Kollegen vom Betrugsdezernat berichteten.

»Johanna, ich bin nicht senil. Außerdem haben sich deine Predigten zum Thema Internetsicherheit und Fakeanrufe ausgezahlt. Ich habe Anton auf einer Datingplattform kennengelernt. Und sofort seine Angaben überprüft. Er ist Landschaftsgärtner und scheint auf der Firmenwebsite als Seniorpartner auf.« Datingplattform. Infos checken. Ihre Mutter brauchte ganz offensichtlich keinen Babysitter. »Na dann, viel Spaß. Und komm nicht zu spät heim!«, witzelte Joe.

Na toll. Ihr Boss hatte Zina, Kienzle hatte eine Freundin, selbst der Neffe vom Boss vergnügte sich mit einem Mädel. Nun auch ihre Mutter. Und Joe? Wusste nicht, was sie mit ihrem freien Samstag anfangen sollte. Einen Film reinziehen? Oder ihre Freundin Lilly anrufen? Zu der der Kontakt aus Zeitgründen praktisch abgebrochen war. Sie könnte ihre Mutter fragen, welche Datingplattform erfolgversprechend war.

An manchen Tagen nahm sie die Stille in der Wohnung überdeutlich wahr. Jenes Schweigen, das weder Fernseher noch Radio übertönten. »Ich könnte mir ein Haustier zulegen. Zum Beispiel einen Einsiedlerkrebs«, grummelte sie und tappte in die Kammer, wo sie die Fitnessgeräte aufgebaut hatte. Sie drosch auf den Punchingball ein. Hielt ein. Wenn sie sich sputete, schaffte sie es noch rechtzeitig zum Forensik-Workshop. Okay, nicht die Standardfreizeitbeschäftigung für eine Mittdreißigerin. Na und? Joe war alles andere als »Standard«. »Oskar, kann ich doch zuhören kommen?«

Hey, sie war beim Workshop nicht die Einzige von der Kripo-Fraktion, da drüben stand Ralf Aichhorn. »Tag, Herr Kollege!« Cooler Typ. Athletische Statur und kantiges Gesicht, das verlieh ihm eine gewisse Autorität. Die scharfen Denkfalten auf der Stirn stammten bestimmt von den Herausforderungen im Beruf. Und doch war etwas Heiteres in seinen braunen Augen.

»Joe! Super, dass du auch hier bist. Wegen uns zieht der Schlesi übrigens für seinen Vortrag die Aufnahmen vom Fall Lienhart heran.«

Der Gerichtsmediziner begrüßte die Zuhörer. Gebannt folgte Joe seinen Ausführungen, wie man prä- und postmortale Verletzungen oder Hämatome unterscheiden konnte. Und wie man auf Haut oder Unterhaut die Heftigkeit und Reihenfolge der

Einwirkung diagnostizierte. »Die Male auf den Fußgelenken sind auf der Vorderseite schmäler als auf der Rückseite. Also war der Daumen vorne, die restlichen vier Finger hinten. Weiters sind die Hämatome auf dem Rücken des Opfers früher entstanden als jene an den Fußgelenken. Ergo wurde die Person erst gestoßen und danach an den Füßen gepackt.«

»Und warum ist das wichtig?«, fragte einer der Medizinstudenten.

In Joes Hirn ratterte es. Sie betrachtete die Position der Male auf Lienharts Rücken. »Daraus kann man auf die Größe des Täters schließen«, platzte sie heraus. Sie überlegte. »Oskar, du hast in etwa die Größe des Toten. Darf ich dich als Demonstrationsobjekt heranziehen? Und du, Ralf, kannst du mir ebenfalls assistieren?«

»Solange du mich nicht vom Balkon stürzt …«, scherzte Aichhorn.

Sie drehte Schlesinger mit dem Rücken zu den Zuhörern. »Seht mal her: Mein Kollege Ralf ist mindestens zwei Handbreit größer als das Opfer.« Sie schob ein fahrbares Tischchen vor Schlesinger. »Der Tisch hat in etwa die Höhe des Balkongeländers. Ralf, wo würdest du zupacken, um einen Mann dieser Größe übers Geländer zu stoßen?«

Aichhorn legte seine Hände auf Schlesingers Schulterbereich. »Hier hätte ich die höchste Krafteinwirkung.«

»Ganz genau. Die Male auf Lienharts Rücken waren aber wesentlich tiefer. Was würde passieren, wenn du an dieser Stelle schubst?«

Ihr Kollege drehte die Hände hin und her. »Das geht gar nicht. Da müsste ich in die Hocke gehen, was widersinnig ist.«

»Richtig. Ich hingegen würde knapp unterhalb dieses Bereichs ansetzen.« Sie deutete auf die ermittelten Male. »Aber ich würde es möglicherweise gar nicht schaffen, einen Mann dieser Größe mit einem Stoß in den Rücken über den Balkon zu befördern. Ich würde zuerst die Füße packen, dann wären vier Fingerabdrücke an der Vorderseite der Fußgelenke und der Daumenabdruck hinten. Ralf, da haben wir noch einmal Glück gehabt, wir kommen als Täter nicht in Frage.«

Die Studenten lachten.

»Fazit: Der Täter muss etwas größer sein als ich – jaaa, ich weiß, das ist nicht schwierig«, wieder stimmte die Runde bereitwillig in ihr Scherzen ein, »und kleiner als der Kollege. Dann hat die Tatperson die höchste Effizienz genau dort, wo sich die Male befinden.«

»Sehr gut beobachtet, Frau Kollegin.« Sowohl Schlesinger als auch die Studentenrunde applaudierten.

Den Vogel schoss Oskar mit dem Vortrag über die Analyse der Haare auf Drogen ab. »Wir konnten die Suchtmittelvergangenheit des Opfers konkretisieren, Kokain und Marihuana. In den letzten Wochen war er abstinent gewesen. Ab vier, fünf Tage vor und bis zu seinem Tod hatte er wieder regelmäßig gehascht. Aber kein Koks.«

Danach startete ein cooler Austausch zwischen den Jungmedizinern, Aichhorn und ihr. Schlesinger lächelte zufrieden. »Genau so stelle ich mir interdisziplinäres Arbeiten vor. Das müssen wir wiederholen.«

»Das hat's voll gebracht, der Nachmittag. Ich bin erleichtert, dass ich als Täter ausscheide.« Aichhorn grinste. »Übrigens, alles klar nach deinem Unfall?«

»Gibt sicher einen Mordskrach am Montag. Da muss ich durch.«

»Aber dir ist nichts passiert?«

»Nö. Durchs Karatetraining lass ich mich automatisch richtig fallen.« Sie sah auf die Uhr. »Das ist mein Stichwort, ich muss zum Training!«

7

Die nüchterne Einrichtung von Lienhart fand Nicky zwar stylish, ihren Geschmack traf sie jedoch nicht. Was suchte *sie* hier? Offiziell ein Testament. Lienhart hatte aber mit Sicherheit weder Dominik Fuchs noch dessen Frau Kerstin bedacht. Somit half ihr Lienharts letzter Wille kaum, die Ermittlungen in Richtung

Fuchs zu lenken. Immerhin hatte Felix ihren Klienten nun auf dem Schirm. Vielleicht entdeckte sie irgendwo ein Foto von Kerstin. »Wo fangen wir mit der Suche an?«

Grohsman hielt ihr Einweghandschuhe hin. »Sicher ist sicher. Nachdem wir den Tresor entdeckt haben, waren die Kollegen mit Detektoren zugange, haben alles abgeklopft, sogar die Böden und die Zimmerdecke. Keine Ahnung, wo noch etwas versteckt sein könnte.«

Sie sah sich um. »So richtig gemütlich ist es hier nicht. Mir fehlt der persönliche Touch. Ich checke mal die anderen Räume.«

»Mach das. Ich sehe im Sicherungskasten nach.«

Dem Schlafzimmer fehlte jedes Flair. Hier stand ein Bücherregal mit überschaubarem Inhalt. In Windeseile blätterte sie Buch für Buch verkehrt auf. Nirgends fiel ein Bild oder ein Blatt Papier heraus. Auch die Laden des Nachtkästchens hatte Nicky rasch überprüft. Sie waren leer, der Inhalt sicher in einem der vielen Kartons im LKA. In Büroraum, Küche und Bad war ebenfalls nichts zu entdecken. Warum sollte der Mann bei seinem Frauenverschleiß ausgerechnet ein Foto von Kerstin aufbewahren?

Nicky ging zurück ins Wohnzimmer. Die Wohnzimmerlandschaft? Nein, keine Bettzeuglade. Der Barwagen enthielt ein paar erlesene Fläschchen, sogar einen Bruichladdich. Der Whisky, den Sonja und sie bevorzugten. »Also, hier sehe ich keine Versteckmöglichkeit. Und nichts Außergewöhnliches oder Teures. Bis auf die Soundanlage, die Boxen reichen mir fast bis zu den Schultern!«

»Dabei erklärt mir Lukas immer, dass es nicht auf die Größe der Boxen ankommt«, scherzte Grohsman.

»Ach ja, dein Neffe. Hat er deine Wohnung schon umgestaltet?« Nicky hatte den Teenager nur kurz kennengelernt. Er hielt Felix auf Trab, seither mauserte sich der Herr Inspektor zu einem passablen IT-User.

»Du wirst es nicht glauben, aber meine Soundanlage fand Gnade vor seinen Ohren.«

Moment.

»Die Boxen!«, rief Nicky. Unisono mit Grohsman. Rasch drehten sie beide Lautsprecher um. Im Inneren der linken Box klebte ein weißer Umschlag. Nicky staunte, wie geschickt Felix das Kuvert mit seinen behandschuhten Fingern öffnete.

»Mein letzter Wille«, las sie.

8

Ha, ha, ha. Die finden mich nicht. Loser, Loser! Melden? Der Polizei? Einen Dreck werde ich tun. Isi hat die Fotos von seinem Handy gelöscht. Und alles, was mit Manuel zu tun hat. Hab ich auch gemacht. Bis auf eines. Endlich.

Die Psychotante hat doch ein bisschen Schiss vor mir. Schade. Eigentlich kann die ganz gut zuhören. Ich muss ihr sagen, dass ich so was nie wieder mache.

Kerstin ist traurig. »Du bist schon wieder so komisch«, *sagt sie. Weil ich deinen Lover auf dem Gewissen habe, will ich antworten. Fühlt sich seltsam an. Ich kann schon manchmal in Saft gehen, aber ehrlich, einen Typen umbringen? Was der Suff aus einem Menschen macht, schlimm. Hab seither keinen Tropfen angerührt. Ehrlich nicht.*

Wieso hat sie sich nicht verändert? Sie hat schon lange nicht mehr über den Todesfall im Club gesprochen. Versteckt sie ihre Trauer? Hab sie ein paarmal gefragt, wie es ihr geht. Dann hat sie mich angefaucht, was mit mir los ist. »Sonst fragst du mich auch nicht fünfmal.« *Stimmt. Spannt sie was? Ich darf nimmer nachhaken. Muss alles so wie immer machen.*

Eigentlich hab ich geglaubt, dass alles so wie früher wird. Das war's am Anfang auch. Aber jetzt bin ich wieder nervös.

9

Um diese Tageszeit eine Nachricht vom Boss? Joe war ohnehin schon spät dran fürs Karatetraining. Sie überflog die Message.

Der Boss und die Witt hatten das Testament von Lienhart gefunden. Die Haupterbin war ... Verena Rasmussen. Wer zum Kuckuck war denn das? Eine der bisher nicht identifizierten Partygäste? Eine heimliche oder unheimliche Geliebte? »Ich mache einen Background-Check«, schrieb der Boss, »der Name ist mir bisher noch nicht untergekommen.« Am liebsten wäre Joe umgekehrt und hätte sich an den Ermittlungen beteiligt.

O Shit, wenn sie nicht das Begrüßungszeremoniell versäumen wollte – was Frank, der Trainer, übel nahm –, musste sie jetzt Gas geben. Sie packte das Handy in den Spind und hetzte in den Sportraum.

»Heute schon wieder unkonzentriert? Was ist los?« Frank reichte Joe die Hand und half ihr aufzustehen.

Ein Trainingspartner hatte sie unsanft auf die Matte befördert. In einem Move, den sie sonst mühelos abgewehrt hätte. Weil sie mit ihrem beleidigten Handgelenk nicht voll fit war. Bei manchen Bewegungen merkte sie, dass sie ihren Sturz am Donnerstag mit dem Unterarm abgebremst hatte. Außerdem war sie in Gedanken bei dieser Verena Rasmussen. »Ein unangenehmer Fall in der Arbeit. Hat hier nichts zu suchen, ich weiß.«

»Komm, wir trainieren mit den Holzbrettern. Da musst du dich konzentrieren. Sonst gibt's gebrochene Finger.«

»Nein, das wird nichts. Ich glaub, ich mache Schluss für heute.«

»Ehrlich? Sind noch zwanzig Minuten. Hey, wenn du quatschen willst, warte unten im Clubraum auf mich.«

»Danke für das Angebot. Aber ich geh jetzt heim.« War sowieso eine Schnapsidee gewesen, zum Karatetraining zu gehen. Nach dem Unfall. Wenn das der Ungerböck erfuhr ... Daran hatte sie noch gar nicht gedacht.

»Dann sag mir, was los ist. Seit du die Prüfung zum blauen Gürtel vergeigt hast, bist du unrund. Kihon und Kata heute, die hast du schon eleganter gezeigt. Aber die Kumite, die Partnerübungen? Ein einziger Murks. Du ruhst irgendwie nicht in dir.«

In sich ruhen, das gelang Joe in letzter Zeit eher selten. »Da ist gerade ein Knopf im Hirn. Und eine Handgranate im Bauch, übergossen mit Chilisoße.«

»Du hast begonnen nachzudenken.«

»Genau.«

»Aber warum? Deine Intuition ist deine Stärke. Na, auch ich habe dich zu sehr unter Druck gesetzt. Tut mir leid. Wenn ich was sagen darf ... Du solltest Urlaub nehmen. Wann warst du das letzte Mal weg?«

»Zählt ein Thermenaufenthalt in Bad Tatzmannsdorf?«

»Hat der länger als zwei Tage gedauert?«

Joe schüttelte den Kopf.

Schon wieder diese Stille daheim. Ihre Mutter war noch immer mit Anton unterwegs. Laut SMS besichtigten die beiden jetzt die Kapuzinergruft. Na, wenn sie meinten? Joe blieb lieber bei den Lebenden.

Hatte ihr Boss schon was über Verena Rasmussen? Nur ein Foto hatte er geteilt. Eine patente junge Frau, die so gar nicht in Lienharts Beuteschema passte. Intuition ist deine Stärke, hatte Frank gesagt. »Soll ich ein Internetprofil von der Frau erstellen?«, textete Joe an Grohsman. Er antwortete mit einem »Daumen hoch«.

Laut Suchmaschine hatte die Frau keine eigene Website. Aber in den sozialen Medien war sie aktiv. Sie war Gerichtssachverständige für Tierschutz. Echt übel, die Fotos, die sie postete. Außerdem fungierte sie als Chairlady einer Organisation zur Rettung des Großen Abendseglers und der Kleinen Hufeisennase. Ah, streng geschützte Fledermausarten in Wien. Weiters hatte sie einen Hang zur ebenfalls stark gefährdeten Mopsfledermaus aufgrund ihrer Affinität zu dieser Hunderasse, stand in einem Posting. Alles sehr ehrenhaft, aber wo war der Zusammenhang zu Lienhart? Schon wieder ein mausetoter Punkt. Sozusagen fledermausetot. Ob ihr Boss mit der Information etwas anfangen konnte?

Der Name Rasmussen kam glücklicherweise nicht so häufig vor. Ein paar Fotos hatte Grohsman im Internet entdeckt und auf dem Server gespeichert. Eines davon befestigte er auf dem Whiteboard im Büro. Verena Rasmussen präsentierte sich als burschikose Frau mit einem warmherzigen Lächeln. In einem der Schnappschüsse trug sie ihr blondes Haar hochgesteckt, dazu eine topmodische rote Brille. Wie verändert ihr Gesicht dann wirkte!»Muster«, hatte Lukas unlängst erklärt. Ihre Augenbrauen waren elegant geschwungen. Die braunen Augen leicht schräg stehend, volle Lippen. Grohsman durchforstete konzentriert die Partyfotos. Nein, keine Übereinstimmung. Was war mit E-Mails zwischen ihr und Lienhart? Er rief Kienzle an.

»Hallo, Chef. Ja, über den Namen Rasmussen bin ich gelegentlich gestolpert«, gab Gregor zu. »Total banaler Inhalt, die Mails. Keine Liebesschwüre, keine dubiosen Geschäfte, sie ist auch keine verschollene Schwester oder so.«

In der Zwischenzeit hatte Joe eine Zusammenfassung ihrer Recherche geteilt. Tierschutz also. Grohsman rief Lienharts Eltern an. Die kannten weder Frau Rasmussen noch war ihnen geläufig, dass Fledermäuse ihrem Sohn ein großes Anliegen gewesen waren.

»Chef, die Rasmussen wohnt im zweiten Bezirk und könnte jetzt gleich ins LKA kommen. Passt das für dich?«, textete Kienzle, zusammen mit der Telefonnummer der Frau.

Fünfzehn Uhr. Wenn er sich mit der Befragung beeilte, kam er rechtzeitig zum Match. Die Rasmussen hatte doch eine Affinität zu Hunden. Dann war es eine glückliche Fügung, dass er Sally ins Büro mitgenommen hatte.

Trotz ihrer salopp zusammengebundenen Haare, der verwaschenen Jeans und des unförmigen T-Shirts sah Verena Rasmussen schick aus. Sie beugte sich zu Sally und strich ihr über den Nasenrücken.

»Danke, dass Sie so rasch Zeit gefunden haben, Frau Rasmussen. Entschuldigen Sie, wenn ich gleich direkt frage: Wie würden Sie Ihre Beziehung zu Herrn Lienhart beschreiben?«

»Sie wollen wissen, ob wir ein Verhältnis hatten«, entgegnete die Frau mit ungekünsteltem Lachen. »Nein. Ich stehe auf Monogamie. Mit Männern wie Manu kann man nur gut auskommen, wenn man ihnen beziehungstechnisch nicht zu nahekommt. Sonst landet man ganz schnell auf der Schnauze.« Wieder kraulte sie Sallys Fell.

»Aber, dass Herr Lienhart nicht mehr …«

»… lebt? Das hat mich ehrlich getroffen.« Sie legte die Hand aufs Herz. »Das hat mir Sandy letzten Mittwoch noch brühwarm erzählt.«

»Sandy Benning? Die kennen Sie?«

»Ja. Ich habe sie auf einer Veranstaltung von Manu kennengelernt, seither sind wir lose befreundet. Sandy ist Tierärztin, ich bin Sachverständige für Tierschutz. Ich schätze, das verbindet.«

»Und ihren Mann?«

»Herwig? Der ist ein Ass in Sachen Steuererklärung. Er hat mir schon so manchen Euro gespart.«

Erledigte Benning für ganz Wien die Steuergeschäfte? »Sie wissen nicht zufällig, wo er sich gerade aufhält?«

»Nein, tut mir leid. So gut kennen wir einander auch wieder nicht.«

Wäre auch zu schön gewesen. Grohsman wechselte flott das Thema. »Ist Ihnen der Inhalt von Lienharts Testament bekannt?«

»Ähm … Testament? Nein …« Klang sie unsicher oder nervös?

»Wenn das vorliegende Schriftstück tatsächlich sein letzter Wille ist, erben Sie einen ansehnlichen Betrag.« Er verschwieg absichtlich, um welche Dimension es ging. »Haben Sie eine Idee, warum er Ihnen etwas vererbt?«

Verena Rasmussen seufzte versonnen. »Na so was … Ich hätte nie gedacht, dass in ihm ein kleiner Philosoph steckt. Manu wurde als Kind bei einem Skiunfall von einer Schneelawine verschüttet. Ohne Rettungshund wäre er verloren gewesen. Der Hundeführer damals war mein Vater. Wir Kinder sind in

Kontakt geblieben – ich bin so etwas wie sein Gewissen geworden. Kann man das so ausdrücken? Jedenfalls meinte er, dass er mir irgendwann seine Schuld zurückzahlen würde.«

Ein weiterer Schicksalsschlag. Was hatte der Mann in seinem kurzen Leben noch einstecken müssen?, fragte sich Grohsman. »Und jetzt setzt er Sie als Haupterbin ein. Davon hat er nie gesprochen?«

»Nein. Schauen Sie mich an. Ich trage Secondhandklamotten, und der Friseur läuft mir hinterher, aber ich bin schneller. Ganz ehrlich, ich mache mir nichts aus Geld. Alles, was ich verdiene, stecke ich in meine Projekte.«

Grohsman betrachtete die junge Frau. In ihrem frischen, offenen Gesicht entdeckte er keine Hinterlist. Oder? »Dennoch erstaunlich, er selbst war ja auch eher sparsam. Wenn ihm das wichtig war, warum hat er sich nicht selbst für den Tierschutz eingesetzt?«

»Wissen Sie, Herr Grohsman, Manu war sehr widersprüchlich. Sicher haben Sie sein Leben recherchiert. Seine Berg-und-Tal-Fahrt. Manu fand keinen Halt, deshalb war er ein menschliches Pendel. Ausschweifend, das Leben mit allen Sinnen genießend – und dann wieder nachdenklich. Seine Melancholie hat er mit einem strahlenden Lächeln getarnt. Zwei Seiten einer Medaille. Würde man nicht glauben, dass es sich um ein und dieselbe Person handelt.«

Dieses Phänomen erinnerte Grohsman an Josef. Die schwermütige Seite hatte sein Freund niemandem gezeigt, in diesen Phasen hatte er sich zurückgezogen. Lienhart hingegen hatte offenbar ein Ventil gefunden. »Dann möchte ich nur noch zwei Dinge wissen, Frau Rasmussen: wann Sie das letzte Mal Kontakt zu Herrn Lienhart hatten und wo Sie am Sonntag am Abend waren.«

»Warten Sie mal. Kontakt …« Sie scrollte in ihrem Handy. »Ja, richtig, er hat vor zwei Wochen auf einer Benefizgala gespielt, die der VSFÖ gegeben hat. Der Verein zum Schutz von Fledermäusen, für den ich aktiv bin. Sonntag, da sieht es schlecht aus. Ich war daheim, was niemand bestätigen kann. Na ja, mein Mops, aber Quentin kann nicht sprechen …« Sie hob bedauernd die Schultern. »In jeder Hinsicht schade, dass ihr eure Stimme nicht erheben könnt«, meinte sie leise zu Sally und streichelte ihren Rücken.

»Dann bitte ich Sie, dass wir Ihre Fingerabdrücke nehmen dürfen. Und eine DNS-Probe.«

»Kein Problem.« Sie streckte ihm ihre Hände entgegen. »Ich war aber früher ein paarmal in Manus Wohnung.«

»Lässt sich leicht feststellen, wie frisch die Spuren sind, keine Sorge.« Die Hundekekse fielen Grohsman ein. »Haben Sie ihn mit Ihrem Hund besucht?«

»Nur zweimal. Quentin hat Manu ständig angeknurrt. Da halfen nicht einmal seine Lieblingsleckerchen.«

»Das Säckchen hatte Herr Lienhart noch«, murmelte Grohsman. Wenn es sich um jene Packung handelte, die Sally in einem der Kartons erschnüffelt hatte.

Wieder lachte die Frau. »Manu hat sicher gedacht, dass er die Kekse für seine nächste Flamme mit Hund noch brauchen kann.«

Grohsman sah Verena Rasmussen nach, als sie das Büro verließ. Sie wirkte unbekümmert. Kumpelhaft. Ihre biometrischen Daten hatte sie ohne Widerspruch hergegeben. Weil nicht sie selbst für Lienharts Tod verantwortlich war, sondern jemanden angestiftet hatte? Zum Beispiel Benning? Er tippte eine SMS an Kienzle. »Gregor, wenn du wieder im Büro bist, überprüf bitte, ob Herwig Benning in der Zeit vor der Party Kontakt zu Verena Rasmussen hatte.«

11

Kerstin hat mit einer Fitnessfreundin telefoniert. Die haben über den Kerl gesprochen. »So schlimm, dass Manuel getötet wurde. Das tut mir so leid. Ich bin gespannt, welches Schwein das war. Wer tut einem friedlichen Menschen wie dem Manu was zuleide? Na, die Polizei findet den Täter. Das gelingt denen fast immer. Und dann wandert er hoffentlich lange hinter Gitter. Wenn's nach mir geht, können die gern den Zellenschlüssel verlieren.«

Plötzlich hab ich Schiss. Wenn ich die Zeitung aufschlage.
Und wenn das Handy läutet. Wenn's an der Tür klingelt. Die
Psychotante schlägt vor, dass ich zu einem Psychoonkel gehen
soll. Der macht was mit Tieren, das hätt schon was. Aber ich
weiß nicht... Nein. Irgendwie hab ich mich an die Psychotante
gewöhnt. Die nimmt mich ernst. Außerdem müsste ich dann alles
noch einmal von vorne erzählen. Das will ich nicht. Davon wird
es sicher nicht besser. Hab ihr sofort Bescheid gegeben. Dass es
bei Montag bleibt. Bei ihr. Sie hat angeboten, dass wir uns im
Park treffen. Frische Luft hilft, hat sie gesagt. Find ich gut. Dann
kann ich abhauen, wenn ich keine Lust mehr hab.
Was soll ich nur machen?

12

Haarscharf hatte Grohsman es auf den Fußballplatz geschafft, die Partie war bereits angepfiffen worden. Nun stand er mit Zina, Lukas, Billie und Nicky unter dem Dach des Gastgartens von seinem Verein. Der Wiener Viktoria. Stand? Nein, er hüpfte wie alle anderen Viktorianer. Mit eisernem Kampfgeist präsentierten sich die Jungs gegen den Tabellenzweiten. Grohsman gab eine Runde aus, einen Kaiserspritzer für die drei Damen, Lukas und er gönnten sich ein gepflegtes Bier, um die Kehlen zu ölen.

»Ned waanan, Burli, kriegst des Balli jo eh gleich!«, spottete ein Viktoria-Fan eben über einen Spieler der anderen Mannschaft, der gestenreich nach dem Ball raunzte. Weil der Schiedsrichter den Out-Einwurf mit Verspätung freigab.

Grohsmans Kehle war rau vom Anfeuern. »Los, spü' ab die Semmel – jo, guad g'macht!«, forderte auch er im Urwiener Dialekt einen Spieler auf, den Ball abzuspielen. Und prompt hatte der Spieler die Vorlage zu einem Tor geliefert. »Sheeena Essist« – ein »schöner Assist« –, plärrte eine Viktorianerin aufs Feld. Grohsmans linker Sitz- oder Hüpfnachbar hatte im Vorfeld angekündigt, für jedes Tor der »Raben«, wie die Viktorianer wegen ihres Maskottchens genannt wurden, ein Fläschchen

Jägermeister zu trinken. Und für jedes Tor der Gegner ein Bier. Mit einem Krügerl war er schon ins Match gestartet. Na, der hatte am Ende des Matches eine saubere Schräglage.

Vier zu eins! Gegen den Tabellenzweiten! Was für ein würdiges Spiel, um in die Winterpause zu gehen.

Nach dem Match kam die komplette Runde mit zu ihm. Zina hatte rasch aus ihrer Wohnung eine Schachtel Karpatka gebracht. Polnische Brandteig-Cremeschnitten, hausgemacht. Da langten alle ein paarmal zu.

»War das dein erstes Fußballmatch, Nicky?« Grohsmans Stimme fühlte sich noch immer etwas belegt an.

»Mit Freunden hab ich schon mal im Fernsehen zugeschaut. Aber live war es das erste Mal. Das ist eine regelrechte Studie für Gruppendynamik. Sowohl auf dem Feld als auch im Zuschauerraum. Faszinierend – wenn man in dem Fanpulk drinsteht, kann man gar nicht anders als mitflippen!«

»Das stimmt«, bestätigte Zina beschwingt. »Diese positive Stimmung reißt mit. Wie ein Musikstück, das zu Herzen geht. Sehr bewegend!«

Für Billie war es die allererste Erfahrung mit diesem Sport gewesen.

»Und, war okay für dich, das Match?«, fragte Grohsman.

»Absolut«, antwortete die junge Frau andächtig. »Mir war nicht bewusst, dass Fußball so intensiv mit System und Strategie zu tun hat.«

»Gell? Voll!« Die Augen von Lukas leuchteten. Die beiden hatten schon während des Matches angeregt debattiert.

»Aha, Spielsysteme und Aufstellungsstrategien taugen euch?«, wollte Grohsman wissen.

»Muster«, antworteten beide.

»Wie Schach«, fügte Billie hinzu, als würde dies alles erhellen.

»Schach? Geht es bei Fußball nicht eher um Teamgeist, um gegenseitige Unterstützung?«, entgegnete Nicky erstaunt.

»Auch. Aber je effizienter die Figuren platziert sind, umso besser die Feldabdeckung.«

Auf eine Fachsimpelei hatte Grohsman nicht zu hoffen gewagt. »Deshalb wird auch ewig über die beste Strategie diskutiert, Viererkette in der Abwehr und eine Sturmspitze, oder ein 4-3-3.«

»Hängt von den Spielern ab, die zur Verfügung stehen«, relativierte Billie. »Und von der Strategie der Gegner. Hast du ein Schachspiel?«

»Doch, ja.« Vor vielen Jahren hatte ihm Caro ein Set geschenkt, edle Holzfiguren, die weißen aus Zirbe, die dunklen aus Nussholz. Handgeschnitzt von einem Künstler in Bad Gastein. Grohsman stellte die Holzbox auf den Tisch.

Billie hatte sich in der Zwischenzeit ein großes Blatt Zeichenpapier aus dem Zimmer von Lukas geholt. Freihändig zeichnete sie ein Raster. »So. Der Tormann ist quasi der ›König‹ – der hat einen kleinen Bewegungsradius, darf jedoch in alle Richtungen. Jetzt wäre es super, wenn es viele ›Damen‹ gäbe, die mehrere Felder in alle Richtungen ziehen können. Die Realität heute hat gezeigt: Die meisten der Spieler machen Spielzüge nach vorne und zur Seite. Wie die ›Türme‹. Andere bewegen sich wenig, wie die ›Bauern‹. Die Kombination macht's. Was heute der gegnerischen Mannschaft gefehlt hat, war die Übersicht.« Zur Demonstration stellte sie mit den Schachfiguren einige Spielszenen nach.

»Du, ich frag bei der Viktoria nach, ob die eine Co-Trainerin brauchen.« Grohsman war beeindruckt, wie sich Billie die Namen der Spieler inklusive der Spielzüge gemerkt hatte. War keine Übertreibung, dass Lukas sie als Superbrain bezeichnet hatte.

»Fairerweise muss man sagen, dass wir das aus der Vogelperspektive sehen«, brachte sich Nicky voller Leidenschaft ein. »Die Spieler mittendrin sollen gleichzeitig den Überblick behalten und handeln. Und selbst als Betrachter macht es einen Unterschied, von wo aus man zusieht, von der Mittellinie oder von einem der Torräume.«

Fußball aus mathematischer und psychologischer Sicht. Wer hätte das gedacht? Muster, Strategie, Perspektiven. Ob eine »Feldanalyse« auch in seiner Ermittlungsarbeit weiterhalf? Zu gerne würde Grohsman die beiden jungen Mathegenies einbeziehen. »Muss ich am Montag versuchen, diese Sichtweise anzuwenden«, murmelte er. »Sagt, wollen wir uns gemeinsam ›A Beautiful Mind‹ ansehen? Den Film über John Nash, das Mathematikgenie?«

»Au ja!« Alle vier hatten geantwortet.

»Ihr kennt den Film?«, fragte Grohsman verblüfft.

»Na klar. Ein berührendes Beispiel, wie weit es ein Mensch mit erheblicher psychischer Beeinträchtigung wie Schizophrenie bringen kann, wenn er von seinem Umfeld adäquate Unterstützung erhält.«

Leuchtete ihm ein, dass Nicky den Film aus Berufsgründen kannte.

»Die Spieltheorie von John Nash ist bahnbrechend«, begeisterte sich Lukas.

»Muster!«, ergänzten er und Billie synchron.

»Ich finde es exemplarisch, wie Musik sowohl Stimmung als auch Handlung nicht nur transportiert, sondern vorantreibt. Die Patterns, die James Horner einsetzt, die Muster – das ist doch genau das, wovon ihr sprecht, oder?«

»Muster in der Musik – natürlich!«, stellte Lukas erstaunt fest. »Das wär mal ein geiles Forschungsthema.«

Zina schmunzelte. »Zu Beethovens Diabelli-Variationen existieren bereits mathematische Untersuchungen. Auch zu den Goldberg-Variationen von Johann Sebastian Bach. Die spiele ich übrigens nächsten Samstag im Salon von Marie Rettenbach.«

»Coool, können wir mitkommen?« Billie zückte ihr Handy, um den Termin im Kalender einzutragen.

Fünf Menschen, wie sie unterschiedlicher nicht sein konnten, unterhielten sich über Fußball, Schach, Psychologie und Musik, stellte Grohsman zufrieden fest.

Alles eine Frage der Perspektive.

Montag, 17. November

1

Mist! Grohsman hatte verschlafen. Wann war ihm dies das letzte Mal passiert? Mit ihm hatte auch Lukas verpennt, der prompt eingeschnappt war.

»Mann, hättest du mich nicht wecken können? Ich hab in der ersten Stunde Mathe, der Prof hat eh schon einen Pick auf mich!« Lukas war total angepisst.

»Und was meinst du, warum ich heute nicht angeklopft habe? Seh ich aus, als wäre ich schon geschnäuzt, gestriegelt und gekampelt?«

Dann hatte Grohsman Smokys Malheur auf dem Teppich entdeckt. Weil Lukas ihn irrtümlich im Wohnzimmer eingesperrt hatte. Der Rüffel dafür kam bei dem Jungen nicht so toll an.

»Ich hab grad viel um die Ohren! Haustierbetreuung steht da nicht so auf meinem Plan!«

»Verlangt keiner von dir. Aber wenn du die Tür schon zumachst ...«

»Sorry, hab ich übersehen. Tut mir leid.«

Na ja, konnte Grohsman ohnehin nicht mehr ändern. Der Kater sah ihn schuldbewusst an und maunzte leise. »Kannst ja nichts dafür, Kleiner.« Rasch beseitigte er das Missgeschick.

»Lukas, ich hab gar nicht nachgefragt, wie die Geschichte mit der Mathe-Niete ausgegangen ist«, lenkte Grohsman ein.

»Wir haben eine Art Waffenstillstand. Weil ich gaaanz leserlich schreibe und nicht frech zurückrede. Bin ich froh, wenn ich den Kerl los bin.« Lukas verdrehte die Augen. »Und jetzt muss ich los. Vergisst du eh nicht auf den Geburtstag von Zinas Tochter? Die Fahrt mit der alten Straßenbahn? Billie und ich sind schon voll neugierig.«

Doch, die hätte Grohsman fast verschwitzt. Hoffentlich kam er rechtzeitig aus dem Büro. Zweimal am Nachmittag frei, das war im Laufe der Ermittlungsarbeit suboptimal. Andererseits, wie viele Wochenenden hatte er sich bereits dienstlich um die Ohren geschlagen?

Nach einer Katzenwäsche und einem grauslichen Löskaffee hetzte Grohsman los. Zu Fuß, dann hatte Sally wenigstens gleich ihren Morgenspaziergang.

Er war im Büro kaum bei seinem Schreibtisch angelangt, da kam Joe hereingestürmt.

»Boss, ich habe gerade die Schwester vom Lienhart erreicht. Daniela. Sie kommt demnächst nach Wien.«

Sollte er Joes Zusammenstoß mit der Radfahrerin aufs Tapet bringen? Nein. »Was hat sie denn Bahnbrechendes berichtet? Dein Gesicht glüht jetzt noch.«

»Na ja, Daniela erzählt, dass ihr Bruder vor ein paar Monaten so was wie eine Erleuchtung hatte. Das ominöse Attest hat ihm einen Dämpfer verpasst. Er wollte sein Leben von Grund auf ändern, weil er angeblich eine Frau gefunden hatte, mit der er eine ernsthafte Partnerschaft führen wollte.«

»Sprach's und macht noch ein letztes Mal mit Mädels herum?«

»Für den Rückfall hat sie keine Erklärung.«

»Und wer war diese Frau? Verena Rasmussen?«

»Das weiß sie nicht. Die Frau ist verheiratet, deshalb hat er den Namen nicht verraten. Seine Zukünftige ist eine ausgebildete Seniorenpflegerin, inklusive Palliativbetreuung. Lienhart hatte vor, einen Schlussstrich zu ziehen. Aber nicht im Sinn von ›sein Leben beenden‹, im Gegenteil. Er wollte mit seiner neuen Liebe zu seiner Schwester auswandern, die in den USA ein Heim für pflegebedürftige Künstler eröffnet hat. Dort wollte er mit seiner Neuen arbeiten.«

Davon wussten Lienharts Eltern nichts? »Und wer hatte etwas gegen diesen Plan? Der Noch-Ehemann von Lienharts Partnerin? Ist jedenfalls ein gravierendes Motiv.« Grohsman ging im Geist die ihm bekannten Gespielinnen von Lienhart durch. »Verheiratet … Sandy Benning? Die ist Tierärztin. Das schließt nicht aus, dass sie auch ausgebildete Pflegerin ist.« Ihm schwante Übles. »Müssen wir jetzt alle verheirateten Partygäste durchgehen?«

»Na ja, wir überprüfen seine Korrespondenz. So eine Reise will geplant sein, da muss doch ein Hinweis zu finden sein.«

Grohsman notierte die Info auf dem Whiteboard, da riss Ungerböck die Tür auf – natürlich ohne anzuklopfen. Kienzle im Schlepptau wirkte genervt.

»Herr Kollege, Ihre Abteilung ist ein Sauhaufen! So was hab ich noch nicht erlebt, haben Sie Ihre Leute überhaupt nicht unter Kontrolle? Die können nicht einmal die einfachsten Verkehrsregeln befolgen. Das wird Konsequenzen haben, das sag ich Ihnen jetzt schon«, ereiferte sich der Oberstleutnant.

Langsam drehte Grohsman sich um. Genug war genug. »Ständig sind wir unter Druck und müssen uns dann auch noch gefallen lassen, dass Sie auf uns herumhacken.«

»Was heißt hier …«

Aus dem Augenwinkel sah Grohsman, wie sich Kienzle vor Ungerböck aufbaute. »Herr Oberstleutnant, die Kollegin Kettler reißt sich den Hintern auf, sie hat sogar am Wochenende gehackt. Wir wissen nicht, was wir zuerst erledigen sollen. Deshalb, wenn ich hier nicht länger gebraucht werde, gehe ich zurück an die Arbeit.«

»Ich habe nichts davon gesagt, dass Sie …«

»Jetzt reicht es aber!«, erhob Joe ihre Stimme. Donnerwetter, so laut hatte Grohsman sie noch nie gehört. »Es tut mir leid, was passiert ist. Offenbar komme ich mit dem Druck nicht klar. Dann suspendieren Sie mich doch.« Sie knallte ihren Dienstausweis auf den Tisch und rannte aus dem Büro.

Entgeistert sah Grohsman ihr nach, Kienzle verbarg sein Grinsen hinter vorgehaltener Hand.

Zum Lachen war Grohsman nicht zumute. »Wehe, Sie nehmen die Kollegin beim Wort«, zischte er seinem Vorgesetzten zu und eilte Joe nach. »Hey, komm zurück!«

Wenn sie jetzt wegen Dienstverweigerung Schwierigkeiten bekam? Grohsman fischte sein Handy aus der Hosentasche. »Joe, nimm dir den Tag frei. Morgen sehen wir uns dann in alter Frische.«

Ungerböck verließ grantelnd das Büro. »Und das während meiner letzten Arbeitstage. Die hab ich mir harmonischer vorgestellt.«

»Geht er echt in Pension? Und was hat Joe gesagt?«, flüsterte Kienzle.

»Keine Ahnung. Und nichts. Ich hab den Anruf fingiert, damit der Herr Oberstleutnant nicht auf dumme Ideen kommt.«

2

Spontan rief Nicky ihre Freundinnen an, um für den späteren Nachmittag eine Mädelsrunde im Kaffeehaus zusammenzutrommeln. Der Versuch ging daneben, ihre Clique war zu einem Ausflug in die Steiermark gestartet. Ein verlängertes Wochenende. Ohne sie einzuladen.

»Weil du eh nie Zeit hast«, lästerten Siggi und Bernadette. »Oder hättest du dir heute freinehmen können?«

… aber wenigstens fragen? Trotz ihres Frusts versuchte Nicky einzulenken. »Wie wär's, gehen wir nächste Woche gemeinsam auf einen Punsch auf den Karlsplatz? Ich gebe eine Runde aus«, schlug sie vor.

»Okay. Wir können ja noch telefonieren.«

Der Tonfall der Antwort implizierte von vornherein ein Scheitern dieser Idee. Nicky hatte sich Unterstützung für heute erhofft. Oder Ablenkung. Hatte sie mehr Bammel vor dem TV-Interview oder vor der Sitzung mit Dominik? Die erste Livebegegnung seit seinem Geständnis. Ihren Vorschlag, zu einem männlichen Kollegen zu wechseln, hatte er abgelehnt. Sie musste Pascal noch verständigen. Dabei konnte sie ihn gleich nach Jerome, dem Retriever-Mix, fragen. Und nach Newton, dem Wollknäuel.

»Hallo, Nicky! Sorry, hier ist Teddy, Pascal kann grad nicht rangehen.«

Au weia, wobei hatte sie die beiden gestört? »Kein Problem. Ich wollt mich bloß mal melden. Was machen die Hunde?«

»Pascal trainiert gerade mit Jerome. Bei dem Hund schlägt der Retriever durch. Als ob er nie etwas anderes gemacht hätte als Therapie!«

»Wenn die ein Versuchsobjekt brauchen, stelle ich mich sofort zur Verfügung.« Hatte Nicky das gerade laut gesagt?

»Hey, komm doch vorbei, und wir gehen eine Runde mit Newton spazieren. Der kleine Racker würde sich freuen.« Warum nicht? Wenn schon die Freundinnen keine Zeit hatten. »Ich hab jetzt gleich einen Klienten, das könnte etwas dauern. Aber am Nachmittag?« Die Livesendung war erst am Abend. Ein Hundespaziergang bot die perfekte Ablenkung zwischen Therapiesession und Interview.

»Hört sich gut an. Dann bis später!«

Ach, jetzt auch noch ein Anruf von Grohsman. Konnte sie ihn abwimmeln? Nein. »Hallo, Felix. Ich hab nur kurz Zeit, ich hab jetzt gleich einen Klienten. Und am Abend …«

»… hast du deinen Fernsehauftritt, ich weiß, Nicky. Das ist aber wichtig: Es hat sich ein neues Mordmotiv ergeben. Sieht so aus, als ob Lienhart eine ernsthafte Beziehung zu einer verheirateten Frau hatte. Mit der er in die USA auswandern wollte.«

Dann hatte Dominiks Frau sogar vorgehabt, ihn zu verlassen? Das Mosaik wurde langsam vollständig. Es ergab ein düsteres Bild. »Und wisst ihr, wie die Frau heißt?«

»Nein, bisher noch nicht. Außerdem hat Ralf die Fingerabdrücke vom Balkon komplett ausgewertet. Mysteriös. Neben denen von Benning finden sich weitere frische Abdrücke, die wir noch nicht zuordnen konnten.«

Nickys Herz raste. »Sind die auch sonst in der Wohnung? War die Person auf der Party?«

»Sieht so aus. Interessant ist aber vor allem, was Ralf nicht gefunden hat. Es fehlen frische Abdrücke von Lienhart.«

Den Tathergang konnte sich Nicky ausmalen. »Vermutlich hat die Tatperson Lienhart bei den Füßen gepackt und über das Geländer gehebelt. Der war so zugedröhnt, dass er nicht mehr reagieren konnte.«

»Ja, davon gehen wir aus. Aber dass er sich so gar nicht gewehrt hat? Ach, ich weiß nicht. Und dann läuft bei uns im Team gerade das Fass über. Könnte sein, dass Joe das Handtuch wirft nach diesem blöden Unfall. Nach dem Anschiss vom Gottsöbersten ist der Kessel explodiert.«

Joe, ein Temperamentsbündel? Sonst zeichnete sich die junge Polizistin durch Coolness und Entschlossenheit aus. Nicky schätzte sie als eine Frau der Tat ein, die sich von nichts und niemandem einschüchtern ließ. Mit dem Druck dieser Arbeit musste man allerdings erst klarkommen. Spürte Nicky grad am eigenen Leib. »Soll ich mit ihr reden?«

»Ja, bitte mach das. Kienzle und ich allein, das schaffen wir personaltechnisch nicht. Agnes Drese hilft uns zwar bei der Auswertung diverser Unterlagen. Aber uns fehlt Joes Sturschädel.«

»Also, To-do-Liste: Joe kontaktieren. Kann ich sonst was zu dem Fall beitragen?«

»Bring mir den Täter.« Grohsman seufzte.

Genau das hatte Nicky vor.

3

Langsam knicke ich ein. Diese Ungewissheit frisst mich auf. Kerstin durchbohrt mich mit ihrem Blick. Heute in der Früh hab ich ihre heilige Teetasse runterfallen lassen, weil sie hinter mir aufgetaucht ist. Urplötzlich.

Ich krieg das Bild nicht mehr weg. Manuels höhnisches Grinsen, das er den ganzen Abend zur Schau gestellt hat. Wie er mich ausgelacht hat. Weil ich der Mann einer seiner Flammen bin. Einer von vielen, er wusste nicht einmal genau, welche. Und fragt blöd, warum ich sie nicht mitgebracht hab. Ich sehe nicht, wie er fällt. Aber ich höre seinen Schrei. Und ich sehe, wie sein Körper zerschunden am Boden liegt.

Verschwindet das Bild, wenn ich mich stelle? Kann ich es aus meinem Kopf löschen? Ich ertrage es nicht mehr …

4

Nicky setzte sich auf eine der Parkbänke im Augarten. Ihr Klient war pünktlich gekommen, eine Rarität. Meistens verspätete er sich um fünf Minuten und hatte die kuriosesten Ausreden parat. Einmal meinte er, dass er nicht rechtzeitig zusammengepackt hatte – was auch immer man für eine Therapiestunde »packen« musste. Sie holte ihr Notizheft aus dem Rucksack.

»Wie geht es Ihnen, Dominik?« Nicky startete mit ihrer üblichen Eröffnungsfrage.

»Ich bin ganz schön durch den Wind. Ich hab das völlig verdrängt, was da passiert ist. Filmriss eben. Das kann schon mal vorkommen auf einer heißen Party!«

Seine Depression wies zusätzlich Merkmale einer leichten bipolaren Störung auf, wobei die Pole rasant wechseln konnten. Hatte seine Frau deshalb einen anderen Partner gesucht? »Bisher kamen Filmrisse bei Ihnen nicht so oft vor, oder?«

»Na ja, ich erzähl Ihnen ja nicht von jeder Party. Aber stimmt schon. Normalerweise lass ich mich nicht so volllaufen. Solche Massenansammlungen sind nicht mein Ding.«

»Haben Sie mit Ihrer Frau gesprochen?«

»Worüber?« Seinem Gesichtsausdruck nach zu schließen, schien er zu überlegen, ob Nicky das Wetter oder das morgige Essen meinte.

»Über Kerstins … Affäre …?«, grenzte Nicky das Thema ein. So neutral wie möglich. Ob er einen Verdacht hatte, dass seine Frau die Koffer packen wollte, konnte sie ihn schlecht fragen.

»Nö. Muss ich nicht. Jetzt hat sie ja keine Affäre mehr.« Sein Lächeln war aufgesetzt. Als wollte er sich selbst überzeugen.

»Was daran liegt, dass Sie … gehandelt haben.«

Dominik hatte öfters über mangelnden Antrieb geklagt. Seine Genugtuung, eine Aktion gesetzt zu haben, währte jedoch nicht lange. Er senkte den Kopf, strich sich mit den Händen energisch über die Oberschenkel.

»Was empfinden Sie, wenn Sie an diese Nacht denken? Wenn Ihre Erinnerungen zurückkehren?«

»Ich weiß nicht.« Leise kam die Antwort. Er starrte auf den Boden.

»Wollen Sie mir von der Party erzählen? Was Sie dort gemacht haben?«

»Ich wollte den Typen kennenlernen. Hab ihm gesagt, dass ich der Mann von der Kerstin bin. Zuerst hat er belämmert geschaut. Aber dann hat er gemeint, ich soll mir was zum Trinken nehmen.«

»Wie haben Sie sich auf der Party gefühlt?« Nicky wusste, dass Dominik nicht gut damit klarkam, in einem Raum mit mehr als fünf ihm fremden Menschen zu sein.

»Ich hab das als Therapie gesehen. Da musst du durch, hab ich mir gesagt. Andere haben auch ihren Spaß. Der Typ hatte ein paar ziemlich steile Hasen eingeladen. Einer davon hat mein Tattoo gefallen. Sie hat vorgeschlagen, dass wir unsere Peckerln vergleichen.« Er zwinkerte Nicky zu. »Die hatte ein niedliches Arschgeweih! Mein Drache hat ihr auch ganz gut gefallen.«

Dominik hatte nicht nur einen Skorpion, sondern auch einen Drachen? Symbole, die mit »Kraft« assoziiert waren – hatte er deshalb diese Tattoos? Nicht das Thema jetzt. »Sie sind sich nähergekommen?«

»Bloß ein harmloser Flirt. Ich geh nicht fremd. Ich bin doch verheiratet. Trotzdem ist Manuel gleich hergekommen und hat herumgemotzt. Ich soll die Finger von seiner Millie lassen. ›Wieso?‹, hab ich ihm ins Gesicht gespuckt. ›Du lässt ja weder Finger noch sonst was von meiner Frau.‹ Darauf hat er dreckig gegrinst. Austauschparty, dafür wär er schon zu haben. Aber bitte kein Vierer, das findet er doof. Dem war völlig wurscht, dass ich von ihm und meiner Frau weiß. So ein Kotzbrocken!«

»Haben Sie ihm die Meinung gesagt?«

»Nein. Die Stimmung war sowieso nicht mehr so prickelnd. Drei andere Weiber haben herumgezickt. Irgendwann sind die Flaschen geflogen, mich hat es fast hingehaut, mitten in die Scherben. Mein Pegel war zu dem Zeitpunkt ganz schön hoch. Da hätt ich problemlos darunter Limbo tanzen können. Wenn ich dazu nicht zu besoffen gewesen wäre.«

Ihr Klient brachte den Anflug von einem Schmäh zustande? Das war Nicky neu. »Sie sind dann also gegangen?«

»Um halb elf. Ich hab mir ein Taxi geholt. Hab ja kaum noch stehen können. Daheim bin ich dann einfach nur auf die Couch gekippt. Und hab von dem Kerl geträumt. Davon bin ich aufgewacht, mit einer Stinkwut. Da ist alles hochgekommen. Also bin ich noch einmal hin zu ihm. Hab angeläutet, der stand da in der Jeans und dem offenen Bademantel. Hab ihn wahrscheinlich gestört. Den Rest hab ich eh schon erzählt. Er hat mich provoziert, dann ist er einfach auf den Balkon gegangen, um seinen Joint zu rauchen. Da hab ich rot gesehen über diese Kaltschnäuzigkeit. Er stand mit dem Rücken zu mir und hat mich nicht kommen gehört. Also hab ich ihn an den Füßen gepackt, er ist ins Straucheln gekommen, noch ein letzter Schubs – und aus. Das Bild seh ich jetzt noch, wie er da zerschunden liegt. Ich bin in mein Auto gestiegen und heimgefahren.«

Ein Schweigen senkte sich über den Park. Waren sogar die Vögel verstummt? »Wie geht es weiter?«, fragte Nicky sanft.

»Das war absolut richtig, was ich getan habe.« Ein leiser Trotz in der Stimme. Wie ein Kind, das ein Bonbonglas zerbrochen hatte. Und sich rechtfertigte, dass es sonst nicht an die Süßigkeiten gekommen wäre.

»Richtig für Ihr seelisches Gleichgewicht?«

»Na klar!«, brauste er auf und zupfte fahrig an seinem Ohrläppchen. Schüttelte langsam den Kopf. »Nein.«

»Es war nicht gut für Ihr Gleichgewicht, oder nicht richtig?«

»Verdammt.« Ein kurzer Angstruf. Er wischte sich über die Augen.

Nicky reichte ihm stumm ein Taschentuch. Behutsam setzte sie an: »Dominik, gleich in der Nähe ist die Polizeistation …« War das zu abrupt?

Die Zeit schien sich zu dehnen. Endlich blickte ihr Klient auf. Sah Nicky lange in die Augen, bevor er aufstand. »Gehen wir«, meinte er knapp.

5

»Willst du reden, Joe?«

Die SMS von Nicky stammte schon von der Früh. Nett gemeint, aber Joe hatte keinen Bock auf Psychotalks. Auch ihr Boss hatte eine Nachricht hinterlassen. »Du hast heute frei. Nütze die Zeit zum Nachdenken.«

Nachdenken. Das war so kindisch gewesen, aus dem Büro zu stürmen. Und ihre Kollegen im Stich zu lassen. War sie zu dünnhäutig geworden? Die Rede, die Kienzle geschwungen hatte, war allerdings so was von cool. Und der Boss hielt ihr trotzdem die Stange.

Ein Adrenalinkick würde sie wieder auf Kurs bringen. Eine Runde Bungee-Jumping? Vom Donauturm? Nein, die hatten Winterpause. Außerdem kam ihr diese Action in Verbindung mit dem Fall Lienhart etwas makaber vor. Wie fühlte sich jemand, der ohne Sicherung sprang? Es kostete sie immer einen Ticken Überwindung, sich von der Plattform abzustoßen. Joe schob die morbiden Gedanken weg. Dafür war sie nicht aus dem Hamsterrad ausgebrochen. Den freien Fall, dieses Gefühl zu fliegen, fand sie hammermäßig.

Sie überlegte. Es musste nicht der ultimative Kick sein. Der Kletterpark Purkersdorf hatte geöffnet, das war's doch! Der hatte acht Kletterstrecken mit unterschiedlichem Schwierigkeitsgrad. Equipment konnte man dort leihen.

Allein hinfahren? Störte sie sonst nicht, aber die letzten Tage hatte sie das ungewohnte Bedürfnis nach Gesellschaft. Es hatte ihr nicht mal was ausgemacht, dass ihre Mutter ihren Wien-Aufenthalt bis Mittwoch verlängerte. Die sicher nicht klettern wollte, sondern mit Anton einen Ausflug nach Laxenburg unternahm. Im November. Jedem das Seine.

Anton hatte ihre Mutter heute Vormittag abgeholt. Attraktiver Kerl, auf Joe machte er einen humorvollen Eindruck, sportlich, leger. Er war Seniorpartner in einem Betrieb für Landschaftsgärtnerei, und er besaß einen riesigen Obstgarten bei Amstetten. Wie ein Mitgiftjäger oder Trickbetrüger wirkte er nicht. Den Account auf der Datingplattform hatte ihm ein

Kumpel eingerichtet. »Als ich das Profil deiner Mutter gesehen habe, wusste ich sofort: Die will ich kennenlernen. Aber auf neutralem Boden, da schien uns Wien besonders geeignet«, hatte er Joe gestanden. Ihre Mutter war rot geworden. So eine Geheimniskrämerin! Die Tochter besuchen, jaja.

Wer konnte Joe auf der Kletterpartie begleiten? Nicky hatte doch ein Treffen angeboten. Nein, ihr Bedürfnis nach Psychogerede hielt sich immer noch in Grenzen.

Sie scrollte ihre Kontakte durch. Ihr Boss schied wohl aus. Außerdem hatte sie ihn mal gefragt, ob ihm dieser Sport taugte. Worauf er ihr stumm den Vogel gezeigt hatte. Kienzle, na klar, das kam jetzt sicher gut. »Gregor, magst du so wie ich alles mal hinwerfen?« Und überhaupt, der wurde schon blass, wenn er vom dritten Stock aus dem Fenster sah. Was war mit Frank, ihrem Karatetrainer? Nein. Der würde ihr wieder einen Vortrag halten, warum sie bei der letzten Prüfung zum blauen Gürtel durchgerasselt war, wo sie doch schon den braunen Gürtel haben könnte. Das Thema brannte ein Loch in ihr Ego.

Sie suchte weiter. Ralf Aichhorn. Sie hatte ihn am Samstag gar nicht gefragt, ob er Sport betrieb. Andererseits, seine Statur kam kaum von Fernsehabenden bei Chips und Bier. Sicher eine doofe Idee, ihn anzurufen, oder? Auch schon egal. »Hallo, Ralf, hier Joe. Mir fliegt grad die Decke auf den Schädel. Ich fahre in den Kletterpark nach Purkersdorf. Hast du Lust mitzukommen?«

»Du hast Glück, ich hab heute erst am Nachmittag Dienst. Ein bisschen abschalten schadet mir auch nicht.«

Joe winkte Ralf zu. Sie war zum ersten Mal im Purkersdorfer Hochseilgarten. Die Sicherheitseinschulung hatten sie absolviert, ohne viele Worte zu verlieren. Dazu hatte sich Joe zu vertieft auf das Gelände konzentriert. Steile Hänge, total dicht mit urhohen Bäume bewachsen! Sicher eine neue Perspektive, sich da oben von Baum zu Baum zu schwingen. Oder zu hanteln. In rund zwölf Metern Höhe.

»Nehmen wir den einfachen Parcours hier als Einstieg«, schlug Ralf vor. »Und dann sehen wir weiter. Ist hier ohnehin aufsteigend nach Schwierigkeitsgrad angeordnet. Und dazwischen vielleicht eine Flying-Fox-Bahn?«

»Warst du schon mal hier?«

»Klar! Du nicht?«

»Nö. Na dann, auf geht's!« Joe konzentrierte sich auf den Parcours. Wieder unten angelangt, wartete sie auf Ralf, der mit der Geschmeidigkeit eines Panthers dahinglitt.

»Und jetzt die Flying-Fox-Bahn!« Johlend sausten sie die hundertzwanzig Meter lange Bahn entlang. Genau den Adrenalinkick hatte Joe gebraucht.

Nach dem dritten Parcours genügte es beiden, sie kehrten in der kleinen Gastwirtschaft ein. Auf einen naturtrüben Apfelsaft.

»Wieso fällt dir die Decke auf den Kopf?«, fragte Ralf.

»Hat dir niemand meine letzte Aktion gesteckt?«

»Wieso, du bist doch nur einen Tag auf Urlaub.« Er zwinkerte ihr zu. »*Take it easy*, Joe. Die können sich alle zehn Finger abschlecken, dich zu haben. Du bist schlau, haust dich rein – sogar Gregor legt jetzt mächtig einen Zahn zu, um mit dir mitzuhalten. Deine praktische Demonstration bei Schlesis Workshop hat mich inspiriert, ich bastle grad an einer virtuellen Simulation vom Tathergang.«

»Was, echt? Hast du die schon dem Boss weitergeleitet?«

»Nein, sie passt noch nicht. Man muss den Trunkenheitsgrad von Opfer und Tatperson ins Kalkül ziehen. Ah, und schon bin ich wieder im Dienstmodus. Schluss damit. Erzähl mir von dir.« Er lehnte sich zurück.

»Da gibt es nicht viel zu berichten. Ich verbringe die meiste Zeit im Job. Gelegentlich gehe ich auf ein Rockkonzert oder zum Karatetraining.«

»Rockkonzert und Karate. Ja, das passt zu dir. Und sonst? Liest du? Löst du Kreuzworträtsel? Spielst du Bingo?« Er legte den Kopf schief.

»Zum Lesen komm ich kaum, Kreuzwort und Bingo? Nö. Wenn ich Zeit habe, fotografiere ich. Und du?«

»Ich lese Biografien … und habe einen Zen-Garten mit einer Unzahl an Bonsais. Mein Ausgleich zum Job und zu Kletterparks.«

»Bonsais.« Joe versuchte, sich Ralf vorzustellen, wie er mit der Nagelschere ein Zwergbäumchen trimmte.

»Ja und? Passt in jede Wohnung. Hast du keine Pflanzen?«

»Nein. Ich hab einen braunen Daumen. Hast du eigentlich Familie?«

»Ich bin geschieden. Dieser Beruf verträgt sich nicht allzu gut mit Beziehungen. Und du?«

»Single. Wie bist du zur Polizei gekommen?«

Ralf sah auf die Uhr. »Das erzähle ich dir ein andermal. Leider muss ich jetzt aufbrechen. Hey, das wiederholen wir, okay?«

Hervorragende Idee.

6

»Felix, draußen sitzt ein Mann, der zum Fall Manuel Lienhart aussagen möchte.«

»Okay, Nicky, und wer …?«, setzte Grohsman an.

»Bitte tu mir einen Gefallen und lass dir nicht anmerken, dass du mich kennst. Ich erkläre dir nachher, warum.«

Die Psychologin hatte es eilig. Und sie wirkte nervös. Grohsman folgte ihr auf den Gang, wo ein Mann mittleren Alters saß. Bullig, Stoppelglatze, stechende grüne Augen. Die Lippen zu einem Strich zusammengekniffen. Die Jacke hatte er ausgezogen, sie lag auf dem Sessel neben ihm. Er trug ein T-Shirt, auffallend für November. Grohsmans Blick blieb auf dem Unterarm des Mannes hängen. Ein Skorpion. Das war doch Dominik, der Doppelgänger von Benning. Oder die grimmige Version davon. Der hier wirkte wie ein Holzfäller, in natura würde Grohsman die beiden nicht verwechseln. Dieser Person war er definitiv nicht auf dem Zentralfriedhof begegnet. Wie hatte Nicky ihn gefunden? »Felix Grohsman, Kripo. Sie möchten eine Aussage machen? Wie ist Ihr Name?«

»Dominik Fuchs. Ich … habe Manuel Lienhart getötet«, hob er mit brüchiger Stimme an.

Grohsman brauchte einen Moment, bis er den Inhalt des

Satzes realisierte. Ein Geständnis. Er starrte den Mann an.
»Kommen Sie bitte mit.« Er führte Fuchs in den Vernehmungsraum und verständigte Kienzle. »Gregor, wir haben den Täter«,
flüsterte er in sein Handy.

»Möchten Sie einen Anwalt hinzuziehen?«, richtete er sich
wieder an Fuchs.

Dieser schüttelte den Kopf. »Kann meine Psychologin hier-
bleiben?«

Grohsman sah zwischen beiden hin und her. Nicky war seine
Therapeutin? Langsam sickerte es. Der Mann hatte ihr offenbar
schon früher gestanden. Erst in den letzten Tagen, sonst hätte
sich Nicky nicht mit »Suizid« abgefunden. Doch seither wusste
sie, dass Grohsman den falschen Mann verfolgte. Deshalb ihre
Ausbrüche! »Das geht in Ordnung.«

Weder Kienzle noch Grohsman unterbrachen Fuchs in
seiner Schilderung. Die Affäre, die Party, die Auseinandersetzung, die in Wahrheit keine war und Fuchs umso aggres-
siver gemacht hatte. Deshalb war er zunächst von der Party
geflüchtet.

»Ich bin gegen halb zehn mit dem Taxi heimgefahren, ich war
ja sturzbetrunken. Daheim bin ich dann auf die Couch gekippt.
Und hab von dem Kerl geträumt. Bin mit einer Stinkwut aufgewacht. Also bin ich noch einmal zu ihm gefahren, weiß nicht
mehr, wann. Der hat die Tür aufgemacht, in der Jeans und dem
offenen Bademantel. Ich bin in die Wohnung gestürmt. Er hat
mich erst provoziert, dann ist er auf den Balkon gegangen, um
seinen Joint zu rauchen. Ich war sauer über diese Kaltschnäuzigkeit. Er stand mit dem Rücken zu mir. Also hab ich ihn an
den Füßen gepackt, er ist vorne übergekippt, noch ein letzter
Schubs … Da, das Foto beweist es. Ganz zerschunden liegt er
da. Ich weiß nicht, warum ich das fotografiert habe. Eigentlich
wollte ich es löschen.«

Grohsman machte sich trotz der Audioaufzeichnung Notizen. Der Tathergang entsprach den Hämatomen, die Schlesinger
an der Vorderseite von Lienharts Beinen gefunden hatte. Und
auf dem Rücken. »Wieso haben wir auf dem Bademantel keine
DNS von Ihnen gefunden?«

»Keine was? Ach so. Ich glaub, ich hab Handschuhe getragen. Muss ich wohl, oder?«

»Wissen Sie noch, mit welchem Taxi Sie um halb zehn heimgefahren sind?«

Fuchs verneinte. »Da ist grad eines gekommen. Hatte so eine blaue Werbung, glaub ich.«

Das ließ sich relativ einfach überprüfen. »Und wie kamen Sie zurück zur Party?«

»Wieder mit dem Taxi, schätze ich.«

Grohsman sah von seinem Notizblock auf. »Das ebenso grad gekommen ist?«

Fuchs runzelte die Stirn. »Ich glaub ja ... Oder vielleicht habe ich eines gerufen. Daran erinnere ich mich nicht.«

»Und heimgekommen sind Sie ...?«

»Mit meinem Auto. Also, ich bin gefahren.«

»Sie waren doch betrunken«, wandte Kienzle ein.

»Ja. Wollen Sie mir dafür den Führerschein abnehmen?« Fiel Fuchs selbst auf, dass der Scherz danebenging. »'tschuldigung.«

Dann hatte Ulrich Zapletal tatsächlich einen Mann mit Stoppelglatze gesehen, dachte Grohsman. Ein betrunkener Täter – die Erinnerungslücken von Fuchs wirkten schlüssig. »Welches Auto fahren Sie?«

»Einen schwarzen Ford Kuga, warum?«

Ein SUV. Grohsman richtete sich abrupt auf. »Haben Sie den Anschlag auf Ignaz Moser verübt?«

Fuchs hob abwehrend die Hände. »Nein ... wie ... Wer ist das?« Seine Stimme klang schrill.

»Der Mann, der beobachtet hat, wie Sie in der Nacht das Haus verlassen haben. Der gegen Sie aussagen wollte. Den Sie zum Schweigen gebracht haben«, fuhr Kienzle dazwischen.

»Was? Wie? Nein! Wann soll das gewesen sein?« Panisch wischte Fuchs sich über die Stirn.

Grohsman fixierte ihn. »Wo waren Sie letzten Donnerstag so gegen sechzehn Uhr?«

»Ähm, Moment ... Ja klar, da war ich im Fitnessclub. 'tschuldigung, Frau Witt, ich hab Ihnen gesagt, dass ich noch in der Arbeit bin. Ich wollte nicht ... Aber Donnerstag hat Kerstin ihre Zumba-Stunde, da habe ich mir gedacht, ich mache mal mit.«

Grohsman registrierte, wie Nicky den Daumen hob. »Dann können die Teilnehmer Ihr Alibi bestätigen.« Zumba? Dieser vierschrötige Mann hüftenschwingend? Schräge Vorstellung. »Sind Sie mit dem Auto hingefahren?«

»Nein, der Club ist gleich ums Eck von mir.«

Grohsman ließ sich den Namen vom Fitnesscenter geben. »Wo parkt Ihr Auto jetzt? Wir müssen es auf Spuren untersuchen.«

Fuchs zuckte mit den Achseln. »Das steht in der Innstraße, Nähe Pasettistraße. Gleich ums Eck von mir.«

»Dann nimmt mein Kollege Ihre Aussage auf, die Sie unterschreiben. Möchten Sie Ihre Frau anrufen? Oder Ihren Anwalt?«

»Ich will, dass das ein Ende hat.« Kaum mehr als ein Flüstern.

Die Kollegen führten Dominik Fuchs ab.

Was für ein abartiger Fall. Nicky schwieg immer noch. In ihrer Haut wollte Grohsman nicht stecken. »Seit wann wusstest du es?« Unnötig, näher darauf einzugehen, was er mit »es« meinte.

»Seit Mittwoch. Nach der Zeitungsmeldung. Also lange nach unserem ersten Teammeeting. Und nachdem der Fall als Suizid geschlossen wurde. Saublöde Situation. Am Donnerstag habe ich im Krankenhaus eine SMS an Fuchs geschickt, weil ich Schiss hatte, er könnte hinter dem Angriff auf Moser stecken. Aber Fuchs hat sofort geantwortet. Ach, ich weiß auch nicht.«

»Dann benachrichtige ich jetzt Frau Fuchs. Irgendwer muss ihr sagen, warum ihr Mann die nächste Zeit nicht heimkommt.« Grohsman schloss die Mappe. Er sah auf die Uhr. Hatte er nicht erwartet, dass er es rechtzeitig zur Geburtstagsfahrt von Zinas Tochter schaffen würde.

Einen Weg hatte er noch. Er konnte Frau Fuchs nicht am Telefon mitteilen, dass ihr Mann ihren Liebhaber getötet hatte.

7

Da war Joe einen Tag nicht im Büro, und der Täter stellte sich? Fieberhaft suchte sie in den Unterlagen. Doch, der Name Dominik war mal aufgetaucht, in Zusammenhang mit einem Streit. Die Spur hatten sie nicht weiterverfolgt, weil sie sich auf Benning konzentriert hatten. Langsam verstand sie Nickys Ausbruch von wegen Zeugenbeeinflussung.

Wer war dieser Dominik Fuchs? Viel gab das Internet nicht her. Er schien bloß in einer Tierarztpraxis als Ordinationsassistent auf. Nicht in der Praxis von Sandy Benning. Ob sich die beiden dennoch kannten? Konnte sie jetzt abhaken.

Schade, das bedeutete das Ende der Zusammenarbeit mit Ralf. Und mit Agnes. Wobei, hatte Fuchs den Anschlag auf Ignaz Moser gestanden? Joe wischte in ihrem Tablet. Nein, den stritt er vehement ab.

Ihre Mutter war noch nicht zurück von ihrem Trip nach Laxenburg. Das Schmunzeln verging Joe rasch, als ihr das momentane Chaos im Job in den Sinn kam. Dieser Auszucker heute … Ob sie den Ungerböck um ein Gespräch bitten sollte, wie Marie Rettenbach geraten hatte? Na, morgen war auch noch ein Tag.

Wie ging es dem alten Mann, dem Ignaz Moser? Dem Boss unter die Augen zu treten, traute sie sich nicht einmal virtuell. Sie entschied sich für eine SMS an Kienzle. »Gibt's was Neues von Ignaz Moser?«

Prompt kam eine Antwort. »Leider nein. Gut, dass du nicht den Hut draufhaust.« Zwinkersmiley.

»Dann besuche ich ihn mal.« Joe schulterte ihre Tasche und fuhr ins Krankenhaus.

Dr. Huber, der behandelnde Arzt im Spital, sah Joe eindringlich an. »Ich gebe Ihrer Kollegin, Frau Witt, recht. Herr Moser leidet unter einer dissoziativen Amnesie aufgrund eines tief sitzenden Traumas. Als wir ihn vorhin auf den Unfall ansprachen, hat er sofort wieder vom Internat angefangen.«

»Haben ihn Angehörige oder Freunde besucht?«, hakte Joe nach.

»Nein, niemand. Das ist der Hauptgrund, warum ich die Befragung zulasse. Dann hat er wenigstens irgendeine Action. Er braucht zwar Ruhe, aber ihm ist langweilig.«

Leise betrat Joe das Zimmer. »Guten Tag, Herr Moser! Mein Name ist …«

»Jö, ich krieg Besuch, das ist aber fein. Setz dich, Ines. Du hast dich aber sehr lange nicht anschauen lassen. Weißt du, wann meine Frau kommt? Deine Tante?«

Na, das fing ja gut an. Konnte sie ausnützen, dass er sie für seine Nichte hielt? »Weiß ich leider nicht. Wie geht's denn immer so?«

»Na ja, habt ihr meiner Frau eh gesagt, dass sie sich vor dem bösen Mann in Acht nehmen soll?«

»J-jaaa …« Wen meinte er? »Aber sie weiß nicht, wer das sein soll. War er im Haus?«

»Jaja. Der Gstöttner. Im Haus, im Internat, im Spital, der ist überall!«

Kam zur Amnesie noch Paranoia hinzu? Musste sie mit dem Arzt abklären.

»Nein, warte, Ines. Hier im Spital war der noch nicht. Da bin ich ja jetzt sicher. Da stehen Ritter vor der Tür!«

Musste Joe den beiden uniformierten Beamten gleich mitteilen, dass Moser sie für Ritter hielt. »Ja, die passen gut auf. Wie schaut denn der böse Mann aus?«

»So genau erinnere ich mich nicht. Ist ja doch schon ein Zeiterl her …«

Wie lang war bei ihm ein »Zeiterl«? Dreißig Jahre? Oder fünf Tage? Joe kramte nach dem Foto, das ihr Boss dem Mann beim ersten Besuch gezeigt hatte. Damals, um Benning zu identifizieren. »Ist der Mann da zu sehen?«

Moser nahm das Bild in die Hand. Er erstarrte. Mit zittrigem Finger zeigte er auf eine unscharfe Figur im Hintergrund. Den Mann konnte Moser zuordnen? Joe erkannte kaum etwas an dem Gesicht im Dreiviertelprofil. Ob Margie, Jenny und Lisi ihn identifizieren konnten? Oder die »Sabsi«, Sabine Meier?

Joe steckte das Foto wieder ein. »Keine Sorge, die Ritter

haben alles im Griff.« Beruhigend strich sie über Mosers Hand. Sie verabschiedete sich.

»Babaaa, Ines. Komm bald wieder. Aber nicht mit dem schwarzen Suff. Nein, Luise sagt, das heißt Essjuwie. Soll man da drin Juwies essen? Was sind Juwies?« Er kicherte.

Was hatte er gesagt? »Welcher schwarze SUV?«

Moser sah sie mit müden Augen an. »Wie bitte? Ach so. Der Suff von meiner Mutter. Da haben wir Platz gehabt.« Er schloss die Augen.

»Nö, der Mann sagt mir nichts«, meinte »Sabsi« Sabine Meier, nachdem Joe ihr das Foto gezeigt hatte. »Da kann man doch gar nichts erkennen. Habt ihr keine bessere Aufnahme?«

Wissen wir nicht, wollte Joe antworten.

Die letzte Bemerkung von Moser spukte in ihrem Hirn. Schwarzer SUV, wie das Auto, in das Moser hineingezerrt worden war. »Gregor, kannst du was checken? Ob die Mutter von Ignaz Moser einen schwarzen SUV besaß?«

Kienzles Nachricht ließ nicht lange auf sich warten. »Mutter von Ignaz Moser: Irmgard Moser. Vater: Friedrich Moser. Beide bereits verstorben. Auf beide kein Fahrzeug gemeldet. Zum Glück. Die hatten keinen Führerschein.«

8

Der Notarzt versorgte Kerstin Fuchs. Völlig ahnungslos von der Tat ihres Mannes war die Frau vor Grohsmans Augen kollabiert. Zuvor hatte sie geflüstert, dass sie nun manche Aktionen ihres Mannes in letzter Zeit begriff. Das schwere Beruhigungsmittel begann zu wirken.

Nachdem er hier nichts mehr ausrichten konnte, beschloss Grohsman, die Befragung auf morgen zu verschieben. Und jetzt zur Geburtstagsfeier von Zinas Tochter Amelia? Was für ein irrer Kontrast.

Der Geruch der alten Straßenbahn, der »Tramway«, wie sie in Wien genannt wurde, verscheuchte Grohsmans Gedanken an die turbulenten letzten Stunden, nein, Tage. Getriebeöl, Lederhaltegriffe, die Sitzbänke und der Boden aus Holz hatten etwas Anheimelndes. Diese Garnituren fuhren seit bald fünfzig Jahren nicht mehr. Dass er sich an den Geruch dennoch erinnerte? Nicky hatte ihm mal die Intensität des olfaktorischen Gedächtnisses verdeutlicht. Wie dadurch Stimmungen getriggert wurden, weil ein spezifischer Duft mit einem Erlebnis verknüpft war. Großmutters tröstende Zimtschnecken. Er konnte zwar nicht mehr abrufen, ob ein Streit mit den Eltern oder eine schlechte Schulnote ihm Kummer bereitet hatte. Doch der Geruch von Zimt hatte seither für Grohsman etwas Versöhnliches.

Trigger … Nein, die Gedanken an Ignaz Moser schob Grohsman zur Seite. Er schlenderte voller Nostalgie durch den alten Waggon. Strich liebevoll über die Schaltkurbel, die man keinesfalls hatte berühren dürfen. Lukas gesellte sich zu ihm.

»Die Schiebetüren waren während der Fahrt meistens offen. Früher gab es sogar einen Raucherwaggon«, erklärte er seinem Neffen.

»Diese Straßenbahnen hast du noch miterlebt?«, fragte Amelia, Zinas Tochter. Hatte Grohsman nicht erwartet, dass er mit seinen alten Kamellen einen Teenager unterhalten konnte.

»Ja, die sind ab und zu noch eingesetzt worden. Ach, war das damals ein Höhepunkt, wenn so eine Garnitur ums Eck quietschte. Einmal bin ich sogar auf die Sitzbank geklettert und hab an der Klingelschnur gezogen. Das durfte natürlich nur der Schaffner, um dem Fahrer die Abfahrbereitschaft zu signalisieren. Der Schaffner hat damals ordentlich geschimpft mit mir. War das meiner Mutter peinlich! Ich hab ihm ganz treuherzig erzählt, wie schön ich diese Waggons finde. Dann hat er mir ein Zuckerl geschenkt.«

»Sag, was gibt es Neues in deinem hollywoodreifen Fall?«, fragte Billie.

»Uuuh!«, jubelten die Teenies und sahen Grohsman voller Erwartung an.

Über die Arbeit konnte und wollte er nicht sprechen. »Der

ist gelöst, mehr sag ich nicht. Mord ist bloß im Fernsehen unterhaltsam.« Grohsman war eine Spur zu ernst geworden. »Wir wollen jetzt auf das Leben anstoßen, oder? Amelia, herzliche Gratulation zu deinem Geburtstag!«

Eine von Amelias Freundinnen riss jubelnd die Arme in die Höhe.

»Kennen wir uns nicht?«, fragte Billie die junge Frau abrupt.

»Nö, glaub ich nicht.«

»Ich hab dich schon mal gesehen. Die Art, wie du die Hände schwingst – vielleicht in einem Konzert?«

Grohsman beobachtete die Szene. Die beiden Frauen tauschten Vorlieben für Musik und andere Hobbys aus. Sie fanden keine Berührungspunkte.

»Wahrscheinlich schaue ich jemandem ähnlich«, meinte Amelias Freundin und hob die Hände.

»Jetzt weiß ich's: Warst du bei der Fridays-for-Future-Demo in der letzten Oktoberwoche? Mit einem knallbunten Banner? Ich glaub, ich bin auf dem Heldenplatz neben dir gestanden!«

Nicht nur die Freundin bekam große Augen. »Stimmt!«, quietschte sie. »Ich kann mich an dich überhaupt nicht mehr erinnern, sorry.«

»Na ja, das war Zufall, dein Schild ist mir aufgefallen«, winkte Billie ab.

»Von wegen«, flüsterte Lukas Grohsman zu. »So geht das pausenlos bei ihr. Ständig erkennt sie irgendwen und erinnert sich meistens auch noch genau, wann und wo sie die Person gesehen hat.«

»Billie ist ein Super-Recognizer«, entfuhr es Grohsman.

9

Zum ersten Mal seit Langem atmete Nicky befreit auf. Dominik Fuchs hatte ihre Verbindung zur Polizei nicht mitbekommen. Nach seinem Geständnis hatte er gefragt, ob er die Therapie mit ihr weiterführen konnte. Im Knast. Wie gefasst er gewirkt hatte. »Darüber können wir sicher reden«, hatte sie ihm versprochen. Es sprach nichts gegen eine Fortsetzung der Betreuung. Seine Termine würde er wenigstens einhalten, war ihr kurz eingeschossen.

Jetzt aber los zu Teddy, auf einen Spaziergang mit ihm und Newton. Endlich an die frische Luft, sie war abgesehen von den Rudersessions zur Stubenhockerin mutiert.

»Hallo, Nicky, komm rein!« Teddy öffnete ihr schwungvoll die Tür. Wieder wirkte er auf Nicky wie ein buddhistischer Mönch, positive Aura, in Balance, geerdet. »Geht es dir gut?«

»Danke, ganz okay. Irgendwie sehr gemischt, die letzte Zeit. Aber ich will nicht darüber reden. Sorry, das hat nichts mit dir zu tun, betrifft nur die Arbeit, und daran mag ich nicht denken.« Nickys Schwurbelsätze waren ein unfehlbares Anzeichen von Systemüberladung.

»Willst du allein spazieren gehen? Das ist kein Problem für mich.« Teddy leinte den Hund an. »Bring Newton einfach zurück, wenn er dir zeigt, dass er heimwill.«

Teddys tröstende und beruhigende Präsenz steckte an. Der Mann war schwer in Ordnung. Er schien die seltene Gabe zu besitzen, sich in die Gedanken und Gefühle sowohl von Tieren als auch von Menschen hineinzufühlen.

Bewegung machen, ohne zu quatschen. Dabei das eigene Tempo finden. Optimal. »Also, wenn du ihn mir anvertraust … Fährt er U-Bahn? Ich würde gern entlang der Donau wandern.«

»Das geht in Ordnung, die Gegend taugt ihm bestimmt.«

Nicky übernahm Newtons Leine und stapfte los. Der kalte Wind biss an ihrer Nase und ihren Ohren. Sie richtete sich die Mütze und zog den Schal enger.

Ihr Blick fiel auf die raue Oberfläche der Donau. Die Kreuzfahrtschiffe lagen verschlafen auf dem Ufer, fest vertäut. Während hier im Sommer reger Betrieb herrschte, begegneten ihr jetzt nur ein paar unentwegte Radfahrer und Jogger.

Wann war sie in einen Laufschritt gefallen? Das Auspowern brachte ihren Organismus in Schwung. Und Newton? Der trabte zufrieden neben ihr her und schien sich gerade mal warmzulaufen. Aber so großartig war es um ihre Kondition nicht bestellt, sie ließ sich keuchend auf eine der Bänke fallen. Newton hockte sich, seinen warmen Körper an ihr Schienbein gelehnt.

Gedankenverloren streichelte sie ihm den flauschigen Kopf, den er auf ihr Knie gelegt hatte. Und fing zu reden an. Über den verrückten Fall, über ihren Frust der missglückten Freizeiteinteilung, über ihre verpatzten Beziehungen. »Dabei bin ich ein fröhlicher Mensch, das kannst du mir glauben. Ist sicher diese trübe Novemberstimmung, die geht allen auf den Geist. Zu wenig Sonne.«

Newton sah sie mit seinen großen bernsteinfarbenen Augen an. »Also, an dir ist ein Therapeut verloren gegangen!« Nicky vergrub ihr Gesicht in seinem Scheitel und schlang die Arme um ihn. Ein warmes Gefühl breitete sich im Bauch aus. Der klare Beweis, dass Berührungen von Hunden in hohem Maße die Ausschüttung des Kuschelhormons Oxytocin begünstigten. »Genug geraunzt. Ich bring dich jetzt zurück.«

10

Endlich ist es vorbei. Die waren fast nett, die Kieberer. Hab geglaubt, die behandeln mich wie ein Monster. Bin ich doch irgendwie. Die sagen das jetzt sicher Kerstin. Die wird mich hassen. Alle werden mich hassen. Sperrt mich endlich weg, dann muss ich niemandem mehr in die Augen sehen. Wegen dem Vollkoffer muss ich jetzt in den Bau gehen. Und das hat's jetzt gebracht? Ich will nicht mehr. Das hat doch alles keinen Sinn.

In welchen Häfen komme ich eigentlich? Ich hab so Schiss.

Von der Geburtstagsfahrt noch aufgekratzt, kehrte Grohsman heim. Heute war der große Auftritt von Nicky. Mit einem Glas Pinot noir streckte er sich auf der Wohnzimmercouch aus und schaltete den Fernseher ein. Chapeau, dieser dunkelviolette Hoseneinteiler mit dem Umhang stand Nicky ausgezeichnet. Lukas gesellte sich zu ihm und lauschte dem Intro. »Wahnsinn, der Mann ist unschuldig eingesessen? Und Nicky hat einen Justizirrtum aufgedeckt?«

»Ja, kann man so zusammenfassen.«

Piring sprach mit einer leisen Stimme. »Geduld war der Schlüssel zu diesem Erfolg. Ich war mir sicher, dass alles an die Öffentlichkeit kommt, wenn die Zeit reif ist.«

»Wie übersteht man so eine Zeit? Was lässt einen weitermachen?«, fragte die Reporterin.

»Das klingt jetzt verrückt: durch Hass und durch Liebe. Frau Witt hat mit mir daran gearbeitet, dass mein Hass auf den ganzen Apparat nicht die Oberhand gewinnt. Durch ihre Interventionen ist es mir gelungen, die Liebe im Herzen wachzurufen. Die zu meinem Sohn und zu meiner Frau. Der Hass zündet ein Feuer, das einen nicht resignieren lässt. Die Liebe sorgt dafür, dass daraus kein Flächenbrand wird. Der Hass hat mich allerdings immer weiter vorangetrieben. Der sorgt für Adrenalin im Körper, das pusht einen hoch.«

Über seine Zeit im Gefängnis wollte er nicht reden. Wie er als Neuling zum Punchball für manche Mithäftlinge geworden war. Irgendwann hatten sie ihn in Ruhe gelassen. Den »Spinner«. Piring hatte Tränen in den Augen. »Was mich komplett zerstört hat: Niemand glaubt dir. Du bist verurteilt, also musst du's gewesen sein. Wenn meine Familie nicht gewesen wäre … Das Schlimmste war, wenn die Besuchszeit aus war. Wenn ich wusste, sie konnten in unsere gemütliche Wohnung zurück. Und ich …« Er wischte sich über die Augen. »Doch dann bekam ich Frau Witt zugeteilt. Sie war die Erste im Gefängnis, die mir zugehört hat.«

»Frau Witt, wann hatten Sie zum ersten Mal geahnt, dass vor Ihnen ein unschuldiger Mann sitzt?«

»Verzeihen Sie, wenn ich Sie gleich korrigiere, aber die Feststellung über Schuld oder Unschuld fällt nicht in meine Kompetenz, das ist Aufgabe der Gerichte.« Nicky strahlte eine freundliche Selbstsicherheit aus. »Für mich geht es um die Entscheidung über den Wahrheitsgehalt einer Aussage. Ein komplexes Thema. Keine Sorge, das führe ich nicht näher aus. Würde den Rahmen sprengen.« Die Psychologin hob lächelnd die Hände. »Ich bin rasch zu der Ansicht gelangt, dass die Aussagen von Herrn Piring stimmig sind. Das war der Zeitpunkt, Einsicht in die Ermittlungsakte zu nehmen.«

Völlig unprätentiös setzte sie die Ausführungen über ihre Arbeit fort. Von der Wichtigkeit, sich auf den Menschen vor sich zu konzentrieren, nicht nur in einer Therapiesituation. »Wir hören einander zu wenig zu. Das ist ein Grundproblem.«

Sie sprach über die damaligen Versäumnisse und über Falschaussagen. »Wir bilden uns viel zu rasch eine Meinung. Jemand verlässt flott einen Ort – der muss etwas zu verbergen haben. Ein Mann kümmert sich um eine pflegebedürftige alte Frau – der muss etwas im Schilde führen.«

»Eine Sauerei, der ganze Fall. Dir kann das nicht passieren, Onkelchen!« Lukas klopfte ihm auf die Schulter.

Grohsman rührte diese Einschätzung. »Ich bin mir nicht sicher, wie Nicky darüber denkt.«

In ihrer Meinung zu diesem Fall blieb Nicky diplomatisch. »Das Leid, das hier geschehen ist, ist nicht in Worte zu fassen. Es steht mir jedoch nicht zu, konkrete Personen anzuklagen. Ermittlungen sind immer eine Teamarbeit, glücklicherweise entwickeln sich Kriminalistik und Forensik enorm weiter. Wir müssen mit entsprechender Sorgfalt vorgehen, damit derartige Fehlurteile nie wieder passieren.«

Dienstag, 18. November

1

Kollegin Kettler trottete kleinlaut ins Büro – im wörtlichen Sinn wie ein begossener Pudel. Der Regen schien sie voll erwischt zu haben. Grohsman hatte sich knapp ins Portal des LKA gerettet, bevor der Wolkenbruch losgeprasselt war.

»Setz dich«, forderte Grohsman Joe auf. »Bist du wieder bei uns? Also, körperlich und geistig?« Was lastete sonst auf ihr, »nur« die kommende Anhörung? Erneut wurde ihm bewusst, wie wenig er in letzter Zeit von seinem Team mitbekommen hatte.

Sie nickte stumm. »Es tut mir so leid. Ich ... Manchmal frag ich mich selbst, ob das der richtige Job für mich ist.«

Was, Joe hatte Zweifel? »Na komm. Wenn es bei dir nicht gerade eine Sicherung fetzt, leistest du brillante Arbeit. Wirst du immer noch blöd angequatscht?« Kannte er selbst aus seinen ersten Jahren bei der Kripo. Wenn man sich und den Vorgesetzten beweisen wollte, was man draufhatte.

Ein lakonisches Achselzucken. Sie fixierte die Schreibtischplatte, als wollte sie sich die Maserung des Holzes einprägen.

»Okay. Manchmal kann man auch Dinge zerreden. Ich tu mal, als wäre nichts, und du gehst wieder an die Arbeit. Wir haben noch den Anschlag auf Moser zu klären. Und das Geständnis von Fuchs zu verifizieren.«

Langsam stand sie auf. »Danke«, murmelte sie und legte ein Blatt Papier auf Grohsmans Schreibtisch. »Ich weiß nicht, ob das weiterhilft.« Sie schlich aus dem Büro.

Eine Aktennotiz zur Befragung von Ignaz Moser, die Joe gestern geführt hatte. Moser sprach von einem »bösen Mann«, einem Internatslehrer, den er auf einem der Partyfotos entdeckt hatte. Joe hatte das Foto Sabine Meier gezeigt, die die Person nicht identifizieren konnte, war zu verschwommen, die Aufnahme. Weiters hatte der Alte einen schwarzen SUV erwähnt, der seiner Mutter gehörte. Laut Kollegen Kienzle hatte jedoch keiner der Eltern einen Führerschein.

Ein weiterer Beweis für die Verwirrtheit des Zeugen, dessen Geisteszustand offenbar so chaotisch war wie der komplette Fall? Dominik Fuchs hatte den Angriff auf Moser bestritten. Überprüfung des Alibis lief, im Fitnesscenter waren für diesen Kurs drei Gastkarten gelöst worden, für die keine Ausweise verlangt wurden. Die Kursleiterin war derzeit nicht erreichbar.

Muster, schoss Grohsman ein. Netzwerke. Schachspiel. Wie hingen die Beteiligten zusammen, wer verkörperte welche Figur? War Benning das »Rössel«, das Haken schlagen konnte? Und, um bei Metaphern zu bleiben, spielten Lienhart und Moser überhaupt in der gleichen Partie? Kurz überlegte Grohsman, welche Figur er selbst symbolisierte. Im Moment kam er sich vor wie der »Bauer«, der eingeschränkten Bewegungsradius hatte. Mit Hilfe einer weiteren Spielfigur konnte aber sogar ein Bauer einen König matt setzen. Grohsman scheiterte bei dem Versuch, eine Skizze der Fälle anzufertigen, wie Billie zur Analyse des Fußballspiels.

Gestern hatte er Billie und Lukas den Begriff »Super-Recognizer« erläutert. Menschen mit der Fähigkeit, sich Gesichter und Bewegungen überdurchschnittlich gut zu merken. Und die dadurch Personen, die sie zuvor ein einziges Mal gesehen hatten, in Videoaufnahmen in größeren Menschenansammlungen herausfiltern konnten. Diese Veranlagung war extrem selten und ließ sich kaum trainieren. Man ging davon aus, dass nur ein bis zwei Prozent der Weltbevölkerung dazu in der Lage waren. Noch waren Effizienz und Validität nicht wissenschaftlich bewiesen. Grohsman hatte Billie dennoch vorgeschlagen, ein Praktikum beim Bundeskriminalamt zu absolvieren.

Konnte er die junge Frau offiziell in diesem Fall als Beraterin einsetzen? Ein Schnupperpraktikum? Dazu müsste Videomaterial vom Anschlag auf Moser vorliegen. Das hatte Agnes Drese überprüft, Fehlanzeige.

»Chef, ich hab endlich den Notar ausfindig gemacht, bei dem Ignaz Moser sein Testament hinterlegt hat«, berichtete Kienzle aufgeregt am Telefon. »Der Benning ist Hauptbegünstigter. Die

Nichte kriegt einen mageren Pflichtteil, da scheint es gröbere Brösel gegeben zu haben. Nicht schlecht, das Erbe. Die Wohnung vom Moser – Eigentum! – und ein fettes Aktienportfolio, das Benning für ihn angelegt hat. Genauer Wert ist nicht bekannt, sind aber laut Notar ein paar dicke Fische dabei.«

Doch zwei getrennte Fälle? Oder war das ein vorschnelles Urteil? Nur weil jemand flott einen Ort verlässt, muss die Person nicht gleich etwas zu verbergen haben, klang Nickys Mahnung in seinen Ohren.

2

»Tut mir leid, Gregor, wegen gestern.« Joe pflanzte sich vor dem Tisch des Kollegen auf. »Und danke, dass du mich gegenüber dem Ungerböck verteidigt hast. Fand ich cool. Und erstaunlich.«

»Erstaunlich? Das hat dem Oberstleutnant schon einmal gehört. Der hat doch keinen Schimmer mehr, was es heißt, in der Schusslinie zu stehen. Und nur, damit wir uns richtig verstehen: Ich finde trotzdem, dass du eine elende Streberin bist. Und eine Nervensäge. Aber du bist *unsere* Nervensäge.«

Joe stupste ihn an. »Na ja, du gehst mir auch tierisch auf den Geist, wenn du manchmal gar so launisch bist. Aber was du aus Computerdaten und so herausholst, das ist schon stark.«

»Ein Lob von dir? Dann brauchst du was«, stöhnte Kienzle.

»Nein!« Was dachte er von ihr? So opportunistisch war sie nicht. »Ich frag mich nur … Also, am Samstag war ich bei dem Forensik-Workshop von Schlesinger. Die Ergebnisse hat er in einem E-Mail zusammengefasst, hast du schon gelesen? Mir geht die Sache mit dem Haar von Lienhart nicht aus dem Kopf. Schlesis Vortrag, dass man den Lebenswandel des Opfers nachweisen kann, wobei ›Wandel‹ im Fall von Lienhart wörtlich zu nehmen ist. Der war zwischendurch clean, das hat auch die Schwester bestätigt.«

»Und warum beschäftigt dich das? Der Täter hat sich gestellt. Ich bin gerade dabei, das Handy von Fuchs auszuwerten. Also, der hat Nachrichten und Fotos gelöscht, was das Zeug hält. Wird eine Gaudi, das alles wiederherzustellen. Lienharts Lebenswandel – meinst du, dass es eine Verbindung zu Ignaz Moser gibt?«

»Ich will das Thema einfach abhaken. Warum hat Lienhart eine Zeit lang ein reformiertes Leben angestrebt? Und warum ist er rückfällig geworden?« Joe hockte sich zum Computer.

»Fahnden wir noch nach Benning?«, fragte sie Kienzle.

»Ja klar, der hat sich als Haupterbe von Moser entpuppt. Hab ich schon in die Gruppe gestellt.«

Richtig. Warum war sie so unkonzentriert? Die Entschuldigungsrunde hatte sie doch absolviert.

Außer beim »Gottsöbersten«. Musste das sein? Ja.

3

Die haben mich ins Graue Haus gebracht. In die Justizanstalt Josefstadt, da kommen alle schweren Jungs hin, hat der Kerl im Transportwagen gemeint. Weiß Kerstin schon ...?

Wie viele Jahre krieg ich? Komm ich damit durch, dass das im Effekt war? Nein, Affekt heißt das. Der hat mich doch provoziert. Und ich war besoffen. Außerdem hab ich mich selbst gestellt. Das muss doch ... Wie hat die Psychotante das genannt? Ah ja, das muss strafmindernd sein. Hoffentlich.

4

Entschlossen klopfte Joe an die Tür von Oberstleutnant Ungerböck.

»Na, Sie haben Nerven. Nehmen Sie Platz.« Ihr Vorgesetzter deutete auf den Stuhl ihm gegenüber.

Durchatmen und volle Kraft voraus. Und bloß keine Angst

zeigen, das reizt Raubtiere. »Ich mache es kurz. Für mein Verhalten gibt es keine Entschuldigung. Aber, wenn Sie mich suspendieren, bestrafen Sie in erster Linie meine Kollegen. Das haben die nicht verdient.« Joe versuchte, sachlich zu bleiben, doch dann brach es aus ihr heraus. »Bin ich in Ihren Augen wirklich so eine unfähige Beamtin?« Joe erwartete einen Anschiss.

Ungerböck lehnte sich zurück. »Sie haben Mumm, das muss ich Ihnen lassen.« Er lächelte beinahe. »Schauen Sie, wir müssen Vorschriften einhalten. Wir sind ohnehin ständig unter Beschuss. Die Ergebnisse Ihres Teams sind top. Deshalb habe ich der Dienstaufsichtsbehörde gemeldet, dass die Sache mit dem Fahrrad eine Unachtsamkeit auf beiden Seiten war. Und da niemand ernsthaft verletzt wurde, lassen wir es damit bewenden. Ihr *Urlaub* ist also beendet, richtig?«

Joe brachte fast den Mund nicht zu vor Staunen. Dass Ungerböck so verständnisvoll reagierte, hatte sie nicht erwartet. »Ja, alles top.«

»Was mit der anderen Sache ist, Ihr Eingreifen bei dieser Frau … Sie haben eine offizielle Weisung missachtet und sich in eine gefährliche Situation gebracht. Nicht auszudenken, was passiert wäre, wenn der Mann eine Schusswaffe gehabt hätte. Die Anhörung morgen kann ich Ihnen nicht ersparen. Aber dann können wir das hoffentlich auch zu den Akten legen. Wir sehen uns morgen, ja?«

»Ja. Danke. Auf Wiedersehen.«

Ungerböck hatte nicht einmal die Stimme erhoben. Ungewöhnlich.

Im Büro starrte Kollege Kienzle in seinen Computer. »Das ist jetzt merkwürdig.« Er kaute an einem Bleistift. »Kannst du dir das mal ansehen, Joe? Ah, hallo Chef.«

»Wollte nur checken, ob dir der Ungerböck den Kopf abgerissen hat. Steiler Zug, ihn von dir aus aufzusuchen, Joe. Hat bei ihm Eindruck gemacht.« Der Boss startete zu Gregors Laptop. »Was gibt's denn?«

»Also, wir sind doch am Ermitteln, ob Herwig Benning am

Anschlag auf Moser beteiligt war. Selbst wenn die beiden Fälle nicht zusammenhängen sollten, bleibt die Tatsache, dass Lienhart und Moser Nachbarn waren. Richtig?«

»Ja, so weit können wir dir folgen.«

»Gut. Sandy Benning und Manuel Lienhart waren in regem E-Mail-Austausch. Laut der drei Partymäuse Jenny, Margie und Lisi sind die nur Freunde, oder?«

»Hat sie auch selbst so dargestellt«, bestätigte Joe. Sie checkte ihr Tablet. »Sie geht nur gelegentlich mit ihm ein Glas Wein trinken. Ganz hab ich ihr die Geschichte nicht abgenommen. Jetzt ist die Frau auf Reisen.«

»Die ist in der Toskana und schert sich nicht die Bohne, was mit ihrem Mann ist.« Der Boss holte sich einen Stuhl und hockte sich. »Sie brauchen eine Auszeit, sagt sie. Ich wäre nicht überrascht, wenn die Betonung auf ›aus‹ läge.«

Kienzle nickte. »Bis Anfang August scheint das mit der Freundschaft zwischen ›Sandy‹ und ›Manu‹ noch gestimmt zu haben. Aber hier schreibt sie irgendwas von ›zu viel Wein getrunken‹ und von einer ›lauschigen Begegnung‹.«

»Blumige Umschreibung für ›Sex haben‹.« Joe grinste.

»Und dann faselt sie was von ›Brötchen backen‹. Kennt ihr euch da aus?«

Der Boss kratzte sich am Kinn. »Also, in Wien sagt man eher ›einen Braten im Rohr haben‹. Oder ›ein Brot im Ofen haben‹. Beides ist eine Umschreibung von ›schwanger sein‹.«

»Echt jetzt?« Hatte Joe noch nie gehört. Kienzle offenbar auch nicht.

»Na ja, wundert mich, dass sie sich so ausdrückt. Und dass er das versteht. Kann natürlich sein, dass sie gemeinsam an einem Backkurs teilgenommen haben.«

»Nein, glaub ich nicht, Chef«, rief Gregor. »Deine Deutung ergibt Sinn. Er schreibt: ›Ich kann das jetzt gar nicht brauchen!‹, worauf sie antwortet: ›Das hättest du dir vorher überlegen müssen. Dann hättest halt Vorkehrungen getroffen!‹ Jedenfalls war der Ton dann nicht mehr so freundschaftlich.«

»Wie geht der Austausch weiter?«, hakte Joe nach.

Kienzle scrollte sich durch die Nachrichten. »Anfang November mailt sie: ›Jetzt gibt es kein Zurück mehr.‹ Sehr kryptisch.«

Joe rechnete in Gedanken. »Gar nichts ist kryptisch. Wenn das ominöse besoffene Pantscherl Mitte August war, war sie Anfang November in der vierzehnten Schwangerschaftswoche. Dann ist in Österreich kein regulärer Abbruch mehr zulässig.«

»Was antwortet er darauf?«, fragte der Boss und beugte sich näher zum Computer.

»Nicht sehr viel. Ein Wort. ›Bitch‹.«

»Oioioi, nicht gerade gentlemanlike. Hört sich nicht so an, als ob Lienhart mit Sandy in die USA auswandern wollte«, überlegte Joe. »Und wenn Lienhart mit der Frau von Fuchs abhauen wollte, doch dann wird eine andere Frau schwanger? Wartet. Wenn sich Fuchs und Benning kennen, könnte unser Angeklagter auch Benning ›gerächt‹ haben. Er bemerkt, dass ihn Moser beobachtet hat, nach der Zeitungsmeldung steckt er das dem Steuerberater. Benning attackiert Moser und versucht, bei ihm einzubrechen. Eventuell, um das Testament zu suchen, ob er Haupterbe ist.«

»Und nach Dominiks Ankündigung, sich zu stellen, macht sich Benning aus dem Staub.« Der Boss hörte sich nicht restlos überzeugt an. »Gregor, hast du das Handy von Fuchs schon ausgewertet?«

»Bin dabei. Die vielen gelöschten Daten sind eine Herausforderung. Die Gesprächsnachweise sind erst heute eingetroffen.«

»Okay. Halte mich auf dem Laufenden. Ich fahre jetzt zu Frau Fuchs.« Das Handy vom Boss läutete. »Hallo, Kollegen. – Was? Ihr findet das Auto vom Fuchs nicht?«

5

Keine Spur vom schwarzen Ford Kuga, hatten die Kollegen gemeint, auch nicht via GPS. Hatte Fuchs das Auto entsorgt? Die Zeit dafür hätte ausgereicht, oder?

Gedankenverloren läutete Grohsman bei Fuchs an.

nicht überzeugt. »Darf ich Sie fragen, sind Sie vom Beruf Seniorenpflegerin?«

»Was? Nein. Ich arbeite in einer Bank als Sachbearbeiterin. Was hat das mit meinem Mann zu tun? Ich bin weder fremdgegangen noch wollte ich ihn verlassen«, versetzte sie verärgert. »Ich hab ihn doch lieb«, fügte sie leise hinzu.

»Dann nur eines noch. Wissen Sie, wo das Auto Ihres Mannes steht?«

Kerstin sah ihn verwundert an. »Das müsste irgendwo in der Nähe parken. Ich fahre nicht damit, mir ist der Kübel zu groß. Dominik benützt es auch nicht oft. Wir waren die letzten Tage eher daheim. Stimmt was nicht mit dem Auto?«

»Es scheint verschwunden zu sein.« Grohsman klappte seinen Notizblock zu.

War Fuchs bloß krankhaft eifersüchtig? Aber wieso hatte Lienhart ihn überhaupt eingeladen, wenn er nicht Kerstins Geliebter gewesen war? Woher kannten sich die Männer? Und was, zum Kuckuck, war mit dem Auto?

»Das passt wie die Faust aufs Auge«, murrte er.

6

Das Feedback auf Nickys Fernsehauftritt war der Hammer. Sonja hatte ihrer Freundin sofort eine Nachricht getextet: »Du supercoole Überfliegerfrau! Wahnsinn! Ich freu mich, wenn du zur Dernière kommst.« Der Kurzbesuch in Leipzig – eindeutig ein Highlight, dem Nicky entgegenfieberte. Auch ihre Freundinnen Siggi, Bernadette und Karin hatten sich gemeldet – und entschuldigt, dass sie Nicky zum Wochenendtrip nicht eingeladen hatten. Sie schlugen ein Punschtreffen für diesen Samstag vor. Nicky sagte sofort zu.

Sie ackerte sich durch die vielen E-Mails. Glückwünsche, aber auch Kritik, weil sie mit den damaligen Ermittlern nicht härter ins Gericht gegangen war. Als ob das ihre Aufgabe wäre! Anfragen potenzieller neuer Klienten flatterten herein, Schreiben mit dem Ersuchen, sich für die Aufrollung einiger Fälle einzusetzen. Würde sie sich später ansehen. Zusammen mit ihren Kollegen der diversen forensischen Abteilungen. Vielleicht konnte sie Schlesinger und Aichhorn einbeziehen? Effizienz durch Interdisziplinarität.

Nicky schloss die Akte Lienhart. Aus psychologischer Sicht war die Aussage von Dominik Fuchs authentisch. Die Art, wie er Erinnerungslücken präsentierte. Dass er teilweise ungeordnet erzählte, nicht chronologisch. Unwesentliche Details hervorhob. Dass er Gedächtnislücken zugab. Wobei Erinnerungen ein heikles Thema waren. Kam schon vor, dass Erlebnisberichte der blanken Phantasie entsprangen. Man tauschte sich bei Klassentreffen über gemeinsame Ausflüge oder Streiche aus. Bis das Erzählte derart real wurde, dass man es für ein eigenes Erlebnis hielt. Auch war es Tatsache, dass sich Geschichten mit jeder Wiederholung weiter von der Realität entfernten. Kein Paradoxon, denn bei jeder Reprise wurden neue Details erfunden, meistens, um Erinnerungslücken auszustopfen. Wenn Nicky sich beispielsweise in der Paartherapie die Hochzeit schildern ließ, konnte man oft meinen, dass von zwei verschiedenen Ereignissen die Rede war. Weil Menschen Situationen unterschiedlich erlebten. Exakt dieses Phänomen bewirkte die Unzuverlässigkeit von Zeugenaussagen.

Die Angaben von Fuchs bewahrheiteten die Aussage von Lienharts Nachbarn Ulrich Zapletal. Bulliger Mann am Gang, Stoppelglatze, davonbrausender dunkler SUV.

Damit konnte sich Nicky endlich ihrer Work-Life-Balance widmen. Diesen Ausdruck fand sie überkandidelt, aus ihrer psychologischen Arbeit war er aber mittlerweile nicht mehr wegzudenken.

Sie hatte ein Treffen mit Pascal vereinbart; im Resselpark die Sonnenstrahlen genießen, bevor der Winter einkehrte. Sonnenstrahlen? Wie aufs Stichwort zog der Himmel zu. Das war nicht der Grund, warum sie statt des entschleunigten Schlenderns in einen Stechschritt verfallen war. Ihre Gedanken waren zu Dominik Fuchs zurückgewandert, der in einer Zelle seinem Schicksal entgegenbangte.

»Probleme?«, riss Pascal sie aus ihren Überlegungen.

»Ach, mein Klient, den ich dir beinahe vermittelt hätte. Er hat gestanden. Also, auf der Polizeistation.«

»Und von welchem Vergehen sprechen wir? Jetzt kannst du es ja sagen.«

»Tötungsdelikt.«

Pascal blieb abrupt stehen, legte die Hand auf sein Herz. »*Oh, mon Dieu*, so was Ähnliches habe ich befürchtet. Ich hatte Sorge um dich. So eine beschissene Situation. *Oh, pardonnemoi.*«

Total süß, wenn Pascal in seine Muttersprache wechselte. Nicky blies geräuschvoll die Luft aus. »Na, Gefahr gebannt, alles ausgestanden, Fall erledigt. Für mich und für die Kripo. Ein Grund zum Feiern!«

»Sprach die Psychologin und blickte finster wie die Königin der Nacht«, lachte Pascal. »Stimmt etwas nicht?«

Sie fixierte einen Punkt am Horizont, wo ein einsamer Sonnenstrahl die Wolken durchbrach und sich in den Fensterscheiben eines Hauses verfangen hatte. »Keine Ahnung, warum mir das durch den Kopf geht. Seine Aussage ist schlüssig. Aber seine Ehefrau hatte angeblich keine Affäre. Damit zerbröselt das Motiv meines Klienten, seinen Nebenbuhler getötet zu haben.«

»Der Mann könnte sich diese *Amour fou* eingebildet haben. Passt krankhafte Eifersucht in sein Bild?«

»Es ist nicht auszuschließen.« Jedes Detail in der Akte und in der Aussage von Fuchs schien Sinn zu ergeben. »Ach, ich glaube, es ist dieser Fall von Wilhelm Piring. Seither stelle ich alles in Frage.«

Grübelnd trottete Nicky durch den Park. Wenn alles für die Glaubwürdigkeit von Dominiks Aussage sprach, warum brütete sie über dieses Thema? Allein die Tatsache, wie oft sie die Unterlagen auf etwaige Fehlschlüsse gecheckt hatte, machte sie stutzig. Weil … die Sprache von Fuchs bei seinem offiziellen Geständnis inhomogen war? Hatte sie schon letzten Mittwoch in ihrer Praxis und bei der Session im Park bemerkt. Beide Male hatte er ähnliche Sätze eingestreut. Worte, die er sonst nicht verwendete. »Zerschunden«. Oder »Kaltschnäuzigkeit«.

Sie blieb abrupt stehen. *Ähnliche* Sätze? »Pascal, ich muss eine Sache klären, in meiner Praxis. Tut mir leid.« War ein kurzer Spaziergang geworden.

»Mach dir keinen Kopf. Wenn du eine Fährte hast, musst du ihr folgen, solange sie heiß ist.«

»Danke. Dafür ... Was hältst du davon, wenn wir heute Abend zum Heurigen gehen? Dem Hamsterrad entfliehen?«

7

Hatte einen Vorteil, dass sich Grohsmans Wohnung so nahe bei seiner Dienststelle befand. So konnte er die Mittagspause von Zeit zu Zeit daheim verbringen und mit Sally eine Runde durch den Augarten drehen. Dieser Perspektivenwechsel half ihm zu einer sachlicheren Sicht auf die aktuellen Ermittlungen.

Ob er daheim Lukas antreffen würde? Der hatte heute nur kurz Schule, oder? Grohsman hatte sich heute in der Früh gegenüber seiner Schwester Emilia, der Mutter von Lukas, verplappert. Dass der Buddy seines Neffen eine Buddy-ine war. Die mehr als nur Nachhilfe gab. Fand Grohsman weder schockierend noch anstößig. Meine Güte, der Junge war siebzehn! Da hatte auch er seine erste Freundin gehabt. Martina, drei Jahre älter als er, Musikstudentin. Der Hang zur Kultur hatte bei Grohsman schon früh eingesetzt, schmunzelte er. Obwohl, so kultiviert war's zwischen ihnen nicht immer zugegangen ... Jedenfalls schäumte Emilia wieder einmal. Ob die Idee so gut gewesen sei, ihren Sohn in Grohsmans Obhut zu lassen. Sodom und Gomorrha, hatte sie gezetert. Ernsthaft? Und bei ihr am Theater in Hamburg, da ging es so gesittet zu? »Ich hab ja kein Problem damit, dass er verliebt ist. Aber das lenkt ihn doch nur vom Lernen ab.«

Na, die Sorge teilte Grohsman nicht. Lukas hatte noch etwas mehr als ein Jahr zur Matura und studierte daneben voller Enthusiasmus im ersten Semester Mathe.

»Na, und wenn das Mädel von ihm schwanger wird? Kannst du nicht mal mit ihm reden?«, hatte seine Schwester eingelenkt.

Mit einem Teenager über Verhütung sprechen. Stand auf seiner Liste der Lieblingsbeschäftigungen gleich hinter Fensterputzen und Bügeln. Wenigstens kein Bienchen-und-Blümchen-Gespräch.

Sein Neffe war daheim.

»Lukas, bringen wir's hinter uns. Tut mir leid, mir ist gegenüber deiner Mama rausgerutscht, dass du eine Freundin hast. Die hat nun die Sorge, dass eure Aktivitäten Folgen haben. Ich gehe davon aus, dass ihr beiden erwachsen genug seid und schon mal von Verhütung gehört habt.«

Sein Neffe sah ihn mit großen Augen an. Dann prustete er los. »Onkelchen, du schaust drein, als hättest du dir einen Zahn ausgebissen. Keine Sorge. Wir wissen, was wir tun. Dass Mama Bescheid weiß, ist zwar mäßig toll, die liegt mir jetzt sicher mit der gleichen Masche in den Ohren. Aber dass sie dir das ›groooße Gespräch‹ umgehängt hat, ist zum Kringeln!«

Zum Thema Schwangerschaft wanderten Grohsmans Gedanken zu Sandy Lienhart. Sie war zwar Tierärztin. Als Medizinerin mussten ihr dennoch die Basics der Verhütung bekannt sein. Klar konnte immer was passieren, Pille vergessen, Gummi geplatzt – sollte Grohsman mit Lukas darüber …? Nein, musste nicht sein. Aber war Sandys Aktion, diese »besoffene« Geschichte, gar nicht so ungewollt geschehen?

Was gaben die sozialen Medien von den Bennings her? Grohsman klappte seinen Laptop auf. Magere Ausbeute. Das Profil von Herwig Benning war verwaist, Sandy postete nur gelegentlich.

»Brauchst du Computerhilfe, Onkelchen?« Lukas war hinter ihm hergetrottet. Hatte er seit dem »großen Gespräch« vorhin das Grinsen abgelegt?

»Hm. Ich versteh grad nicht – warum hat jemand einen Account in den sozialen Medien und postet dann so gut wie gar nichts?«

»Zum Beispiel, weil derjenige einen Firmenaccount betreut. Dafür muss man Mitglied bei dem Haufen sein. Was du nicht bist – dann kannst du nicht alles sehen, was die posten. Manche teilen ihre Beiträge nur privat. Lass mal sehen.«

»Nein, ich habe dich ohnehin zu tief in die Ermittlungen hineingezogen.« Grohsman klappte den Laptop halb zu.

»Geh bitte, du sagst mir ja nicht, ob du grad das Opfer, den Mörder oder sonst wen durchleuchtest. Außerdem merk ich mir die Leute eh nicht. Muster *erkennen* ist eine Sache. Aber die landen nicht in meinem geistigen Arbeitsspeicher.«

Grohsman seufzte. »Na schön. Sag mir, was du hier herauslesen kannst.« Er hatte das Profil von Sandy Benning geöffnet.

Sein Neffe loggte sich in sein Konto ein. »Schau, jetzt sieht man schon mehr. Die Frau schwimmt seit einer Weile in Emotionen. Drückt sich aber kryptisch aus. Ist sie schwanger? Hast du mir deshalb einen Vortrag gehalten?« Lukas knuffte ihn spielerisch in die Seite.

»Nicht so ganz. Gibt es Reaktionen?« Grohsman nahm die Maus und scrollte sich durch. Auch durch die Freundesliste. In der weder Lienhart noch ihr Mann aufschienen.

»Auf ihrem Account ist ziemlich wenig Traffic. So riesig viele Fans hat sie nicht. Selbst wenn sie Tierfotos postet, kommt kaum eine Response.«

Traffic, Response – diese Begriffe musste Grohsman beim nächsten Teammeeting einwerfen, um Eindruck zu schinden. Wenn dieser Account als Spiegel ihres realen Lebens galt, war diese Frau einsam. »Dann mach ich mich wieder auf den Weg ins Büro. Bis später, Lukas.«

Er verließ gerade das Haus, als sein Handy wieder einmal läutete. Ralf Aichhorn.

»Grohsman, trommle dein Team zusammen. Wir haben Benning gefunden.«

8

Blaulicht, Flatterband. Grohsman stieg aus dem Auto und zog sich die Regenkapuze über den Kopf. Auch Joe wickelte sich in ihre Jacke. Ausgerechnet jetzt hatte der Himmel wieder seine Schleusen geöffnet. Wer verirrte sich in diese verlassene Gegend beim Alberner Hafen? Da grüßten sich höchstens noch zwei Blindschleichen.

Ein Beamter in Uniform kam ihm entgegen. »Benning hat sich einen goldenen Schuss gesetzt. Die Spritze steckt in der Armbeuge. Die machen nur Troubles, die Süchtler.«

»Geht's noch? Wir sprechen hier von einem Menschen!«, fuhr Joe ihn an.

»Jaja, Menschen. Wandelnde Zombies, die uns wertvolle Zeit stehlen.«

Kleiner Sonnenschein, dachte Grohsman. »Herr Kollege, erinnern Sie sich, dass ich Sie um Ihre Meinung gefragt habe? Nein? Ich auch nicht.«

Damit war das Thema vorerst beendet. Eine freiwillige Überdosis bezweifelte Grohsman. Sonst hätte ihn Aichhorn nicht gerufen. Dessen Team hatte eine Plane aufgestellt, um den Tatort zu schützen. Grohsman fiel auf, dass Bennings dünne Jacke vor Dreck starrte, ein Ärmel war hochgekrempelt. Die Kleidung passte nicht zur Jahreszeit. Der Mann selbst war unrasiert, hatte tiefe Ringe unter den Augen. Wie dunkle Halbmonde. Narben der Seele. Wann war Grohsman dem Steuerberater auf dem Friedhof begegnet? Vor vier Tagen. Freitag. Hatte sich der Mann in einem Kellerloch verkrochen und nicht mehr herausgetraut? Warum war er hierhergekommen – und wie? Um sich mit einem Dealer zu treffen? Er betrachtete die Stelle, wo die Spritze steckte. »Gibt es weitere Einstichstellen?«, fragte er in die Runde. Keine Antwort. »Wie lange liegt er hier?«

»Ein, zwei Stunden, schätzen wir«, antwortete der uniformierte Kollege.

»Das kann ich nicht bestätigen. Es hat erst jetzt wieder zu regnen begonnen, seine Kleidung ist jedoch bis zur Unterhose durchnässt. Und der Boden unter ihm ... Er liegt mindestens seit vier Stunden hier«, wandte Aichhorn ein.

»Todeszeitpunkt also vor circa vier Stunden?«, hakte Joe nach.

»Das habe ich nicht gesagt.«

Grohsman griff nach seinem Handy. »Schlesi, kannst du kommen? Ich brauche dein Gutachten.« Er nannte ihm den

Ort. »Warum endet ein piekfeiner Steuerberater plötzlich in der Gosse? Ich benötige exakte Informationen, wann und woran er gestorben ist.«

»Und vor allem, wo«, assistierte Aichhorn.

Nach einer knappen Stunde hörte Grohsman endlich eine Wagentür und begrüßte kurz darauf den Gerichtsmediziner, der sich sofort an die Untersuchung der Leiche machte.

»Ah, ich verstehe. Unsere Einschätzung, dass wir es mit einem Junkie zu tun haben, reicht nicht«, ätzte der Uniformierte.

»Wenn eine ärztliche Expertise benötigt wird, müsst ihr jemanden konsultieren, der das Fach studiert hat. Und nicht jemanden, der drei Staffeln Grey's Anatomy geschaut hat.« Schlesinger richtete sich auf. »Fremdverschulden«, versetzte er knapp. »Der Tote liegt sicher seit heute Vormittag an dieser Stelle, ist aber nicht hier verstorben. Todeszeitpunkt folgt.«

9

Pascal und Teddy unterhielten sich angeregt, als Nicky das Legendenstüberl beim Mayer am Pfarrplatz betrat. Ein paar der Personen auf den Wandfotos erkannte sie auf Anhieb. Hier traf die heimelige Heurigenatmosphäre – Boden, Zimmerdecke, Bänke, Sessel und Tische aus solidem Holz – auf ein mondänes Ambiente. Das Logo des Hauses zierte die noblen Weingläser, dicke Pölster luden zum Kuscheln ein.

»Hallo, Nicky! Na, hat sich deine Vermutung zu eurem Geständigen bewahrheitet?«, begrüßte sie Pascal.

Nicky schälte sich aus ihrer Jacke und hockte sich auf die Holzbank. »Da höre ich eher die Flöhe husten«, schwindelte sie. »Zur Sicherheit habe ich für morgen gleich um acht Uhr Früh einen Termin mit ihm.«

Sie hatte ein katastrophales Namensgedächtnis, Gesprächsfetzen hingegen blieben lange hängen. Also hatte sie ihre Aufzeichnungen mit dem Protokoll vom Geständnis verglichen.

Fuchs hatte tatsächlich zweimal auffallend ähnliche Sätze verwendet und einen nahezu identischen Ablauf geschildert. Dabei war sein Erinnerungsvermögen sonst so löchrig, und nicht erst seit dem Filmriss.

Doch sie wollte nicht über den Fall sprechen. Sondern ein köstliches Glas Wein genießen. Heute bestellte Nicky ausnahmsweise nicht ihren Lieblingswein, den Asia Cuvée, sondern einen »Fräulein Rosé«.

»Euer Fall ist gelöst? Und trotzdem ermittelt ihr weiter?«, fragte Teddy erstaunt.

»Prinzipiell überprüft die Kripo jedes Geständnis, bevor ein Fall an die Untersuchungsrichter abgegeben wird. Falsche Aussagen kommen nicht selten vor.« Und schon war sie wieder im Dienstmodus. Sie strich sich die Stirnfransen aus dem Gesicht. Auch schon wieder zu lang, ihre Haare.

»Du hast einen aufregenden Job, Nicky.« Teddy spielte mit seiner Serviette. »Wir haben dich gestern im Fernsehen verfolgt, Newton hat gebannt auf die Scheibe geblickt. Ich glaube, er hat deine Stimme erkannt!«

»Na ja, er hatte mich ein paar Stunden zuvor gesehen.« Sie nippte an dem Glas, das der Kellner in der Zwischenzeit gebracht hatte. »Sagt, wie habt ihr beiden euch kennengelernt?«

»Bei einer Fortbildung«, erwiderte Pascal. »Für ein Projekt hatte sich eine Teilnehmerin einen von Teddys Hunden geliehen. Das Tier zeigte verheißungsvolle Ansätze. Wie ich erfahren habe, dass er aus einem Tierheim stammt, hab ich ihn sofort übernommen. Seither sind Teddy und ich befreundet.«

»Apropos, verzeiht mir meine Neugier …« Nicky biss sich auf die Zunge. Wie dämlich. Wäre diplomatischer, Pascal unter vier Augen zu fragen.

»Du willst wissen, ob wir ein Paar sind.« Pascal lachte. »Nein. Wir sind gute Freunde, Ende der Durchsage.«

»Für eine Beziehung bin ich nicht geeignet«, ergänzte Teddy gedämpft. »Meine letzte Freundin ist davongelaufen, weil ich zu viel Zeit mit den Tieren verbringe, mit der Arbeit.«

Dann sind wir Leidensgenossen, schoss Nicky ein. Rasch Thema wechseln, bevor der Abend trübsinnig wurde. »Teddy, wie erhältst du das Tierheim? Das verschlingt sicher Unsummen.«

»Ich bin Webdesigner. Freiberuflich. Da nehme ich so viele Aufträge an, dass meine Tiere und ich bequem leben können.«

»Das macht er superb. Hast du dir meine neue Website angesehen?«, fragte Pascal. »Wenn du eine Homepage brauchst – Teddy ist genau der Richtige. Ihm gelingen individuelle Designs, die sowohl den Charakter der Person als auch des Projektes widerspiegeln. *Mon Dieu*, ich klinge wie sein Agent.«

»Nein, wie ein enthusiastischer Freund.« Das erste Mal seit einer Weile, dass Nicky entspannt in einem Lokal mit zwei Jungs saß, deren Gesellschaft sie genoss.

Wieso hatte sie das Handy nicht ausgemacht? Sie schielte auf das Display. Grohsman. »Verzeiht, da sollte ich rangehen – Ja, Felix? Was ist passiert? – O bitte nicht …« Sie beendete das Gespräch. »Ich muss leider gehen, tut mir leid. Wir haben den nächsten Toten.«

10

Morgen hab ich eine Session mit der Psychotante. Aber ich will niemanden sehen. Nicht in meiner Erinnerung bohren.

Die wollen wissen, wie ich beim zweiten Mal zum Lienhart gefahren bin. Da spuckt mein Hirnkastel nichts aus. Angeblich hat kein Taxi eine Fahrt auf dieser Strecke bestätigt. Ja was weiß ich! Ich war doch total zugedröhnt. Wenn ich nicht das Foto vom Lienhart gemacht hätte … Wie angesoffen muss man sein, einen Toten zu fotografieren?

11

Es blieb Grohsman nichts anderes übrig, als Sandy Benning die Nachricht vom Tod ihres Mannes am Telefon zu überbringen.

Eine Dienstreise in die Toskana, wo die Frau sich verkrochen hatte, war nicht drin – leider! Die Vorstellung, mit Zina in der Abbazia di Sant'Antimo die Welt um sich zu vergessen, hellte seine Gedanken kurz auf.

Für das Gespräch mit Sandy Benning hatte er Nicky hinzugebeten. »Danke, dass du so schnell gekommen bist. Ich brauche ein frisches Hirn zum Mitdenken. Frau Benning, die Witwe, hält sich derzeit in Italien auf, sie hat daher ein stichfestes Alibi für den Tod ihres Mannes. Fragt sich, ob sie dennoch involviert ist. Sag, du schaust säuerlich. Hab ich deine Pläne für den Abend durchkreuzt?«

»Nur den ersten gemütlichen Heurigenbesuch seit längerer Zeit«, seufzte Nicky.

»Tut mir ehrlich leid.« Auch Grohsman hatte sich auf einen freien Abend eingestellt, einen ausgedehnten Spaziergang mit Sally. Und wer ihn sonst noch begleiten wollte. »Das Gespräch dauert nicht lange. Der junge Mann wartet doch sicher auf dich? Eure Zeche geht auf mich.«

»Wie kommst du auf einen ›jungen Mann‹?«

»Intuition.« Oder kamen ihre geröteten Wangen vom Fahrtwind? »Dann bringen wir es rasch hinter uns. Ich stelle auf Lautsprecher.«

»Frau Benning, ich muss Ihnen leider mitteilen, dass wir heute Ihren Mann aufgefunden haben. Tot.« Grohsman wartete kurz ab, dann fügte er hinzu: »Mein Beileid.«

»Was sagen Sie da? Nein …« Ihre Stimme brach weg. »Wie ist das passiert?«

»Wir sind am Beginn unserer Ermittlungen. Es tut mir aufrichtig leid«, versuchte Grohsman, sie zu trösten. Auch wenn sie nicht extrem traurig klang. »Sagen Sie, hatte Ihr Mann Probleme mit Drogen?« Er hasste es, derart heikle Fragen am Telefon zu stellen. Nicht zuletzt, weil es fernmündlich noch schwieriger war, Lügen aufzudecken.

»Mit welchen?«, fragte die Frau zögernd.

Grohsman warf Nicky einen Blick zu. Auch sie schien diese Antwort nicht erwartet zu haben. »Wir sprechen nicht von einem Joint«, antwortete er ausweichend. Keine Suggestivfragen, nicht das Heroin erwähnen.

Sie hüstelte. »Er hatte früher mit Koks zu tun. Bis ich ihm gedroht habe, ihn vor die Tür zu setzen. Dann hat er damit aufgehört. Hat er wieder angefangen? Ist er ... daran gestorben?« Die letzten Worte kamen mit der Schärfe eines Fingernagels, der über eine Schultafel kratzte.

»Wie gesagt, wir stehen erst am Anfang.« Der nächste Punkt war nicht weniger brisant. Bennings Treffen mit dem Callboy. »Darf ich Ihnen eine weitere delikate Frage stellen? Hatte Ihr Mann homosexuelle Neigungen?«

»Sicher nicht, das ist purer Blödsinn.« Viel zu abrupt und heftig hatte Sandy abgeblockt. Aus dem Augenwinkel sah Grohsman, wie Nicky skeptisch das Gesicht verzog.

War Sandys Beziehung zu Lienhart das entscheidende fehlende Kettenglied, das alle anderen Stränge verband? Sollte Grohsman sie geradewegs fragen, ob sie schwanger war? Ihm schien ein Umweg angebrachter. »Das mutet Ihnen sicher merkwürdig an ... Haben Sie eine Ausbildung zur Seniorenpflegerin?«

»Nein. Tiere sind meins. Nicht alte Menschen.« Die Härte ihrer Antwort ließ keinen Zweifel am Wahrheitsgehalt.

»Aber Sie waren mit Manuel Lienhart ... befreundet.« Dieses Wort ließ Grohsman bewusst in der Luft hängen.

»Ja. Und? Haben Sie seinen Tod nicht aufgeklärt? Ich verfolge doch die Nachrichten aus Österreich.«

Wieder diese Herzlichkeit eines Eiszapfens. War es Zufall, dass erst der Vater ihres ungeborenen Kindes und dann ihr Ehemann sein Leben gelassen hatte? »Nicht zu hundert Prozent. Sonst würde ich nicht nachhaken«, gab Grohsman vor. »Hat Lienhart mit Ihnen darüber gesprochen, dass er sein Leben komplett ändern will?«

»Nein ... was ... wirklich? Ist er am Ende zur Vernunft gekommen?«

»Wie meinen Sie das?« Er stellte sich absichtlich unwissend.

»Offenbar haben Sie herausgefunden, dass ich schwanger bin. Von ihm. Erst wollte er damit nichts zu tun haben. Aber, wenn Sie sagen, dass er ...« Sie schluchzte und rang nach Luft.

»Wollte er mit Ihnen in die USA auswandern?«

Stille am anderen Ende der Leitung. Erst nach einer Weile antwortete sie indigniert: »Ich würde nie in die Vereinigten Staaten gehen. Was mach ich dort?«

Demnach war Sandy Benning nicht die »neue Frau in Lienharts Leben«. War das noch von Bedeutung? »Zurück zum Tod Ihres Mannes. Wir müssen Sie bitten, zur Identifizierung nach Wien zu kommen.«

»*Was* muss ich? Gibt es niemanden in Wien, der seine Identität bestätigen kann?« Erstaunlich flott hatte sie die Fassung wiedergefunden und mit ihr das unterkühlte Gehabe. »In meinem Zustand sind mir längere Reisen nicht zuträglich«, fügte sie hastig hinzu.

Die nächste Reaktion, mit der Grohsman nicht gerechnet hatte. »Brechen Sie Ihren Urlaub nicht ab, um sich zu verabschieden?«

»Ach so, ja. Natürlich.« Fahrig kam die Antwort. »Ich kann nicht sofort los. Hören Sie, können Sie Verena Rasmussen verständigen, meine Freundin? Dann haben Sie die Identifizierung flotter.«

Richtig, Sandy hatte zumindest eine Freundin, schoss es Grohsman ein. »Geht in Ordnung. Sie soll sich mit mir in Verbindung setzen, die Telefonnummer hat sie.«

Grohsmans graue Zellen begannen zu feuern. Verena Rasmussen, die Erbin von Lienharts Vermögen.

»Felix, worüber denkst du nach?«, fragte Nicky.

»Ich spinne mal laut vor mich hin.« Manchmal half es Grohsman, Gedanken auszusprechen, selbst wenn sie noch so absurd erschienen. Letzten Endes war Ermitteln intelligenzbasiertes Raten. »Durch Lienharts Tod ist Sandy ›gerächt‹ und Verena reich. Was verbindet die beiden Frauen mit Dominik Fuchs? Die Benning ist Tierärztin, die Rasmussen Tierschützerin. Alle drei arbeiten in der Tierszene. Was, wenn die Frauen Fuchs zu dem Mord angestiftet haben, gegen ein entsprechendes Honorar? Herwig Benning ist den dreien auf die Schliche gekommen – und musste sein Leben lassen. Ist Fuchs manipulierbar?«

»Definitiv. Hoppla, das ist eigentlich Patientengeheimnis.«
»Ich streiche die Bemerkung aus meinem Gedankenproto-
koll.« Er schüttelte den Kopf. »Nein, nein, nein. Das passt nicht.
Fuchs ist kein kaltblütiger Auftragskiller. Außerdem sitzt er
im Gefängnis. Das beste aller Alibis. Die Benning weilt in Italien. Von den dreien hatte nur die Rasmussen die Möglichkeit,
Benning umzubringen. Aber kein Motiv. Ah, sie ruft gerade an.
Also kannst du zu deinem Treffen zurück, Nicky. Oder war es
ein Date?«

12

In der Gerichtsmedizin bestätigte Verena Rasmussen gefasst
die Identität von Herwig Benning. Sie wirkte auf Grohsman
weder wie eine Mörderin noch wie eine Femme fatale, die die
Männer um den Finger wickelte. Mit ihrem Zopf, den Jeans und
dem frischen ungeschminkten Gesicht sah sie wie eine patente
junge Frau aus, mit der man Pferde stehlen konnte. Vielleicht
sogar im wörtlichen Sinn. Im Tierschutz aktiv, das passte zu ihr.
    Abrupt drehte sich die Frau zu Grohsman. »Ich muss etwas
loswerden. Kann ich eine Aussage machen?«
    »Ein Geständnis?« War direkt, die Frage.
    »Nein, so dramatisch ist es nicht.«

»Bitte kommen Sie weiter, Frau Rasmussen. Nehmen Sie Platz.«
Grohsman führte die Frau in sein Büro. »Was möchten Sie loswerden?« Er schlug vorsorglich seinen Block auf.
    »Ich bin lose mit Sandy befreundet. Aber ich kann auch Her-
wig gut leiden. Konnte …«, besserte sie sich aus. »Sandy hat sich
länger nicht gemeldet, und Herwig hat meine Anrufe auch nicht
beantwortet. Mir ist eingefallen, dass ich die Telefonnummer
von Sandys Assistentin habe. Weil ich einmal … na, egal. Die
hat mir von der Trennung der beiden erzählt. Dass es zwischen
den beiden ordentlich gekracht hat, war mir bekannt. Mit so
einer definitiven Trennung hätte ich aber nicht gerechnet. Hat

sie's also geschafft.« Der Redeschwall der Frau war kaum zu bremsen.

»Was hat sie geschafft?«, hakte Grohsman nach.

»Dass Herwig sich umbringt.« Ihre Augen füllten sich mit Tränen. Die Unterlippe bebte.

Schlesinger hatte Suizid doch ausgeschlossen. »Was bringt Sie zu dem Gedanken, dass er sich etwas angetan hat?«

»Er hat sich von ihr bedroht gefühlt. Also, sie ist nicht kochlöffelschwingend auf ihn losgegangen. Aber er hat Andeutungen gemacht.«

Grohsman rieb sich am Kinn. Zu viele Figuren auf dem Schachbrett. Hatten sich da Spielsteine von Mensch-ärgeredich-nicht dazwischengemogelt? Übersicht schaffen. »Frau Rasmussen, erzählen Sie bitte von vorne.«

»Zwischen den beiden kriselte es schon lange. Es hat ihr den Rest gegeben, dass er zu einem Strichjungen ging. Aber dass sie von einem anderen schwanger wird, hat umgekehrt er nicht verkraftet.«

»Langsam«, unterbrach Grohsman. »Beide wussten von den Fehltritten des anderen? Warum war sich Herwig sicher, dass das Kind nicht von ihm ist?«

»Na, der schießt mit Platzpatronen, wenn Sie verstehen, was ich meine.«

»Sie kennen die Verhältnisse erstaunlich präzise.« Mit diesen tiefgehenden Einblicken reihte sich die Frau zu einigen anderen Zeugen, die zunächst nur flüchtige Bekanntschaften zugaben.

»Also, Sandy wollte keine Kinder. Passt nicht in ihren Terminplan und ruiniert ihre Figur, hat sie öfters betont. Nach dem dritten Whisky ist ihr mal rausgerutscht, warum Herwig der perfekte Mann für sie war.«

»Wenn die beiden so gekränkt waren, warum ließen sie sich nicht scheiden?«

»Weil Sandy die große Kohle hatte und Gütertrennung vereinbart war. Umgekehrt hatte Herwig Beweise, dass sie öfters unnötige Luxusbehandlungen für reiche Tierbesitzer durchgeführt hat. Schwarz.«

Was für ein liebreizendes Ehepaar, dachte Grohsman ernüchtert. »Woher haben Sie diese Informationen?«

»Na ja, manches hat der Manu ausgeplaudert.«

Lienhart? »Der war im Bilde? Über … alles? Auch die Seitensprünge von Herwig?«

»Ja klar.«

»Ihre Freundschaft zu Lienhart und den Bennings geht wesentlich tiefer, als Sie zugeben.« Ein blutroter Faden in diesem Fall. Kein Kommentar dazu von der Rasmussen. »Zwischenfrage: Haben Sie eine Ausbildung zur Seniorenpflegerin?«

»Was … wieso … nein.«

»Keine Absicht, in die USA auszuwandern?«

Irritiert schüttelte sie den Kopf. »Dort leben faszinierende Fledermausarten. Blöderweise leide ich an Flugangst. Und bekomme Heimweh, wenn ich weiter als bis Bratislava fahre.« Sie lachte.

Grohsman schwirrte der Kopf. »Zurück zu Benning: Warum hat er seine Frau nicht angezeigt, wenn er sich bedroht gefühlt hat?« So verschüchtert hatte er Benning nicht in Erinnerung. Fit wie ein Turnschuh, nicht auf den Mund gefallen. Der hätte sich doch wehren können.

Verena verneinte stumm. »Dazu war er zu gutmütig. Er war ein Getriebener. Die haben ihn alle ausgenutzt. Als ihm dann klar war, dass er für Männer mehr empfand als für Frauen … Er hätte seine Koffer packen müssen und abhauen!« Sie verschränkte die Arme, als ob ihr kalt wäre.

Das hatte Benning offenbar vorgehabt. »Sagen Sie, hat Herwig mit Ihnen auch über Ignaz Moser gesprochen? Den Nachbarn von Manuel Lienhart?«

»Der alte Moser!« Sie lächelte. »›Jetzt geh ich zu meinem Opa‹, hat Herwig immer gesagt. Aber wann die sich zuletzt getroffen haben, weiß ich nicht. Wieso?«

Nicht so wichtig. Grohsman sah der Frau nach, als sie sein Büro verließ. Anstatt Unklarheiten zu beseitigen, hatten sich weitere Rätsel aufgedrängt. So viele Menschen, die vorgaben, einander nur flüchtig zu kennen. Um dann Geheimnisse zu lüften, die Grohsman bestenfalls Caro anvertraut hätte. Oder Josef.

Kienzle klopfte an. »Chef, ich hab bis jetzt alles durchgecheckt. Die GPS-Daten von Dominiks Wagen bestätigen seine Aussage. Seine Fahrten in der Nacht von Lienharts Tod. Danach ist der Wagen noch am Donnerstag bewegt worden, letzte Meldung ist im zwanzigsten Bezirk. Nähe Millennium City. Dann gibt es kein Signal mehr. Und noch mysteriöser: Laut Funknetzdaten ist das Handy nach der ersten Rückkehr von Fuchs in seiner Wohnung geblieben. Ich überprüfe das morgen, okay? Ob ich eine plausible Erklärung finde.«

»Geht in Ordnung. Danke für deine Sonderschicht.« Mit stoischer Miene rollte Grohsman ein drittes Whiteboard heran.

»Noch eine Tafel?«, fragte Kienzle.

Grohsman nickte stumm. Fasste laut zusammen – für sich, oder für den Kollegen? »Punkt eins: Herwig Benning war Steuerberater für Lienhart, gelegentlich auch für Ignaz Moser – und offenbar auch sonst für halb Wien. Verheiratet, keine Kinder, weil er keine bekommen konnte. Um seine Ehe stand es nicht besonders. Er hat ansprechend verdient, aber vermögend war seine Frau. Gütertrennung. Er wusste von ihren überteuerten Schwarzbehandlungen.« Und jetzt war Benning tot.

»Punkt zwei: Benning war homo- oder bisexuell, ging zu einem Prostituierten. Dessen Alibi muss Joe überprüfen. Auch, ob das der zweite Mann auf dem Zentralfriedhof war, den ich gesehen habe. Sandy wusste von Herwigs Orientierung. Umgekehrt war ihm Sandys Seitensprung mit Folgen bekannt. Benning war bei der Party, die Lienhart, der Kindsvater, schmiss.« Der die Party nicht überlebt hatte.

»Punkt drei: Dominik Fuchs hat den Mord an Lienhart gestanden. Kerstin Fuchs bestreitet eine Beziehung mit Lienhart.« Langsam entwirrte sich das Gefüge. Doch die Zusammenhänge ergaben noch keinen Sinn.

»Punkt vier: Ein Zeuge, Ignaz Moser, will eine Aussage machen. Vermutlich, um jemanden zu belasten. Am gleichen Tag erleidet er einen Unfall, möglicherweise aufgrund einer versuchten Entführung. Die genauen Umstände lassen sich wegen seiner dissoziativen Amnesie nicht eruieren. Am Abend versucht jemand, in seine Wohnung einzubrechen.« Die Gründe dafür waren unklar.

»Zusammenfassung: Ob all diese Taten miteinander in Zusammenhang stehen, lässt sich nicht mit Sicherheit sagen. Welche Rolle Sandy Benning und Verena Rasmussen in diesen Fällen spielen, wissen wir auch nicht. Mit anderen Worten: Wir wissen gar nichts.«

»Nun müssen wir nur noch drauf kommen, was wir übersehen«, schloss Kienzle.

1

»Sie war ein bezaubernder Mensch, deine Caro, stimmt's?« Zina nahm das Foto von Grohsmans verstorbener Frau vom Kaminsims. Er hatte sie auf ein Frühstück eingeladen, nachdem Lukas gestern bei Billie übernachtet hatte.

Sollte Grohsman Zina von einer anderen Frau vorschwärmen? »Ja, das war sie. Caro war ein Sonnenschein, wenn auch manchmal chaotisch. Einmal hat eine ihrer Freundinnen in einer Boutique in Klagenfurt das Kleid ihres Lebens gesehen und war betrübt, dass sie es nicht gekauft hat. Caro hat den langen Weg auf sich genommen, um das Kleid zu erstehen und der Freundin zum Geburtstag zu schenken. Prompt ließ sie es im Zug liegen.«

»O nein ...«

»O ja. Glücklicherweise entdeckte es eine ehrliche Finderin, in der Tasche steckte eine Rechnung mit der Anschrift meiner Frau. Mit Caro gab es viele solcher kuriosen Erlebnisse. Sie hat leidenschaftlich gern Treffpunkte verwechselt. Ich stand mir in der Schönbrunner Straße die Füße in den Bauch, sie hingegen wartete in der Schönbrunner Allee.« Grohsman verstummte. Mittlerweile kam nur noch eine leise Wehmut auf, wenn er diese Episoden erzählte.

»Ich finde es berührend, wie du ihr Andenken bewahrst.« Behutsam stellte Zina das Foto zurück.

Sie war nicht nur eine geniale Pianistin. Grohsman konnte in ihren blaugrünen Augen versinken. Ihre Eleganz, wenn sie sich im Rhythmus der Musik wiegte! Auf ihren Wangen bildeten sich Grübchen, wenn sie lächelte. »Komm, Frühstück ist fertig.« Grohsman schüttelte den Kopf. Hatte er vergessen, wie man flirtete?

»Mmmh, das riecht nach gebratenem Speck und Eiern! Du hast nicht ...«

»… ein English Breakfast gemacht. Doch. *With all the trimmings.*« Er stellte den Teller mit Speck, Spiegelei, Cumberland Sausage, Baked Beans, Champignons und Tomaten vor ihr ab.

»Das schmeckt himmlisch. Danke, Felix.«

Ein prickelnd-wärmendes Gefühl durchströmte ihn, als sie ihre Hand auf seine legte. Und dort liegen ließ. Ihn anstrahlte.

»Zina, was hältst du davon, wenn wir ein Wochenende wegfahren, sobald der Fall erledigt ist? Nach Prag. Oder wo immer du hinwillst.«

»Ich dachte, du fragst nie, Felix.« Ach, dieses Blitzen in ihren Augen … »Wir nehmen uns Urlaub und lassen die Handys daheim.«

Der Duft vom gebratenen Speck lockte Sally an. Was hatte sie im Schnäuzchen? Das war doch eine Schachfigur. Ein Läufer. Grohsman lief ins Wohnzimmer. Wann hatte Smoky das Schachspiel vom Regal gepratzelt? Die Figuren lagen auf dem Boden verstreut, Smoky jagte gerade einen Turm übers Parkett.

Schach. Die eine Partie – Fall Lienhart – war beendet. Nun waren die Figuren neu aufgestellt. Wer war im Fall Benning der »König«, den es matt zu setzen galt? Oder fahndete Grohsman nach einem gefährlicheren Spieler? Einer, der eine »Gabel« vollführte, ein Spielzug, bei dem zwei gegnerische Figuren – Benning und Moser – unmittelbar bedroht waren? Und weil sich Moser retten konnte, hatte es Benning erwischt?

2

»Wie geht es Ihnen, Dominik?« Nickys Standarderöffnungsfloskel war in dieser Situation besonders dämlich. War ihr bewusst. Fuchs saß in der Zelle und sah einer Gefängnisstrafe entgegen.

»Beschissen. Ich war überzeugt, dass ich ein friedlicher Mensch bin. Und dann macht es klick, und ich stürze jemanden vom Balkon. Im Suff.«

Nicky musste einwenden, dass er schon einmal ausgerastet war. »Dominik, ich hatte kurz Einblick in Ihre Strafakte. Darin war ein Vorfall mit einer gebrochenen Nase vermerkt. Die Anzeige hat Ihr Gegner zurückgezogen, habe ich gelesen. Wollen Sie darüber sprechen?«

Die Hände ihres Klienten ballten sich zu Fäusten. »Das war der Chef von Kerstin. Ich hab sie von einer Betriebsfeier abgeholt. Der feine Herr wollte sie ... Er hat sie ... Wenn ich da nicht dazwischengefahren wäre!« Er wischte sich über die Augen.

Moment. Fuchs hatte seine Frau verteidigt – und er hatte dafür fast eine Anzeige kassiert? »Hat Ihre Frau ihren Chef der Polizei gemeldet?«

Fuchs schüttelte den Kopf. »Die Drecksbande hat zusammengehalten. ›Die hat's doch drauf angelegt‹, haben sie gesagt. Und zu ihr, dass sie die Klappe halten soll, dann zeigen sie mich nicht an. Kerstin hat sofort den Job gewechselt. Können wir das Thema beenden?«

Die hängenden Schultern von Fuchs, das fahle Gesicht ... Er hatte in seinen depressiven Phasen nie wie das blühende Leben ausgesehen. Doch nun wirkte er wie eine Zimmerpflanze, um die sich ewig niemand mehr gekümmert hatte.

»Sprechen wir über Manuel Lienhart, ja? Mir fiel auf, dass Sie die Tat relativ genau beschreiben, mit sehr ähnlichen Worten.«

»Weil ich mir aufgeschrieben habe, woran ich mich erinnere. Das hab ich auswendig gelernt. Damit mir das Reden leichter fällt.«

Was Nicky plausibel schien, aber nicht ihre Verunsicherung ausräumte. »Ihre Frau streitet ab, eine Affäre zu haben.«

»Würden Sie so was zugeben, wenn Ihr Mann grad Ihren Liebhaber umgebracht hat?«

Okay, darauf wusste Nicky keine Antwort. »Nun, der Mann, den Sie im Fitnesscenter bei Ihrer Frau gesehen haben, ist zwar Manuel. Es gibt jedoch keine telefonische Verbindung zwischen den beiden.«

»Dann haben die zwei einen anderen Weg gefunden, wie sie ihre Treffen ausmachen. Ist ja nicht so schwierig, die haben sich zweimal pro Woche im Club getroffen.«

Nein, so kam sie nicht weiter. Nicky kramte in ihren Unterlagen. »Kennen Sie diesen Mann?«, fragte sie ansatzlos und schob ein Foto von Herwig Benning über den Tisch.

»Der war bei der Party. Hat sich mit dem Lienhart in die Wolle gekriegt. Seinen Namen weiß ich nicht. Hab ihn vorher nie gesehen.«

»Er ist tot.«

»Was?«, gellte die Stimme von Fuchs. »Das ... das war ich nicht! Glaub ich ...« Fuchs bedeckte die Augen mit seinen Pranken.

»Die Frau dieses Mannes ist Tierärztin. Sandy Benning. Hatten Sie mit ihr beruflich zu tun?« Sie legte ihm ein Foto der Frau vor.

»Nein. Die sagt mir nichts.« Fuchs betupfte sich mit einem nicht ganz sauberen Taschentuch die Stirn.

»Und diese Frau? Verena Rasmussen?«

»Wer soll das sein?«

»Eine Tierschützerin.«

»Nie gesehen!« Seine Stimme wurde schrill. Panisch versuchte er aufzustehen, hockte sich wieder. »Warum wollen Sie das alles wissen?«, schrie Fuchs verzweifelt. Er hielt sich die Ohren zu. »Lassen Sie mich allein. Ich halt das nicht mehr aus!«

3

Warum stellt die Psychotante so komische Fragen? Ich hab voll die Panik. Wieso ist der Typ tot, den kenn ich nicht! Das ... nein, das war ich nicht. Ich hab nicht einmal gefragt, wie der gestorben ist.

Kerstin will mich besuchen. Sie soll nicht kommen. Ich will nicht mit ihr reden. Angeblich hat sie mich nicht betrogen. Und dieser Windhund? Ich hab die zwei doch gesehen! Beim Fitnesscenter. Wie er ihr schöngetan hat. Geschwärmt hat sie von dem Kerl. Halbmarathon, auch schon was. Der Typ hat das Gspusi doch zugegeben.

Die wollen mich verrückt machen! Hab ich am Ende diesem alten Mann wehgetan?

4

Am Montag sollte Dominik Fuchs dem Haftrichter vorgeführt werden. Normalerweise feierte Grohsman mit dem Team, wenn sie einen Fall abgeschlossen hatten. Doch was war hier normal? In seinem Kopf summten die Gedanken wie ein Insektenschwarm. Eher wie ein Wespenangriff. Eine Ehefrau, die Stein und Bein schwor, keinen Geliebten zu haben. Ein Opfer, das im gleichen Club wie die Ehefrau trainiert hatte. Ein verschwundener SUV. Ein Nachbar, der zu Schaden kam. Mittendrin ein Steuerberater, der zu allen Beteiligten Kontakt hatte und nun tot war. Und ein Geständiger, der in das Gesamtbild passte wie Donald Duck neben die Mona Lisa.

Das Bild ... Dominik Fuchs hatte ausgesagt, dass er Lienhart bei den Füßen gepackt und dann den Rücken touchiert hatte. Aber Joe hatte doch den Forensik-Intensivvortrag von Oskar Schlesinger besucht. Laut dessen Urteil die Rückenhämatome eindeutig vor den Malen an den Fußgelenken entstanden waren. Hatte sich Fuchs falsch erinnert?

»Du, Boss, das wird dir nicht gefallen.« Joe betrat sein Büro und hielt eine Mappe schützend vor ihren Körper.

»Sag nicht, du bist suspendiert worden.« Wann stand eigentlich Grohsmans nächster Urlaub an? Nicht früh genug.

»Nein, die Anhörung ist erst am Nachmittag. Aber Ralf hat eine Mail geschickt, er hat eine Computersimulation zum möglichen Tathergang erstellt. Wir haben kalkuliert, dass die Spuren auf dem Rücken von einem Mann um die eins siebzig stammen müssen. Fuchs ist aber eins fünfundachtzig.«

Grohsman öffnete die Simulation. »Irrtum ausgeschlossen«, hatte Aichhorn vermerkt.

»Du, Chef ...«

Womit kam Kienzle? Grohsman hatte einen Verdacht.

»Du hast keine Erklärung für die fehlenden Handydaten, stimmt's?«

»Nein. Zur Tatzeit befand sich das Handy definitiv nicht im Funknetz des Tatortes. Falls Fuchs das Handy daheim vergessen hat, womit hat er dann fotografiert? Bei seiner Kamera blick ich noch nicht durch, offenbar ist es ihm gelungen, Daten endgültig zu löschen.«

Hatte Fuchs gelogen? Dann hätte er schon zuvor in der psychologischen Intervention ein falsches Geständnis abgelegt. Musste Grohsman mit Nicky klären.

Eine neue Nachricht von Aichhorn trudelte ein. »Auf dem Balkon des Opfers waren keine Spuren von Dominik Fuchs nachweisbar.«

Grohsman rief den Kollegen an. »Ralf, Fuchs hat laut seiner Aussage Handschuhe getragen.«

»Mag sein. Aber am Balkon finden wir gar nichts von ihm. Ein Ganzkörperkondom wird er nicht getragen haben, oder?«

»Der Ungerböck dreht mir den Hals um, wenn ich mit meinen Zweifeln komme. So ein blödsinniger Fall«, fluchte Grohsman. Nützte nichts. Wenn zwei Teile nicht zusammenpassten, dann brachte es nichts, dass es ein hübsches Bild ergab. Das Bild war trotzdem falsch. Wie Donald Duck bei der Mona Lisa.

5

Lautlos schlich sich Nicky in das Büro von Grohsman. Sie war die Letzte, die zum Teamtreffen eintrudelte, Gregor Kienzle, Ralf Aichhorn, Joe Kettler, Agnes Drese und Christoph Nebly hatten sich bereits eingefunden. Oberstleutnant Ungerböck bemühte sich ebenfalls zum Meeting, mit einer Frau im Schlepptau, die Nicky nicht kannte.

»Danke für euer Kommen. Um es kurz zu machen, es ergeben sich Zweifel am Geständnis von Dominik Fuchs.« Grohsman brachte alle auf den letzten Stand. Körpergröße, Tathergang, Handydaten. »Dazu wollte ich noch mit dir sprechen, Nicky.«

Das beruhte auf Gegenseitigkeit. Fuchs *konnte* es nicht gewesen sein? Dann sah Nicky doch nicht Gespenster. Sie verstand bloß nicht, welchen tieferen Sinn dessen Geständnis im Rahmen der therapeutischen Intervention hatte. Eine Art Beichte? Üben für den Ernstfall? Ein derartiger Fall war ihr noch nie untergekommen. Sie beschloss, nach der Teamsession Fuchs erneut aufzusuchen.

Nun ergriff Ungerböck das Wort, der »Gottsöberste«, wie ihn das Team scherzhaft nannte. »Grohsman, wenn Sie Bedenken zum Geständnis von Dominik Fuchs haben, überprüfen Sie bitte die Sachlage. Unserem LKA sagt niemand Schlamperei nach. Zum Fall Moser: Der ist insgesamt glimpflich verlaufen. Die Aufklärung betrifft nicht mehr diese Abteilung. Und Sie haben ohnehin einen neuen Fall. Kommen Sie da voran?«

»Nein. Und zu Moser: Wir sprechen von versuchter Freiheitsberaubung und Körperverletzung, dafür sind wir sehr wohl zuständig«, konterte Grohsman.

»Mutmaßliche Freiheitsberaubung. Vielleicht passte dem alten Mann der Arztbesuch nicht in den Kram, und er wollte das Fahrzeug verlassen?«, entgegnete Ungerböck. Bisher hatte Nicky den Leiter des LKA cholerisch erlebt. Heute verhielt er sich kooperativ. Hing das mit der Frau zusammen, die er mitgebracht hatte?

»Aus einem fahrenden Auto?«, wandte Joe ein. »Und selbst wenn es so war: Moser lag verletzt auf dem Boden. Das ist zumindest unterlassene Hilfeleistung mit Fahrerflucht.«

»In Ordnung. Gehen Sie der Sache nach. Und nun möchte ich Ihnen meine Nachfolgerin vorstellen. Frau Oberstleutnant Yvonne Ehrgasser wird ab Beginn nächsten Jahres die Geschicke des EB 01 hier leiten.«

Eine Frau als neue Leiterin des Einsatzbereiches Leib und Leben. Wie cool war das denn? Mit ihren athletischen eins achtzig war sie in etwa so groß wie Felix Grohsman und strahlte eine natürliche Autorität aus. Sie war um die fünfzig, hatte blaugraue Augen, die rostbraunen Haare in einen eleganten Bob geschnitten.

»Guten Tag«, begrüßte Yvonne Ehrgasser die Runde munter.

»Ich habe von Ihrem Team Beachtliches gehört. Die heutige Zusammenstellung der Gruppe beweist, auf welch vorbildliche Weise bei Ihnen interdisziplinäres Arbeiten praktiziert wird. Das befürworte und unterstütze ich, denn ich war selbst längere Zeit im Bereich digitale Forensik tätig. Ihre Stammeinheit ist unterbesetzt. Dafür finden wir eine Lösung. Mir ist zu Ohren gekommen, dass sich Kollegin Drese für einen permanenten Einsatz bei der Kripo interessiert. Darüber lässt sich reden, Frau Drese. Und jetzt möchte ich Sie nicht weiter stören. Mein Büro steht Ihnen für Wünsche, Fragen und Anregungen offen. Auf gute Zusammenarbeit!« Gemeinsam mit Ungerböck verließ sie das Büro.

Grohsman fand als Erster die Sprache wieder. »Das ist großartig, Frau Drese. Wir heißen Sie jederzeit im Team willkommen.«

Nickys Blick pendelte zwischen den Teammitgliedern. »Na, diese Entwicklungen geben doch Aufschwung, die Fälle zu knacken!«

»Richtig. Fälle knacken. Kehren wir zur Tagesordnung zurück.« Grohsman sortierte seine Unterlagen. »Zu Bennings Tod: Der Mann ist an einer Überdosis Heroin gestorben. Todeszeitpunkt gestern zwischen acht und neun Uhr in der Früh, Fundort ist nicht der Tatort. Er war stark dehydriert und weist Anzeichen auf, dass er über längere Zeit gefesselt war. Bezüglich seiner Vergangenheit hat seine Frau übertrieben. In den letzten Wochen sind keine härteren Drogen nachweisbar.«

»Wie hat Schlesinger das festgestellt? Benning hat doch eine Stoppelglatze«, hakte Joe nach.

»Es müssen nicht die Kopfhaare sein, die zur Analyse herangezogen werden«, versetzte Ralf Aichhorn. An Joes amüsiertem Blick erkannte Nicky, dass sie kapiert hatte.

»Hätten wir das auch geklärt«, bemerkte Grohsman schmunzelnd. »Joe, hast du das Alibi von Bennings bezahltem Lover überprüft?«

»Wenn ich bloß seine Identität knacken könnte«, erwiderte die Kollegin. »Ich habe unseren Informanten Leopold um einen Anruf des Mannes gebeten. Erfolglos. Was ist mit den Handydaten? Ein verheirateter Mann, der seine Dates mit einem Stricher vor seiner Frau verbergen will – wie gelingt ihm das?«

»Codeartige Messages«, warf Grohsman ein. »Geht seine Nachrichten durch. Zum Schluss noch der Fall Moser. Der letzte Stand: Moser erkennt einwandfrei Benning auf einem Partyfoto. Dann fällt das Wort ›Unfall‹, und plötzlich hält er den gleichen Mann für einen Lehrer namens Wurz. Phantasiert von einem Gstöttner, ebenfalls Lehrer. Und von einem ›bösen Mann‹.«

Joe schaltete sich ein. »Da möchte ich euch ein Foto zeigen.« Sie machte sich am Laptop zu schaffen, bis ein Bild auf dem Screen auftauchte. »Hinter Benning ist ein Mann im Dreiviertelprofil zu sehen, den bezeichnet Moser als Gstöttner. Ob das mit dem Angriff auf ihn zu tun hat, wissen wir nicht. Sabsi Meier, die öfters auf Lienharts Partys ist, kann den Mann nicht identifizieren, weil das Foto ihn nicht deutlich genug zeigt.«

»Dann starte ich offiziell einen unorthodoxen Versuch«, kündigte Grohsman an. »In meinem Bekanntenkreis ist eine Super-Recognizerin.« Sein Handy läutete wieder einmal. »Wie? – Ja genau, ein schwarzer Ford Kuga, Wiener Kennzeichen, Fuchs1.«

Derartige Kennzeichen wären Nicky zu auffällig. Das merkte sich doch jede Verkehrskontrolle. »Wurde sein Auto gefunden?«

»Allerdings. Ich beende die Teamsitzung.«

6

»Warum fahren wir zu zweit, um ein Auto zu begutachten?« Hatte die Identifizierung des Prostituierten nicht Vorrang? Joe schnallte sich auf dem Beifahrersitz an. Diesmal fuhr der Boss. Der ihr keine Antwort gab. Kurz schielte sie auf die Tankanzeige. Eh klar, drei Viertel voll.

Sie befuhren eine Gegend von Simmering, in die es Joe noch nie verschlagen hatte. War das überhaupt noch Wien? Endlich bemerkte sie in der Ferne das Blaulicht. Ihr Boss parkte den Wagen und stieg aus. Boah, der hatte ein Tempo.

»Da drin«, versetzte der uniformierte Polizist knapp und deutete in eine Waldlichtung.

Der Ford war schwarz. Vermutlich war das auch die Farbe des Lacks, so genau ließ sich das auf ersten Blick nicht feststellen. Denn der Wagen war ausgebrannt. Welcher Geistesgestörte kam auf die Idee, in einer Waldlichtung ein Auto anzuzünden? Was für ein Glück, dass es heute in den Morgenstunden geregnet hatte.

»Lässt sich feststellen, wie lange der Wagen schon hier steht?«, fragte der Boss.

Aichhorn kam hinzu. »In jedem Fall seit gestern Nacht. Dauert eine Weile, bis ein Auto ausbrennt. Auf der Motorhaube und dem Dach sind aber Wasserflecken, vom Regen heute Morgen.«

»Kann Fuchs vor seinem Geständnis rasch ›warme Inventur‹ bei seinem Auto gemacht haben?« Joe scrollte auf dem Tablet ihr Protokoll durch. »Er war seit Montag siebzehn Uhr bei uns in Gewahrsam.«

»Nein, es ist unwahrscheinlich, dass der Wagen so lange unentdeckt geblieben ist«, erklärte Ralf. »Die Förster kämmen das komplette Gebiet zwar nicht täglich durch, aber regelmäßig. Ich zeige euch gleich den Grund, warum keine GPS-Daten mehr gesendet wurden. Hier, das sind die Überreste eines *Jammers*. Der überlagert die Signale durch elektromagnetische Wellen.«

Der Boss trat missmutig gegen einen Laubhaufen. »Da kennt sich also jemand mit Technik aus. Damit haben wir keine Beweise, ob Moser hier drin war.«

Joe inspizierte den Wagen. »Die Kollegen spotten über unser mangelndes Vertrauen in die hohe Kunst der Spurenrekonstruktion. Dann sollen sie mal das Unmögliche möglich machen.«

»Wird gemacht, Frau Kollegin.« Aichhorn salutierte spielerisch.

»*Think positive.* Auch ein Zugang«, murmelte Grohsman.

7

Zurück im Büro stürzte Joe sich auf die SMS-Flut von Bennings Handy. Moment, da waren einige der Nachrichten auffällig kurz.

»Samstag?« – »Vierzehn Uhr.« – »Zu früh. Sechzehn Uhr?« – »Siebzehn Uhr.« – »Passt.«

Sie fand weitere ähnliche Wortwechsel. Einen vom 3. November, der Nacht, in der Lienhart getötet worden war. Um ein Uhr früh. »Hast du Dienst?« Darauf ein Daumen-hoch-Zeichen. Das gleiche Symbol zurück. Ebenso am Freitag, dem Tag, an dem Benning mit gepackten Koffern die Wohnung verlassen und der Boss ihn auf dem Zentralfriedhof gesehen hatte. Danach hatte sich Bennings Spur verloren.

Dieser Kontakt war als »Steuerberatungskunde« abgespeichert, ohne Namen. Na, wenn das keine Tarnung war.

»Hallo, hier spricht Joe – bitte legen Sie nicht auf. Ich hab Ihre Nummer von Herwig Bennings Handy. Bitte helfen Sie uns.«

Nach einer Weile ein Seufzen am anderen Ende. Nein, Ciarán wollte sich nicht mit Joe treffen. »Sie sind doch der Kontakt vom Leopold. Die Polizistin. Je weniger Menschen von meiner … Beschäftigung wissen, umso besser. Und wenn wer mitkriegt, dass ich mit der Polizei spreche, bin ich meinen Nebenverdienst los. Sie können mir am Telefon Fragen stellen oder es sein lassen.«

Konnte Joe ihn vorladen? Das Handy war auf einen Ciarán Ó Ceallaigh gemeldet. Laut Internet »O'Kelly« ausgesprochen. Keine Eintragung im Melderegister. Der Akzent des Mannes klang nicht annähernd so irisch wie sein Name, also ein Pseudonym. Für eine Vorladung müsste sie erst seinen Klarnamen herausfinden.

Die volltönende Stimme kam ihr bekannt vor. Woher bloß? »Herr Benning war am Sonntag bei einer Party. Angeblich ist er gegen ein Uhr gegangen, was niemand bestätigen kann. Weil seine Frau nicht daheim war. Er hat Ihnen aber eine SMS geschickt.«

»Er hatte spontan um ein Treffen gebeten. Kam aber nicht. Also«, Ciarán lachte, »er ist nicht eingetroffen. Ohne abzusagen. Das ist für ihn uncharakteristisch. Ich war in Sorge um ihn.«

»Blöde Frage: Die Stunde muss er trotzdem zahlen, oder?«

»Darum geht es nicht. Herwig ist Stammkunde. Da entwickelt sich eine Vertrauensbasis. Nur weil ich Geld dafür nehme, heißt das nicht, dass mir meine Kunden egal sind.«

Joe ließ die Nachricht sickern. Vertrauensbasis. »War Herwig verliebt in Sie? Diese Frage klingt nach Klischee, aber hat er von einer gemeinsamen Zukunft mit Ihnen geträumt?«

»Dazu will ich nichts sagen. Es gibt auch bei uns so was wie ein Klientengeheimnis. Einen Ehrenkodex.«

»Mein Ehrenkodex lautet, ein Verbrechen aufzuklären.«

Ciarán brach in ein melodiöses Gelächter aus. »Ach, kommen Sie. Das ist jetzt zu dick aufgetragen. Herwig und ein Verbrecher? Was soll er denn angestellt haben? Doch nicht den Mord an seinem Steuerkunden?«

»Sie verstehen das falsch. Wir müssen *seinen* Tod aufklären.«

Am anderen Ende der Leitung wurde es still. »Seinen ... was?«

»Seinen Tod. Gestern. Ich frage mich, ob es einen Zusammenhang zu seinen ... Besuchen bei Ihnen gibt. Ob er Phantasien hatte von wegen Abhauen, neues Leben oder so, die jemand verhindern wollte?«

Wieder ein längeres Schweigen. Endlich antwortete er: »Er hätte sich nie scheiden lassen.«

»Wären Sie mitgegangen?«, fragte Joe sanft.

»Das geht Sie nun wirklich nichts an.« Ciarán legte auf.

Joe versuchte, ihn erneut anzurufen, ohne Erfolg. Er ging nicht mehr ran. Etwas später hörte sie exakt einen Klingelton. Danach Besetztzeichen. Telefonierte Ciarán, oder hatte er sie blockiert? Sie hatte ihn nicht einmal nach einem Alibi für gestern gefragt.

Kurz darauf meldete sich Leopold. »Joe, bitte tu mir einen Gefallen. Lass Ciarán in Ruhe. Sonst krieg ich Schwierigkeiten.«

»Wieso du?«

»Weil es ewig dauert, ein Netzwerk aufzubauen. Muss ich dir nicht erklären, oder?« Er klang bockig.

»Sein Kunde ist tot. Was, wenn Ciarán der Täter ist?«, schnappte Joe zurück.

»Geh, bitte. Der erschlägt nicht einmal Gelsen.«

»Vielleicht im Affekt. Benning will sich mit ihm eine neue Zukunft aufbauen, Ciarán weigert sich mitzukommen. Daraufhin erpresst ihn Benning, seine Identität preiszugeben.«

»Wann soll das passiert sein?«

»Untergetaucht: am Freitag. Getötet worden: gestern in der Früh.«

Leopold seufzte. »Du bist hartnäckig. Der Ciarán war's nicht. Der hatte von vorgestern auf gestern einen Kunden.«

»Und da warst du dabei«, scherzte Joe. Hatte Leopold die Info aus allererster, ähm, Hand?

»Nein. Ich hab ihn gestern um zwei Uhr in der Früh zum Notarzt gebracht, um seine Verletzungen zu versorgen.«

»Weil der Kunde handgreiflich geworden ist? War Benning bei ihm?« Nein, das konnte nicht sein, Benning war vermutlich gefangen gewesen.

»Ja. Und nein.«

»Aber den Vorfall muss er doch anzeigen!«

»Wach auf, Joe.« Leopold brach das Telefonat grußlos ab.

Was war heute los? – Und wenn Leopold sie blockierte? Wie lange brauchte man dafür? Hektisch wählte sie seine Nummer.

»Ich hab nichts mehr zu sagen!«, meinte er eisig.

»Wollte nur Danke und Wiederhören sagen. Die Verbindung war plötzlich abgebrochen.«

»Okay. Passt. Wiederhören«, antwortete Leopold versöhnlicher.

Ein Kunde, der so handgreiflich wurde, dass der Lover zum Arzt musste. Geht dich nichts an, Joe. »Und wenn das mit dem Fall zu tun hat?«

Jetzt fing sie schon an wie ihr Boss. Selbstgespräche frei nach dem Motto: »Woher soll ich wissen, was ich denke, bevor ich höre, was ich sage?« Von wem stammte der Satz? Aus einem Film? Welchem?

Film! Schlagartig fiel ihr ein, woher sie die Stimme von Ciarán kannte. Das klang nach der Synchronstimme von diesem

Hollywoodstar, wie hieß der gleich? Sie tippte rasch eine Nachricht an Leopold. »Sag mir nur, ob ich richtigliege, dass C in Wahrheit Synchronsprecher ist. Dann gebe ich Ruhe.«

Prompt kam ein knappes »Ja«.

Nun war es ein Kinderspiel, Ciaráns Klarnamen und somit seine Agentur herauszufinden. Die Agentin bestätigte, dass ihr Klient nach seinem gestrigen »Fahrradmissgeschick« auf dem Weg der Besserung war.

Joe kam sich vor wie im Irrgarten von Schönbrunn. In einem Labyrinth gelangte man früher oder später ans Ziel. Dieser Fall hatte nur Sackgassen, und sie bretterte mit hundertzwanzig Kilometern pro Stunde ohne Bremsen auf das Ende der Gasse zu.

Sie sah auf die Uhr. Du meine Güte, die Anhörung!

8

Genug Zeit vertan. Nicky beschloss, bei der neuerlichen Befragung von Fuchs nicht lange zu fackeln. »Dominik, wir haben Zweifel an Ihrer Aussage. Die Hämatome auf Lienharts Rücken stammen von einer kleineren Person, als Sie es sind. Zu Lienharts Todeszeitpunkt war Ihr Handy in Ihrer Wohnung eingeloggt, also können Sie damit nicht fotografiert haben.«

Fuchs runzelte die Stirn. Zu viele Fragen auf einen Sitz. Oder grübelte er über die Bedeutung von »Hämatom«? Er zuckte mit den Achseln. »Nö, das war schon ich. Dann stimmt was nicht mit euren Berechnungen.«

Wie in allen vorherigen Begegnungen veränderte er weder Lautstärke noch Sprachrhythmus. Fuchs hielt den Blickkontakt, kein Blinzeln. Kein Wechseln der Sitzposition. Auch sonst keine Verlegenheitsgesten. Unwahrscheinlich, dass er sich zum Experten in Sachen Täuschungsmanöver entwickelt hatte. Nach allen Regeln der Deutung nonverbaler Kommunikation sagte der Mann die Wahrheit. Bis auf die Beweise, dass seine Aussage nicht stimmen *konnte*. Also ein alternativer Vorstoß. »Dominik, können Sie mir sagen, wann Sie zuletzt mit Ihrem Auto gefahren sind? Und wohin?«

»Ich hab keinen Schimmer. Sag ich doch die ganze Zeit. Hört eigentlich irgendwer zu, wenn ich was sage?« Mit diesen aggressiven Einwürfen überspielte Fuchs seine aufsteigende Panik, wenn er sich in die Enge getrieben fühlte. Oder auf den Schlips getreten.

»Doch, ich höre Ihnen genau zu. Ihr Auto wurde gefunden.« Sie schob ihm das Foto des ausgebrannten Wagens zu.

»Mein schönes Auto ...« Die Unterlippe ihres Klienten bebte. Eine Träne kullerte von seiner Wange auf das Bild. So bestürzt hatte sie ihn seit seinem Mordgeständnis nicht erlebt. Ging es bei diesem emotionalen Ausbruch ausschließlich um das Auto?

»Und Sie kennen Herwig Benning wirklich nicht näher? Den zweiten Toten?«, hakte Nicky sanft nach und legte ein Foto von der Party auf den Tisch.

»Das ist alles ein Alptraum.« Dominiks Stimme zitterte. Er fuhr sich mit der Pranke über die Lippen, dann über den Schädel. »Sagen Sie nicht, dass ich den auf dem Gewissen habe. Wann ist er denn ...?«

Er *wusste* nicht, ob er für diese Tat verantwortlich war? Nickys Hirn lief auf Hochtouren. War das Erinnerungsvermögen von Fuchs pathologisch geschädigt? In der Zeit, die sie ihn betreute, hatte sein Langzeitgedächtnis funktioniert. »Benning wurde gestern gefunden.«

»Dann kann ich's nicht gewesen sein«, stellte Fuchs erleichtert fest.

»Es deutet alles darauf hin, dass Sie auch Lienhart nicht getötet haben. Decken Sie jemanden?«

»Wieso sollte ich das tun?«, entgegnete er. Als hätte Nicky ihn gefragt, ob er eine Zeitung geklaut hatte. »Nein. Das mit dem Lienhart, das kann ich beweisen. Hab ja gleich danach meinem Kumpel ein Foto geschickt. Saublöde Idee.«

Nicht mit diesem Handy, wollte Nicky entgegen. »Wie heißt Ihr Kumpel?« Mit dem Mann musste sie sprechen. Falls er nicht nur in der Phantasie von Fuchs existierte.

»Isi. Aber jetzt sag ich nichts mehr, ich will ihn nicht hinein-
reiten. Sonst tunkt ihr ihn ein, weil er mich nicht angezeigt hat.«

9

Es war ausgestanden. Mit einem Strahlen beendete Joe das Gespräch. Kein Disziplinarverfahren. »Ihr Vorgesetzter hat sich
für Sie eingesetzt und machte aufgrund Ihrer sportlichen Ausbildung plausibel, warum Sie sich für dieses kalkulierte Risiko
entschieden haben.«

Sie war davon ausgegangen, dass mit dem Vorgesetzten ihr
Boss gemeint war. Nein, angeblich hatte auch Ungerböck unmittelbar vor ihrer Anhörung zu ihren Gunsten ausgesagt. War
er knapp vor seiner Pensionierung milde geworden?

»Sie haben Mumm bewiesen, Frau Kollegin«, meinte Ungerböck, nachdem sie sich bei ihm bedankt hatte. »Und Ihre Frage,
ob ich Sie für eine fähige Polizistin halte, ließ mich nachdenken.
Doch, das tu ich. Gelegentlich würde ich mir eine genauere Ein-
haltung der Dienstvorschriften wünschen, aber das überlasse
ich getrost meiner Nachfolgerin.« War das ein schadenfrohes
Zucken seiner Mundwinkel?

Am liebsten wäre sie feiern gegangen. Doch dann sah sie das
Chaos auf ihrem Schreibtisch. Ihre Überlegungen zu Ciarán stiegen hoch. »Am Freitag bringt Ciarán Benning in seine Gewalt.
Der Steuerberater kann sich am Montag in der Nacht wehren
und schlägt seinen Lover krankenhausreif. Er kann aber nicht
entkommen. Ciarán muss zum Arzt, kehrt zurück und bringt
Benning um. Alibi geplatzt.« Sie wagte einen Anruf bei Leopold.

»Lass es gut sein, Joe«, meinte Leopold sanft. »Ciarán hat ein
zertrümmertes Bein und eine Stichverletzung. Er konnte nicht
ein paar Stunden später einen Mann töten und an einen anderen
Ort bringen. Bitte lass ihn. Sobald er wieder transportfähig ist,
nimmt er eine Auszeit. In Brasilien. Ich glaube nicht, dass er in
seinen alten Beruf zurückkehrt.«

Als Synchronsprecher oder als Callboy?, lag Joe auf der Zunge. Ob sie sich persönlich von Leopolds Aussage überzeugen sollte? Das konnte sie immer noch, falls sich der Verdacht erhärtete. »Dann wünsche ich ihm ein gutes neues Leben.« Joe starrte auf das Handy.

»Sehen wir uns noch vor meiner Abfahrt, mein Herz?«

Richtig, ihre Mutter fuhr heute zurück nach Amstetten. Viel hatten sie in diesen Tagen nicht unternommen. Na, ihre Mama hatte auch ohne sie ein ausgefülltes Programm absolviert. Gestern hatte Joe kurz ihre Probleme angesprochen. Die Kollision. Die drohende Diszi. Dass sie trotzdem ihren Job nicht tauschen wollte. »Ich bin stolz auf dich, wie du deinen Weg gehst. Mach weiter so«, hatte ihre Mutter gemeint.

Ein flotter Kaffee mit ihr musste sich ausgehen. Sie rief schnell an. »Bin auf dem Weg in dein Lieblingskaffeehaus, ins Café Schwarzenberg. Wenn du mich nicht wieder verkuppeln willst.«

»Ach schade. Der Mann auf der Bank … Nein, der ist zu alt für dich. Gibt's denn keine g'standenen Mannsbilder in deinem Umfeld?«

»Nö.« Ihre aktuellen männlichen Kontakte waren wenig prickelnd. Mit Ingo, ihrem Nachbarn mit dem Hund, war sie letzten Sonntag spazieren gegangen. Nach seinem einstündigen Monolog über Beruf – Elektrotechniker – und Hobby – Modelleisenbahnen – hatten ihr die Ohren geklingelt. Frank, ihr Karatetrainer, hatte ausschließlich seinen Sport im Schädel. Und Ralf Aichhorn war ein cooler Typ, aber für sie eher ein Kumpel, kein »Love Interest«.

»Schau nur, dass du nicht vereinsamst. Das geht schnell.«

Genauso rasch, wie man sich wieder verlieben konnte? In Anton? Na, das konnte Joe mit ihrer Mutter persönlich klären.

10

Zweifel. Die ist gut, die Psychotante. Ich zweifle nicht, ich verzweifle. Nein, ich zweifle an mir als Ganzes. Warum wär ich sonst in Therapie? Der andere Typ von der Party, der auch tot ist – am liebsten hätte ich mein Handy gecheckt, ob ich das war. Ob ich den auch fotografiert habe. Die haben mir aber mein Telefon weggenommen. Hey, ich kann das nicht gewesen sein. Ich war schon eingesperrt. Und seit dieser Party hab ich ehrlich nicht mehr gesoffen. Also auch keinen Filmriss gehabt.

Ob die dann im Häfen auch eine Psychotante haben? Vielleicht darf die Witt Stunden abhalten. Die ist okay. Ich brauche meine Tabletten. Wenn ich die nicht nehmen darf, bin ich im Arsch.

11

Die alten Akten zum Fall Josef Stingl lagen auf Grohsmans Tisch. Die hatte er angefordert, um ein letztes Mal ... völlig widersinnig. Doch ihm war Nicky eingefallen. Dass der Fall Piring ohne Schlesingers Expertise nicht neu aufgerollt worden wäre. Konnten fünfundzwanzig Jahre Entwicklung in der Forensik jenes Puzzleteilchen zutage fördern, das die Zweifel endgültig ausräumte? Denn falls Josefs Schwester Hilde doch recht behielt: Mord verjährt nicht.

»Oskar, hast du Zeit auf einen Kaffee?«

»Oje, wenn du mich beim Vornamen nennst, ist es ernst. Was hast du denn auf dem Herzen? Zu Herwig Benning kann ich dir nur sagen, dass der Tox-Screen auf Betäubungsmittel läuft.«

»Sorry, das hat Vorrang, da halte ich dich nicht auf.«

»Na komm, einen Kaffee schaffen wir.«

Sie trafen sich in der Kantine. Grohsman hatte auch Nicky verständigt, die kurz ihre letzte Begegnung mit Fuchs schilderte. Dass sie eine komplette psychiatrische Untersuchung ihres Klienten in Erwägung zog.

»Leidet er an Schizophrenie?«, fragte Grohsman. »Hört er Stimmen, die ihm eine Tat einreden, die er nicht begangen hat?«

»Eingebildete Stimmen können nicht töten. Und woher hat Fuchs das Insiderwissen, die Fotos?«, schloss Nicky. »Ah, da kommt der Schlesi!«

Zu dritt verkrümelten sie sich an einen Tisch in der hintersten Ecke. Grohsman legte die geschlossene Akte vor sich auf den Tisch. »Es geht um einen Cold Case, der vor fünfundzwanzig Jahren passiert ist. Der Tote litt unter bipolarer Störung. Der Fall wurde als Suizid abgeschlossen, es gibt keine begründeten Zweifel an diesem Entscheid. Nur die Schwester des Toten will öfters einen zwielichtigen Mann beobachtet haben, der den Toten bedroht haben soll. Was dieser nie angezeigt hat.« Er schob die Mappe zu Schlesinger, der sie sofort öffnete.

»Dein Freund? Josef?«, fragte Nicky sanft.

Grohsman nickte und beobachtete die beiden, die ihre Köpfe in die Akte steckten. Er verstand nicht, was sie murmelten. Wollte gar nicht zuhören. Gewissheit wollte er. Darüber, was damals vorgefallen war.

»Da spricht nichts für Fremdverschulden oder Unfall«, meinte Schlesinger nach kurzer Zeit. »Der Leichnam wurde zwar nicht auf subkutane Hämatome untersucht. Aber die Dosis an Schlafmittel, die er intus hatte, schläfert ein Pferd ein. Obnox, ein starkes Medikament. Allein diese Menge hätte für einen ewigen Schlaf gereicht.«

»Und wenn ihn das Mittel außer Gefecht gesetzt hat? Dann hätte er sich nicht gegen einen Angreifer wehren können, der ihn über die Brücke stürzt.« Grohsman war damals alle Szenarien durchgegangen.

Nicky schüttelte den Kopf. »Du denkst an einen Overkill, zwei Tötungsmethoden. Wir sprechen aber nicht von K.-o.-*Tropfen*. Obnox gibt es nur in Tablettenform, schlecht auflösbar. Diese Menge konnte ihm niemand heimlich unterjubeln, die schmecken grauenhaft. Wenn ihm die jemand gegen seinen Willen eintrichtert, wären Spuren nachweisbar. Abwehrverletzungen, Hämatome von Fesseln oder so.«

»Guter Einwand, Frau Kollegin. Hinzu kommt, dass sich zwar eine Dosis im Blut befand, eine beträchtliche Menge hingegen noch im Magen. Unverdaut. Er ist ertrunken, war also noch am Leben, als er von der Brücke sprang. Möglicherweise hat er diese Todesart gewählt, weil er nicht wollte, dass ihn seine Familie findet. Er wollte jedoch auf Nummer sicher gehen.«

Grohsman streichelte mechanisch Sallys Kopf. »Wieso kein Abschiedsbrief?«

»Vielleicht hat er den versteckt«, antwortete Nicky. »An einem Ort, an dem ihn eine vertraute Person findet. Die es seinen Eltern schonend beibringen konnte. Hat er seiner Schwester eine Schatulle, einen Aktenkoffer oder Ähnliches vererbt?«

»Weiß ich nicht.« Grohsman hustete seinen Schmerz weg. »Das konnte ich sie nicht mehr fragen. Sie weigert sich, mit mir zu sprechen. Ich danke euch dennoch.«

Er stand auf und verließ mit Sally die Kantine. Nicky und Schlesinger hatten die tragische Geschichte bestätigt. Hundertprozentige Gewissheit würde er nie haben, doch war es Zeit, die Vergangenheit ruhen zu lassen. Heute Abend noch eine Callas-CD auflegen.

Grohsman blieb so abrupt stehen, dass Sally ihn anwüffte. Die Callas. Josef hatte ihm eine Biografie der Callas vermacht. Grohsman hatte das Buch nie gelesen, weil es zu sehr schmerzte. Und weil er das Geschenk nicht verstanden hatte. Er hatte die Callas nie verehrt. Im Gegenteil, die Wahl der besten historischen Sängerin war ewig Debatte zwischen ihm und seinem Freund gewesen. Einmal waren sie in einen erbitterten Streit geraten, weil Grohsman die Tebaldi der Callas vorzog. Er hatte sich damals gewundert, dass Josef ihm ausgerechnet diese Biografie vererbt hatte. Wie kam er am schnellsten nach Hause?

Das Buch stand in Grohsmans Bücherschrank. Behutsam zog er es heraus. Blätterte es durch, Seite für Seite.

Da, bei der Passage über die Lady Macbeth war der Brief eingeklemmt. »Ich kann nicht mehr, Felix. Es tut mir leid. Bitte erkläre es Hilde, meinen Eltern und allen anderen. Vielleicht treffe ich da oben die Callas. Und wenn ich die Tebaldi sehe, lass ich sie von dir grüßen. Dein Freund Josef.«

Grohsman nahm sein Handy. Ob die Nummer noch stimmte? »Bitte leg nicht auf, Hilde. Ich hab sein Schreiben gefunden.«

12

Nicky klingelte an Teddys Wohnungstür. Hätte sie Pascal zur Sicherheit vorher anrufen sollen? Sie wollte sich kurz mit ihm über mögliche psychologische Erkrankungen von Dominik Fuchs austauschen. Und über die dissoziative Amnesie von Ignaz Moser. Außerdem schuldete sie den beiden Männern eine Entschuldigung für das jähe Ende der Heurigenpartie. Als Wiedergutmachung hatte sie rasch einen Apfelstrudel gebacken.

Endlich hörte sie ein aufgeregtes Pfotenscharren und ein Bellen, das sich nach Newton anhörte.

Teddy öffnete die Tür. »Nicky! Das ist eine Überraschung.«

»Es tut mir so leid, dass ich euch gestern sitzen gelassen habe. Den Apfelstrudel hab ich nach dem Rezept meiner Omi gebacken, der ist noch warm. Okay, den Strudelteig hab ich gekauft. Na ja, und da hab ich mir gedacht …« Warum plapperte sie so drauflos?

Pascal kam entgegen. »*Excuses acceptées*, oder, Teddy?«

»Unbedingt!« Sein Kumpel strahlte. »Newton hat dich gehört und vor uns begrüßt. Der taut richtig auf!«

Wie auf Kommando strich der Vierbeiner um Nickys Bein. »Schade, dass ich keinen Hund in die Justizanstalt mitnehmen kann«, meinte sie grübelnd.

»Das stimmt nicht. Tiertherapie ist auch in Gefängnissen erlaubt«, entgegnete Pascal.

»Nicht im Grauen Haus. Und nicht ohne Zertifikat. Und nicht zu Befragungen. Nein, aus, ich will nicht über die Arbeit nachdenken.« Doch, wollte sie. Aus dem Grund war sie hergekommen, oder?

Tiertherapie. Die Worte von Ignaz Moser kamen ihr in den Sinn. Dass er seinem Waldi alles hatte erzählen können. »Sag mal, Pascal, hast du einen deiner Therapiehunde mit? Würdest du mit mir ins Krankenhaus kommen?« Nicky erzählte ihm von Ignaz Moser, der Hunde mochte. Und Kakao.

»Es tut mir leid, nein. Aber Teddy hat auch die Ausbildung. Und du hast sicher einen passenden Hund, stimmt's?«

»Na ja, von meiner derzeitigen Meute hat keiner ein Zertifikat. Aber Newton ist total brav. Ich würde ihn nicht ins Krankenzimmer mitnehmen. Kann man sich mit dem Patienten im Park treffen? Wenn so was im Krankenhaus existiert und es nicht zu kalt ist?«

»Es gibt ein Kaffeehaus, in dem Hunde erlaubt sind. Wir könnten das auch mit Sally probieren. Die Hündin vom leitenden Ermittler. Weißt du noch, Pascal, wie ich sie letztes Jahr spontan ins Krankenhaus mitgenommen habe, als ich ein paar Tage auf sie aufpasste? Der Mann mit dem selektiven Mutismus, der plötzlich seine Sprache wiederfand?«

»Ja, daran erinnere ich mich. Du hast das Zeug zur Tiertherapeutin, Nicky. Habe ich immer wieder betont.«

Newton war zu ihr getapst. Er winselte leise.

»Der will eine Chance bekommen«, meinte Teddy.

Nicky kraulte ihm das Knickohr. Dieser seelenvolle Blick – würde der Moser zum Reden bringen? »Pascal, der Hund würde zu dir passen. Pascal und Newton – ein unschlagbares Team. Fehlt nur noch Einstein.«

Teddy reichte ihr seine Visitenkarte. »Hier hast du meine Telefonnummer, Nicky. Lass es dir durch den Kopf gehen. Und wenn es in meinen Kalender passt, bin ich dabei.«

Sie musste nur kurz überlegen. »Hast du morgen Zeit, Teddy? Gleich um neun oder so?«

Donnerstag, 20. November

1

»Nimm du den Hund, ich setze mich an den Nebentisch, dann merkt Newton, dass alles okay ist.« Teddy reichte Nicky die Leine. »Der vertraut dir, sonst hätte er bei eurem gemeinsamen Ausflug Probleme gemacht.«

Ob das Experiment funktionierte? Nicky hatte Ignaz Moser gestern noch angerufen, ob sie ihn besuchen dürfe. Im Kaffeehaus, weil sie mit ihrem Hund kam.

Moser stützte sich auf einen Stock, als er das Café betrat. Und zaghaft die Tische scannte. Nicky stand auf und winkte ihm.

»Hallo, Herr Moser! Das ist Thaddäus, ein Freund. Und das ist Newton.«

Als der Mann den Hund entdeckte, beobachtete sie eine erstaunliche Wandlung. Seine Augen glänzten wie die eines Kindes, das zum ersten Mal einen Christbaum sah.

»Jö, ist der lieb. Darf ich ihn streicheln?« Moser setzte sich schwerfällig auf die Lederbank und beugte sich zu dem Wollknäuel hinunter. Newton kam langsam näher und beschnüffelte sachte Mosers Hand.

»Hinter dem Knickohr mag er's besonders gern«, meinte Nicky.

»Die Eltern haben mir nie einen Hund erlaubt. Die Luise, die mochte eigentlich lieber Katzen. Trotzdem hat sie mir den Herzenswunsch erfüllt. Ach, die Luise ... und der Waldi ...« Gedankenverloren spielte Moser mit seinem Gehstock. Er hatte aufgehört, Newton zu kraulen.

Der Hund stupste Moser mit der Pfote an.

»Ich glaube, er möchte, dass Sie ihm Ihren Kummer anzuvertrauen«, wagte Nicky einen Vorstoß. War das zu plump?

»Meinen Kummer ... ach, Hunderl, der ist zu groß für deine zarte Seele. Der würde dich zerquetschen.« Moser verstummte.

Kurzerhand setzte Nicky den Hund auf die Bank neben Moser. Scherte sie herzlich wenig, dass das im Kaffeehaus nicht gestattet war. Newton stellte sich mit den Vorderpfoten auf Mosers Oberschenkel. Der alte Mann schloss den Hund behutsam in seine Arme.

»Ach, Hundi, wenn du wüsstest, wie bös die Menschen sein können. Na ja, du weißt das eh, gell? Du schaust so melancholisch.« Moser schwieg mit düsterem Gesicht.

Eine Kellnerin eilte mit verärgertem Blick in Richtung Tisch. Bitte nicht den Hund vertreiben!, flehte Nicky innerlich. Teddy stand auf und redete auf die Kellnerin ein. Eindringlich. Sie verschwand mit einem dramatischen Seufzer. Teddy folgte ihr und kam mit einer Tasse heißer Schokolade wieder. Er stellte sie wortlos vor Moser und zog sich zurück zum Nebentisch. Nicky dankte ihm mit einem stummen Lächeln.

Moser griff zur Tasse, nahm vorsichtig einen Schluck. Wieder erhellte sich kurz sein Gesicht. Langsam stellte er die Tasse ab.

»Es sind gute Erinnerungen, die Sie mit Kakao verbinden, ja?«, fragte Nicky sanft.

»Die hat mir der Wurz gegeben. Nachdem …«

»Nachdem …? Wer hat Sie so verletzt?«

Mit den Tränen, die aus Mosers Augen auf das Fell des Hundes tropften, kam stockend die beklemmende Schilderung. Der Lehrer, der damals im Internat lebhafte Kinder schlug. Als Erziehungsmaßnahme. Ignaz war ein aufgeweckter Bub gewesen, das hatte ihm Gstöttner ausgetrieben. Ihn in den großen schwarzen Jeep gezerrt, in den Wald verschleppt und geschlagen. Nur auf den Körper, nie ins Gesicht. Hatte ihn in einer winzigen dunklen Hütte eingesperrt und hungern lassen. Zwei Tage nur Wasser. Erst hatte ihm keiner die Geschichte abgenommen. Ein ehrenhafter Professor, der doch nicht! Bis er einmal aus dem fahrenden Jeep gesprungen war und die Verletzungen und die blauen Flecken auf dem Rücken Professor Wurz gezeigt hatte. Dann hatten sich weitere Kinder dem Lehrer anvertraut. »Der Gstöttner ist damals suspendiert worden. Vor dunklen Räumen habe ich aber immer noch Angst. Und wenn heute so ein großes schwarzes Auto neben mir auftaucht, krieg ich alle Zustände.«

Luise hatte mit ihm einen Therapeuten konsultiert. Es war ihm aber nicht gelungen, das finstere Kapitel komplett aufzuarbeiten. Immer noch quälten ihn Angstzustände. Luise hatte ihm eines Tages den Dackel geschenkt. »Du schaust fast so lieb drein wie der Waldi«, meinte Moser und strich Newton mit einem Finger über den Nasenrücken. »Nach so langer Zeit über das alles zu reden, da wird mein Herzerl leicht wie ein Luftballon. Wie die da drüben im Krankenhausladen.«

»Möchten Sie in Zukunft öfters darüber sprechen? Ich bin Psychologin«, bot Nicky ihm an.

»Aber nur, wenn das Hunderl dabei ist.« Moser zwinkerte ihr zu. Voller Hoffnung.

Das konnte sie nicht versprechen. War es zu früh, den aktuellen Unfall aufs Tapet zu bringen? Sie musste es versuchen. »Herr Moser, dieser Gstöttner kann ihnen nicht mehr wehtun. Er kann Sie vorigen Donnerstag nicht ins Auto gezerrt haben. Erinnern Sie sich?«

»Aber der sah dem Gstöttner so ähnlich ... Ich weiß nicht ...« Sie legte ihm Fotos von Benning und von Fuchs vor.

»Nein, das ist er nicht. Das da ist der Herwig. Den anderen kenn ich nicht.«

»Und hier?« Sie nahm das Bild, auf dem laut Joe der »Gstöttner« unscharf zu sehen war.

Moser umklammerte den Hund – zu fest? Newton machte keinerlei Anstalten zu entkommen. Nicky sah rasch zu Teddy. Er deutete ihr mit einer Handbewegung, abzuwarten, und schlich aus dem Kaffeehaus.

Moser verfiel in eine schaukelnde Bewegung.

Andere Taktik. »Ihr Nachbar, Herr Zapletal ... Er meinte, Sie könnten nach Lienharts Party am Sonntag in der Nacht ein Auto gesehen haben. Das auf der Straße rasch davonfuhr. Stimmt das? Wollten Sie das Herrn Grohsman melden?« Nicky wunderte sich über sich selbst. Wenn das nicht pure Beeinflussung war.

»Sonntag ...« Moser streichelte mechanisch Newtons Fell. Sein Blick wanderte angsterfüllt durch den Raum. »Nein ...«, stammelte er undeutlich. »Das ... war ... der Gstöttner ... der hat mich gesucht!« Seine Lippen bebten. Er griff sich an die

Brust, atmete schwer. Schweißtropfen bildeten sich auf seiner Stirn. So ein Käse, da braute sich eine Panikattacke zusammen. Sofort Moser aus seinem Tunnel holen.

»STOP! Herr Moser, es ist alles gut.« Nicky bewegte ihren Zeigefinger vor Mosers Augen, bis er der Bewegung folgte. »Atmen Sie tief aus. Und langsam ein. Schließen Sie die Augen. Jetzt öffnen Sie sie wieder. Wie heißen Sie?«

»Ignaz Moser …«, murmelte er und lockerte den Griff um den Hund. Newton leckte ihm die Hand.

»Wo befinden wir uns?«

»Im …« Er sah durch den Raum, ließ Newton komplett los. Holte tief Luft, fuhr sich durchs schüttere Haar. Hand und Lippen hatten aufgehört zu zittern. »Im Kaffeehaus vom Krankenhaus.«

»Welche Farbe haben Ihre Schuhe?«

»Braun.« Die Antwort kam mit sicherer Stimme, ohne Blick auf die Schuhe. Nicky atmete durch. Moser war wieder im Hier und Jetzt.

Teddy kehrte zurück, er drückte Nicky einen Folienballon in die Hand. In Hundeform. Wortlos deutete er mit dem Kopf in Richtung Moser und setzte sich wieder an den Nebentisch.

Mit offenem Mund blickte Moser auf den Ballon.

»Der ist für Sie, Herr Moser. Damit Ihr Herzerl immer leicht bleibt.«

Zaghaft streckte der alte Mann die Hand aus und griff nach der Schnur vom Ballon. »Ihr seids so lieb, ihr drei.«

Sollte Nicky die Befragung abbrechen? Einen Versuch noch. »Herr Moser, Sonntag vor einer Woche …?« Sie ließ die Frage im Raum stehen.

»Da ist Manuel vom Balkon gestürzt.« Er nahm einen Schluck von der heißen Schokolade. Dann kraulte er Newton hinterm Ohr. »Das mit der Frau hat ihn mitgenommen«, flüsterte er.

»Mit welcher Frau?« Nicky ging im Geist die Bekanntschaften von Lienhart durch. »Sandy Benning?«

»Die Benning. Die ist ein Luder. 'tschuldigung. So was sagt man nicht. Aber die hat zwei Beziehungen zerstört. Die von ihrem Mann und die von Manuel Lienhart.«

»Welche Beziehung von Manuel?« Sollte sie nach Kerstin Fuchs fragen? Nein, nicht in die Beeinflussungsfalle tappen.

»Die mit Regina.«

»Wer … ist Regina?« Fieberhaft blätterte sie die Fotos durch, die sie mitgenommen hatte. Legte ihm Partybilder und Aufnahmen von Verena Rasmussen und Kerstin Fuchs vor. Moser betrachtete die Fotos. »Nein, nein, das ist sie nicht. Regina ist eine bildschöne Erscheinung. Einen halben Kopf größer als Manuel und schöne rote Haare. Ganz lang.«

Lydia Zams, die einen anderen Namen verwendete? Sie war kleiner als Lienhart. Zur Sicherheit zeigte Nicky Moser ein Foto dieser Frau. Er schüttelte den Kopf.

»Regina begleitet mich manchmal zum Arzt. Manuel war so glücklich mit ihr, er wollte mit ihr ein neues Leben anfangen. Aber dann ist was passiert. Sie ist nimmer zu ihm gekommen, und er ist wieder in sein altes Leben gekippt. ›Alles wegen der Sandy‹, hat er einmal im Suff gelallt. Ich hab nicht nachgefragt. Ich mag's nicht, wenn er besoffen ist. Sonst war er ein lustiger Kerl. Schad um ihn.«

Nicky atmete scharf ein. »Wie lautet der Nachname von Regina?«

»Oje, irgendwas wie Covid … Nein, das war's nicht. Fällt mir jetzt nicht ein.« Moser strich Newton noch einmal über den Kopf. Dann langte er nach seinem Gehstock und richtete sich schwerfällig auf. Um seine Augen bildeten sich Fältchen, als er seinen Ballon ansah. Die Mundwinkel bogen sich nach oben. »War eine liebe Idee von Ihnen, mit dem Hunderl zu kommen. Aber jetzt bin ich müde. Kann ich gehen?«

»Natürlich, Herr Moser. Danke für Ihre Zeit.«

»Keine Ursache. Hoffentlich darf ich bald nach Hause. Und dann kommen Sie mich besuchen, ja?« Er winkte Nicky zum Abschied.

Nicky winkte zurück. Sie brauchte eine Weile, um die Szene zu realisieren.

»Das war … unglaublich«, holte Teddy sie aus ihren Gedanken. Er hob den Hund behutsam auf den Boden und hockte sich auf die Bank, wo eben noch Moser gesessen hatte.

Wortlos legte sie Newton ein paar Leckerlis vor das Näschen. Der Hund schmiegte sich an ihr Bein. »*Er* war unglaublich«, flüsterte sie, während sie Newtons Ohr kraulte. Meinte sie damit den Hund oder Moser? Im Zweifelsfall beide. »Und danke auch dir. Das war sehr einfühlsam. Du bist ein grandioser Therapeut.« Allmählich gelang es ihr, auf Arbeitsmodus umzuschalten. Sie berichtete Mosers Arzt Dr. Huber von dem enormen Durchbruch. Dann schrieb sie eine lange Nachricht in die Ermittlergruppe. Sie endete mit den Worten: »Wer ist Regina?«

2

Ist schon merkwürdig. Welche Erinnerungen poppen da plötzlich auf? Ich sehe ein pinkes Taxi vor mir. Es gibt in Wien keine pinken Taxis, oder? Außerdem, das kann ich um diese Uhrzeit nicht so genau gesehen haben. Wieso hab ich grad den hellen Tag vor Augen?

Kerstin hat mir einen Brief geschrieben. Dass sie mich nicht mehr versteht. Dass sie mir nie Hörner aufgesetzt hat. Aber dieser Manuel hat es doch zugegeben, möchte ich ihr ins Gesicht schreien. Wenn ich mit ihr reden würde. Sie kennt Manuel nicht näher, ha! Und sie würde weder mit ihm noch mit einem anderen fremdgehen, doppel-ha! Glaubt sie doch selbst nicht. Kerstin ist süß. Aber sie lügt doch.

Oder soll ich zulassen, dass sie mich besucht? Sie hält zu mir, was immer ich gemacht habe, schreibt sie. Und dass sie mich immer noch liebt.

Ich sie doch auch.

3

Sein Team hatte keine Einwände gegen Grohsmans unorthodoxe Idee, Billie als Beraterin einzubeziehen. »Frau Sibylle

Horak, ich möchte offiziell Ihre Fähigkeiten als Super-Recognizerin und als Mathematikerin mit Schwerpunkt ›Erkennen von Mustern‹ in Anspruch nehmen«, hob er förmlich an. Und fügte hinzu: »Würdest du uns bei der Aufklärung des Falles unterstützen?«

Billie strahlte ihn an. »Ja klar! Was muss ich machen? Fotos und Videos checken?«

»Das kommt später.« Für die Gesichtserkennung musste Grohsman erst ein bestimmtes Vergleichsobjekt auftreiben. »Zunächst habe ich einen Sonderauftrag, eine systematische Darstellung der Spurenlagen. Hier ist eine Liste mit DNS-Spuren von der Feier des Toten. Diese konnten erst teilweise zugeordnet werden.« Von rund zwei Drittel der Gäste hatte Agnes Drese die biometrischen Daten eingeholt. Der Rest war verreist, verhindert oder nicht erreichbar. »Auf dieser Liste sind auch Fundort und Intensität der Spuren vermerkt. Euer Vortrag über Muster hat mich inspiriert. Könnt ihr auf einem Wohnungsplan die Spurenverteilung grafisch darstellen? Keine Ahnung, ob mir dieses Muster weiterhilft.« Er versprach sich davon zumindest ein geordnetes Vergleichsmaterial. Übereinstimmungen checken, sobald die Auswertung von Bennings Kleidung und vom Auto von Fuchs eintrafen. Grohsman faltete den Plan der Wohnung auf und legte ihn auf den Tisch.

Billie blätterte die Liste durch. »Null Problem. Dürfen wir dieses Projekt auf der Uni präsentieren? Als fiktives Geschehen verschlüsselt, ohne Namensnennung, Datumsangabe oder so.«

»Das sollte möglich sein.«

»Super! Ich weiß schon, wie wir das angehen. Komm, Lukas, wir haben zu arbeiten.«

»Jetzt? Habt ihr nicht …«, wollte Grohsman einwenden.

»Wir haben Uni, Onkelchen. Wenn wir denen dieses coole Projekt präsentieren, macht das eine Fehlstunde dreimal wett.«

Grohsman sah den beiden nach. Sie diskutierten voller Begeisterung und nahmen ihn nicht mehr wahr. Na, dann widmete er sich gleich dem zweiten Teil des Sonderauftrags. Nach Nickys phänomenalem Durchbruch hatte er den Namen von

Mosers Internat erfragt, die Information hatte die Psychologin prompt eingeholt. Es war ein Leichtes, Internatsprofessor Clemens Gstöttner im Netz aufzustöbern. Der Mann war damals suspendiert und unter Anklage gestellt worden. Der Gerichtsverhandlung hatte er sich ultimativ entzogen. Ob Unfall oder Suizid, konnte nicht eindeutig festgestellt werden, Gstöttner war alkoholisiert mit hundertfünfzig Kilometern pro Stunde gegen einen Baum gefahren. Im Internet entdeckte Grohsman ein Foto, vermutlich aus einem alten Jahrbuch. Schwarz-weiß, nicht sonderlich scharf.

»Billie, wenn du Zeit hast, das hier ist das Fotorätsel.«

»Wen suchst du?« Sie setzte sich neben Grohsman.

Er öffnete auf seinem Laptop den Ordner der Partyfotos. »Ein deutlicheres Foto von dem hier.« Er deutete auf das Dreiviertelprofil des Mannes, den Moser als »Gstöttner« bezeichnet hatte. »Er soll dieser Person ähnlich sehen.« Er zeigte ihr das Bild des Internatsprofessors.

»Alles klar, das gehe ich schnell durch.«

4

Gegen Mittag trommelte Grohsman das komplette Team zusammen, neben Joe und Kienzle auch Aichhorn, die Drese und Nicky.

Billie spielte mit einem USB-Stick. »Wir haben die DNS-Daten mittels digitalen Sheets ausgewertet. Daraus haben wir zur plastischeren Vorstellung eine Grafik erstellt. Kann jemand ...«

Kurz darauf projizierte Aichhorn ein Modell auf den großen Screen. »Das habt ihr genial aufgebaut«, staunte der Kollege.

»Nicht wahr?«

Lienharts Wohnungsplan war mit Fähnchen ausgestattet, die die Spurenlage kennzeichneten. Dabei hatten Billie und Lukas jeder Person eine unterschiedliche Farbe zugeordnet. Die Größe der Fähnchen symbolisierte die Häufigkeit und die

Farbintensität das Alter der Spuren. Einen Farbcode hatten die beiden beigelegt.

»Durch das Anklicken einer einzelnen Farbe wird nur diese angezeigt. Damit sieht man deutlich, wer sich wo in welcher Intensität befunden hat.«

»Ich werde glatt noch zum Technikfan«, murmelte Grohsman. Er ging näher zum Screen. »Manche Gäste sind fast durch die ganze Wohnung gestromert, andere haben sich eher an ein oder zwei Orten aufgehalten.« Er betrachtete das Blatt mit der Farblegende. Da war doch ein Muster zu erkennen. »Hey, seht mal: Viele der Frauen waren fast überall. Kathrin eins, Kathrin zwei, Margie, Jenny und Lisi, Lydia, Vivi und so weiter. Die meisten der Männer waren tendenziell an drei Orten: Bar, Couch und WC. Mit Ausnahme von Herwig Benning, der auch am Balkon, im Bad und im Arbeitszimmer war. Dominik Fuchs war ebenfalls im Bad. Von Sabsi und Robert befinden sich intensive Spuren in der Küche.« Grohsman fiel das Gekicher der drei Zeuginnen ein. Hatte Jenny, Lisi oder Margie das Pärchen erwischt? »Wenn ich das richtig sehe, existieren weder von Sandy Benning noch von Verena Rasmussen frische Spuren.«

»Die mysteriöse Regina war auch nicht auf der Party. Da war keine zweite Rothaarige«, warf Joe ein.

»Genau.« Nicky blätterte in ihren Aufzeichnungen. »Dominik Fuchs beharrt vehement auf seinem Geständnis. Er hat gestern erwähnt, dass er die Tat seinem Freund Isi gestanden hat. Den vollständigen Namen will er nicht sagen. Habt ihr eine Auswertung von seinem Handy?«

»Ich hab angemerkt, dass da vieles gelöscht wurde«, antwortete Kienzle. »Einiges konnte ich rekonstruieren, die Liste drucke ich gerade aus.«

»Dann sind wir hier zunächst fertig?« Grohsman stand auf. Er wollte dringend diese Auswertung mit den bisherigen Spuren vom Fall Moser vergleichen. Und von Benning, falls das Material bereits verfügbar war.

»Auf eine Auffälligkeit möchte ich euch hinweisen.« Nicky zeigte auf den Screen. »Bei der Party gab es ein paar Mauerblümchen, die sich in irgendeiner Ecke aufgehalten haben. Flori und Tina stechen da hervor. Und zwei weitere Spuren, eine männlich, eine weiblich, die nicht zugeordnet werden konnten, beide waren interessanterweise auch auf dem Balkon.«

»Okay, die werde ich gesondert mit den anderen Fällen cross-checken. Da läuft der Abgleich noch«, meinte Aichhorn.

»Flori mit der roten Hose, der kein Fashionking ist, Tina mit den urgrauslichen Nägeln«, meinte Grohsman. Auf den fragenden Blick der Runde fügte er hinzu: »Aussagen von den drei Zeuginnen.«

»Bewegungsmuster!«, rief Billie begeistert.

»Gruppendynamik«, ergänzte Nicky pragmatisch.

»Tolle Studie, gefällt mir urgut. Aber wie hilft uns das weiter?« Joe starrte auf den Screen.

Grohsman kratzte sich am Kinn. Sein Hirn ratterte. »Mauerblümchen sind kaum auf den Fotos zu sehen.«

»Foto ist ein gutes Stichwort, da hätt ich noch was.« Billie machte sich am Laptop zu schaffen. Kurz darauf blickten Grohsman und sein Team auf drei Aufnahmen. Die von Clemens Gstöttner sowie das unscharfe Dreiviertelprofil waren Grohsman bekannt. Aber das Frontalfoto eines Partygasts, ebenfalls leicht verschwommen?

»Die schauen einander doch nicht ähnlich«, dachte er laut. »Also, das hier ist der Internatslehrer von Moser, der dessen Flashbacks triggert. Dieser Mann von der Party hat im Gegensatz zu Gstöttner welliges Haar. Volle versus schmale Lippen.« Mit viel Phantasie konnte Grohsman eine Übereinstimmung der Augenpartie erahnen.

»Schaut auf die markanten Augenbrauen.« Billie deutete mit einem Pointer auf den Screen und fuhr die Linien nach. Augenbrauen wie ein Strich, nur die Enden hatten die Form eines »S«. Beziehungsweise links die eines Fragezeichens.

»Richtig, Moser hat bei der Warnung vor dem ›bösen Mann‹ etwas von Augenbrauen gesagt«, rief Grohsman. »Wenn dieser Mann das ›Mauerblümchen‹ ist, haben wir seine DNS.«

Kienzle hielt ein paar Blätter hoch. »Die Handydaten von Fuchs sind fertig ausgedruckt. Ihr bevorzugt doch Hardcopys.«

»Genau, danke!« Nicky schnappte sich die Ausdrucke. »Das ging ja superflott! Mit wem hat er kurz nach der Tat telefoniert?«

»Mit niemandem.«

»Was?« Grohsman sah Nicky über die Schulter. »Vielleicht Messengernachrichten?«

»Lass mich sehen.« Nicky fuhr mit dem Finger die Liste durch. »Da kann was nicht stimmen.«

5

Was bedeutete das alles für den Mord an Benning? Joe huschte zu ihrem Schreibtisch zurück und startete den Laptop. Ein einziger Datendschungel. Wie passte das ausgebrannte Auto von Fuchs in den Fall? Ging alles auf das Konto von diesem »Mauerblümchen«, dem »bösen Mann«? Lief ein Irrer frei herum?

Das Auto konnte Fuchs aufgrund der Fahrgestellnummer eindeutig zugeordnet werden. Der Brandstifter hatte es vor allem auf Fahrer- und Beifahrersitz abgesehen. Und auf das gesamte Cockpit, las Joe im Bericht. Da musste man kein Einstein sein, mit dem Auto war Moser entführt worden. Aber nicht vom Besitzer des Autos, laut Aichhorn war die DNS von Fuchs nur marginal auf Mosers Kleidung nachweisbar. Weitere Abgleiche liefen noch.

Bei der Auswertung von Bennings Kleidung hatten die Kollegen gestöhnt, weil entweder eine Fußballmannschaft mit Fangemeinde drübergetrampelt oder Benning in einem Loch eingesperrt gewesen war, wo nicht gerade klinische Sauberkeit geherrscht hatte. Der Regen hatte ebenfalls nicht geholfen.

Moment. Laut Schlesinger war der Fundort nicht der Tatort, die Leiche war transportiert worden. Joe tippte hektisch die Kurzwahl der Kriminaltechnik ein. »Habt ihr den Kofferraum von Fuchs' Auto überprüft?«

»Wollten wir gerade durchgeben, Frau Kollegin. Glückli-

cherweise hat der Brand diesen Bereich nicht komplett ver-
nichtet. Benning wurde eindeutig in diesem Kofferraum transportiert. Ich schick euch die Zusammenstellung.«

Joe legte alle bisherigen DNS-Listen nebeneinander. Es war
genau eine Übereinstimmung, die sie suchte.

Bingo. Nicht Fuchs, sondern das Mauerblümchen.

6

Die drei Partygäste Margie, Jenny und Lisi waren nicht zu über-
hören, stellte Nicky amüsiert fest. Auf Einladung von Felix
nahmen sie vor dem Screen Platz.

»Die Hilfssheriffs melden sich zum Dienst!« Sie kicherten.

»Geht ganz schnell, meine Damen. Kennen Sie den Mann
auf diesem Foto?«

»Na, der Benning.«

»Ich meine den im Hintergrund.«

»Schaut nach dem Edgar aus.«

Plötzlich war Bewegung im Raum. Nicky hörte, wie Grohsman hektisch die Kollegen von der Streife verständigte. »Holt
Edgar Covac für eine Aussage ab«, rief er aufgeregt. »Der wohnt
in der gleichen Gasse wie Lienhart, schräg gegenüber.«

Felix kramte in den Unterlagen. »Der war nur kurz auf
der Party, hat auch seine Frau bestätigt. Weil er krank war«,
schimpfte er. Mit sich selbst? »Der mag für den Anschlag auf
Moser verantwortlich sein. Aber warum soll er Lienhart umgebracht haben? Und warum hat Fuchs für ihn gelogen?«

Edgar Covac. In Nickys Hirn arbeitete es. »Ich muss mit
Fuchs reden.«

Dem »Isi« hatte Dominik Fuchs die Fotos geschickt. Jedenfalls
hatte der Name des Freundes so für Nicky geklungen. Falsch.
Ihr Klient bestätigte, dass sich der Mann »E-Cee« nannte. Die
englisch ausgesprochene Abkürzung für »Edgar Covac«.

»Ach, mit ihm hab ich schon so viel erlebt.« Fuchs schien

erleichtert zu sein, über ein für ihn positiv belegtes Thema zu sprechen.

Grübelnd trat Nicky in das Büro von Grohsman. »Ich glaube, ich kenne den Grund für die Falschaussage von Fuchs. Da ist etwas Unfassbares geschehen. Ich habe mit Fuchs über die gelöschten Handynachrichten gesprochen. Über die Fotos des Toten. Sein Freund ›Isi‹, nein, E-Cee, ist Edgar Covac.«

»Der Mann, den wir jetzt zur Einvernahme holen?«, hakte Grohsman nach.

»Genau. Die Handynachweise sind eindeutig: Nicht Fuchs hat Covac die Aufnahmen vom toten Lienhart geschickt. Sondern umgekehrt. Die beiden haben sich am Nachmittag nach Lienharts Tod getroffen, da hat Covac das Handy seines Freundes manipuliert und die Aufnahmen noch einmal von Fuchs' Handy an sich selbst weitergeleitet. Fuchs hat nie auf die Zeitangabe geachtet.«

Grohsman kratzte sich am Kinn. »Und deshalb hat er gestanden? Das ergibt keinen Sinn.«

Hatte auch sie einige Überwindung gekostet, diesem Gedanken Raum zu geben. So was kam nur im Film vor, hatte sie zunächst abgewehrt. Es war dennoch die Lösung. »Doch. Fuchs ist hochgradig manipulierbar. Und seine Gedächtnisleistung ist katastrophal. Aus dem Grund war er vor Jahren bei Covac bei einem Coaching. Weil er immer wieder Blackouts hatte. Na, und auf der Party hat ihm der Alkoholkonsum den Rest gegeben, würde mich nicht wundern, wenn K.-o.-Tropfen im Spiel waren. Können wir nicht mehr nachweisen.«

»Nicky, spann uns nicht auf die Folter. Worauf willst du hinaus?«, fragte Grohsman ungeduldig.

»Covac hat Fuchs die Erinnerung an den Mord sozusagen eingepflanzt.«

Kurz herrschte Schweigen im Büro. Wahrscheinlich fragten sich alle, ob sie zu viele schlechte Filme gesehen hatte.

»So was geht gar nicht.« Voller Überzeugung schüttelte Joe den Kopf.

»Leider doch.« Wie sollte Nicky das Phänomen dem Team

begreiflich machen?«»Die Kurzfassung: Das belegen Studien in den USA. Was meint ihr, warum ich so aggressiv bin, wenn es um Suggestivfragen bei Vernehmungen geht? Ein Mensch erinnert sich an ein vorbeifahrendes Fahrzeug. Wird die Person nun nach einem *Auto* befragt, klappert sie die Erinnerungen durch. Richtig, da war ein Fahrzeug. Und richtig, irgendwann auch ein Auto. Die Erinnerungen werden vermischt, die Person bestätigt die Frage. Dabei hat sie in Wahrheit ein Motorrad gesehen. Sorry, ich schweife ab. Eine amerikanische Psychologin beschreibt exakt dieses Phänomen in ihrem Buch ›Das trügerische Gedächtnis‹.«

»Nicky, schön und gut, dass sich zwei Eindrücke überlagern. Aber Erinnerungen an eine Tat, die ich nicht begangen habe? Nein, das glaube ich nicht.« Grohsman blickte mehr als skeptisch.

»Dann die Langversion. Diese Kuriosität wurde erforscht, als Wissenschaftler dem Thema ›Erinnerungen aus allerfrühester Kindheit‹ auf den Grund gingen. Mobiles, die über der Krippe hingen, Stofftiere und so. Fakt ist, dass das menschliche Hirn erst ab einem Alter von circa zwei Jahren Erinnerungen bilden kann. Davor sind die Synapsen noch nicht entsprechend angelegt. Kindheitsfotos oder Erzählungen der Eltern sorgen dafür, dass diese Objekte eingeprägt und als eigene Erinnerung abgespeichert werden. Als Nächstes wollte man herausfinden, bis zu welchem Grad wir beeinflussbar sind. Eine Kindheitserinnerung einzupflanzen ist null Problem, später wird es schon komplizierter. In streng geschützten Experimenten haben jedoch auch Erwachsene Taten wie Diebstähle gestanden, die sie nie begangen hatten. Ich darf euch jedoch beruhigen: Es müssen viele Komponenten zusammentreffen, um fiktive Erinnerungen dieser Tragweite einzupflanzen.«

Sie schaute in die Runde. Hatte auch bei ihr gedauert, bis die Erkenntnis sacken konnte. »Dadurch wird einiges klar: Das Geständnis, das waren nicht die Worte von Fuchs. Daher die unterschiedliche Sprache. Aber er war unterm Strich glaubhaft, weil er aus seiner Sicht die Wahrheit gesagt hat. Ich habe ihn mit der These konfrontiert. Er bleibt nach wie vor bei seiner

Aussage. Weil es für ihn den größeren Schock bedeutet, seinem Gedächtnis nicht trauen zu können, als ein Mörder zu sein.«

»Das würde ja bedeuten ...« Grohsman brach im Satz ab. Und fuhr tonlos fort.»Klingt nach Horrorszenario. Wenn das rauskommt, mit wie vielen Nachahmern müssen wir rechnen?«

»Mit gar keinem. Absolut unwahrscheinlich, dass sich eine derartige Konstellation wiederholt.« Noch immer sahen Felix und Joe sie ungläubig an. Sie lenkte ein.»Vielleicht liege ich falsch, und ... keine Ahnung. Vielleicht stand Covac in Verbindung mit Sandy Benning. Oder mit dieser Erbin, der Rasmussen. Und Fuchs hat ihn gedeckt, weil, ach, warum auch immer.« Nein, daran glaubte Nicky nicht. Eine derartige Erklärung war jedoch tröstlicher als der eindrucksvolle Beweis über die Unzuverlässigkeit des menschlichen Erinnerungsvermögens.

7

Die Zeit bis zum Eintreffen von Edgar Covac nutzte Joe für eine Recherche im Netz. Sie klopfte hektisch in den Computer. Nicky hatte sie gleich mitgebracht.

Auf der Homepage von Covac fand Joe eine Biografie. Der Mann hatte an einer Volkshochschule einen Kurs geleitet,»Trainiere dein Hirn – in zwanzig Wochen zu einem besseren Gedächtnis«.

»Diesen Kurs hat Fuchs besucht«, bestätigte Nicky.

Stumm lasen beide weiter. Davor hatte Covac an intensiven Forschungen auf diesem Gebiet teilgenommen. An der Wessex University in Großbritannien. Wo er studiert hatte, konnte Joe der Biografie nicht entnehmen.

Es gelang ihr, den Institutsleiter der Wessex University ans Telefon zu bekommen. Kam sicher nicht so oft vor, dass die österreichische Polizei anrief. James Oleda konnte sich an das Forschungsteam erinnern. Fünfzehn Jahre war das her, ein dunkles Kapitel ihrer Forschungsgeschichte.

»Wissen Sie, er hat uns ein gefälschtes Studienzeugnis vorgelegt. Hinterher hat sich herausgestellt, dass er das Psychologiestudium kurz vor dem Abschluss abgebrochen hatte. Wir haben zum Thema ›fiktive Erinnerungen‹ geforscht. Dafür interviewten wir zweiundfünfzig erwachsene Versuchspersonen in einem festgelegten Rhythmus und Zeitraum. Wir wandten Suggestion, wiederholtes Nachfragen und weitere Methoden an, die wir bis heute bewusst geheim halten. Dadurch gelang es innerhalb von zwei Wochen, bei über der Hälfte der Testpersonen unechte Kindheitserinnerungen hervorzurufen. Es gab jedoch ein Grüppchen im Team, denen diese Erkenntnisse nicht weit genug gingen. In den Berichten täuschten sie vor, die regulären Experimente durchzuführen. Doch in Wahrheit pflanzten sie den Versuchspersonen Erinnerungen an Straftaten ein. Erst an kleine Diebstähle, doch die Vergehen wurden schwerwiegender. Dieses höllische Projekt flog auf, weil eine Person derart von ihrer Schuld überzeugt war, dass sie einen dramatischen Autounfall erlitt. Zum Glück hat die Person überlebt. Die Mitglieder des Teams wurden sofort suspendiert, Covac musste das Land verlassen.«

»Ganz offenbar waren das keine standardisierten Experimente mit Videoaufzeichnungen und Kontrollen«, nörgelte Nicky nach dem Telefongespräch.

Joe war noch zu geschockt von den Vorfällen, um darauf einzugehen. Existierte der Kurs an der Volkshochschule noch? Seit Jahren nicht mehr, berichtete die Leiterin des Instituts. Wegen gröberer Ungereimtheiten. Kursteilnehmer hatten sich über Covacs drastische Methoden beschwert. Nein, eine Kursliste hatte sie nicht mehr. Datenschutz und so.

Covac war doch verheiratet. Joe kam ein fürchterlicher Gedanke. War das das Missing Link? Fieberhaft suchte sie in ihren Unterlagen. Regina hieß die Ehefrau mit Vornamen.

»Regina? Moser hat von einer Frau mit diesem Namen gesprochen. Mit der Lienhart auswandern wollte«, rief Nicky hektisch.

Joe forschte nach einem Facebook-Account. »Sie ist ausgebildete Seniorenpflegerin, inklusive Palliativbetreuung«, murmelte sie.»Und auf ihrer Website ist praktischerweise ihre Handynummer.« Kurz checkte sie die Listen.»Wieso scheint die Nummer nicht in den Gesprächsnachweisen vom Lienhart auf?«

Sie wollte anrufen, als eine SMS vom Boss eintrudelte.»Covac ist eingetroffen.« Und jetzt?

»Ich starte los, Joe. Du rufst die Frau an und kommst zum Verhör nach.« Nicky lief aus dem Büro.

Joe griff nach ihrem Handy.»Frau Covac, hier Kettler, Kriminalpolizei. Ich wollte Sie zum Tod von Manuel Lienhart befragen.«

»Ich hab doch schon ausgesagt. Mein Mann war kurz dort, ist aber gegen zehn Uhr heimgekommen. Und geblieben. Ich hab einen leichten Schlaf und wäre aufgewacht, wenn er die Wohnung noch einmal verlassen hätte.«

Joe versuchte es mit einer direkteren Taktik.»Kann es sein, dass Lienhart mit Ihnen in die USA auswandern wollte?«

Lange blieb es still am anderen Ende der Leitung. Dann, endlich:»Wie haben Sie das herausgefunden? Das darf mein Mann auf keinen Fall erfahren.«

Der Wunsch kommt zu spät, dachte Joe.»Warum haben Sie den Plan abgeblasen?«

»Ich … ich … habe erfahren, dass Manuel eine andere Frau mit einem Kind sitzen gelassen hat. Mit so einem Menschen möchte ich kein neues Leben starten. Und dann fingen bei meinem Mann diese Kopfschmerzen an. Er wurde immer eigenartiger. Kurz darauf erhielt mein Mann die furchtbare Diagnose. Tumor.«

Mit einem Mal ergaben alle Puzzleteile ein logisches Ganzes.»Ihr Mann steht unter Verdacht, in den Tod von Manuel Lienhart involviert zu sein.«

»Nein, dazu ist mein Mann gar nicht fähig. Außerdem wusste er nichts von uns, wir waren doch vorsichtig. Unsere Treffen haben wir persönlich vereinbart. Ganz selten per E-Mail. Verschlüsselt, als ob er einer meiner Patienten wäre.«

Das erklärte die fehlenden Gesprächsnachweise. Gefinkelt.»Und wo haben Sie sich getroffen?«

»Mein Mann besitzt ein altes Haus in der Nähe vom Zentralfriedhof, das war unser Nest. Bis ich zufällig drauf gekommen bin, dass eine andere Frau von ihm schwanger ist. Aber glauben Sie mir, mein Mann hat niemanden umgebracht. Manu hat sich das Leben genommen. Ich mache mir schreckliche Vorwürfe, dass ich mit ihm Schluss gemacht habe, aber … ach, er hat meine Situation nicht verstanden. Ich kann meinen Mann jetzt nicht im Stich lassen. Und … das andere Kind … Nein, ich will eine andere Frau nicht ins Unglück stürzen.« Regina heulte hemmungslos.

8

Grohsman sortierte seine Unterlagen, bevor er sich ins Vernehmungszimmer begab. Fast wäre Covac mit diesem irren Feldzug durchgekommen. Erst hatte alles für Benning als Täter gesprochen. Und dann das falsche Geständnis von Fuchs. Grohsman hatte Agnes Drese rasch zu Ulrich Zapletal geschickt. Der räumte eine mögliche Verwechslung ein. Fuchs – nicht Benning – war ihm aufgefallen, durch die Stoppelglatze und das Torkeln. Jedoch wesentlich früher, gegen elf Uhr. An den Mann um drei Uhr hatte er lediglich eine verschwommene Erinnerung. Zwei Erlebnisse, die sich überlagerten.

Wer rechnete schon mit einem … was war Covac? Psychopathisch veranlagt? Spielte jetzt keine Rolle. Grohsman öffnete die Tür zum Vernehmungsraum.

Er stand vor dem Mann, den er am Zentralfriedhof mit Benning gesehen hatte. Edgar Covac strahlte eine beschwingte Gelassenheit aus. Der klassische »nette Nachbar« um die fünfzig, dem niemand derartige Verbrechen zutraute. Außer hinterher, da haben es natürlich alle gewusst. Circa eins siebzig, exakt die Größe, die die Berechnungen via Tatsimulation ergeben hatten. Gepflegtes welliges Haar, ein dunkles Silbergrau, dezentes Aftershave mit einer frischen Zitrusnote. Die Fältchen um die Augen unterstrichen ein warmherziges Lächeln. Mit den schelmisch blitzenden Knopfaugen würde er glatt als Clubanimateur für reifere Semester durchgehen. Einzig die markanten Augenbrauen – diese Striche mit den Außenbögen – störten den fröhlichen Gesamteindruck.

Nicky betrat den Raum. »Joe kommt gleich«, bemerkte sie leise. Grohsman beschloss, nicht auf die Kollegin zu warten. Er wollte den Fall endlich abschließen. »Herr Covac, setzen Sie sich. Ich spare mir die Einleitung. Warum haben Sie Manuel Lienhart und Herwig Benning umgebracht? Und versucht, Ignaz Moser zu entführen?« Schach.

»Wie kommen Sie denn auf die Idee?« Covac begegnete der Anschuldigung mit einem milden Trotz. Als hätte man ihn zu Unrecht verdächtigt, das letzte Stück Torte genommen zu haben. »Das … Nein, das ist ein Irrtum. Dominik Fuchs hat doch gestanden. Mein einziges Vergehen ist, dass ich ihn nicht angezeigt habe. Das müssen Sie verstehen, er ist mein Freund. Würden Sie Ihren Freund denunzieren?« Er hatte sich aus der ersten Bedrohung herausgewunden.

»Ihr Freund, dem Sie die Fotos von Lienharts Leiche geschickt haben? Dessen Handy Sie manipuliert haben? Bis er überzeugt war, er selbst hätte die Aufnahmen gemacht und letzten Endes die Tat begangen?«, fuhr Nicky dazwischen und hielt ihm das Telefon von Fuchs unter die Nase.

Bevor Covac mit einer weiteren Ausrede herumsülzte, setzte Grohsman nüchtern nach: »Die Spurenlage ist erdrückend. Wenn auch die Samples teilweise verunreinigt waren, finden sich partielle Übereinstimmungen in der Wohnung Lienharts, auf der Kleidung von Moser und von Benning. Und im Auto von Fuchs. Sie haben nicht ganze Arbeit geleistet, als Sie das Auto verbrannt haben.« Erneut Schach. Konnte Covac sich auch aus diesem Angriff befreien?

Es klopfte an der Tür. Joe winkte Grohsman mit dem Finger.

»Einen Moment, Herr Covac.« Grohsman deutete Nicky, mitzukommen. *Was* flüsterte Joe? Bravo, gut gemacht. Das war endlich das Motiv. Und der Beweis für Nickys These. Wie und warum hatte Covac das seinem Freund Fuchs angetan?

Er kehrte mit Nicky und Joe zum Vernehmungstisch zurück.

»Herr Covac, das sieht nicht gut aus für Sie.« Grohsman zählte jeden einzelnen Punkt auf. Die Universitätsforschungen. Die Volkshochschule. Die Ehefrau. Das Attest.

»Wir wissen sogar, wie Sie es angestellt haben«, meinte Nicky. Sanft. Wie zu einem Kind, das brav sitzen bleiben sollte. Auf der Fensterbank. Von der es zehn Meter in die Tiefe ging. »Das wird in die Forschung eingehen!« Sie täuschte Bewunderung vor. Gewiefter Schachzug.

»Und mit Ihrer Erkrankung wird Ihnen mit Sicherheit eine verminderte Schuldfähigkeit attestiert«, setzte Grohsman nach. Der Klassiker, um Delinquenten zur Aussage zu bewegen. »Ein Geständnis hätte ebenfalls positive Auswirkungen. Sagen Sie uns nur: Warum Dominik Fuchs?«

Covac saß breitbeinig und mit demonstrativ verschränkten Armen da, den Kopf erhoben. Schweigend. Grohsman beobachtete jedoch, wie seine Kaumuskeln arbeiteten. Und das linke Augenlid zuckte.

»Und was hat Ihnen Ignaz Moser getan? Wussten Sie, dass er Sie in der Tatnacht beobachtet hat? Und Herwig Benning, hat er Sie erpresst? Das waren doch Sie auf dem Zentralfriedhof, richtig?«, legte Grohsman nach. Mit den Schachfiguren, nein, Argumenten den Gegner umzingeln.

»Alles elende Heuchler.« Grohsman musste sich vorbeugen, um Covacs Wispern zu verstehen. »Der liebe Dominik. So ein guter Freund. Blödsinn, ein Verräter ist das!«

Er fuhr zusammen, als Covac mit der Faust auf den Tisch drosch. In den Augen blitzte es gefährlich. Würden sie Handschellen brauchen, um den Mann zu sichern? Aus dem Augenwinkel bemerkte Grohsman, wie sich Joes Körper anspannte.

»Welchen Verrat hat er begangen? War er ein Teilnehmer in Ihrem VHS-Kurs?« Wieder Nickys beruhigende Stimme. Wie kam sie auf diese Idee? Grohsman sah sie fragend an. »Fuchs litt an Gedächtnisstörungen und hat einen Kurs an der Volkshochschule besucht«, flüsterte sie ihm zu.

»Der muss froh sein, wenn er sich seinen eigenen Namen merkt, dieser Hornochse. Und dann legt er Beschwerde ein, weil ich unkonventionellere Methoden anwende. Geht zur Direktorin. Hat mich glatt den Job gekostet. Wieder einmal. Dieser undankbare Idiot! Die Hirnwindungen von diesen Spastis mussten doch durchgeputzt werden. Das war's für meine Karriere, ich hab danach keine ordentliche Arbeit mehr bekommen.«

Dann geschah, was Grohsman so oft erlebt hatte. Wenn der Damm brach und der Schuldige die komplette Story auskotzte. Dass Lienhart was Ernsteres mit Covacs Frau Regina hatte. »Ich hab gleich beim Zentralfriedhof ein altes Haus. Keine Ahnung, wie lange sich die zwei dort schon vergnügt haben. Irgendwann hat das Schwein dort einen Liebesbrief an Regina liegen lassen. Dass er sich durch sie wie ein neuer Mensch fühlt.« Das hätte er doch unterbinden müssen! »Was für ein unbeschreiblicher Zufall, Manu trainierte im gleichen Fitnessclub wie Dominiks Frau, ging in die gleiche Yogaklasse!« Fuchs hatte sich bei Covac ausgeheult und ihm ein Foto der beiden gezeigt. Da war ihm eingeschossen: Mit einem Schlag konnte er sich an zwei Hassobjekten rächen. Doch er musste rasch handeln, diese Konstellation würde sich nie wieder ergeben. Also erst Dominiks Eifersucht schüren, um dann von längerer Hand den Mord zu planen. Immer wieder Rachegedanken bei Dominik hervorrufen. Seine einzige Sorge war, ob Fuchs seine Frau zur Rede stellen würde. »War ein kalkulierbares Risiko. Hat er oft betont, dass er dazu zu feig ist.«

Die Party bot dann die perfekte Gelegenheit. »Lienhart war ein extrovertierter Mensch. Wie ich. Nachdem wir in der gleichen Straße wohnen, war es kein Problem, mit ihm in Kontakt zu treten. Natürlich hab ich ihm nicht gesteckt, dass ich mit Regina verheiratet bin, der Frau, mit der er abhauen wollte. Die meisten kennen ja nur meinen Nickname.«

»Lienhart hat Sie zur Party eingeladen.«

»Richtig. Dominik hab ich eine gefälschte Einladung geschickt. Ihn überredet, seinen Kontrahenten kennenzulernen, haha, das hat er geschluckt wie Honigwein.«

»Sie haben die Party zeitig verlassen – wie sind Sie später in die Wohnung gekommen? Hat Lienhart Ihnen die Tür geöffnet?« Grohsman kontrollierte seine Notizen. Richtig, am Türschloss waren keine Spuren gewaltsamen Eindringens zu erkennen gewesen.

Covac lachte schallend. »Aber wo denken Sie hin? Ich hab seinen Schlüssel mitgehen lassen. Den hab ich immer noch. War mir zu mühsam, die Fingerspuren abzuwischen.«

Was für ein grober Schnitzer, ärgerte sich Grohsman. Aber wie hätten sie herausfinden sollen, dass das Schlüsselset auf Lienharts Schreibtisch nicht das Einzige war? »Warum haben Sie Fuchs den Schlüssel nicht untergeschoben und ihn anonym angezeigt?«

»Na hören Sie, für wie bescheuert halten Sie mich? Ich musste ihn überzeugen, dass er der Täter ist. Das geht doch nicht von heute auf morgen. Was, wenn es nicht geklappt hätte? Wenn er die Manipulation durchschaut hätte? Die Gefahr war eh nicht groß. Ich frag mich, wie der in der Früh aufs WC findet. Der checkt echt nichts.« Covac griff sich an die Schläfen.

»Weil Sie sichergehen mussten, dass Ihr … Plan mit Fuchs klappt, haben Sie die Zeitung erst über eine Woche später informiert.«

»Na endlich haben Sie's kapiert, Sie schlaues Kerlchen. Sie denken schon so wie ich.«

Grohsman verwehrte sich dagegen, mit diesem krankhaften Hirn verglichen zu werden. »Woher wussten Sie, dass Lienhart allein in der Wohnung ist? Und sich auf dem Balkon aufhält?«

»Na ja, sein Schlafzimmerfenster geht verrückterweise zur Straße raus. Als dort das Licht endlich ausging, hab ich das Haus observiert. Kurz darauf ist diese Partymaus rausgetorkelt, dann war Ruhe. Ich habe zugewartet, über eine Stunde. War natürlich ein Restrisiko, dass sich noch jemand in der Wohnung befindet. Oh, dieser Nervenkitzel! Eigentlich hatte ich einen goldenen Schuss für ihn mitgenommen. War nicht ganz durchdacht, hab mir noch Sorgen gemacht, ob Lienhart sich wehrt. Und dann steht der auf dem Balkon und raucht einen Joint. Besser ging's einfach nicht!« Er klatschte in die Hände. »Ein kleiner Schubser, und das war's. Damit hatte ich gleich einen Plan B. Dass die Sache als Selbstmord durchgeht, wenn das mit dem Suggerieren bei Dominik nicht klappt. Dann hab ich ein Foto vom Toten gemacht.«

Covac schilderte die Nacht wie einen gelungenen Schülerstreich. Seine Frau hatte nichts gemerkt, weil er ihren Abendtee mit »ein paar Schlummertropfen« angereichert hatte. Hatte er auch Fuchs zur Sicherheit in dessen Fluchtachterl getan.

Wieder war Grohsman über den kindlich-freudigen Ton überrascht. »Herr Fuchs hat ausgesagt, dass er mit dem Taxi heimgefahren ist. Sein Auto stand in der Früh aber bei ihm ums Eck.«

»Ach, der war stockbesoffen, also hab ich ihn überredet, mir die Chipcard von seinem Auto zu geben. Damit er nicht mehr fahren kann. Und dann hab ich ihm die Karre ums Eck gestellt, um seine Unsicherheit zu schüren. War mir klar, dass sich niemand für den Wagen interessiert, solange Dominik nicht gestanden hat. Ich bin mit dem Taxi heimgefahren. Also, ich bin ein paar Gehminuten von Dominik entfernt eingestiegen. Und ich habe mich nicht bis vor meine Haustür bringen lassen. In der Diemgasse war ja schon mächtig was los, wie ich endlich wieder daheim war.«

Welcher Täter führte einen derart riskanten Plan durch? Einer mit einem Hirntumor, der eine Impulskontrollstörung verursachte. Der daher alles für machbar hielt und traurigerweise viel zu lange damit durchgekommen war. »Danach haben Sie ihn getroffen, um vor seinen Augen das Foto von seinem auf Ihr Handy zu schicken? Was, wenn ihm die zeitliche Verzögerung aufgefallen wäre? Oder dass das erste Foto eigentlich von Ihnen stammt?«

»Sag ich doch. Der checkt gar nichts. Das war schon damals im Kurs so. Ich hab mit ihm losen Kontakt gehalten. Ihn ausspioniert, um mich irgendwann an ihm zu rächen.«

Die Überheblichkeit des Kerls widerte Grohsman an. Und wenn Fuchs das perfide Treiben doch bemerkt hätte? Dann hätte Covac erneut zugeschlagen und das Kripoteam einen weiteren Mord aufzuklären. Was für ein »Glück« für Dominik, dachte Grohsman bitter.

Covac hatte das Haus in der Tatnacht und nach der Zeitungsmeldung mit einem Feldstecher observiert. Fiel seiner Frau nicht auf, weil er vorgab, Vögel zu beobachten. »Am Montag hab ich Sie und den Polizisten vor dem Haus gesehen. Den in Uniform.

Sie sind dann gleich ins Haus gegangen, mit einem Notizblock. Am Nachmittag waren Sie wieder dort. Da war ich mir sicher, dass Sie zur Kripo gehören. Mein Plan mit Dominik hat geklappt, den hatte ich so weit, dass er an seine Schuld glaubte. Aber die Zeitungen haben nichts gemeldet, da war mir klar, ihr geht von einem Selbstmord aus. Da musste ich ein bisschen nachlegen. Wenigstens die Gratiszeitung hat die Schlagzeile gebracht. Und dann sehe ich am nächsten Tag, wie der Moser mit Ihnen tuschelt! Ich hab zu dem Opi keinen Kontakt, aber ich musste herausfinden, ob er mich erkannt hat. Ihn bloß fragen, was er gesehen hat. ›Das geht Sie nichts an. Ich muss zum Arzt, und dann geh ich zur Polizei‹, hat er geschimpft. Meine Frau hat ihn öfters hingebracht, deshalb kannte ich die Adresse. Ich habe gehofft, dass er auch diesmal dorthin schlurft. Hat etwas gedauert, bis ich das Auto von Dominik organisiert hatte.«

Grohsman unterbrach fassungslos das Notieren. »Woher hatten Sie den Autoschlüssel? Herr Fuchs hat ausgesagt, dass er seine Chipcard im Briefkasten gefunden hat?«

»Das war besonders schlau von mir, nicht? Ich wusste ja, dass ich das Auto verschwinden lassen muss, sobald er gestanden hat. Weil *meine* Spuren auf dem Fahrersitz waren. Dass es mir dazwischen auch noch gute Dienste leistete, war praktisch. Ich hab mir die Kopie einer Chipcard von einem Ford Kuga organisiert. War nicht leicht, aber es musste ja perfekt sein. Der Dösel hat nicht einmal bemerkt, dass das im Briefkasten nicht seine Karte war. Na ja, seinen Schlüsselanhänger hab ich natürlich drangemacht. Dominik benützt das Auto selten, hat er erzählt. War sein Jugendtraum, der SUV. In die Arbeit fährt er aber mit den Öffis. Na, der hätte sich eh nur gewundert, warum die Chipcard nicht funktioniert.«

Wie konnte ein Mensch so viele Umstände und Zufälle auf seiner Seite haben? Kurz spielte Grohsman in Gedanken die Frage »Was wäre, wenn?« durch. Müßig. Covac hätte stur seine Spuren weiter verwischt. Bis die Falle endlich zuschnappte.

»Und dann haben Sie vor dem Haus des Arztes auf Moser gewartet.«

»So ist es. Dass Sie ausgerechnet zu dem Zeitpunkt aufgetaucht sind, war *rotten luck*. Ich musste umdrehen, weil vor mir ein Stau war. Diese elenden Klimakleber! Zum Glück kannte ich den Schleichweg durch das Parkhaus. Ich wollte grad hinten rausfahren, da lässt sich der Alte aus dem Fahrzeug fallen! Blöderweise waren andere Autos in der Garage unterwegs, also musste ich abhauen.«

Die Arztpraxis lag offenbar genau auf der Strecke zum LKA. Und die Befragung hatte ähnlich lange gedauert wie der Arztbesuch mit Wartezeit. Einen Menschen am helllichten Tag zu entführen, wie dämlich! Dennoch wollte Grohsman sich nicht ausmalen, was Covac mit dem Mann angestellt hätte, wenn dieser nicht entkommen und keine Amnesie erlitten hätte. Wäre er ein weiteres Mal auf Moser losgegangen?

Impulskontrollstörung, sagte Grohsman sich erneut vor. »Was haben Sie dann mit dem SUV gemacht, wo haben Sie den versteckt?«

Covac hob die Augenbrauen. »Das alte Haus in Simmering hat eine Doppelgarage, hihi. Schwupsdiwups, weg war der Kübel. Na ja, so weite Strecken fahr ich nicht mehr gern, wegen meiner Kopfschmerzen. Zurück bin ich mit dem Taxi. Zum Glück stehen beim Friedhof immer jede Menge herum.«

»Sie sind offenbar technisch versiert und wissen, dass ein *Jammer* das GPS-Signal überlagert.«

»Ich hab eben an alles gedacht. Lässt sich leicht beschaffen, so ein Ding, wenn man Verbindungen hat.«

Weil der Mann im Prinzip vertrauenswürdig wirkte. Wie der Schein doch trog. »Nachdem Sie zurückkamen, wollten Sie Mosers Wohnung aufbrechen. Warum?«

»Das war dumm von mir. Ich musste nachsehen, ob der Alte heimgefahren ist. Der hat nicht aufgemacht. Ich hab mir gedacht, ich platziere in der Wohnung eine Jacke von Dominik, die in seinem Auto lag. Und irgendwas wollte ich mitgehen lassen, damit es wie ein Einbruch aussieht. Ich hab das Schloss schon fast aufgekriegt, da höre ich die Lifttür. Hab's gerade noch ins Stiegenhaus geschafft, und weil ich Schritte vernommen hab, bin ich nach oben gelaufen. Mann, hatte ich Schiss, dass mich wer entdeckt. Wie ein Mäuschen bin ich dann hinuntergeschlichen.«

Grohsman blies geräuschvoll die Luft aus. Der Kerl hatte einen Stock höher abgewartet und war seelenruhig entwischt, während Grohsman mit dem Heimhelfer sprach. Hätten sie Covac doch damals gefasst! Halt, das hätte nichts gebracht. Bestenfalls hätten sie ihn als einen der Partygäste identifiziert.

»Ich hab später mit seinem Nachbarn telefoniert«, setzte Covac fort. »Mit dem Zapletal. Meine Frau hat seine Telefonnummer, falls was mit dem Moser ist. Der hat mir von der Amnesie erzählt. Und von Mosers Bewachung im Spital. Oh, das hat Spaß gemacht! Ob ich Dominik rechtzeitig zu einem Geständnis bewegen kann, bevor der Moser wieder richtig tickt.« Wieder patschte Covac vergnügt die Hände zusammen.

Müde blätterte Grohsman in seinen Unterlagen. »Warum haben Sie Lienhart Ihr Attest geschickt? Und woher kannten Sie seinen Arzt?«

Covacs Augen verengten sich. »Der Kerl hat sich bei meiner Frau ausgeheult. Dabei hat er auch den Namen seines Arztes erwähnt. Buhuuu, Tinnitus, was für ein fürchterliches Schicksal! Sie werden verstehen, dass sich mein Mitleid in Grenzen hielt. Die zwei mussten nur abwarten, bis ich den Löffel abgebe. Und dann hätten die sich ein schönes Leben gemacht? Ganz sicher nicht. Also hab ich ihm mein Attest geschickt, natürlich etwas bearbeitet. Hätte er das geschluckt und sich einfach umgebracht, wäre alles okay gewesen. Aber nein, der kommt auf die Fälschung drauf und buddelt sich gegenüber Regina fürchterlich auf. Gott sei Dank hat er ihr die Unterlagen nicht gezeigt. Sonst hätte sie noch mein Attest erkannt. Jedenfalls feiert der glatt Auferstehung! Sauft, kifft und vögelt herum ... Und mit dem will meine Frau abhauen!«, schimpfte er anklagend.

»Ihre Frau hat die Beziehung beendet, damit hatten Sie doch den gewünschten Effekt«, klinkte sich Joe ein.

»Hat sie Ihnen das gesagt? Glauben Sie ihr kein Wort. Die wär schon noch zu ihm zurückgekrochen. Zum coolen, lieben, charmanten Manu. Der doch sooo witzig war. Ha! Das Lachen ist ihm vergangen.«

Grohsman schwirrte der Kopf von so viel Bösartigkeit. Kein Funken Reue. Impulskontrollstörung, wiederholte er wie ein

Mantra. Blieb noch ein ungeklärter Mordfall. Grohsman hatte eine dunkle Ahnung. »Hat Herwig Benning die Affäre Lienharts mit Ihrer Frau mitbekommen?«

»Der Herr Steuerberater! Bei der Party ist mir blöderweise rausgerutscht, dass ich gegenüber wohne. Und dass Regina meine Frau ist. Nach der Zeitungsmeldung hat mir Benning blöde Fragen gestellt. Dass ich eine wunderbare Gelegenheit hatte, die Beziehung zwischen meiner Frau und Lienhart ultimativ zu torpedieren. Vollidiot. Der hat mich allen Ernstes erpresst, um mit meinem Zaster ein neues Leben zu beginnen. ›Treffen wir uns auf dem Friedhof und reden wir in Ruhe‹, hab ich vorgeschlagen. Und dann kommen Sie daher! Was, zum Kuckuck, machen Sie um die Zeit auf dem Zentralfriedhof? ›Soll ich gleich zur Polizei gehen?‹, hat er plötzlich gedroht, als er Sie bemerkt hat. ›Nein, ich hab das Geld in meinem alten Haus versteckt, in der Nähe vom Friedhof‹, hab ich gesagt. Der Benning ist völlig blauäugig mitgekommen, wir sind mit seinem Auto gefahren. Ich wollte ihn eigentlich nur einschüchtern. Hat nicht geklappt, also hab ich ihm eins über die Rübe gezogen und ihn im Keller eingesperrt. Dort hört ihn kein Mensch. Sein Auto hab ich auch gleich versteckt.«

»Sie ... wollten ihn verhungern lassen?«, fragte Joe fassungslos. Grohsman hatte seine Emotionen schon längst abgeschaltet.

»Aber nein. Da unten war noch Mineralwasser, und ich hab ihm am Samstag für ein paar Tage was zu essen gebracht. Ich hab ja nur wegfahren können, wenn meine Frau nicht daheim ist, sonst wär ihr das aufgefallen. Als Pflegerin hat sie seltsame Dienstzeiten. Von Montag auf Dienstag hatte sie Nachtdienst, da bin ich am Dienstag ganz zeitig hingefahren. Wollte checken, ob er sich mittlerweile beruhigt hat. Aber stellen Sie sich vor, der hat total stinkig herumgebrüllt. Der musste weg. Das müssen Sie schon verstehen.«

Verständnis? Mit Schwung schloss Grohsman die Akte. Ob Covac durchgekommen wäre, wenn er es bei dem Mord an Lienhart belassen hätte? Benning hatte aus Geldgier nicht ausgesagt. Der Steuerberater könnte noch leben, hätte er seinen Verdacht gleich der Polizei angezeigt.

Grohsman hatte genug gehört. Schachmatt? Nein. Covac hatte auf dem Schachbrett Fang den Hut gespielt.

9

Ja Leeeck. Ich war's doch nicht. Wie hat mich der Arsch so hineintheatern können? Warum hat er mir das angetan?
Ich muss echt was machen. Das geht nicht mehr, dass ich allen jeden Scheiß glaube. Wenn die Kieberer und die Psychotante nicht so hartnäckig gebohrt hätten, würde ich im Häfen verrotten.
Die Psychotante hat versprochen, mir zu helfen. Geht aber nicht mit Pulvern weg, hat sie gesagt. Schade. Sie hat aber was von Therapie mit Tieren erzählt. Ob ich Hunde mag. Ich glaub, das versuch ich. Die hat sogar mit meinem Chef geredet. Dass alles ein Missverständnis war. Ich darf meinen Job behalten. Da bin ich erleichtert.
Kerstin ist voll durch den Wind. Bin ich auch. Ich fahr jetzt mit ihr nach Caorle. Da waren wir auf Flitterwochen.

10

Die Lichterketten des Christkindlmarkts tauchten den Karlsplatz in vorweihnachtliche Harmonie. Nicky half Felix, das Tablett mit sieben Bechern auf den Holztisch zu stellen. Das beschwingte Plaudern der Teamrunde ließ nichts mehr von den heftigen Tagen erahnen, die sie gemeinsam hinter sich gebracht hatten. Zimtaroma und der Duft von Glühwein verdrängten die letzten Gewitterwolken im Hirn.

»So einen verrückten Fall hatten wir noch nie.« Sogar Felix konnte schon darüber scherzen. »Auf das Schreiben des Schlussberichtes freue ich mich jetzt schon ...«

»Da braucht es ein besonderes Team, um die Nuss zu knacken.« Ralf Aichhorn nickte anerkennend. »Würde mir echt taugen, mit euch weitere Fälle zu bearbeiten.«

»Dem schließe ich mich an«, meinte Agnes Drese. »Darf in Zukunft aber gern weniger dramatisch sein.«

Nicky schob Felix den Becher mit Glühwein hin. »Psychisch beeinträchtigte Mörder sind unberechenbar, weil sie kein Risiko scheuen. Würde mich nicht wundern, wenn Covac in eine Einrichtung für geistig abnorme Rechtsbrecher kommt. Wehe, die bieten mir seine Betreuung an.« Ihr gelang nur ein schiefes Lächeln. Vor ihr lagen intensive Therapiestunden mit Dominik Fuchs und Ignaz Moser. Eine konstruktive Herausforderung.

Nicky blickte in die Runde. Joe und Kienzle süffelten Orangenpunsch. Felix wärmte nun seine Hände am Häferl Glühwein, Agnes Drese hatte sich für einen Zirbenpunsch entschieden. Ralf Aichhorn blieb beim alkoholfreien Beerenpunsch und Oskar Schlesinger löffelte eben das Obers von seinem Eierlikörpunsch.

»Das artet aber nicht zu einem Dienstgespräch aus, oder?«, nörgelte Kienzle gespielt, und die Teamrunde stimmte ihm zu.

»Keine Sorge.« Felix prostete dem Team zu. »Nur so viel: Es ist genial, mit euch zusammenzuarbeiten. Und jetzt Schluss, seht mal, da kommen mein Neffe Lukas und Billie. Mit Sally.«

Die beiden Mathegenies, dachte Nicky bewundernd. Sie winkte ihnen zu. »Und Zina?«

»Sie bereitet sich auf ihr Konzert bei Marie Rettenbach vor. Samstag am späten Nachmittag. Ihr seid alle eingeladen!« Wie entzückend, wenn Felix eine gesunde Gesichtsfarbe aufzog.

Sally tapste an Nickys Bein. »Du wirst demnächst Begleitung bekommen«, murmelte Nicky und kraulte den Rücken der Hündin. »Ich hab Thaddäus Westheim eingeladen. Den Besitzer von Newton. Ohne den Hund wären wir nie zu Ignaz Moser durchgedrungen. Nicht in der kurzen Zeit.«

»Das stimmt.« Grohsman trank einen Schluck von seinem Punsch. »Ignaz Moser darf heute aus dem Spital wieder nach Hause.«

»Hat er mir erzählt. Ich werde ihn weiter betreuen. Ah, da sind die beiden!« Nicky zeigte auf Teddy, der mit dem Wollknäuel zum Tisch steuerte. Die beiden Hunde beschnupperten sich aufgeregt.

»Hallo, ich bin Teddy, schön, euch kennenzulernen!« Er schüttelte rundherum Hände. »Newton habe ich mitgenommen, bevor ich ihn seinem neuen Besitzer bringe.«

Neuer Besitzer? Nicky strich Newton über den Nasenrücken. »Wer kriegt ihn denn?«, fragte sie leise. Keine berührenden Erlebnisse mehr mit dem Fellball. »Hat sich Ignaz Moser für den niedlichen Wuffzack entschieden?«

»Nein. Warum schaust so geknickt?«

Nicky wich Teddys forschendem Blick aus.

»Ich bin nicht verwundert«, versetzte Grohsman. »Den Hund würde ich sofort einpacken, wenn ich nicht Sally hätte. Ich sag nur ›Tiertherapie‹, liebe Nicky. Vielleicht wird das der Renner bei Zeugenaussagen.«

Sie schüttelte energisch den Kopf. »Du weißt genau, für ein Tier ist in meinem Leben kein Platz.« Schmeckte der Punsch mit einem Mal bitter? Die kühle Luft kroch ihre Beine entlang. »Und Newton ist vergeben.«

»Nein, ist er nicht.« Teddy lachte. »Das war ein Test. Ihr zwei habt euch gesucht und gefunden. Denk drüber nach. Höchste Zeit, um neue strahlende Erinnerungen zu schaffen, oder?«

Nachwort und Danksagung

Während ich an diesem Krimi schrieb, kam es tatsächlich zu zwei Femiziden innerhalb von vierundzwanzig Stunden. Der »Fall Piring« ist ebenfalls nicht komplett meiner Phantasie entsprungen, aus dramaturgischen Gründen habe ich ihn nach Österreich verlegt.

Auch das im Roman beschriebene Phänomen existiert. Dazu verrate ich an dieser Stelle nichts, stattdessen lasse ich Protagonistin Nicky die näheren Umstände erklären.

Und nun zu den Danksagungen:

Als Erstes danke ich allen, die meine Bücher kaufen und lesen – sonst würde es dieses Buch nicht geben! Der dritte Krimi, Wahnsinn … und die Latte liegt immer höher. Wieder haben mich viele Menschen unterstützt. Ein herzliches Danke geht daher an:

– meinen Mann Michael, meine Familie, meine Freundinnen, allen voran mein »Kleeblatt« Susi, Ulli und Tinschi; Katja, meine (nicht nur) NaNoWriMo-Mitstreiterin; Elke, mein »Berliner Mädel«; Maria für Schreibasyl (und Reitrefugium) inklusive Leihhund; Johanna, meine (nicht nur) Opernfreundin.

– Renate, Besitzerin von »Poldi«, dem Original zu Grohsmans Hündin Sally (so einen Hund kann man nicht erfinden).

– Pater Tomasz für die inspirierenden Begegnungen (über das Thema Copyright sprechen wir noch 😊).

– die vielen wundervollen Buchblogger und Krimibuchbloggerinnen in den sozialen Medien. Einige von euch durfte ich persönlich kennenlernen – eure Leistung ist top!

– die vielen Buchhandlungen, die mich unterstützen, indem sie mein Buch im Regal anbieten. Oder sogar eine Lesung mit mir veranstalten.

– Gerhard Lobner vom Weingut Mayer am Pfarrplatz. Eure Weine und euer Lokal sind der Hammer.

– Martin Roudny und Helmut Bärtl für die Geduld und die

essenziellen Einblicke in die Arbeit der Kriminalpolizei; Aron Kampusch, Marion Popp, Wolfgang Marx und Wolfgang Denk für die wertvolle Einsicht in die Bereiche Forensische Psychologie, Klinische Psychologie, Kriminalpsychologie und Gerichtsmedizin. (Aus dramaturgischen Gründen waren Abweichungen von der realen Arbeit notwendig, dafür entschuldige ich mich gleich im Voraus ...)

– Monika Stempkowski für die Einführung in das Thema »Wahrheitsgehalt von Zeugenaussagen«.

– Matthias Bürgel für die Praxisanleitung Spurensuche/Spurensicherung.

– Nini Haas von Haas & Haas für den genialen »Assam Golden Melange« – nicht nur Nickys Lieblingstee.

– die Kümmel-Apotheke in Leipzig für die Leipziger Lerchen, P31, Schreibasyl und Inspiration.

– Annette aus Berlin für ihr geniales Projekt im Deutschunterricht und Fynn für sein unglaubliches Engagement. Mein »Mexikoplatz« war Thema der Klasse der Bettina-von-Arnim-Schule, wo ich danach eine Lesung plus Crashkurs Krimischreiben halten durfte.

Das Beste kommt bekanntlich zum Schluss: Danke an Stefanie Rahnfeld, Sophie Olk, Nina Schäfer, Hannah Naumann, Nora Dutz, Lorenz Knieriem und das wundervolle Team vom Emons Verlag. Ihr seid großartig! Und vor allem danke ich meiner Lektorin Uta Rupprecht, die auch mein drittes Buch mit viel Achtsamkeit, Sorgfalt, Fingerspitzengefühl und Herz betreut hat. Die Zusammenarbeit mit ihr ist unglaublich bereichernd.

Übrigens: Auf meiner Website https://www.mina-albich.com finden sich Musikbeispiele, ein Glossar und sonstige nützliche Zusatzinformationen zu diesem Roman. Und wer ganz am Puls der Zeit sein möchte: Abonnieren Sie meinen Newsletter über meine Website und/oder folgen Sie mir auf Instagram!

Mina Albich
MEXIKOPLATZ
Broschur, 320 Seiten
ISBN 978-3-7408-1448-9

Wien, Mexikoplatz, drei Uhr morgens. Gruppeninspektor Felix
Grohsman ist irritiert: Als er am Tatort eintrifft, ist die Tote, die
die Psychologin Nicky Witt hier gefunden haben will, spurlos verschwunden. Dann wird eine Studentin aus wohlbehüteten Ver-
hältnissen als vermisst gemeldet. Grohsman begibt sich hinab
in die Untiefen der Wiener Gesellschaft und stößt dabei auf alte
Bekannte – und auf die Erkenntnis, dass nichts so ist, wie es scheint.
Rein gar nichts.

www.emons-verlag.de

Mina Albich
WIENER TODESMELODIE
Broschur, 336 Seiten
ISBN 978-3-7408-1764-0

Wien, Resselpark, Samstagabend. Eben noch hat Bezirksinspektor
Grohsman ein Klavierkonzert genossen, als er kurze Zeit später
wieder an den Veranstaltungsort zurückgerufen wird. Im Kofferraum der Pianistin wurde die Leiche ihres Freundes gefunden.
Grohsman nimmt zusammen mit Kriminalpsychologin Nicky Witt
die Ermittlungen auf. Mit jeder neuen Spur, die sie verfolgen, be-
ginnt die glitzernde Wiener Kulturszene weiter zu bröckeln. Als
dann ein mysteriöses Manuskript von Franz Liszt auftaucht, enthüllt
sich langsam ein erschütterndes Geschehen ...

www.emons-verlag.de